唐傳奇戲劇化在閱讀教學上的應用

廖五梅◎著

序

　　作者為小學教學現場的老師，鑑於目前的閱讀教學現況不甚理想，學生的閱讀內容也有所偏頗，希望從閱讀傳統文學作品中讓孩子真正了解屬於我們傳統文化及歷史，成為一個有深度人文素養及審美能力的人並樂在其中。在「創造的轉換」的思維下，以唐傳奇作為閱讀教學的念頭乃應運而生。

　　在跨越歷史的洪流和時代的種種考驗後，唐傳奇仍然具有觸動人心和啟發思想的魅力。在內容上唐傳奇所描述的人物多樣、形象鮮明，透過閱讀我們可以了解人性；在題材上唐傳奇提供虛構的世界，透過閱讀讓我們可以置身其中，豐富想像力。從唐傳奇中可以看見儒道佛如何融匯在唐朝文化中、科舉考試對知識分子的影響和人民生活的點滴、風貌及時代運行的軌跡等；進而可以了解我國傳統氣化觀型文化的內涵。而唐傳奇所蘊含的主題、思想，更可透過閱讀詮釋來解釋人生及表達對人生的種種願望。以唐傳奇作為輔助教學的教材，可引導學生閱讀理解唐傳奇文本後，再利用讀者劇場化、故事劇場化、舞臺劇化、相聲劇化等戲劇化的具體作法，加以詮釋並讓學生主動參與改編。透過這樣的戲劇性教學活動安排，可以讓學生樂於閱讀並深化閱讀內容，彌補正式課程的缺點而強化語文教學效果。

　　唐傳奇戲劇化的具體作法在理論建構完後,再配合閱讀教學上的實踐檢證,也就是透過實際教學中的觀察、隨機訪談及教學完施測後的結果加以驗證,由此對唐傳奇戲劇化可以增加閱讀成效提出更有力的證明。

　　本書的完成最感謝周慶華老師隨時在旁給予協助與指正,適時的指點迷津並協助解決學習上的困擾。正如胡適〈夢與詩〉所言:「都是平常經驗／都是平常影像／偶然湧到夢中／變換出多少新奇花樣／都是平常情感／都是平常語言／偶然碰上個詩人／變換出多少新奇詩句……」周慶華老師以詩人另具隻眼的眼光來引導學生、開拓學生的知識視野,更以詩人敏感包容的心來關懷學生、解決學生的困境。對周老師感謝之意,溢於言表。

　　感謝臺東大學語文教育研究所讓我有機會完成父親對我的期許及自我理想。在研究所兩年的課業學習中開拓了我的知識視野、豐富了我在職場上的專業知識、更帶來了心靈上的無限充實感……讓我成長許多。非常感謝臺東大學語文教育研究所在語文教育領域上的理想與堅持,才能有這本書的產出。

　　此外,感謝母校華語文學系董恕明教授和國立新竹教育大學陳淑娟教授在擔任論文考試時,提供我一些寶貴的意見使我的論文更臻完善並作為未來可繼續研究的方向,在她們的鼓勵之下,讓我更有信心。也感謝作者所任教學校六年甲班的同學所賜的任教機緣,使得本書得以以質性研究法來檢證唐傳奇戲劇化在閱讀教學上的實踐。

　　最後,要感謝我的另一半時時在旁給予最大的鼓勵支持,沒有他的支持、鼓勵,我沒有機會和動力去完成本書的寫作。而始終支持我完成的最大動力來源就是我的寶貝兒子,當我在寫作中遇到瓶頸時他適時貼心的童言童語讓我獲得了舒解。更感謝娘家媽媽、姐

妹們在精神上的鼓勵、關懷和物資上的支持。此外，本書付梓缺失
疏漏之處在所難免，尚請諸先進不吝指正。

廖五梅　臺東 2009/06

目次

圖次

表次

第一章　緒論

第一節　研究動機與研究問題

「只求量化，學習難以踏實」，這是位在教學現場教師們在這幾年推動閱讀教學活動後所遇見的難處。而從學生的閱讀登錄簿所記載的書目和閱讀心得的寫作上來看，這其中似乎欠缺了指引他們走向真實人生的經典文學作品？這引起我想一探究竟的動機。

大量閱讀的目的在獲取足夠的「潛存知識（文學知識、社會科學知識、自然科學知識、生活經驗和話語結構知識），潛存知識是人們從生活經驗裡，直接或間接點點滴滴累積起來的，終於形成一個心知系統稱為『構系』或者『智略』（Schema）。關於『構系』或者『智略』中的潛存知識，許多心理學家都一致肯定它的重要性。早在1908年，修友(E. B. Hury)就說過，讀者默讀時的思維語言——潛語（Subvocalization），就是把讀者腦中潛存的意思帶入讀物裡去的結果。1965年，格雷（W. S. Gray）、羅杰茲（B. Rogers）的試驗發現，高明的讀者在閱讀時，都有充分調動潛存知識的能力與習慣。所以，缺乏潛存知識將不利於閱讀理解。」（梁榮源，1992：24）有鑑於此，潛存知識對一個人的閱讀是那麼重要，世界各國無不致力推動閱讀活動，以應付新一代的知識革命。

「閱讀」並不是人天生俱來的本能，那是靠後天不斷努力學習來的。換句話說，就是「人和書並不是天生相互吸引的，一開始必須有說合媒介的角色。由父母、教師、圖書館員、親戚、鄰居，將

1

書本帶到孩子的世界中。」（齊若蘭，2002）「閱讀」可以提升一個人生活層次，甚至影響整個國家的競爭力。柯華葳在《教出閱讀力》裡表示閱讀是萬事起頭難但是不能等的事，強調閱讀的重要及急迫性。（柯華葳，2007：17～21）「閱讀」能帶來改變，而這個改變才是使一個國家具有和世界競爭的資產。時勢所趨，在全球各個國家如美、英、法、紐、澳等，莫不致力推動兒童閱讀活動，傾舉國之力，以期建造良好的閱讀環境，迎接新時代的挑戰。臺灣文建會也在 2000 年定為兒童閱讀年，並提撥大量的經費來推動兒童閱讀。前教育部長曾志朗更大力推動兒童閱讀活動並指出「閱讀是教育的靈魂」，因為只有閱讀，才有終身學習的可能。（齊若蘭，2002）基於這個理念，教育部於 2002 年訂定「全國兒童閱讀實施計畫」，臺東縣市政府教育局據此而推動閱讀活動，並明確規定國小每位學生一學期至少閱讀 15 本以上優良課外讀物，讀書心得至少五篇。我所任教的學校依此計畫訂定閱讀小學士（一學期閱讀至少 20 本課外讀物）、閱讀小碩士（一學期閱讀至少 30 本課外讀物）、閱讀小博士（一學期閱讀至少 40 本課外讀物）的辦法，獎勵閱讀數量多的學生。

　　從 2002 年推動閱讀活動至今六年，而根據「每五年進行一次『促進國際閱讀素養研究』（Progress International Reading Literacy Study, PIRLS）針對參與國家（地區）小學四年級學童使用母語閱讀的能力評估，研究結果可顯示小四學生與世界各地學生相對閱讀程度。臺灣首次於 2006 正式參與 PIRLS 評估，簡稱臺灣 PIRLS2006。成績於 2007 年 11 月 29 日由行政院國家科學委員會發布『臺灣四年級學生參加國際閱讀素養調查結果』。國科會指出：『學生整體平均值在 45 個參與調查國家當中，排名第 22，表現中等。跟數學、自然科學等能力相比，臺灣小學生的閱讀素

養仍待加強』。努力推動閱讀活動的柯華葳也針對臺灣 PIRLS2006 評比結果感到憂心。」（李玉貴，2008：5～11）從這樣的資料顯示這幾年推動大量閱讀的活動，似乎未能達到預期的效果——養成樂於閱讀的習慣。而從本校學生閱讀登記來看，能夠達成基本要求甚至到獎勵的階段，所閱讀的書目都偏向於繪本、童話故事等字數少篇幅短的書籍。從鼓勵孩子親近書本的角度來看，這是無可厚非的；但倘若是只注重閱讀數量上的數字，「你看到的，並不等於你讀的」，而忽略了閱讀的理解〔「閱讀理解的兩個不同的發展階段：辨識文字符號的感性認識階段和昇華到理解內容、接受信息的創造性思維解碼的理性認識階段。」（梁榮源，1992：24）〕，就會產生學生在讀書心得寫作上只會填上書名、作者、嘉言美句，短短的大意，而真正能書寫表現自己對於閱讀書籍的獨特想法或心得者有限。因此，身為第一線閱讀教學的教師才會有「只求量化，學習難以踏實」的感歎。《荀子‧勸學》說：「不積跬步，無以至千里。」（王先謙，1983：5）閱讀的確是需要相當的數量才能顯現效果。任何事物都有一個從量變到質變的過程，這個過程就是提高閱讀品質，使學生真正進入閱讀世界，享受閱讀的樂趣。而如何強化閱讀理解、增加閱讀成效，就是我所感興趣的課題。

　　「現在科技型態出自西方文化內部的發展，並且在西方社會逐漸形成，所以對西方文化並未造成突然的危機與破壞。但是其他非西方國家卻是在近數十年來才極力輸入西方科技，因此造成對原有文化嚴重破壞，使原有社會出現危機，造成的現象，例如都市化、工業化、資訊化等等，以及在地面上所造成的景觀，大致是相同的。」（沈清松，1984：12）時勢所趨科技的發展是不可避免的，而它所帶來的影響更是無遠弗屆，唯有對自身傳統文化

的覺醒，才不會迷失和產生混亂。從我服務學校高年級的學生閱讀書目來看，大部分屬於繪本、童話、科學故事等形式，內容也多偏重西方國家的東西，而欣賞本國傳統文學作品的數量甚少，對於自身的傳統文化認識不深，缺乏歷史意識〔所謂「歷史意識，就是意識到人存在的歷史性：人必須在歷史中始能開展出自身存在的意義。每個人、每個社會都隸屬於一個傳統。承接傳統是使個人能頂立於天地之間，了解自己並了解世界唯一的憑藉。」（沈清松，1984：15）〕。我希望從閱讀傳統文學作品中讓孩子真正了解屬於我們傳統文化及歷史，成為一個有深度人文素養及審美能力的人並樂在其中。中國是一個歷史悠久的文明古國，而在長期歷史發展中創造出許多燦爛輝煌的文學作品。我們從文學本體的確定方式來看：心理存有式的，是說「文學表現思想情感」或「文學是思想情感的表現」，透過文學讀者可以跨越歷史的鴻溝和作者進行思想交流；社會存有式的，是說「文學是反應現實生活」或「文學是現實生活的反應」，所以文學是最貼近人的生活，往往能透過它去追尋每個時代的軌跡以及當代社會人文的生活點滴；語言存有式的，是說「文學自我指涉」或「文學本質上是一種語言的結構」，經由文學技巧的展現使我們有語言藝術可以審美。（周慶華，2004a：72～74）此外，文學作品依其語言特質，所構築的世界與認知意義的指涉功能，無多大的關係；「文學語言，往往不是徵實的，而是象徵的，憑虛構象，象乃生生不窮；篇終混茫，意乃盪漾無盡。」（龔鵬程，2003a：23）因此，歧義與模擬、聯想與想像，感情與夸飾，都是文學作品中必要的成素；而「文學不但描述歷史、反應時代，也整理經驗、發現意義、創造價值、賦予批評。」（同上，21）因此，「就人生而言，文學這種特質是異常重要。它在現實的表象世界之上，提供一個可以提升的場域。

在這個場域裡，文學彰顯了人生具體普遍的真實意義，啟引人們以更寬廣的眼界、更誠懇敏銳的心態，去認識古今人世變遷的面貌、去品味歷史創造的價值、去發掘生命存在的感受」（同上，21～22）。由此可知人倘若沒文學的滋潤與涵養，則人生無法顯示出它追求存在的價值與意義。

　　在中國傳統豐富燦爛的文學作品中，要選何種作品針對我所在的學校當作閱讀教學的教材，以提升學生閱讀興趣、擴大學生的視野、豐富學生的生活？根據學者的說法，「閱讀教學選材依據」可分為「制式的選材依據」、「非制式的選材依據」和「另類的選材依據」。制式的選材就是以教育部頒發的《國民中小學九年一貫課程綱要》為依據，並要能滿足五大基本理念、十大課程目標、十大基本能力和六大議題等為充要條件，因此只要是制式的教材，就必須在那樣的框架下被考量。至於非制式的選材，因不受課程綱要的限制，所以它的範圍更大，而這範圍則有特定的社群或歷史性的生活團體所公認的典籍為「指標性」的選擇對象。這種選材明顯的是為了晉升為該社群或歷史性的生活團體的一分子，以複製或加工該社群或歷史性的生活團體所形塑的文化。另類的選材，專門以創新文化和帶領風潮為考慮。（周慶華，2007：53～55）根據孟瑤在《中國小說史》的序言指出：小說是屬於文學的一部門，它的價值應與詩歌、散文並列。（孟瑤，1966：1）而文學不外反應人生，則小說比任何一種文體反應得更直接、更親切、甚至更強烈。小說的內容包羅宏富，不論歷史、文化、哲學、文學、政治、社會等。其情節或豔情、或鬼怪、或豪俠、或仙佛，不一而足，引人無窮興味。其人物或大人物、或市井小民，不拘角色，不限身分，其描摹口吻畢肖，「無不一稱其份而出之，有非一般文學作品所能表達者」。（中國古典

文學研究會，1994：23～24）梁啟超更認為「小說為文學之最上乘也」，並在〈論小說與羣治關係〉一文裡明確指出小說的功用及價值：

> 欲新一國之民，不可不先新一國之小說。故欲新道德，必新小說；欲新宗教，必新小說；欲新政治，必新小說；欲新風俗，必新小說；欲新學藝，必新小說；乃至欲新人心，欲新人格，必新小說。何以故？小說有不可思議之支配人道故。
>
> （阿英編，1989：14）

在干寶的《搜神記・序》提出：「其著述……有以游心寓目而無尤焉（干寶，1980：序2）按「遊心寓目」是超越政治倫理的審美情趣，屬於非實用的消閒娛樂性質。所以小說除了能反映人生百態，藉此我們可增廣閱歷，進而能透達人情，洞明世事，更具有提供精神愉悅的功效。（王國瓔，2006：734）兒童是不可能一直待在天真完美理想的世界裡，他勢必走入真實的世界，而真實的人生卻是充滿矛盾景象的；在他走入真實人生的情境中，他需要指引和方向，而小說正可說是讓他走向真實人生情境的最佳啟蒙教師。而根據佛斯特（E. M. Forster）的講法：小說構成的元素中有特定的「故事」、「情節」、「人物」。（佛斯特，1995：40）以此來看待中國傳統小說，「有意為之」的始於唐傳奇、宋元平話小說、至明清的章回小說。以中國傳統小說作為閱讀教學的非制式教材的方向，所要研究探討的問題整體顯現在：這些小說中我們要選何時代的小說作品，作為提高閱讀品質的教材分項研究問題則有：

一、唐傳奇所描述的時代、社會狀態及生活情境離現代有相當大的距離，如何透過觀念的轉移再創新生？

　　面對「全盤西化」視傳統文化為迷信、落後、不合潮流的危機時，「修古以更新」是個可提供參考的方式。所謂「『修古以更新』就是檢討、批判、詮釋傳統文化，並面對新的文化內涵，作一番選擇與融合。換言之，是對傳統本身進行『創造的轉換』」。（龔鵬程，1995：20～21）在這種「創造的轉換」的思維下，以唐傳奇作為閱讀教學的念頭乃應運而生。唐傳奇產生的年代距今一千五百年，唐傳奇的內容反映出廣泛社會生活層面，所描寫的題材和主題的呈現多樣性。從內容來看，大至可分為愛情類、志怪類、豪俠類及歷史類等。雖然唐傳奇所描述的年代距今甚遠，但透過閱讀可以跨越歷史的鴻溝了解人性，再利用戲劇化的方式強化理解，並由戲劇化轉多媒體創作成為另外的寫作題材，結合閱讀教學擴大效應。有關細節部分，將在第二、三章詳加說明。

二、唐傳奇在閱讀教學上何以優於其他時代的小說？

　　我將從唐傳奇的立意、取材、內容及篇幅上來探討。我們用小說研究、創造出人類生活的意義，而這可以唐傳奇中作意好奇的魅力吸引學生注意的目光、從中察覺受外來文化的影響進而體驗儒道佛融匯的思潮、透過閱讀開拓學生的知識視野，再加上唐傳奇和其他時代的小說相較下：篇幅短、文中所涉及的人物角色不複雜，符合國小學生的程度。所以這是唐傳奇異於其他時代的小說的優點；而有關這些優點如何在閱讀教學上充分發揮，將在第四章細論。

三、唐傳奇要如何與閱讀教學結合？

　　語文的功用具有「共時」和「歷時」的層次。（黃沛榮，2006：4）由於唐傳奇描述的年代距今久遠，再加上書寫的語言是文言，跟自五四運動以來的現代白話文有顯著的差異，但還是可以利用語譯讓學生理解並將它改編作為戲劇化的題材〔語言藝術之美雖然在翻譯後會失去原有的特色，但等學生長大後再去看原文自然能領會唐傳奇的美〕。再透過戲劇化優為的選擇後闡釋體驗，使唐傳奇與閱讀教學充分結合，以增加閱讀成效。至於如何與閱讀教學結合的細部內容，在第五章會有清楚的交代。

四、唐傳奇戲劇化更好跟閱讀教學結合有哪些作法？

　　將唐傳奇戲劇化跟閱讀教學結合，可以擺脫課內閱讀教學偏向單方面知識傳輸的缺點。而戲劇化的優為選擇具體作法有讀者劇場化、故事劇場化、舞臺劇化、相聲劇化等四種。唐傳奇透過以上戲劇化的具體作法，讓學生主動建構知識、豐富想像空間；並訓練他們的語言表達能力和膽識，進而提升文學閱讀能力。有關唐傳奇戲劇化更好跟閱讀教學結合有哪些作法？會在第六章予以更深入的處理。

五、唐傳奇戲劇化在閱讀教學上的實踐檢證？

　　唐傳奇戲劇化的具體作法在理論建構完後，再配合閱讀教學上的實踐檢證，也就是透過實際教學中的觀察、隨機訪談及教學完施測後的結果加以驗證，由此對唐傳奇戲劇化可以增加閱讀成效提出

更有力的證明。在第七章相關教學活動設計舉隅中,將會一併進行驗證。

第二節 研究目的與研究方法

人們總是在面臨存在難決的問題時才有意識地去進行研究及探索。在研究問題意識形成之後,就要設法解決,而「解決問題」就是研究目的的所在。「在形上學裡,目的因被認為是事物得以存在的真正的因:『目的』的觀念,等於一物的終了、終點、結束、最後及完成或成全等觀念。當我們說旅途的終點時,就等於說旅途的目的已經達到。所以『目的』常包括『成全』或『完全』的意思。一工程或工作的終點,就等於說該工程的完成。當然有時也指一物之毀滅或破壞,比如當食物消化掉,或是茶杯被打破,或是人死了,我們也說食物或茶杯的結束,生命的終了。目的因的最好及最科學化的定義是亞理斯多德下的:『動者因之而動』或多瑪斯所下的:『物之行動所朝向的目標』。任何物在行動之前必須有個目的,沒有目的,無物能動,所以目的因是一切行動的根源及所有行動的第一推動者。」(曾仰如,1985:263~264)「哲學上的目的因是說凡是出於有意的行為,都有目的的『先行意識』及其『最後達成』。而這又可分為行為本身的目的和行為者的目的兩種情況。」(周慶華,2004b:5)因此本研究目的包括兩個部分:一為研究本身的目的(就是解決「唐傳奇戲劇化在閱讀教學上的應用」問題);一為我作為研究者的目的。

就研究本身的目的來說:在跨越歷史的洪流和時代的種種考驗後,唐傳奇仍然具有觸動人心和啟發思想的魅力。在內容上唐傳奇所

9

描述的人物多樣、形象鮮明，透過閱讀我們可以了解人性；在題材上唐傳奇提供虛構的世界，透過閱讀讓我們可以置身其中，豐富想像力。從唐傳奇中可以看見儒道佛如何融匯在唐代的思潮中、科舉考試對知識分子的影響和人民生活的點滴、風貌及時代運行的軌跡等；進而可以了解我國傳統文化的內涵。而唐傳奇所蘊含的主題、思想，更可透過閱讀詮釋來解釋人生及表達對人生的種種願望。以唐傳奇作為輔助教學的教材，可引導學生閱讀理解唐傳奇文本後，再利用讀者劇場化、故事劇場化、舞臺劇化、相聲劇化等戲劇化的具體作法，加以詮釋並讓學生主動參與改編。透過這樣的戲劇性教學活動安排，可以讓學生樂於閱讀並深化閱讀內容，彌補正式課程「學究型單向灌輸」（何三本，1997：411）的缺點而強化語文教學效果。

「一部好的文學作品，不僅是文字可以流芳百世，由文字延伸應用生出電影、戲劇、音樂、繪畫等其他藝術表現形式，也能為相關產業創造出經濟利潤，也就是現在被廣為討論的『文化創意產業』。」（薛秀芳，2005）閱讀唐傳奇文本後，再由戲劇化轉多媒體創作，也就是結合其他媒體並利用現代科技二度轉換後可成為另波寫作的題材而再二度輸出成為新產品或綜合藝術品。（周慶華，2004a：325）蘭陽戲劇團由「黃春明編導〈杜子春〉在 2002 年 2 月 22～24 日，三天之首演會上，造成極大迴響並且一票難求之盛況」（蘭陽戲劇團大事紀，2002），就是以唐傳奇〈杜子春〉的故事內容結合其他媒體並利用科技二度轉換成綜合藝術品的最佳證明。利用這些作法可讓人重新看待唐傳奇並使它獲得再生。

「學習語言的目的，是要藉此作為溝通訊息的媒介；但是所謂『溝通訊息』，除了指現實生活中與周遭人的相互溝通外，還包括從古代文獻中獲取知識，吸取經驗。換句話說，語文的功用，並不是『並時』或『共時』的，還須顧及『異時』或『歷時』的層次。

以一般常說的『聽』、『說』、『讀』、『寫』四種語文能力來說，我們
所『說』所『寫』，除了給現代人來『聽』來『讀』以外，也可能
會流傳後世，讓後人來『聽』來『讀』；反過來說，我們每天所『閱
讀』的，除了現代人的作品外，也可從歷代相傳的作品去了解古人
的知、情、意，以吸收古人智慧結晶。因此，具備閱讀傳統文獻的
能力，也是學習語文的目的之一。人類的經驗得以世代傳遞，文化
得以繼往開來，就是靠語文作媒介，而這正是一種『異時』的溝通。」
（黃沛榮，2006：4）唐傳奇是以古文寫作的文言小說，不同於現
代淺顯易懂的白話小說，這裡面有許多動人心絃的故事，是後世小
說戲劇常取材的瑰寶，具有非常高的閱讀價值。雖然唐傳奇原文較
艱深難懂，但只要透過貼切的語譯，保留原文的風貌，使得在同一
文化傳統之下的我們依然能領會唐傳奇故事所帶來的深切的快
樂、由衷的感動；閱讀時，一種親密感和幸福感自然會充滿胸中。

　　就研究者的目的來說，不外乎要「藉著所解決的問題來遂行權
力意志（包括謀取利益、樹立權威和行使教化等）和體現文化理
想」。（周慶華，2004b：6）而我作為這次研究者的目的，是希望透
過唐傳奇戲劇化的閱讀，讓學生了解自身的文化，一起來思考傳統
文化再生的課題。每一個文化中的人都必須了解、學習自己的文學
和歷史，如此才能參與團體中的交流和相互溝通。而學習文學和歷
史更不是只為了附庸風雅、增加體面，而是為了加強溝通的效率。
所謂文化，根據學者的定義：

> 文化是一個歷史性的生活團體——也就是它的成員在時間
> 中共同成長發展的團體——表現它的創造力的歷程和結果
> 的整體，當中包含了終極信仰、觀念系統、規範系統、表現
> 系統和行動系統等。（沈清松，1984：25）

　　根據此定義,「文化包含三個要素:(一)文化是由一個歷史性的生活團體產生的;(二)文化是一個生活團體表現它的創造力的歷程和結果;(三)一個生活團體的創造力必須經由終極信仰、觀念系統、規範系統、表現系統和行動系統等五部分來表現,並在這五部分中經歷所謂潛能和實現、傳承和創新的歷程。(沈清松,1984:24)漢民族的終極信仰「道」(自然氣化的過程或理則),不像西方一神教的終極信仰「上帝」或「神」為唯一的主宰,彼此的終極信仰不同在觀念系統上自然也會不一樣。(周慶華,1999:86～87)西方人信守創造觀(上帝創造宇宙萬物觀),就在模擬或仿效上帝造物的本事;而中國人信守氣化觀(自然氣化宇宙萬物觀),就在模擬或仿效相應的氣化觀念,而致力於「縮結人情,諧和自然」。不同的觀念系統,產生不同的規範系統,如倫理、道德;以及下貫到表現系統,自然會有文學現象的差異,而發展出互不相屬的寫作類型。(周慶華,2004b:190～193)西方自科學、工業革命之後,勢力版圖逐漸擴大,文學、科學、藝術在其強大威力推動下,成了一支獨大。而「氣化觀型文化也在二十世紀轉向西方取經,逐漸要失去『自家面目』」。(周慶華,2004b:190～193)西方強權所主導的全球邁入國際化的時候,他們的文化也逐漸全球化。所以當翻譯作品在包裝精美及強勢廣告宣傳下成為大家注目的焦點(流行的趨勢如《哈利波特》的風行),相關的閱讀的內容也多半傾向於外來的西方文化,把我們原先所擁有的智慧結晶傳統文學給拋棄了,視我國傳統小說為迷信、怪力亂神;因此孩子習慣於西方的文學作品、內容,對於我們的傳統文學反而感到陌生甚至一無所知。這無疑會產生文化斷層及認同上的危機,長此以往後果可能不堪設想。我希望透過唐傳奇的閱讀讓孩子欣賞並認同自己本身的文化,而為他們找到身分認同的依歸。

　　我更期望以這個研究建立一個可供閱讀教學教材參考的方向，喚起大家對我國傳統文學的重視，以戲劇化活潑的方式輔助教學並重新召喚良好溫馨的師生情誼。我在進行此一研究時，希望透過對「唐傳奇戲劇化在閱讀教學上的應用」的探討，有助於面對閱讀教學成效不如預期的不安和疑惑；同時也有助於教育工作者、閱讀推動者、家長和社會大眾，透過唐傳奇提供的情境，進而對照我們目前所處的社會和文化環境，解決人生的難題。當強勢的全球性西化發展，造成文化同質性的此刻，只有我們對傳統文化認識越深刻，才能對照外來文化並加以吸收、運用，進而開創新的文化視野。觀看人類的進步，都是來自於新與舊不斷地衝撞、對話，才能夠繼續向前邁進。再者也期望將研究產生的一點新知顯現出來，提供有志從事閱讀教學者作參考，進而能夠在閱讀教學上展現新意、深化美感或昇華道德。

　　在研究的問題意識形成後研究目的才能確立，所要採行的研究方法就有所依據。本研究主要探討唐傳奇戲劇化在閱讀教學上的應用，屬於理論建構而非實證研究，所採取的方法依需有現象主義方法、詮釋學方法、敘事美學方法、社會學質性方法等。

　　本研究「唐傳奇戲劇化在閱讀教學上的應用」所界定的唐傳奇以汪辟疆《唐人小說》的校文為底本。（束忱等注譯，1998：18）宋初太平興國年間李昉等編《太平廣記》，將唐傳奇分為神仙、女仙、道述、方士……等十三類，太過瑣碎。（王忠林等，1983：578）本研究將經過爬梳、鑒別、抉剔在力求完備的基礎上，將唐傳奇分為愛情、志怪、豪俠、歷史等，並從這四類中選擇具有代表性的作品進行研究。在文獻探討上採取的是現象主義方法。所謂現象主義方法，不同於著重意向性的現象學方法，它的現象觀是指「凡是一

切出現者，一切顯示於意識者，無論它的方式如何」（趙雅博，1990：
311；周慶華，2004b：95），既然以個人所經驗到的部分為依循，
那麼個人所能經驗到的自然有其限制。在第二章文獻探討裡，將現
有的關於唐傳奇、唐傳奇戲劇化、唐傳奇與閱讀教學等相關論述，
以我的經驗所及作個檢視，並從文獻中去發掘其所不足而可以再行
致力的地方。

　　本研究所關注如何透過看待觀念的更新使唐傳奇再生到唐傳
奇與閱讀教學結合所呈現的研究的問題、目的與其存在的價值，
採取的是詮釋學方法。詮釋學方法，是指解析語文現象或以語文
形式存在的事物所內蘊的意義的方法。當中詮釋包含三個部分：
第一，詮釋本身是什麼。這有兩種不同的主張：一種是把詮釋當
作解說某一對象時的智力操作，本身具有認識論和方法論上的意
義；一種是把詮釋當作彰顯存有的方式，本身具有本體論上的意
義。而它們的差別在於詮釋所要了解或獲得的對象的不同。第二，
詮釋的對象有哪些。這有詮釋所要實踐或作用的對象與詮釋所要
了解或獲得的對象兩個部分：前者有所謂語言性符號與非語言性
符號的區別，而通常專指語言性符號；後者就是揭示自語言性符
號所擁有的或所蘊含的意義。第三，詮釋的實踐如何可能。這有
兩種情況：一種是就語言性符號被詮釋的現象來說，個別語詞的
意義必須在了解或獲得文本整體的意義後才能了解或獲得，而在
了解或獲得文本整體意義前，又必須從個別語詞開始，同時還要
受到我個人所擁有的知識和經驗的制約；一種是就詮釋作為存有
的本體論特徵之一，文本的意義結構全緣於我「前有」、「前見」、
「前設」和「歷史性」等構成的「前結構」所影響，還必須考慮
個別詞語和文本整體之間有相互循環詮釋的可能。（周慶華，
2004b：101～106）

　　據此，以詮釋學方法處理唐傳奇戲劇化在閱讀教學上的應用時，明顯有「修古以更新來面對文化失落的危機」的寓意（主題），也隱含「活潑生動的教學是提高閱讀教學成效的方法」的意識或觀念（主張），具有增加閱讀成效、強化閱讀理解的效果（意圖）；而對文化的掌握，必須從精神及價值著手（世界觀），在目前西方強權的支配影響下（存在處境），深怕失去個人獨特、創新的一面（個人潛意識），而「看不見的權謀」是暴力美學中最炫惑人的一個環節（集體潛意識）。（周慶華，2002：287～288）

　　採取這種詮釋性的研究方法，乃是立足於「能直接辨認的指涉、內涵等『內具』的語文面意義，和間接辨認的心理、社會與歷史文化等『夾帶』的非語言面意義」（周慶華，2004b：109）這一個認知基礎上。但這種詮釋本身也存在著一個盲點：也就是一個詮釋者在詮釋文本時，正好意識到該文本也是前結構的東西，而不是所以為的文本本身有什麼客觀性。比方說：詮釋者對「唐傳奇」文本進行詮釋時，也意識到文本「唐傳奇」是來自詮釋者的所屬的文化背景或特定觀點，而無關所看到的文本本身的客觀性。這種悖論無從消除，在研究論述時不妨就作為策略上的運作或者「存而不論」，而為權力意志所統轄。詮釋學方法這種從外而內的詮釋運用，同樣也只能求其相對的客觀性。（同上，110）

　　了解是欣賞的預備，欣賞是了解的成熟。也就是說，了解和欣賞是相互補充的。（朱光潛，1983：54）在第三、四章，用詮釋學方法對唐傳奇進行詮釋、了解後，接著要以敘事美學方法探討唐傳奇與閱讀教學結合及其戲劇化的具體作法。美學方法，是評估語文現象或以語文形式存在的事物所具有的美感成分（價值）的方法。（周慶華，2004b：132）文學作品的美，異於其他藝術品，

具有形式和意義。審美的機趣是滿足人的情緒的安撫、抒解、激勵。構設高明的文學作品，特別容易顯現這種審美效果：從中獲取純粹的感情品質。就是所謂的「化境」或者美感的經驗、美的感情或價值感情。（同上，134～135）所以從唐傳奇作者「作意好奇」的特點可以讓閱讀者得到這種審美心理的認同。唐傳奇是我國古典小說，小說是屬於敘事式文體，它在事件或故事敘述完成之外，還得提升到具有審美價值，也就是敘事是要將事件或故事加以有效的組織而後透過比喻／象徵等藝術手法來呈現；在經過一番「整合」和「修飾」後，將有所別於「庸常之流」。敘事的必備成分包括：敘述主體、敘述客體、敘述文體、敘述者、敘述話語、敘述接受者、敘述觀點、敘述方式和敘述結構等。（周慶華，2002：209；2007a：122）所謂「敘事性文體強調：『故事的構設、情節的安排』的普遍律，也可以有底下這種『存優去劣』的考慮方案：首先有關故事的構設部分。故事可以限定為『一系列事件的組合體』，構設時以滿足『故事性』、『寫實性』、『藝術性』為最高要求。」（周慶華，2004a：283）根據學者提出的故事敘述的架構中以敘述結構裡的語言結構和意義結構作為本研究中美學的探討依據。

　　美學和藝術同樣是受到意識形態和歷史制約的一套論述。（周慶華，2004b：137）美學形態從前現代進入現代、後現代與網路時代，審美的感知沒有一定的標準，而權力意志的介入更是不可避免；此外美學方法有其侷限性，運用時要「自行管控」，以避免破壞對它的好感及信服。（同上，143）

　　最後，以質性研究法來檢證唐傳奇戲劇化在閱讀教學上的實踐。所謂質性研究法，是實證研究的模式之一。它相對於量化研

究這種「量化」取向的實證研究，特別重視參與觀察和深度訪談。質性研究不是一個可以直接用來操作的方法，在總體上是指任何不是經由統計程序或其他量化手續而產生研究結果的方法。質性研究重視個別經驗的特殊性，其結果無法複製或推論到類似情境的現象。（同上，203）質性研究的模式約略是「經驗→介入設計→發現／資料蒐集→解釋／分析→形成理論→回到經驗」。（胡幼慧，1996：8～10；周慶華，2004b：204）它有五個特質：（一）研究中蒐集的資料，是人、地和會談等「軟性」資料的豐富描述；（二）研究問題並非由操作定義後的變項來界定，而是在複雜的情境中形成；（三）研究焦點可以在資料蒐集中發展而成，而不是一開始就設定待答問題或待考驗的假說；（四）了解行為必須由被我的內在觀點出發，外在因素僅居次要地位；（五）傾向於在被我的日常生活情境裡，跟被我作持久接觸，以蒐集資料。（高敬文，1999：5；周慶華，2004b：204）質性研究在運用時還涉及信度和效度問題。在第七章中運用質性研究方法處理唐傳奇讀者劇場化、唐傳奇故事劇場化、唐傳奇舞臺劇化、唐傳奇相聲劇化等設計相關教學活動實施後，根據所蒐集到的觀察日誌、訪談錄音、錄影帶、回饋單等資料轉化為文本形式；我透過資料的轉譯進行分析。在研究過程中，我要不斷和資料對話，也讓資料和理論產生對話；使龐雜的資料，透過交互對照運用、歸類和比較形成理論建構。

　　為期使本研究更臻完善，所以使用各種方法相互搭配論述，但因為「不論哪一種方法，只要有它所能夠發揮的功能，相對的就會有它所受到的侷限」（周慶華，2004b：164），所以在使用時就得多方考慮及謹慎從事。

第三節　研究範圍及其限制

　　本研究採取理論建構的模式，所謂「理論是一種有組織的知識；這種知識是由『一組通則結合成的系統，這種通則彼此相聯，並且表示變項間的關係』」。（呂亞力，1991：18；周慶華，2004a：7)「這種聯結的方式，就是所謂的解釋。正如荷曼斯（G. C. Homans）所說的：「『所謂一個現象的理論，就是一套對此現象的解釋，只有解釋才配得上用『理論』這個名詞』。」（荷曼斯，1987：18；周慶華 2004a：7）而「理論建構，講究創新。大致上從概念的設定開始〔所謂「概念在通義上，原被設定為是思想的基本單位。思考活動離不開概念，透過概念，世界方可開展於我們面前」（周慶華，2004a：41；陶國璋，1993：3～9)〕，經由命題建立〔由於概念不具有解釋的功能，所以必須有命題的建立來說明，且命題要能陳述和測定兩種現象間的普遍關係才算數（周慶華，2004a：45)〕，到命題的演繹〔所謂「演繹，是指由普遍命題引伸出經驗命題的過程，也就是所謂的解釋」（同上，11)〕，及其相關條件的配置等程序而完成一套具體系且有創意的論說」。（周慶華，2004b：329）以下就本研究的「概念設定」、「命題建立」及「命題演繹」的發展進程，先以圖示如下：

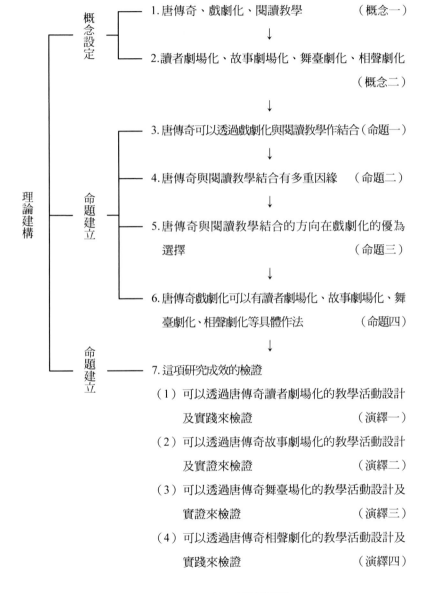

理論建構

概念設定

1.唐傳奇、戲劇化、閱讀教學　　　（概念一）

↓

2.讀者劇場化、故事劇場化、舞臺劇化、相聲劇化

（概念二）

↓

命題建立

3.唐傳奇可以透過戲劇化與閱讀教學作結合（命題一）

↓

4.唐傳奇與閱讀教學結合有多重因緣　（命題二）

↓

5.唐傳奇與閱讀教學結合的方向在戲劇化的優為

選擇　　　　　　　　　　　　（命題三）

↓

6.唐傳奇戲劇化可以有讀者劇場化、故事劇場化、舞

臺劇化、相聲劇化等具體作法　　（命題四）

↓

命題建立

7.這項研究成效的檢證

（1）可以透過唐傳奇讀者劇場化的教學活動設計

及實踐來檢證　　　　　　　（演繹一）

（2）可以透過唐傳奇故事劇場化的教學活動設計

及實證來檢證　　　　　　　（演繹二）

（3）可以透過唐傳奇舞臺場化的教學活動設計及

實證來檢證　　　　　　　　（演繹三）

（4）可以透過唐傳奇相聲劇化的教學活動設計及

實踐來檢證　　　　　　　　（演繹四）

圖 1-3-1　本研究理論建構圖示

　　根據上述的理論建構架構，可以看出本研究所要研究的範圍。從概念可以設定的範圍來看，「唐傳奇戲劇化在閱讀教學上的應用」中有許多的概念，在論述時為了條理思路，選擇「唐傳奇」、「戲劇化」、「閱讀教學」來運用。接著從命題建立可以有的範圍來看，進一步為了要能「命題完構；而這種完構，一方面得包蘊著前面所提出的相關概念；一方面還得自我侷限範域。所謂自我侷限範域，是指所要建立的命題可以無止無盡，而限於論述的時間性只好選擇迫切需要的來建立，以便接續的相關演繹的進行」（周慶華，2004a：45），所以本研究在命題的建立的範圍內會將曾在前一節中所提及把唐傳奇作品中分成四類，並從這四類中選擇具有代表性的作品，再加上讀者劇場化、故事劇場化、舞臺劇化、相聲劇化等戲劇化的具體作法來完構。而所選作品有：愛情類，以元稹的〈鶯鶯傳〉為代表；志怪類，以李復言的〈杜子春〉為代表；豪俠類，以杜光庭的〈虬髯客傳〉為代表；歷史類，以陳鴻的〈東城老父傳〉為代為。最後從命題演繹可以有的範圍來看，由於「命題的演繹可以有無限多的展演，必須有所節制；以至自我圈定範圍也就『勢必』不可避免的了」。（同上，48）所以「唐傳奇戲劇化在閱讀教學上的應用」的命題演繹範圍，就得在取材上的層面與所要解決問題關涉的層面來限定。

　　在取材的層面：唐傳奇是我國的文言小說，可以處理的課題很多，本研究只取唐傳奇的故事內容、形式作為戲劇化非制式的教材，並以汪辟疆《唐人小說》的校文為底本，取束忱等注譯的《新譯唐傳奇選》為研究文本，並將分為四類予以探討，再從四類中各取一篇進行實驗檢證。其他有關唐傳奇作者的研究考訂及唐傳奇嬗變過程等，則不在本研究的範圍。

　　至於在所要解決問題關涉的層面：首先唐傳奇戲劇化是要運用戲劇的方式來表達，它和兒童劇和創作性戲劇活動有密切關係。「『遊戲』是出於原始的自發性，是幼兒自我發展而成的，它只有一個目的，就是好玩和高興。而戲劇則為達成一個特定的教育目的或功能，而設計出的一種遊戲活動，而這個遊戲活動只不過是達成這個目的的一種手段而已，孩子同樣可以感到高興和滿足。」（何三本，1993：62）本研究不是要討論「創作性戲劇活動」的表達方式及其運用，而是要直接運用「創作性戲劇活動」中類如相聲的方式加以戲劇化〔就是相聲劇，「這是臺灣劇場的新品種」（馮翊剛等，1998：3）〕來實踐檢證，其他諸如歌劇、話劇、數來寶、雙簧等限於時間，則不在所要藉為實踐檢證的範圍。

　　其次「閱讀教學」的概念釐清，閱讀教學包含：聆聽教學、說話教學、注音符號教學、識字及寫字教學，本研究以其中的說話教學結合唐傳奇戲劇化作檢證。在「閱讀教學流程中說話教學是以『額外』強化方式介入，透過演講、辯論、舞臺劇、廣擴劇、相聲、雙簧、說故事等活動安排來成就」。（周慶華，2007a：65）其中以舞臺劇和說故事因為可以即興創作和增加全體成員共同參與的機會，為本研究所主要採取的方式（兼採相聲如上述），其餘則太費工夫而暫且不予考慮。其中說故事又可分劇場性的讀者劇場、故事劇場和室內劇場等，本研究僅以讀者劇場、故事劇場等方便在小學教室實施的方式來進行。

底下是本研究在論述時所採取的方式圖：

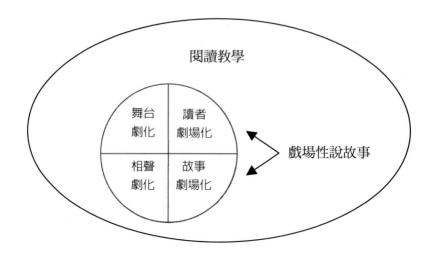

圖 1-3-2　使用戲劇化具體方式和閱讀教學關係圖示

　　研究的「限制」，乃是伴隨著研究「範圍」而產生。在本研究的架構之外，處理不了的問題，就是研究的限制所在。「唐傳奇戲劇化在閱讀教學上的應用」的研究限制，在取材上的範圍版本眾多，基於能力、時間與篇幅的限制，在選擇研究的文本上就不便廣涵：在「唐傳奇」部分，作品僅選自通行本，也就是前面所說的束忱等注譯三民出版的《新譯唐傳奇選》，它以汪辟疆《唐人小說》精校過的校文為底本，姑且「信以為據」。其他版本的唐傳奇作品，就不在本研究的範圍內。

　　還有所要解決問題關涉的層面，既然本研究所關注的是唐傳奇戲劇化後在教學上的應用，那麼「戲劇化」的作法有很多，本研究無法一一予以運用進行檢證，也只好擇優的採用讀者劇場化、故事

劇場化、舞臺劇化、相聲劇化四種具體作法來驗證；至於為何採行此四種方式，乃基於權力意志和可藉帶出教學成效等因素所發動，而難以再「慮及其他」，這也得在此先予以表述。此外閱讀教學對學習者產生的效用，還涉及到學習者的個別差異、閱讀能力、社會文化環境等等因素，但這也是本研究所無法「旁衍兼顧」的，只能別為寄望，以後有機會再行開啟。也由於無法完全避免我的主觀價值，所以僅能在脈絡內完密論述以求相對的客觀性。

第二章　文獻探討

第一節　唐傳奇

　　有關唐傳奇的現象在學術上有許多從不同角度去研究、探討的論述，我根據這些論述從以下幾個方面作探討，希望從中抉發新義，或對過去所忽略的問題以統觀的識見加以勾勒，揭出隱微或相關層面，進而達到古為今用的目的。

一、關於唐「傳奇」稱名所代表的意義

　　《論語・子路》載：「子曰：『名不正，則言不順；言不順，則事不成。』」

　　（邢昺，1982：115）在討論唐傳奇的文本時，須先將「傳奇」一名稱的意指予以界定清楚。有關傳奇名稱的由來各家說法如下：

　　孟瑤在《中國小說史》中表示，我們對唐代的文言小說為何叫傳奇的原因，根據可找到的事實，歸納成以下兩點：（一）我國正統派的小說，不離搜奇志怪的風格，唐代的小說在基本上是與它一脈相承的，多為傳述奇異之事。（二）唐代「傳奇」的特色，多半篇幅漫長，且內容時近俳諧，正統的文人每視為卑下，稱為傳奇所以有別於正統派的韓柳古文。（孟瑤，1966：57）

　　吳志達在《唐人傳奇》中指出，最早用「傳奇」來作小說集的名稱，是中晚唐的作家裴鉶。人們根據這種小說記敘奇行異事的特

點，約定俗成為一種名稱。由於小說在中唐以前，不為正統文人所重視，輕蔑地稱呼它為「傳奇」。唐代古文大家韓愈寫的〈毛穎傳〉是「傳奇體」，柳宗元寫的〈河間婦傳〉、〈段太尉佚事狀〉等也是此類作品；他們認為創作帶有戲謔性的駁雜之說，無害於儒家之道。後來南宋和金以諸宮調為傳奇，元人也把雜劇稱為傳奇，明、清時代則稱南戲為傳奇。由此看來同一名稱在不同時代，它所代表的意義自不相同。（吳志達，1981：2～3）

祝秀俠在《唐代傳奇研究》中對傳奇進一步解說：「傳奇」原是唐裴鉶一篇作品的篇名，後人用以指稱以散文形式來寫故事的作品，就是中國的短篇小說。「傳奇」名稱到了元代才成立。在陶南村《輟耕錄》中說到：「唐有傳奇，宋有戲曲、諢詞、小說，金有院本、雜劇。」這顯然概指唐代一切小說而言。梁紹壬在《兩般秋雨盦隨筆》中提及：「裴鉶著小說，多奇異可以傳示，故號傳奇；而今之傳奇，則曲本矣。」這說明到了明清之際，傳奇這個名稱所指的是戲曲而不是唐代的小說。（祝秀俠，1982：6～7）

方祖燊認為我國小說發展到了唐代大為改變。在唐朝以前，小說大都不過是隨意筆錄小語短書，粗陳故事梗概，無所謂結構體裁。到了唐人，才真正有意地去創作小說，產生了「傳奇小說」和西方的短篇小說相當。有關「傳奇」的名稱，方祖燊引用梁紹壬在《兩般秋雨盦隨筆》的文詞：「《傳奇》者，裴鉶著小說，多奇異可以傳示，故號傳奇。」這也是後人用「傳奇」稱唐宋人小說的一種體裁。（方祖燊，1995：23）

針對「傳奇」名稱的內涵，陳文新說：虛構是唐人傳奇之「奇」的一個重要方向。如周紹良《〈傳奇〉箋證稿》所考證的，它更早是〈鶯鶯傳〉的原名。這至少說明曲折有致的愛情故事在人們看來是「奇」的。從訓詁學的角度看，「奇」就是「怪」，就是「異」，

而唐人對於「怪」、「奇」、「異」三者用在篇名或者書名時，並沒有什麼嚴格的區別。胡應麟在《少室山房筆叢》中更準確的將「傳奇」視為文言小說的一個類別，同朝的臧懋循還提出了「唐人傳奇」這一名稱。（陳文新，1995：9～17）

　　俞汝捷研究唐傳奇後認為：傳奇據今人考證，是到了元朝才被正式視為小說文體樣式的。在唐代它只是裴鉶的小說集的書名。所以胡應麟的說法：「傳奇之名，不知起於何代。」又說：「至於志怪、傳奇，尤易出入：或一書之中，二事並載；一事之內，兩端俱存。」出入之處確實存在，譬如鬼趣種種的〈陸喬〉的故事是出自張讀《宣室志》中，該書被胡應麟歸為志怪，而在魯迅《中國小說史略》中則歸入傳奇。因此，一部作品的歸類並不重要，重要的是一種異於傳統志怪的新文體樣式確實產生了，而這種新文體開創我國傳統古典小說的新紀元。（俞汝捷，1991：105）

　　龔鵬程在《中國小說史論》中認為：「『傳奇』這種文類、性質並不固定，要替『什麼是傳奇』下個妥洽的定義，恐怕甚難。」（龔鵬程，2003b：189）但綜合地看來，約略可得出下列三點深具關聯的概括性結論：（一）《雲麓漫鈔》所說，唐舉人溫卷那種「文備眾體，可以見史才、詩筆、議論」的傳奇文體，只是所謂唐人傳奇中的一小部分。（二）既然傳奇不像詩有固定的體式，在分類時便與某些所謂野稗俎類纏絞難分；二者內容，殆無甚差別。（三）這些傳奇述異的文字，有些固然是胡應麟所說「盡幻設語」、「作意好奇」，但大部分都是傳錄舛訛、喧騰巷議。凡作意好奇、有意識創造的小說，大抵都能明顯地反照出作者的意識活動；非虛構的實錄，則無論是承襲自官方檔案，或蒐集、轉引、修改較早的底本，及巷議街談的轉錄，都呈現了實際生活經驗中運命觀的運作情況。（同上，189～190）

正如周慶華在《語言文化學》中提到關於語言的變遷：「通常語言被看成是一個象徵系統，它指涉了外在的事物，而有所謂『語言是一種地圖』的說法。問題是同一種事物可能有不同語言去指涉，使得由語言所塑造(繪製)的地圖不得不出現形形色色的現象。」（周慶華，1999：63）綜合上述各家所言對於「傳奇」這個名稱的由來都作了各自表述。在不同時期「傳奇」所代表的意義不同，為了使本研究能順利進行，我在「傳奇」前加個朝代名，以區別它所代表的意義。換句話說，唐傳奇在此就是指以文言寫作而成的唐代小說。

二、關於唐傳奇文本的分類

根據《增訂中國文學史初稿》的記載：「唐代傳奇小說，大都收在宋初李昉等編的《太平廣記》中，其他如《太平御覽》、《文苑英華》、《全唐文》等類書總集，也收錄了一些唐人的傳奇。關於唐人傳奇的分類，《太平廣記》分神仙、女仙、道術、方士、異人、異僧、釋證、報應、徵應、定數、貢舉、驍勇、文章等；《唐代叢書》約略分神怪、戀愛、豪俠三類。神怪包括〈古鏡記〉、〈白猿傳〉、〈柳毅傳〉、〈枕中記〉、〈南柯太守傳〉、〈秦夢記〉等；戀愛包括〈離魂記〉、〈章臺柳〉、〈李娃傳〉、〈霍小玉傳〉、〈長恨歌傳〉、〈會真記〉等；豪俠包括〈謝小娥傳〉、〈紅綫〉、〈崑崙奴傳〉、〈虯髯客傳〉、〈紅拂女傳〉等。」（王忠林主編，1978：577～578）

中國文學史編輯小組將唐傳奇分類為：（一）諷刺小說：唐人小說承六朝遺風，喜談神鬼靈異，如〈枕中記〉、〈南柯太守傳〉、〈杜子春〉等。（二）愛情小說：分兩類：一是志怪，指披著狐鬼神仙的外衣，歌頌愛情的忠貞和超越生死、感動異類的巨大力量，如李

朝威〈柳毅傳〉；二是人間愛情，多是狹邪娼妓的故事，如蔣防〈霍小玉傳〉。（三）豪俠小說：這類小說盛行於唐末，如袁郊〈紅綫傳〉、杜光庭〈虬髯客傳〉。（四）歷史小說：以史實為主，經過適當的加工，如陳鴻〈長恨歌傳〉、〈東城老父傳〉等。（中國文學史編輯小組，1992：362～371）

　　日本學者鹽谷溫《中國小說概論》將唐代小說分為別傳（史外的逸聞）、劍俠（武俠男女的勇談）、豔情（佳人才子的豔話）、神怪（神仙、道釋、妖怪談）等四類。郭箴一《中國小說史》採取神怪、戀愛、豪俠三分法分析唐代小說。北京大學中文系編《中國小說史》分為四類：（一）愛情婚姻故事；（二）涉及仕途、官場生活作品；（三）政治題材和歷史題材的傳奇；（四）富於教育意義不怕鬼的故事。張友鶴《唐宋傳奇選》則區分為戀愛和婚姻問題、透過夢幻來寫人生經歷的故事、以當時歷史事迹為素材，加工寫成的故事、豪俠故事等多種類型。（引自程國賦，1997：8）程國賦認為以上的分法不夠準確，他從唐傳奇創作的全局入手，將唐代小說分為：（一）神怪：如無名氏〈補江總白猿傳〉、沈既濟〈枕中記〉、李公佐〈南柯太守傳〉等；（二）婚戀：如許堯佐〈柳氏傳〉、白行簡〈李娃傳〉、蔣防〈霍小玉傳〉、元稹〈鶯鶯傳〉等；（三）逸事：如皇甫氏〈崔尉子〉、牛肅〈裴仙先〉等；（四）佛道：如李復言〈杜子春〉、〈張老〉等；（五）俠義：如李公佐〈謝小娥傳〉、杜光庭〈虬髯客傳〉、袁郊〈紅綫〉等五種類型。（同上，9～143）

　　王國瓔在〈中國文學史新講〉中就現存唐傳奇故事作品題材內容的重點，大略分為：（一）神異故事：初唐傳奇的過渡色澤，如王度〈古鏡記〉、無名氏〈補江總白猿傳〉、張鷟〈遊仙窟〉等；（二）論世故事：盛唐傳奇的正式成熟，如沈既濟〈枕中記〉、李公佐〈南

柯太守傳〉等；（三）愛情故事：中唐傳奇的傑出表現，如白行簡〈李娃傳〉、蔣防〈霍小玉傳〉、元稹〈鶯鶯傳〉等；（四）俠義故事：晚唐傳奇，武俠小說的濫觴，如袁郊〈紅綫〉、杜光庭〈虯髯客傳〉等。他認為這四種類型題材之間有交錯重疊的現象，不是壁壘分明的。（王國瓔，2006：742～762）

陳文新在《中國傳奇小說史話》中表示：「唐人傳奇的發展，大致可分四個時期：第一個時期為初期（618～779），從唐高祖起，到唐代宗止。這是傳奇產生及漸趨成熟的時期。第二個時期為盛期（780～820），從唐德宗起，到唐憲宗止。這是傳奇發展的鼎盛時期。第三個時期為中期（821～873），從唐穆宗起，到唐懿宗止。這是傳奇的創作獲得豐收的時期。第四個時期為晚期（874～910），從唐僖宗起，延續到五代初。這是傳奇衰退、變異的時期。」（陳文新，1985：87）

上述各家分類，有的從作品的內容來分，有的從創作的時間來分。從作品的內容來分的最多的有十三類，最少的有三類，多數分為四或五類，只是名稱上的差異。由於多的過於繁瑣少的又太簡略，有些名詞的使用對國小兒童來說較不易理解，如：諷刺、逸事等。所以我參考上述各家的論述，將唐傳奇依其題材內容並以兒童易於理解的名詞分為四類：（一）愛情類：描寫才子佳人的悲歡離合，秀才妓女的結識故事。代表作為元稹〈鶯鶯傳〉、白行簡〈李娃傳〉、蔣防〈霍小玉傳〉等。（二）志怪類：用虛幻的象徵性描寫，其中也有假託神祇鬼怪加以人性化的，代表作為沈既濟〈枕中記〉、李公佐〈南柯太守傳〉、王度〈古鏡記〉、李復言〈杜子春〉和李朝威〈柳毅傳〉等。（三）豪俠類：以描寫英雄俠客的義烈行為穿插以政治愛情，代表作為杜光庭〈虯髯客傳〉、袁郊〈紅綫〉、裴鉶〈崑崙奴〉、〈聶隱娘〉等。（四）歷史類：取材於史料，加以編排鋪設，

具有故事性、趣味性。代表作為陳鴻〈長恨歌傳〉、〈東城老父傳〉。
本研究將從這四類中各取一篇進行實驗檢證。

三、關於唐傳奇在中國文學史上的地位和藝術價值

胡應麟在《少室山房筆叢》中指出：「變異之談，甚於六朝，
然多是傳錄舛訛，未必盡幻設語；至唐人乃作意好奇，假小說以
寄筆端。」（胡應麟，1963：486）裡面提到唐傳奇的「幻設語」
或「作意好奇」，就是意識的創造。魯迅在《中國小說史略》中以
歷史的角度思考指出：「小說亦如詩，至唐代而一變，雖尚不離于
搜奇記逸，然敘述宛轉，文辭華豔，與六朝之粗陳梗概者較，演
進之迹甚明，而尤顯者乃在是時則始有意為小說。」（魯迅，1996：
51）這說明六朝筆記小說作者和唐傳奇作者在創作上的顯著差
異：單純記載到有意識自覺的創作。從這兒我們可以看見中國小
說的發展在唐代已從筆記體發展到符合現代觀念的「小說」文學
體裁。

在中國小說史的演變上，唐傳奇是位在具有關鍵意義的發展階
段。康韻梅引程毅中的觀點說：「程毅中承認章學誠點出中國小說
演變的事實，進而在中國小說發展的三變中，特別強調唐代傳奇是
承先啟後的一大變，他認為『唐代傳奇是處在漢魏雜事小說到宋元
以後通俗小說的中間階段，是從古體小說發展到近體小說的橋樑，
是中國小說演變的第二階段。』若細究中國小說的演變，當然不限
三變，但無論如何去分期，唐代小說絕對是一個具有關鍵意義的發
展階段。」（康韻梅，2005：1）康韻梅進一步以「現今小說文類的
觀念檢視，唐代小說的創作手法，標示了中國小說發展的成熟，在
以用『散文寫成的某種長度的虛構故事』如此簡扼的小說定義，回

溯中國小說的發展，唐人傳奇從『粗陳梗概』的漢魏六朝小說中脫穎而出。其『文采』和『意想』已標示出中國小說在藝術經營上的跨越，成為與唐詩並稱的一代之奇；然而更令人驚異的是，唐代小說的故事題材，竟成為後世的小說和戲曲大量擷取，於是我們在唐以後的文學發展中，依然可以看到多篇唐代小說化為各種的姿態，在不同的文學體裁中呈現。」（同上，1）

根據中國文學史編輯小組的研究成果，他們認為在近體小說出現以前，唐人傳奇是我國古小說成就的高峰，從一系列顯著的成就來看：（一）藝術創作的自覺性。由於創作的自覺性，小說開始和其他文學形式分開來，成為獨立的藝術類別。作家擺脫了對事實的拘泥，由實錄走向創造，藝術思維活躍，作家得以自由發揮。（二）高度的思想性。唐人傳奇思想進到一個新的高度，比較廣闊的社會生活進入小說領域；妓女、奴婢、平民等小人物開始成為謳歌的主角；作家站在人道主義立場，反對壓迫者，同情不幸者，對社會黑暗進行揭露和批評；開始出現一系列光輝的女性的反抗形象，去追求自由、幸福的愛情。（三）高度的藝術性。唐傳奇對生活的認識和概括能力是相當驚人的，幾千字就能描繪出當時社會一定的風貌，從這兒可見作者的藝術水準。許多優秀作品已初步擺脫單純對情節的追求，開始出現人物性格的創造和內心世界的探索。唐傳奇在語言使用上接受秦漢以來古典散文的成就，也吸取駢文的某些優點，注意語音聲調的鏗鏘，也注意語言的自然節奏，一定程度上向民間口語學習，這樣形成它巨大的表現力和語言的藝術美。從上述三點可見唐傳奇在中國文學史上佔據光輝的一頁。（中國文學史編輯小組，1992：372～374）

對於唐代小說在中國文學史上的凸出地位，康韻梅引用程毅中的論述：「他認為唐代小說在題材、體裁和藝術手法上都有所創新，

形成千姿百態的小說流派，創立了中國短篇小說的傳統風格，也為古體小說過渡到近體小說溝通了津梁。唐代小說也為後世話本、擬話本、戲曲提供了豐富題材。」（康韻梅，2005：13）洪邁在《容齋隨筆》中表示：『唐人小說不可不熟，小小情事，悽惋欲絕，洵有神遇而不自知者，與詩律可稱一代之奇。』（原書脫佚，引自康韻梅，2005：13）康韻梅依此比較洪邁和魯迅對唐傳奇的看法，她認為洪邁著眼在唐代小說藝術表現的高妙；魯迅則將唐傳奇在中國小說史上的意義，比擬於唐詩在中國詩歌上的意義，是絕大的演變。（康韻梅，2005：13）

　　魯迅從語言藝術的角度看待唐傳奇，「敘述宛轉」、「文辭華豔」，說明了唐傳奇的語言敘述較前代流暢、文辭也較優美動人；它繼承古代散文和駢體文及詩歌、民間俚語俗諺中的詞彙，並汲取前人在語言結構嚴謹而又靈活、精鍊準確的優良傳統，這形成唐人傳奇獨特的語言風格。他更進一步指出唐傳奇的特點：「傳奇者流，源蓋出於志怪，然施之藻繪，擴其波瀾，故所成就乃特異，其間雖亦或託諷喻以紓牢愁，談禍福以寓懲勸，而大歸則究在文采和意想，與昔之傳鬼神明因果而外無他意者，甚異其趣矣。」（魯迅，1996：51～52）吳志達也認為唐傳奇在語言藝術表現上具有三個特色：（一）散韻結合、雅俗交融：唐人傳奇大都是用流麗明暢的古代散文寫的，但也帶有較多的韻文成分。（二）精鍊準確、文詞雅潔：唐傳奇作品敘述性的語言，一般都很精鍊，要言不繁。在極短的篇幅中，敘事寫人，不流於概念化。在描寫人情物態方面，唐人傳奇的語言更是色彩絢麗，優美細膩，具有形象鮮明、描寫生動的特點。（三）比喻形象、鮮明貼切：傳奇作者也往往透過比喻、象徵的藝術手法，把人物內心的感情細緻真實地表達出來。（吳志達，1981：139～147）

　　從文章結構來看，六朝志怪志人小說是採直線描述的筆記小說，多屬「粗陳梗概」、「叢殘小說」的簡短篇幅，缺乏人物形貌與心理刻劃，更無鋪張的故事情節，不能成為結構完整的作品；而唐傳奇作者是有意識的創造，並藉助傳奇小說的形式，由虛構的情節和人物的形象來創作，結構完整、內容豐富的「短篇文言小說」。羅盤在《小說創作論》中提到：「今日的小說，是由人物、故事和主題三者所構成。人物用以扮演故事，故事用以表現主題。由此三者互為因果所產生的小說，才能算是真正的文藝作品。」（羅盤，1980：4）以此標準，唐傳奇已脫出「街談巷語，道聽塗說」的俚俗小事的記載範疇，而成為有思想、情感且富文采的文藝作品。

　　趙彥衛在《雲麓漫鈔》中說：「唐世舉人，先藉當世顯人以姓名達諸主司，然後投獻所業，踰數日又投，謂之溫卷，如《幽怪錄》、《傳奇》等皆是。蓋此等文備眾體，可以見史才、詩筆、議論。」（趙彥衛，1984：222）此外，「這些求晉身之階的文士，所以敢把『傳奇』視為可以與詩文並列的文學，恐怕不僅由於他們不肯再受傳統約束所造成觀點上的驚人進步而已；更重要的或是因為這一文體的確更方便於發揮作者多方面的才華吧？陳寅恪在〈讀鶯鶯傳〉中說：『小說之文宜備眾體，〈鶯鶯傳〉忍情之說即可議論，〈會真〉等詩即所謂詩筆，敘述離合悲歡即所謂史才，皆當日小說文中不得不具備者也。』由於這些知識分子都『著意為小說』，有唐一代傳奇文能盛極一時，自然是意料中事了。」（孟瑤，1966：60）

　　傳奇雖源於志怪小說，內容也不乏搜奇記逸，但在奇、異這些特色外，唐傳奇還多出了不少面向：豐富多樣的題材與內容。由於唐以前的小說，多屬於神奇怪異，較少觸及真實生活的層面；但到了唐傳奇時作者已將筆觸伸向廣闊的現實社會角落，切近唐人的生

活，題材更加廣泛。就現存故事依其內容大約可分為：愛情、志怪、豪俠、歷史等四類。所描述的上自帝王后妃的宮廷生活、下至妓女士子的戀愛婚姻悲劇，人物多樣，從娼妓、奴婢、侍妾、商賈、市井小民都可成為傳奇小說中的主人公，而成就唐傳奇強烈的人物形象，並透過人物形象鮮明的描述，讓我們了解人性。儘管每個短篇所反映出的只是生活的某一個部分，但以整體而言卻能看出整個唐代社會生活的面貌。由於豐富多樣的題材與內容使唐人傳奇小說給予後代戲曲增加寫作的題材，如沈既濟的〈枕中記〉衍為元朝馬致遠的〈黃粱夢〉等，對後世文學影響很大。所以鄭振鐸給予唐代傳奇極高的評價「認為唐傳奇是許多美麗故事的淵藪，是後世許多小說戲曲所汲取原料的寶庫，其重要性有如希臘神話之於歐洲文學的作用。而其中一部分作品，已具備近代最完美的短篇小說的條件。」（鄭振鐸，1982：378）

　　從洪邁、胡應麟到魯迅等人在他們的不斷地研究、發掘，刮垢、磨光，使得這塊寶石美玉得以燦爛的顯現在世人眼前，吸引大家的目光，擺脫了不入流的俚俗小事。唐傳奇小說裡面蘊含許多動人心絃、馳騁想像的故事，為後世小說戲劇取材的來源，更是我國古典小說的瑰寶。基於唐代小說在中國文學發展史上的重要意義，許多學者於研究陳述時都會指出唐代小說故事題材的承衍關係，例如：陳文新《中國傳奇小說史話》、魯迅《中國小說史略》、孟瑤《中國小說史》、程國賦《唐代小說嬗變研究》、康韻梅《唐代小說承衍的敘事研究》等，這些著重於小說史的論著。除此之外，還有許多相關議題的專書或專論，例如：吳志達《唐人傳奇》、祝秀俠《唐代傳奇研究》、俞汝捷《幻想和寄託的國度——志怪傳奇新論》、龔鵬程〈唐傳奇的性情和結構〉、康韻梅〈唐代傳奇與歌行並作初探〉、羅聯添〈長恨歌與長恨歌傳「共同機構」問題及其主題探討〉、熊

琬〈中國小說與佛理之會通〉等，這些都是就特定課題如題材、文體、創作手法或就一篇文本來探討唐傳奇。

四、關於唐傳奇所呈現的文化思想

羅敬之在〈傳奇·聊齋散論〉中指出在唐代的宗教思想基本上是儒、釋、道並行的，在這樣的文化思想下促成唐傳奇的成長。在唐傳奇作品中受佛、道影響的作品很多，如〈枕中記〉、〈南柯太守傳〉、〈霍小玉傳〉、〈長恨歌傳〉、〈謝小娥傳〉等。關於沈既濟的〈枕中記〉和李公佐的〈南柯太守傳〉，羅敬之認為這兩篇主要表達「幻夢人生」的主題，在文中描述難得的事物存在超現實的仙界中，呈現虛實合一的景象，是受到佛家「人死冥界相會」的觀念影響，可見到佛、道的影子。（羅敬之，2002：3～19）

陳文新在《中國傳奇小說史話》中認為唐代佛、道觀念的流行擴大了作家想像的天地並帶來新的結構方式。因果論是佛教的一個中心思想，呈現為小說的結構——「善有善報，惡有惡報」此為最常見的形式，「每一個結果都有相應的原因」。在這種結構中，人物性格的刻畫佔據種要地位。反過來，倘若將「果」放在現在一生，而將「因」放在過去一生，在這種結構中人的卑微處境格外怵目，情節則極有戲劇性。道教以成仙來吸引眾生，以獲得永恆的生命。包括兩個相反的命題：（一）正命題：成仙不難，只要努力都可望成功。它與「善有善報」的相信當下努力有效的因果論合轍。（二）反命題：成仙異常艱難，無論你如何剛毅，也達不到這個目的，其結局因而註定了是悲劇。（陳文新，1995：297～298）

吳志達在《唐人傳奇》中認為唐代社會思潮相當複雜，因而人們的思想也相當活躍，在當時的社會上是儒、道、佛同時盛行。合

藥煉丹，妄想長生不老，飛昇成仙，在這樣的社會思潮和風尚帶動下，反應在傳奇的創作上就出現大量求仙問道的作品。但與傳奇更密切的是佛教：佛教文學對傳奇創作的思想內容、體裁、結構上有很明顯的影響。佛教因果報應、生死輪迴的觀念在唐人傳奇中是很普遍的。（吳志達，1991：22～23）

　　祝秀俠在《唐代傳奇研究》中對唐代傳奇與神怪故事的關係，判定是由於唐代佛、道勢力擴張，神人相通，幽靈報應之說對社會影響極大所形成的。一般人更覺得神仙鬼怪的威力無窮，變幻莫測，對它存有信仰和敬畏。例如〈枕中記〉是在闡述佛教人生變幻無憑的至理，和它故事題材相近的是李公佐〈南柯太守傳〉，於篇末有言：「感南柯之虛浮，悟人生之倏忽」，揭出這一篇寫作的主旨比喻人生的夢幻。祝秀俠進一步表示，傳奇裡的神怪故事，雖以神怪為題材，但已變成有關人事方面的作品。（祝秀俠，1982：70～90）

　　黃致遠在〈唐傳奇《枕中記》的民間童話特質〉中指出〈枕中記〉受到佛、道思想的影響，想要表達「人生如夢」的警誡。在〈枕中記〉的情節中，經過壓縮與變形的時空中，帶來了撲朔迷離的氣氛，如幻似夢的情境，代表作者想像力自由的跳躍與發展。這種想像，表現在「反自然法則傾向」呈現出超自然，異於人間現象的許多事物。（黃致遠，2002）

　　熊琬在〈中國小說與佛理之會通〉中指出唐代小說由志怪小說演進而來，其內容有佛道思想的題材。其形式，承襲佛經體裁中使用長行（散文）敘述與偈頌（韻）重述的二種形式。傳奇小說中，散文中夾雜詩歌，這種韻散結合方式就是由佛經體裁相承而來。（中國古典文學研究會，1994：28）

　　王義良在《唐人小說中之佛道思想》碩士論文中，說明唐人小說中呈現佛家思想，下分五目：一是因果循環輪迴思想；二是福善

罪惡的報應思想；三是眾生一律的平等觀；四是命定的宿緣論；五是諸行無常的厭世思想。關於唐人小說中的道教思想與方士學術，其中玄學思想則又分四目加以述說：一是攝養長生、棲心玄關的神仙思想；二是抗志塵表、高蹈棲遁的避世思想；三是清淨無為的虛無思想；四是悲觀厭世、縱樂放達的人生觀。方士學術，則分丹道與符籙二派加以述說。（王義良，1975）

陳嘉麗在《唐代佛道思想小說研究》碩士論文中，著重佛道兩教的通俗層面加以論述：證明唐代小說中的素材可以反映當時的社會現象，具有佛道思想的故事情節。唐代小說也所反映佛道兩教的對立與融合：在政治的干預及宗教發展的影響下，佛道兩教雖有相互排斥與鬥爭的現象，但也同時相互消融。（陳嘉麗，1999）

陳文新根據「馮元君《唐傳奇作者身分的估計》：在四十八位唐傳奇作者中，除了二十七人的行事、出身未能考出外，其餘的二十一位中，舉進士十五人，明經一人，擢制科一人，應進士而落第一人，進士或制科出身的三人」研判唐人傳奇可以說是進士文學。（陳文新，1995：11）對於作者為何熱中於傳奇這樣的文體，一般認為乃是受到在正宗文學領域內古文運動和新樂府運動聲勢浩大的影響，但實際上振興儒學只是外部形式，真正關心的是「文」本身。同時在唐代上層社會日趨浮華、奢侈，與著名文人提倡的淳樸生活兩相對照產生了矛盾的現象，這種矛盾現象對傳奇產生了很大的影響。（同上，40～43）

對於唐傳奇作者創作傳奇的原因，孟瑤、吳禮權、臺靜農、吳志達、祝秀俠、陳文新等，都認為和唐人科舉制度有關。由於科舉是唐代文士的主要出路，這激發他們對事業的種種幻想，但名額有限登科的機會不多，非人人都可成就功名。所謂的名韁利鎖帶給他們的痛苦是不言可喻的，於是有所感喟；這種感喟易和當時盛行的

佛、道思想結合，反應在文學上，撰寫傳奇小說，用以自諷或用以諷世，以渲洩衷情。從上述的研究成果和相關文獻，在在顯示了儒、道、釋的思想對唐傳作者產生了極大的影響，進而表現在作品中的內容、取材、情節和體裁上。關於唐傳奇作者創作的原因多認為受仕途不利的影響。針對目前研究的文獻中所忽略的部分，我提出不同看法：在各家的研究論述中，對於唐傳奇中神怪、虛幻的部分都歸諸於受佛、道思想的影響，卻忽略從我們原屬於氣化觀型文化——泛神信仰承認萬物有靈的角度來探索，所以對於神怪、虛幻的部分也不免於歸結到小說家的「虛構」。再者，對於文士撰寫神怪傳奇的原因，除了仕途不利、為謀取利益（求取功名）及行使教化（自諷或諷世）等，也忽視從傳奇作者本身或者聽他人講述的通靈經驗。有關這一部分會在第三章加以闡述。

　　綜合上述各家的論述，我們得以窺見唐傳奇在中國文學史上不凡的意義與藝術價值。在中國文學史上唐傳奇是一塊亮麗的瑰寶，具有無窮的魅力吸引人們不斷努力投入研究；關於唐傳奇的研究在海峽兩岸都有相當多的著述和成果，使我們得以藉著別人的論述從不同角度看待唐傳奇，以啟發我們新的想法和開拓我們的視野。

第二節　唐傳奇戲劇化

　　根據上節的論述，唐傳奇作品具有優美的語言藝術及含有豐富的寓意，所以才能產生動人心絃的力量並喚起人們豐富的聯想和意境。唐傳奇這樣優秀的文學作品雖然距今久遠，但透過閱讀我們可以領略那永恆的人情及對人性的描寫，並利用戲劇化的方式體會不

同的角色，進一步強化學生的閱讀理解。教材戲劇化的意義，根據何三本的說法，「是指在國小現行的課程中，選擇以國語、社會、生活與倫理等科的教材，運用戲劇的方式來表達進行教學而言。而戲劇這種模式，古來即有，如果將它應用在國小教學上，似乎又跟目前的兒童劇有著密不可分的關係。」（何三本，1997：401）所謂兒童戲劇形式，根據徐守濤的說法可分為兩種方式：一為傳統戲劇；一為創造性戲劇。劇本、舞臺、演員和觀眾是傳統戲劇必須有的四個要素。對創造性戲劇而言，劇本的產生打破個人創作的侷限，可以是團體成員共同討論的傑作，加上沒有場所的限制，所以舞臺可以是教室、操場，觀眾和演員可以打破界限，共同欣賞、共同演出。至於表演方式，可以由人扮演，也可以利用紙偶、布偶或其他傀儡來表演。也就是說，創造性戲劇是一種突破傳統異於正規戲劇的表達方式，由於它的限制少更可和觀眾融為一體，此種戲劇活動最適用在教學上。（林文寶等，1996：390～401）

傳統戲劇是以演員為首，綜合各種藝術因素，加強表演的形象，在觀眾面前扮演一個故事，以刺激、促進及擴大向上向善的社會行為藝術。戲劇有舞臺劇、廣播劇、兒童劇、電影及電視等。「兒童劇」是戲劇大川裡的一個支流。它又可分「話劇」和「歌劇」兩種，都是以兒童為對象。（楊裕貿，1991）

根據美國當代兒童戲劇學家郎德裕（M. Gelderg）的分法，將兒童劇分為：（一）創造性戲劇活動（Greative Dramatics）；（二）表演性戲劇活動（Recreatimal Dramatics）；（三）兒童劇場（Children's Theatre）；（四）偶人劇場。其中以「創造性戲劇活動」和「偶人劇場」適合運用在國小教學課程。（何三本，1993：70～72）至於創造性戲劇活動有哪些功能？何三本提出了九點：（一）角色扮演的功能；（二）豐富想像能力機會；（三）培養獨立思考的機會；（四）

使一個團體能自由發展實踐自己的理想；（五）是一個合作學習的機會；（六）提供認識社會的機會；（七）使情緒的控制鬆緊自如，正常發展；（八）養成傑出的表達能力；（九）提高文學程度的體驗。（同上，100～102）

　　張曉華在《創作性戲劇原理與實作》的自序中提到，最早將戲劇作為教學用的運動起源於法國教育思想家盧梭（J.Rousseaus）的兩個教育理念：一為「實作中學習」（Learnling by doing）；一為「由戲劇實作中學習」（Learnling by dramatic doing）。經由美國教育思想家杜威（J. Dewey）在實作學習理論中引用戲劇作為實驗。到英國教育學家庫克（C. Cook）首先將戲劇具體的運用於藝術課程教學，使戲劇性質的教學方法在英、美蓬勃發展。1930 年美國戲劇教育先鋒瓦德（W. Ward）提出了「創作性戲劇術」教學（Creative Dramatics），使戲劇直接應用在校園及教室中。（張曉華，2003：9）創作性戲劇教學是由教師靈活運用戲劇、劇場、創作與教育等多項技術整合的方法，引導學生自發性的學習意願，以想像的創作力，去付諸實際的行動。並提供約制與合作的自由空間，使參與者均有表達的機會，自發性的學習，以為學生未來人生所需奠定基礎。（同上，38）

　　黃郁婷在〈來玩戲之一：淺談兒童戲劇內涵〉中表示兒童戲劇是以兒童為本位的戲劇，並非以戲劇演出為目的，它運用戲劇的元素和劇場技術作為活動媒介。依兒童在活動中投入的角色分類，可分為兒童為參與者的「參與性戲劇活動」和兒童為欣賞者的「表演性戲劇活動」，這二類活動對兒童語文學習和閱讀能力的培養具有正面的功效。（黃郁婷，2005a：13～15）

　　兒童戲劇不是一個學科，而是一門藝術。黃郁婷在〈來玩戲之二：兒童戲劇在學習活動上的運用〉中作如此表示，就是把兒童戲劇中的「戲劇的元素」（聲音、肢體活動、表情動作、觀察模仿、

節奏、音律、色彩造形、角色扮演、劇本劇情等都是戲劇的基本元素）作為學習活動的中介，以戲劇活動作為教學策略，讓學生在學習過程中，自己建構知識、統整經驗並與他人完成互動。（黃郇媄，2005b：55）

鄭君璧在〈在課堂中運用「創作性戲劇」活動教學〉中指出「創作性戲劇」的活動能促進孩子的語言發展。現代的語言發展理論強調語言的溝通功能，語言學者們都認為，兒童學習語言的最佳時機是在日常生活，而非在傳統的教室裡。教師應該多鼓勵和教導孩子學習使用語言與人溝通。英國著名兒童戲劇教育家海斯高德（D. Heathcote）便指出「創作性戲劇」在語言學習中的可貴之處，在於它能提供不同的故事情境和大量的機會，讓兒童學習使用語言與人溝通。（鄭君璧，2004）

所謂創作性兒童戲劇，是一種非正式的即興戲劇活動，與幼兒自發的扮演遊戲類似，著重在參與者經驗重建的過程。由一位領導者帶領參與者運用「假裝」的遊戲本能，共同去想像、觀察、體驗、反省人類的生活經驗。這也就是戲劇裡面最精髓的部分。關於在國小課程中的戲劇教學是什麼？學者認為在國小的教學課程中戲劇教學基本概念是戲劇藝術教學的目的不是在訓練演員，而是藉著戲劇活動的學習來豐富孩子們的創作及表達的潛力。〔莎里斯貝利（B. T. Salisbury），1994：2～8〕

楊裕貿在〈由夏山學校的角色扮演看兒童戲劇的教育價值〉中來討論兒童戲劇所具有的教育價值。以夏山學校的戲劇活動為例，可歸納出具有：（一）創造力的價值；（二）情意涵養與陶冶的教育價值；（三）身心輔導的教育價值；（四）人性化、社會化的教育價值。由於兒童戲劇具有上述四點的教育價值，將它加以運用及開發，必能獲得極大的教育成效。（楊裕貿，1991）

根據何三本的說法：教材戲劇化的目的，並不是教戲劇，而是藉戲劇化為手段，引發孩子對功課感到興趣，達到「寓教於樂」的目的。（何三本，1997：401～405）

歸結上述各學者的論述，戲劇在不同的目的下，它的功能也會隨著不同。創造性戲劇教學的產生就是因應現實教育環境需求——以活潑生動的教學取代單調枯燥的教學方式而產生的。實施創造性戲劇的教學，更能提供參與者在語言的表達、情感、肢體動作的表現，並將知識、經驗和社會互動加以統整，使個人在活動中展現出無窮的創意進而深化美感經驗。近年來，在教改的呼聲中揚棄填鴨式知識單向灌輸講課的方式，強調要以活潑生動方式結合知識、舊經驗而以學生為主的教學方式，創作性戲劇活動在教學上符合這樣的需求，所以有關創造性戲劇的論述就非常多。

創作性戲劇教學活動一般常見的項目有：（一）想像；（二）肢體動作；（三）身心放鬆；（四）戲劇性遊戲；（五）默劇；（六）即興表演；（七）角色扮演；（八）說故事；（九）偶劇與面具；（十）戲劇扮演。這些教學活動並不是演技的專業訓練，而是在遊戲中以觀察、模仿、想像進行戲劇的創作，並在其過程中使學生有趣味化實作的戲劇表演學習。（張曉華，2003：39）為了對唐傳奇戲劇化有更深入的了解，我先就相關創作性戲劇教學活動的研究論述作一探討。

魯俊口述張宜萱撰文的〈從戲劇中學習情緒〉中表示，傳統語言教學，並不會以情緒的角度思考和引導，對戲劇操作而言，只要抓對情緒，語言變得容易，也更加豐富。所有的語言都和敘述有關，敘述本身就是戲劇的一部分，任何一句話都不會憑空出現，有前因後果，重要的是情緒蘊含其中。魯俊認為情緒是最好的切入點，因為外在的感官知覺會帶來內在的情緒反應。（魯俊，2005）

張若慈口述孫卉喬撰文的〈為孩子的「戲胞」找到新家〉中表示，在戲劇表演中，可幫助孩子增進表達能力與學會解決問題的方式。中文戲劇課程目標在使孩子了解自己後，熟悉對自己的聲音、肢體語言及表達方式的控制。在課程中放入人格養成教育目標，開放討論空間，讓孩子自由表達想法。（張若慈，2005）

廖真瑜在〈談戲劇在輔導活動教學之應用〉中認為演戲在輔導活動中是經常使用的教學方式，透過演戲的方式除了可以讓學生學習課程內容之外，也可以激發學生的潛能並促進團結合作的精神。（廖真瑜，2008）

林玫君在〈戲劇教學之課程統整意涵與應用〉中論及戲劇裡面最精髓的部分，就是在面對危險困難如何解決的過程。透過戲劇形式，領導者帶著大家一起去想像、體驗、反省人類的喜、怒、哀、樂——你如何去面對人生的問題。課程統整的意涵，由 Beane 在 1997 所詮釋的意義，最能包含戲劇的意義。在教學中統整必須包含三個部分：（一）知識的統整；（二）經驗的統整；（三）社會的統整。在戲劇活動中把過去的經驗重新整理呈現，體驗不同角色的感覺，接納容許其他人不同的想法和觀點。（林玫君，2002a）

陳麗慧在〈用戲劇營造語文能力〉中表示，在語文教學裡，利用戲劇的方式可以使學生引發學習動機及產生學習興趣。透過戲劇的演出，引導學生主動探究、建構問題，進而主動蒐尋詞彙、整合材料，這一連串的準備過程中學生就經歷了語文學習——聽、說、讀、寫程序的演練。戲劇促進學生不斷地閱讀、探索。因此，戲劇教學可以增加語文的理解及思考能力、將書面文字帶入生活中，充滿趣味，它適合小學至高中階段的所有學生。（陳麗慧，2001）

吳美如在《戲劇活動融入國小四年級語文領域教學之行動研究》碩士論文中指出，將戲劇活動融入語文領域的教學中，能幫助

學生閱讀記憶進而增進學生閱讀理解的能力，並使學生能貼切地使用語言表情達意。學生在輕鬆活潑的戲劇活動中能充分發揮豐富的想像力，增進學習動機，提升語文能力。（吳美如，2003）

李翠玲在《戲劇性活動融入語文領域教學之研究——以低年級為例》碩士論文中，採用行動研究法，把戲劇性活動融入語文領域教學。研究結果發現：（一）學生經由虛擬的情境中體驗，是兒童生活經驗的再經驗；（二）在教學活動中，學生充分參與戲劇活動，增進國語文的學習效果；（三）學生能從角色扮演的過程獲得豐富的情意學習與情境認知訊息；（四）教學者能從戲劇活動過程中得到極大的成就感，卻也面臨極大的壓力，如時間的不足、班級常規的管理；（五）創造性戲劇活動倘若沒有課前的計畫與充分的條件配合，此特性極易被誤用與誤解且發生質變。（李翠玲，2002）

「戲劇不只是一門藝術學科，更是一種教學方式。」張若慈說明，美語戲劇課程的領域是屬於 DIE，也就是在 Drama in Education 的範疇。它不同於 TIE（Theart in Education），TIE 是利用一個劇場型式作完整演出。「Drama in Education」就是利用戲劇元素結合另一學科，以戲劇為方法、學科為內容的教導。（張若慈，2005）

周漢光在〈角色扮演在中文教學上的應用〉中表示，角色扮演就是將教材改編成戲劇，由學生演出，以體會作品中人物的性格、情感及行為；於活動結束後加以分析討論，加深學生對課文的認識，學得語文技能及文學欣賞的能力並獲得情意上的教育，具有良好的教學效果，這是角色扮演教學法的優點。但角色扮演教學法也不是那麼完美無缺，它有時間需求、場地及角色數目上的限制，這是它的侷限。雖然如此，它還是中文教學上常用的一種教學方式。（周漢光，1996）

　　從上面的論述，可見大家都肯定角色扮演、戲劇扮演在語文、情緒、輔導等教學上的極大功效。但它們仍有其侷限性，往往為了演出一部完整的戲要花費許多的人力、物力及時間去籌畫、布置及演練，弄得師生忙成一團。因此，許多教師怕為了要戲劇演出使得原本就不太夠的授課時數更顯得捉襟見肘，擔心如何才能跟上學科進度、掌控活動中的班級常規等問題，更顧忌本身在戲劇表演上的專業性的能力不足，所以運用戲劇活動在教學上有時便會躊躇不前。其實，在創作性戲劇教學活動中有更簡易方便實施的方法，就是利用說故事的活動來提高學習效果，就可免去演員表演的壓力以提高閱讀效果。有關這方面的論述頗多，就所蒐集到的資料作一探討。

　　閱讀流利度已被視為孩子閱讀能力的重要指標。重複朗讀和個人默讀能提供學生增進閱讀流利度的兩個方式。其中重複朗讀是要求孩子在指導下重複閱讀內容，而個人默讀則鼓勵大量閱讀而不加以指導及規範。在重複朗讀中，讀者劇場的方式常被應用在課堂中，許多研究也證明它在閱讀流利上的貢獻。在讀者劇場中臺詞是被「唸」出來的，而不是「背」出來的。這是一種運用戲劇來詮釋文字的方式。〔渥克（L. Walker），2005：10～11〕

　　黃世杏在《讀者劇場對國小學生口語流暢度及學習動機之研究》碩士論文中，運用質化與量化的研究方法，對新竹縣竹北市某所國小六年級的班級，進行為期八週的讀者劇場教學，以探討讀者劇場對學生口語流暢度及學習動機的影響。結果發現，學生的英語口語唸讀速度有明顯的進步，而高成就學生和低成就學生進步的幅度並沒有太大的差別；以分組的方式練習劇本，不僅可以減輕負擔與焦慮，更能透過合作學習累積成功的經驗，有助於自我信心的提升，並增進學生學習的動機。因此，讀者劇場不失為一個處理國小

學生英文程度差異的好方法，與傳統戲劇不同的是所有的學生都能參與，並且在活動中增進英語的說讀能力；對高年級學生來說，讀者劇場可以避免學生演戲時的彆扭，提供一個開口說英語的機會。（黃世杏，2006）

雲美雪在《讀者劇場運用於偏遠小學低年級英語課程之行動研究》碩士論文中，透過行動研究了解英語讀者劇場教學應用於偏遠小學低年級學生的教學過程及實施成效。研究的結果如下：（一）讀者劇場教學流程依教材內容、學生人數、教學時間長短及學生學習狀況彈性調整的，在有限的時間內作最有效率的呈現；（二）英語讀者劇場教學熟讀劇本、合作演出及發揮創意的方法，在於充分且多變化的練習，融入學生學習參與感及主動性，同時倡導家長參與學生在家唸讀活動；（三）英語讀者劇場教學效能顯示能增進偏遠地區學生英文閱讀能力，口語表達能力及提升學生學習英語的興趣。讀者劇場的演練能增進群體合作及互助學習；創意的改編能增進學生創造力的表現。（雲美雪，2007）

張尹宣在《讀者劇場與口語流暢度的影響之行動研究──以花蓮市為例》碩士論文中，以高年級英語社團十位學生為對象來探討實施讀者劇場教學活動後，對口語流暢度的影響。結果顯示讀者劇場不但增加朗讀準確度、速度及正確聲調的成績，它也能增加學生對英語學習自我反省的態度。讀者劇場在學生樂意合作及持續朗讀示範當中能呈現最佳的表現。該研究同時也發現有效改善讀者劇場的教學策略有：（一）讓學生觀摩彼此的朗讀；（二）同學及教師對同學的讚美；（三）請學生每日練習劇本。根據研究結果；他建議讀者劇場應合併到學校的課程內並廣泛的運用在教學現場，以提升教學成效，讓英語教學更加生動，學生們樂在學習。（張尹宣，2007）

　　洪雯琦在《讀者劇場對國小學童外語學習焦慮的影響之研究》碩士論文中，探討讀者劇場教學活動對國小學童學習外語焦慮的影響，以三年級的學生為研究對象。結果發現利用讀者劇場的教學活動來學習外語，不管英語是高成就或低成就的學生，他們外語學習的焦慮都顯著降低。（洪雯琦，2007）

　　張文龍在〈聽說讀寫的戲劇活動──讀者劇場〉中認為，讀者劇場非常適合臺灣兒童學習英語時使用的戲劇技巧。使用讀者劇場教學活動時，不用道具、布景，更不用背臺詞，是簡樸的聲音劇場。（張文龍，2005）

　　鄒文莉在〈讀出戲胞──讀者劇場〉中說明讀者劇場的意義：讀者劇場是一種以文學為主的發聲閱讀，靠聲音表情的創作，利用口語闡述故事和文學與觀眾交流，是最簡單的劇場型式。她認為讀者劇場對英語為第二語言（ESL）或外語（EFL）教學上是很有益處的。（鄒文莉，2005）

　　謝華馨在《應用創作性戲劇說故事教學活動之研究──以安和國小一年級為例》碩士論文中，採用行動研究法，以一年級的學生為對象，主要目的在對創作性戲劇教學的探討，並以其說故事活動在國小一年級進行教學活動，以探討創作性戲劇說故事教學活動的實作、指導方法與可行性等問題。經兩年的研究發現：運用圖畫書的故事，教師較易進行戲劇性的扮演；配合國語課文內容的教學，能使語文學習領域更為活潑生動；倘若以說故事人口述故事，進行故事戲劇化，則能增進學生彼此生活經驗的交流。（謝華馨，2003）

　　黃國倫在《讀者劇場融入國民小學六年級國語文課程教學之研究》碩士論文中，以二十六位六年級的學生為研究對象，採用行動研究法，透過觀察、訪談、問卷與文件分析等方式進行資料蒐集與分析，以了解讀者劇場融入國語文教學的流程與困難，並由學生的

看法分析問題因應之道。研究成果發現：有58%的同學喜歡用讀者劇場來學習國語文，有 75%的學生認為可以更了解課文結構，有70%的學生認為可以更了解課文內容。讀者劇場最有趣的地方是朗讀劇本；其次是製作劇本大綱；最後是創造臺詞。（黃國倫，2005）

　　熊勤玉在《讀者戲場應用在國小中年級國語文課程之行動研究》碩士論文中，以四年級的學生為研究對象，採用行動研究法，研究目的在探討讀者戲場融入國小四年級國語文領域的教學方法與過程及實施時所發生的問題，進而探討問題解決的策略與方法。根據研究結果呈現，學生在聲音表情及聽說讀寫各方面都有進步，在表達能力及思考辨證上的能力都有提升。（熊勤玉，2006）

　　林虹眉在《教室即舞臺——讀者劇場融入國小低年級國語文教學之行動研究》碩士論文中，以國小二年級兒童為研究對象，採用行動研究法來探討讀者劇場融入國小低年級國語文的教學歷程及讀者劇場活動對兒童寫作能力的影響，以及在歷程中所發生的種種問題和解決方法。結果顯示：教師需先營造高品質的學習環境，歷程中建立公平與融洽的小組合作模式，教學活動著重在聲音與表情的詮釋，並在歷程中逐步減少教學的鷹架作用。在寫作方面，讀者劇場融入國語課，對兒童寫作能力的提升有正面幫助；合作編寫劇本的方式，可減少兒童寫作的焦慮。（林虹眉，2007）

　　呂智惠在《說故事劇場研究：以臺灣北部地區兒童圖書館說故事活動為例》碩士論文中，以臺灣北部的公私立兒童圖書館說故事活動為例，進行說故事劇場研究。主要目的在了解臺灣北部地區兒童圖書館說故事活動及其說故事劇團實施現況，以探究兒童圖書館推展說故事劇場的可能型態。獲致下列五項結論：（一）說故事劇場的意義、功能及屬性；（二）臺灣北部地區兒童圖書館說故事活動及說故事劇團的實施現況；（三）說故事活動與說故事劇場的異

同；（四）臺灣地區兒童圖書館推展說故事劇場的可能型態；（五）臺灣地區兒童圖書館推展說故事劇場的困難與因應策略。（呂智惠，2004）

根據張曉華的分法，劇場性的說故事活動有讀者劇場、故事劇場、室內劇場等三種。由於這三種活動的方式十分簡單，劇場技術要求不高，適合非專業性的活動演出。（張曉華，2003：243）綜覽現有的研究成果及相關文獻，我發現大家對讀者劇場的研究興趣高於故事劇場、室內劇場的研究。就目前研究資料顯示，利用讀者劇場在語文領域的使用頻率最高，其中與英語結合的情況又比在中文的結合來得多。造成此種現象的差異，我認為這和我國現行教育已將英語正式納入國小課程中、政府更大力鼓勵公職人員參加英語檢定提升英語能力與國際接軌有關，英語學習蔚為風尚，而熱絡於英語教學的結果，在坊間常可看見英語補習班，在書店的架子上也充斥著如何提升英語能力相關的書籍。相反的，對如何提升本國語文能力的機構則較少看到，以致使用讀者劇場在中文上的研究相對的就比較少。

這些研究論述成果的共通點：不管是中文或是英語，讀者劇場對語文能力的提升、口語能力表達及減少學生的焦慮都有非常顯著的效果，非常適合在閱讀教學上。就臺灣目前研究文獻來看，我發現對於劇場性的說故事活動，大家都集中在讀者劇場，對於同屬於劇場性的說故事活動、甚至比它更為口語化也方便實施的故事劇場較少使用，有關故事劇場的研究論文與應用也較少見到。整體看來，大家對於劇場性的說故事活動的認識只限於讀者劇場，對於提升語文程度的方法除了讀者劇場外，故事劇場是否也是一個不錯甚至更有效的方法，缺乏對比研究。有關讀者劇場在國語文上的應用研究，發現有幾個問題：

　　（一）他們都採用行動研究法，這種方法對於他們所面臨教學的困境和問題解決可以有所改善，但卻難以將成果經驗類化到其他人的身上。

　　（二）研究焦點集中在國語文聽說讀寫基礎的能力上，運用在低、中、高年級時都有顯著的提升，忽略了認識自身的文化這樣深層次的學習，而這種文化的學習這就是九年一貫課程中所要培養帶得走的能力——文化學習與國際理解。

　　（三）好的文學作品可以反應人生，並能提供語言和經驗的素材。在他們的研究裡未能將優秀的文學作品改編成劇本或故事、透過讀者劇場的演出豐富語文經驗、並在人物的演出中等活過別人的一生、了解不同時代的人物處境及文化特徵。

　　（四）在上述研究中，語文領域的教學長時期的都使用一種教學方式——讀者劇場作為提升說話的能力，缺少變化，不符合學生喜歡變化、新鮮的天性。

　　根據這些問題，我提供一些建議：利用說話的方式來增加閱讀理解，除了讀者劇場外，故事劇場、舞臺劇及相聲劇（臺灣劇場新品種）都是不錯的方式。能靈活運用此四種方式，將使教學更活潑。戲劇化的教學方式本身就具有知識、經驗和社會統整的功能，所以教學者可統整其他的領域以解決授課時數不足的問題，並因此擴大學習範圍。在我國傳統文化中就有許多優秀文學作品，它們都可作為戲劇演出的材料，符合兒童喜歡演出文學故事的天性。由於語言和文化的關係密切，從表面上來看語言是文化的別一解釋，而實質上語言和文化是同一的。換句話說，文化在不說它是文化時，本身就是語言。（周慶華，1997：4）透過說話教學的方式認識傳統文化，將有助於文化精神的互動和心靈智慧的增長，使學生在傳統文化的浸潤下，才能成為有涵養、有識見、有器度的文化人。

　　在課堂中將文學作品戲劇化，提供學生有趣又效的方式去探索世界及了解自己。在表演戲劇中藉著扮演不同的角色可以有不同的角度去檢驗人生，並在文學作品中獲得國際觀和歷史觀。〔漢格（R. B. Heing），2001：4〕有關教材戲劇化在語文教學上有那樣的功能，何三本認為不論是民間傳奇，童話故事（包含自然、生物、數理都可變成童話），在經過戲劇化的處理後，它的價值遠超過其本身；它的貢獻可延伸至更深、更遠的境界。學生在演出過程提高了文學程度的體驗，並在戲劇活動中學會傾聽的禮貌及良好的說話態度，進而養成傑出的表達能力。在角色扮演中滿足好奇心的樂趣，開拓並豐富相像空間。（何三本，1993：101～102）

　　陳杭生主編《教材戲劇化教學研究腳本編寫示例一百篇》中認為教材戲劇化，是一種多元化的教學，具有多元性的教學環境，有超現實的意境，表現出來則有感人動人的態度。教材戲劇化的教學使學生在生動、活潑有趣味的心態活動下進行學習，並把學習和經驗結合，開發兒童的新天地。（陳杭生主編，1986：18）

　　唐傳奇戲劇化的目的，也是要藉著戲劇化生動活潑有趣的方式提升學生語文基礎能力，透過演出讓學生了解唐傳奇文本的內涵進而認識自身的文化。只有在充分了解本身的文化，才有能力去欣賞或對比其他的文化，更進一步創造具有深度文化內涵的作品。學生經過深化內容的學習，才能強化閱讀理解培養良好閱讀習慣。唐傳奇中有鮮明的人物形象和動人的情節，這類作品都是戲劇化的好材料。因此，黃致遠在〈唐傳奇《枕中記》的民間童話特質〉中指出：「唐代文人是有意識的創作小說，不僅文章篇幅長，描寫曲折的情節，姑不論作品的寓意及作者所要表達的創作意識如何，唐傳奇故事中超人的意識，無疑也是民間童話中經常出現的，而〈枕中記〉

的『超現實』如真似幻的敘述手法，正符合民間童話的重要特點：濃厚的幻想、豐富的想像和浪漫主義精神。」（黃致遠，2003）黃致遠的說法把前人所說「作意好奇」的特色給予了「童話」化的意義；他更一進步指出唐傳奇小說具有許多童話特色的作品。林文寶認為我國古代文學作品，裡面蘊藏豐富的童話材料等待我們去發掘，其中有關唐傳奇中的「變異之談」、「作意好奇」、「擴其波瀾」，正是童話所重視的。現在保存下來的唐傳奇，大部分收在《太平廣記》裡。所以唐人小說，童話的材料是最可採，也最可觀。（林文寶，1994：268～269）

　　在有限的時間下進行閱讀教學活動時，教師的選材應用就得有所斟酌。根據方祖燊在《小說結構》中所說：短篇小說是指在半小時至一兩小時內可以看完，字數在兩三千到一兩萬字，而且題材要單純、文字要精鍊、偏重故事或人物。（方祖燊，1995：248）唐傳奇正符合這樣的企求：由現存作品來看，唐傳奇從篇幅短的最少有幾百字，到篇幅長的最多不超過一萬字，一般都在五千字以內。在這樣的條件下，唐傳奇的結構和內容對國小兒童是可以有較強的吸引力的。從上一節的分析中，我們了解唐傳奇成為中國最早文言短篇小說的特色，除了儒、道、釋融匯的思潮在內，更是一部深具氣化觀型文化的文學作品，還有再加上優美的語言及豐富的題材對後世文學創作產生很大的影響力，具有極高的藝術價值。唐傳奇這樣不世出的瑰寶，具有無窮的魅力吸引人們不斷努力投入研究。關於唐傳奇的探討，從內容、成因、主題、人物塑造、儒、道、佛的思想……相關的論述很多；但有關戲劇化的研究論述，都以課內的語文教材為範圍，較少以我國傳統文學作品予以戲劇化的。討論唐傳奇戲劇化的論述至今尚未見到。

第三節　唐傳奇與閱讀教學的結合

　　《莊子・養生主》說：「吾生也有涯，而知也無涯。」（陳鼓應，2004：102）這暗示人的生命是有限的，要用有限的生命去學無限的東西，就需要靠閱讀。由於閱讀與創造力是同一個神經傳導機制，所以有人認為最有創意的人是透過廣泛閱讀並能綜合所知的資源去觸類旁通，以致閱讀能提升創造力。（馮惠宜，2008）在這個資訊爆炸的時代，唯有掌握閱讀的技能的人才能掌握時代的脈動；擁有閱讀能力的人，才能應付各種競爭和挑戰。有鑑於此，閱讀教學已成為顯學，討論有關閱讀教學方法的研究論述則琳瑯滿目。茲就和本節相關的研究成果文獻作探討。

　　簡瑞貞在《低年級閱讀教學探究──以教科書課文內容進行閱讀教學的行動研究》碩士論文中，採用行動研究法，以語文教科書的內容作為閱讀的材料，探究國小低年級閱讀教學的有效策略。發現如下：（一）學生的學習以認知發展為基礎，在閱讀中透過經驗、表演、問答、動作等策略理解課文內容；（二）透過教學策略的運用，以語文教科書為主的閱讀教學確能培養學生的閱讀能力；（三）在教學中運用問題引導或同儕討論等策略解決或修正學生在閱讀理解上的問題，確實能提升學生在閱讀能力及閱讀思考上的表現。（簡瑞貞，2002）

　　梁滿修在《現代文學閱讀教學之研究》碩士論文中，依據現代文學史演進的概念，探討它的基本特質與風貌；吸收中外學習理論與方法的營養，以釐清現代文學閱讀之道，佐以大量國、高中國文科現代文學教材及國內重要作家作品。詳述現代文學起源及閱讀教學的概念，接著以教學理論為研究基礎，閱讀方法、實務為軸心，全方位探討現代文學閱讀教學之道。針對學習心理學的理論基礎作

為改進閱讀教學的依據；並就閱讀與記憶力關係，深入探討研究，提供閱讀記憶的參考。引用精讀法、略讀法、速讀法、朗讀法、研究性閱讀、比較閱讀、課外閱讀等方式，採用國、高中及著名現代文學作品作佐證，證明方法可用，值得推廣。（梁滿修，2003）

　　陶玉芳在《琦君散文在國小教育上的價值與應用》碩士論文中，探討琦君散文中蘊含的教育價值，並將其實際應用於國小閱讀教學上。針對琦君散文在教育上的價值，分為「道德教育、倫理教育、學校教育、生活教育、生命教育」等五個面向，藉由實際引用文章內容，梳理出琦君散文蘊含的教育價值。挑選出六篇文章，分別蘊含不同的教育價值，作為班上學生進行閱讀教學的題材。（陶玉芳，2003）

　　李先雯在《林良散文運用於國小高年級閱讀教學之研究》碩士論文中，採用行動研究法，針對她任教的一班五年級學生進行十六次的閱讀教學活動，以閱讀和討論為主要教學方式；並以林良散文作為實施閱讀教學的文本，嘗試在現有的課程架構中設計閱讀教學計畫，藉著這些散文作品引導孩子學習閱讀的方法，體會文學作品中所表現的情感的真、思想的善與文字的美。此外，對照自己的生活，為情緒找了解的良方，並試探以林良散文進行閱讀教學對提升學生閱讀興趣及進行情意教學的成效。分享研究的發現與結果：學生對林良的作品接受度很高，並在有計畫的教學活動中提升閱讀的興趣和品質。（李先雯，2007）

　　林小蓉在《〈百喻經〉在國中國文教學應用之研究》碩士論文中，指出寓言的教育功能已獲得世界各地普遍性的認同，而且也行之有年。由於《百喻經》具有針砭人性的貪婪、針砭人性的瞋恚和憎恨和針砭人性的痴愚等主題思想；再加上五項藝術特色〔包括：（一）篇幅短小，句式整齊；（二）結構完整，體例一致；（三）以

人物形象為創作主軸;(四)故事具現實性與當地印度色彩;(五)寓莊於諧的創作精神〕,因此選定它作為寓言教學的教材並實際地運用於國中國文教學上。(林小蓉,2006)

簡瑞貞在《低年級閱讀教學探究──以教科書課文內容進行閱讀教學的行動研究》碩士論文中,採用行動研究法,以語文教科書的內容作為閱讀的材料,探究國小低年級閱讀教學的有效策略,觀察學生的閱讀情形及閱讀策略使用及學習。結果發現如下:(一)學生的學習以認知發展為基礎,在閱讀中透過經驗、表演、問答、動作等策略理解課文內容;(二)透過教學策略的運用,以語文教科書為主的閱讀教學確能培養學生的閱讀能力,達到教學的目標;(三)在教學中運用問題引導或同儕討論等策略解決或修正學生在閱讀理解上的問題,確實能提升學生在閱讀能力及閱讀思考上的表現;(四)教學者不但獲得教學專業的成長,更透過研究反省重整自己在生活、教學各方面的信念與思考模式。(簡瑞貞,2003)

楊玉蓉在《一個小學三年級班級閱讀教學研究──以賴馬圖畫書為例》碩士論文中,透過實務的行動,探索國小三年級的學童經由教師設計的課程與閱讀活動的進行,能否對書有全面性的認識,並能從中享受閱讀的樂趣。至於相關教學活動的實施,則讓學生以各種方式認識圖畫書的創作者賴馬,並以《我變成一隻噴火龍了!》為主要教材,進行一本書的全面性閱讀教學。研究結果發現:(一)透過課程的實施,學生能將書的結構視為一個整體,養成全面性閱讀圖畫書的習慣;(二)透過課程的實施,可以改變學生的閱讀習慣並增加學生閱讀的樂趣;(三)學生能經由課程中的各種方式認識賴馬,並了解其創作圖畫書的過程;(四)透過課程的實施,學生能運用全面性閱讀的策略來閱讀賴馬的圖畫書,並對賴馬的八本

圖畫書進行歸納比較，且能發現隱藏在圖像中的趣味。（楊玉蓉，2008）

　　劉能賢在《國小五年級創造思考閱讀教學之行動研究——以「冒險」主題為例》碩士論文中，採取協同行動研究的模式，以教師協同合作的機制發展教材，以了解五年級學生在創造思考閱讀教學歷程中師生互動情形與所遭遇的問題，並探討其可行性、結果以及協同教師在研究歷程中的成長與轉變。結果如下：（一）學生經過十二週的創造思考閱讀教學後，學生閱讀的興趣、態度、理解能力、創造力、觀察力、問題解決能力、自我探索能力上提升了許多；（二）師生在創造思考閱讀教學歷程互動有許多的發現與啟示（包括：1.創新教學是引發與維持學生學習動機的有效途徑；2.營造安全和諧的學習情境，較能引起學生主動學習；3.採取問題導向的教學，能啟發學生的思考與想像；4.實施師生共評，可提升學生評鑑的能力；5.逐步建構學生閱讀「鷹架」，可提高學生閱讀理解能力；6.分析學生的發表與作品充滿想像力，激發了其創造潛能；7.引導學生練習提問，擴展了學生高層次的提問領域）；（三）解決創造思考閱讀教學上的困境，提升了教師解決教學現場問題的能力；（四）主題式創造思考閱讀教學方案，結合語文課作彈性教學，發展為學校本位特色課程。（劉能賢，2002）

　　根據上述的研究成果可以發現，只要教學者能針對學生需求及狀況妥善規畫課程後選擇合適的閱讀教學方法，都能提升學習者在閱讀上的興趣與品質，並增加閱讀理解的能力。然而，它們卻都著重閱讀方法在教學上的應用，忽略閱讀教學可以進一步探求的文化學習。以行動研究法來研究，則受限於取樣範圍，研究的成果難以類化。再者它們所引用的教材不是現有的制式教材如國小課本，就

是取材現代的共時性的單一個人文學作品如林良、琦君等，或者向外取經，取材和我國文化背景不同的國外的繪本、寓言，缺乏學習傳統文化的深度。關於閱讀教學的選材，倘若只選擇異國異代和我們文化背景截然不同的文學作品來學習，將「往往錯亂本國語文教育的步驟」。（楊振良，1994）和西方傳統小說相較，唐傳奇在審美藝術追求上具有「言志」、「緣情」、「以氣為主」、「不平則鳴」等主體表現與追求的特質，而西方則是對客體的摹仿與再現從反應論著眼。（俞汝捷，1991：2～11）因此，基於權力意志在推動閱教學時的選材就得多方留意，並詳為考量文化理想這一區塊〔文化理想在總說上是要使所體現的文本具有傳播學者所說的相互主觀性：「（個體對於傳播所出現的各種回應）這些回應並不是個別的。在某種程度上，這些回應是由一個文化或次文化中的所有成員共享。因此，用淡紅色的光線、柔焦所拍攝出來的一張相片，也許令人回應的是主觀的感傷；但這是使用共有的慣例，在意義的第二序列上產生出來的影響（也就是內涵意義）。我主觀的感傷經驗，對我來說是獨一無二的；但這張相片的內涵意義卻可以引起在我的文化中其他成員共通的感覺。這種共有的主觀回應的領域，就是一種相互主觀性。而這也就是一個文化去影響它的成員的最主要方式；同時透過這種相互主觀性，成員才會肯定自己的文化認同」（引自周慶華，2006：42～43）〕。

唐傳奇是深具氣化觀型文化特性的文學作品，內容豐富多樣，富於哲學探討的意味；但將唐傳奇作品應用在閱讀教學上來提升語文能力或者引為了解傳統文化的題材的相關研究論述卻甚少見到。唐傳奇是前人留給後世炎黃子孫的寶貴文化資產，是我們本身就有不假外求的閱讀好材料，但受「西化」的影響卻改變了我們閱讀的方向。古德曼（K.Goodman）在《談閱讀》中指出：「教師確

定所有的學生都會有最大的發展的最佳——或許唯一——方法是，拿他們的語言和讀寫能力、他們的經驗、他們的文化、他們的功能性需要作為學習的基礎。」（古德曼，1998：247）所以「經驗」、「文化」在推動閱讀教學時是很重要的。以此來看歐美國家，他們在推動閱讀時是以有系統與理論的閱讀策略作為基礎，才能讓孩子「學好閱讀」。但當我們藉著他們的理論推動閱讀時，卻忽略文化系統上的差異；在教材的選擇上欠缺深刻的文化思考，學習者讀起來當然有所隔閡，推動閱讀的效果自然會大打折扣。李玉貴在〈從臺灣 PIRLS2006 評估結果談小學語言閱讀教學的現況與現象〉中談及臺灣參與國際閱讀評估表現不如預期（李玉貴，2008：5），就是最佳的例證。

根據九年一貫閱讀能力指標 E-3-1-1 能熟悉並能靈活運用語體及文言文作品中語詞的意義，可見在九年一貫的第三階段學生就要開始閱讀文言文。因為文言是古人所使用文字的表達方式，不同於白話，其中許多詞語的意義及語法的特性和現代的用法已經有所差距，對於初次接觸文言文的學生而言相當困擾卻又不得不試著去克服。因此，我認為可以在國小高年級帶領學生閱讀一兩篇以文言寫作的小說，作為銜接教材以減少對文言的恐懼和對傳統文化的疏離感。以唐傳奇為例，它是我國最早以文言寫作而成的小說，具有動人的情節和魔幻的魅力；只要透過貼切的語譯的輔助，就能讓兒童樂於閱讀並熟悉古人的思想生活模式進而有興趣閱讀原文，提高閱讀的成效。正如鍾屏蘭在〈閱讀的功效——從九年一貫課程學生十大基本能力的培養談起〉中指出：閱讀是十大基本能力中的基本能力，可以建立知識背景；還可以隨著知識背景的鷹架，修築建造更高更大的知識城堡；也可以隨著知識的增加，觸類旁通，引發新的知識，可以跟上時代變遷的腳步。所以九年一貫課程培養國民十大

基本能力，首要讓國民能夠安身立命的，就是提高國民的基本知識，也就是培養國民的閱讀能力，建立國民的閱讀習慣。（鍾屏蘭，2002）

許碧勳在〈在國小中高年級兒童閱讀習慣的探討〉中提到：兒童很少主動閱讀兒童文學，教師普遍缺乏閱讀指導的知識與相關資訊，因此兒童所借的書籍大多以小說漫畫為主，無助於閱讀能力的提升。（許碧勳，2001：42）

林文寶在〈閱讀的魅力與格調——談臺灣兒童的閱讀興趣〉中針對臺灣兒童的閱讀興趣調查結果發現，兒童有充裕的休閒時間，但以看電視的比例最高，閱讀課外書籍以父母購買為最主要來源，顯見兒童階段的閱讀習慣仍依賴父母引導。（林文寶，2000）

由此看來，學生閱讀的習慣尚未建立。我們都知道「故事」在教室課堂上是教師最具有魅力的法寶，只要一說起要講故事，學生們馬上安靜下來的睜大眼睛聚精會神的仔細聆聽。我們可以透過「說故事」、「演故事」等戲劇化的方式將教材生動化、趣味化，來深化閱讀材料，以此建立學生閱讀的習慣。俄國語言心理學家羅利亞（A. Luria）更指出：

> 如果沒有文字，人類就只能接觸到他們本身感知得到，並且可以處理的事物。有了語言之後，即使是前人的經驗，或不是自己直接感受到的事情，人類還是有機會接觸。因文字可以說是替人類增加了另一個空間……動物只有一個世界，就是牠們感官接收到的，而人類卻可以擁有雙重的世界。〔（恩傑（S.Engel），1998：25～26）

　　所以故事是人類第二層經驗。人類同時處在行動和物件的世界及故事的世界，悠遊在這兩個世界中，他的經驗才顯得獨特。故事在人與人之間流傳，它反應出人的價值觀和詮釋，以及說故事的人和聽故事人的想法。布魯諾（J. Bruner）的看法是，我們用邏輯和抽象的規則來認識物理的世界，用故事來認識人文的世界。所以聽故事和說故事都是文化的行為，孩子學習故事形式的時候，也在學習他們的文化，也就說文化是經由故事來塑造孩子的思考模式。（同上，26～29）周慶華指出世界現存的三大文化系統，長久以來形成專屬的「傳統」：一方面有著自己的從過去延伸到現在的事物；一方面還有著自己的一條世代相傳的事物變體鏈，構成了各自的社會創造再創造的文化密碼和給生存在當中的人帶來秩序及意義等功能。而這不論是否再區分，它都有認知結構在裡頭形塑和發用而可以為它規模出所謂的「知識特色」。（周慶華，2005：227～228）從唐傳奇故事中，我們可以得知因為唐代經濟繁榮社會變動而有市人小說的產生，使得新興的知識分子、商人、妓女歌人都可以成為作品中的人物；從反應論的觀點來看小說再現生活的功能，可以窺見唐人生活的面貌，科舉制度如何影響唐代的讀書人及儒、道、佛融匯的思潮如何顯現在唐代文人的身上，讓同一文化系統的我們讀起來倍感親切。根據圖2-3-1我們可以了解不同文化信仰會有不同的觀念及規範系統，在表現系統上就會有差異，如文學和藝術上不同的表達方式。當我們了解文化的差異後，才能不因為外在的影響而迷失。因為我們所說的故事和所聽的故事會決定我們成為怎樣的人。（恩傑，1998：3）

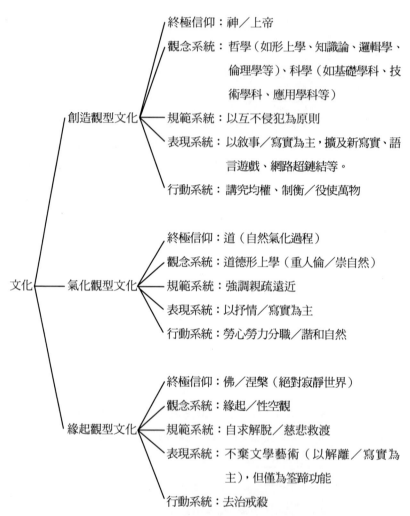

圖 2-3-1　三大文化及其次系統圖（資料來源：周慶華，2005：226）

　　總括來說，唐傳奇具有許多動人的故事，更是公認的傳統經典小說，它的地位和重要性在前面已經提過，這裡就不再贅述。但要另次強調的是，利用唐傳奇為閱讀教學的教材增加閱讀成效、以強

化閱讀理解而進一步提升對傳統文化學習的有關論述或文獻探討甚少見到,而這就是本研究所要別為從事的。

第三章　唐傳奇的再生

第一節　看待觀念的更新

　　距今大約一千五百年前出現的唐傳奇，象徵著我國短篇文言小說的成熟，這是中國文學史上的一件大事。葉慶炳在《中國文學史》中談到關於唐代傳奇與變文時說：「至唐代，小說始告成熟；至唐代，國人始懷創作藝術品之心情寫小說。」（葉慶炳，1986：457）汪辟疆在《唐人傳奇小說》序也引劉貢父的話說：「小說至唐，鳥花猿子，紛紛蕩漾。」（汪辟疆，1988：1）從唐傳奇的內容反映出廣泛社會生活層面，所描寫的題材和主題呈現多樣性，是後世小說、戲曲取材的來源。由於唐傳奇在中國文學史上獨特的地位及藝術價值，近人對於它相關的研究及考證論述顯得十分豐富。我們要如何從不同的角度看待唐傳奇，使它富有新的意義並在已有的論述基礎上開擴新的視野，將是本節所要探討的。我就依唐傳奇四類作品分別來談。

　　從盤古開天闢地宇宙有人的生命以來，對於愛情的渴望及追求就是生命主要的部分，反應在唐傳奇的作品上也不例外。唐傳奇中描述愛情的故事有相當多的篇幅，這類的故事又成為後代文學創作題材的來源。愛情是人類永恆不變的追求，對於這樣的題材大家所探討的也特別多，其中〈鶯鶯傳〉的情節模式更是後世小說故事的原型，所以魯迅說：「其事之震撼文林，為力甚大。」

（魯迅，1992：468）而在唐傳奇的研究中，中外學者對於〈鶯鶯傳〉的熱情多到令人難以想像。從研究的結果顯示，多傾向於探討作者元稹是否為傳中的男主角張生，而對於鶯鶯身世是否真為名門之後，學者也持不同的看法。當中對於造成此一悲劇的原因，大家都認為是男性沙文主義、封建制度及門閥觀念等社會階層的影響，但對於造成此一社會現象的原因，卻未作進一步的探討。我認為可以從中國文化形成原因的角度來看待，以開創新的視野：漢民族以農立國，國基於鄉，民多聚族而居，不輕離其家而遠其族，所以中國是以家族為本位。（周慶華，1999：104）因此，在氣化觀型文化下的漢民族所有的活動，都是以家族為考量；且受科舉制度的影響，形成了「萬般皆下品，唯有讀書高」的觀念。沈既濟在〈枕中記〉中描述盧生和呂翁的一段對話：「士之生世，當建功樹名，出將入相，列鼎而食，選聲而聽，使族益昌而家益肥。」（束忱等注譯，1998：56）把科舉制度對家族的影響描寫得十分貼切。可見科舉金榜題名在漢民族不僅是個人的榮耀，還肩負著「使族益昌而家益肥」的家族重責大任。同樣在「王建〈送薛蔓應舉〉詩云：『一士登甲科，九族光彩新。』」（尚永亮2000：20）也說明文人登科及第與否關係到整個家族的門面。根據學者的研究：「中國是個官本位的社會，一個人的價值高低幾乎由其官職的高低來衡量。在唐代，一個人特別是一個文人的價值至少有一部分要由學位文憑來衡量。」（同上，15）唐代不論高門大族想要使富貴延續光大或貧窮人家想要改變微賤的境況，科舉是條必經之路。但即使考上，在仕途上也不見得一帆風順，還得有人提攜，娶五姓女在唐代就是政治仕途的橋樑跳板。讀書人所面對的壓力，除了個人在學問是否紮實的下苦工夫外，還有家族的榮耀也都隨著他是否金榜題名而改變，所以文人所承擔面對的是很大

的壓力。因此，我們可想見在這樣的社會文化背景下，人的行為會受到壓抑、扭曲而變形。而從這個角度來看〈鶯鶯傳〉中張生違背情義的行為，也可知讀書人要生存下去不是件容易的事。

「《隋唐嘉話》記載：太宗朝中書令薛元超對親戚感歎：『吾不才，富貴過分，然平生有三恨：始不以進士擢第，不得娶五姓女，不得修國史。』」（李乃龍，2000：118）擁有財富和權勢，為何還會有如此的憾恨？探其原因，事關面子問題。而面子問題在漢民族中的人為何如此重要？這得從世界現存三大文化系統談起：我們屬於氣化觀型文化，在這樣的傳統文化下建構相關知識，都相信宇宙萬物是自然氣化而成的；而精氣化身成人後，由於大家糾結在一起，必須分親疏遠近才能過有秩序的生活。（周慶華，2007b：177～184）這樣的傳統表現在集體生活上就是家族制度的建立，個人的一舉一動都會受到族人的牽制。「飲食男女，人之大欲存焉」（孔穎達，1982：431）、「食色，性也」（孫奭，1982：193），說的是愛欲是人與生俱來的本能，但「在氣化觀型傳統文化中，由於『聚居』的關係，情愛存活的機率幾乎等於零。」（周慶華，2007b：200）因此，在這樣的生活情況下，男女要自由戀愛是不可能的。在愛情的追求上，就容易屈服於家族而棄守愛情，愛情的自主性是相當低的。雖然唐代的風氣已較為開放、自由，但還是和「創造觀型文化傳統的人因為『分居』（以個人作為社會結構的基本單位）可以大辣辣的『談情說愛』（不受他人干擾或牽制）」（同上，206）有所差距。以至在氣化觀型文化下所產生的愛情悲劇就多受家族的影響。如唐傳奇中的〈鶯鶯傳〉、〈太陰夫人傳〉、〈霍小玉傳〉、〈李娃傳〉所描寫的就是氣化觀型文化中的典型──愛情與仕進的矛盾，而〈鶯鶯傳〉是其中最能深刻描述這個普遍存在的主題，所以此篇選為本研究愛情類戲劇化的代表文本。

在唐傳奇的愛情中還有一種「報」的觀念：這是氣化觀型傳統文化中「受人點滴，湧泉以報」、「士為知己者死」從朋友的觀點延伸至男女間情愛的關係。例如：陳玄祐的〈離魂記〉所描寫倩娘以她的「魂」來追隨王宙去私奔時，王宙非常驚喜並問她的一段話，倩哭著回說：「君厚意如此，寢夢相感。今將奪我此志，又知君深情不易，思將殺身奉報，是以亡命來奔。」（束忱等注譯，2008：52～53）在沈既濟的〈任氏傳〉中任氏回答鄭六的一段話：「若公未見惡，願終已以奉巾櫛。」（同上，76）以上兩則都是從善「報」的觀念來回應。相對的在唐傳奇愛情類中也對愛情不堅貞者責以報應的觀念來懲罰，如蔣防《霍小玉傳》中的霍小玉責備李益的負心，在她死之前對李益說的一段話：「李君李君，今當永訣！我死之後，必為厲鬼，使君妻妾，終日不安！」（同上，295）誓必為厲鬼以報李益始亂終棄的行為。

針對志怪部分的論點，多數認為是受外來思想影響或者歸結到作者「有意為之」的虛構。而我對於志怪的部分認為可另從神祕文本的觀點來發掘它擴及玄奧或神怪這一超現實性的學問；這個在當今被來自西方唯物論的視野所囚禁恆視為荒誕（周慶華，2008：16），以致我們本身也遺忘視之為怪力亂神並責其為迷信，殊不知這是氣化觀型文化的傳統——中國傳統文哲的神祕文本。根據周慶華的說法，「中國傳統文哲的表現可以列入神秘範疇的，不外有超現實的玄奧語言和奇妙的神怪經驗及間接相應於這些玄奧語言和神怪經驗的一些象徵性的符號和儀式等」（同上，17）彙成四種神秘文本。「第二是超現實事物的經驗現象顯示這一混合性的符號組構，如所有口傳以及輯錄保存在神仙鬼怪傳奇中。」（同上，17）在唐傳奇中所描述神秘經驗的有：袁郊〈紅綫〉裡的紅綫「一更首途，三更復命」在「夜漏三時，往返七百里」（束忱等注譯，2008：

421～425），指出短時間內能在兩地之間快速的自由移動。陳玄祐的〈離魂記〉中倩娘的「魂」追隨王宙並和他共同生活了五年，最後因思鄉返家時和真身「翕然而合為一體，其衣裳皆重。其家以事不正，秘之。」（同上，54）沈既濟〈枕中記〉、李公佐〈南柯大守傳〉、沈亞之〈秦夢記〉等，一般都認為是作者為了表達「人生如夢」對於功名富貴不必如此形形役役的觀念，忽略從作者個人的靈異經驗著眼。真正說出神秘經驗的有：李公佐〈廬江馮媼傳〉中有一段描述馮媼和邑人的對話：媼曰：『昨宵我遇雨，寄宿董妻梁氏舍，何得言亡？』邑人詢其處，董妻墓。」（同上，186）牛僧儒〈元無有〉記述元無有這個人在捨棄的莊戶中避雨時所遇到四個人，至天明才知道晚上見到會吟詩談唱的人是破衣杵、燈檯、水桶和破鐺四種雜物變成的。溫庭筠〈華州參軍〉描述崔氏抑鬱而死，她的魂魄卻回到柳參軍的身邊並和他共同生活了兩年。以上所舉例都呈現唐傳奇在神秘文本上的建構特徵。（周慶華，2008：17）再者有關鬼怪的描述，在唐傳奇中「大多沒有道德意義的，更沒有心理上或靈魂上的象徵作用……在西方，文學中的偉大衝突，往往是人性中魔鬼與神的鬥爭。」（周慶華，1999：123）由此可看出中西方對鬼怪的描述的差異，而這種差異也是根源雙方不同的文化信仰。

　　從唐傳奇作品可以看見受外來佛教的影響，如李復言〈杜子春〉、沈既濟〈南柯太守傳〉及李朝威〈柳毅傳〉等的作品都可窺見。其中最明顯的例子，莫過於李復言〈杜子春〉的故事。〈杜子春〉源出於《大唐西域記》卷七的烈士池；《大唐西域記》是玄奘去印度求法離國十七年後回國，將他所經歷的事件寫成的。除了受外來佛教的影響，我們本土的儒、道思想也深深影響著唐傳奇作者。後世對於此篇的探討著重在佛、道思想的影響，如：陳文新指出李復言《續玄怪錄・杜子春》，以杜子春所經受的考驗及磨難，

是以佛教的地獄為參照，佛、道思想拓展傳奇作者想像的空間。（陳
文新，1995：49）祝秀俠也認為在唐代道教、佛教對當時社會影響
很大，對於神仙鬼怪心靈存有信仰和敬畏之心，所以在唐傳奇中神
奇鬼怪的故事佔有許多篇幅。對於李復言的〈杜子春〉，祝秀俠認
為它的內容是以傳教為主旨，但它描寫生動，立意正確，與一般「奉
道成仙」的說法不同。（祝秀俠，1982：82）胡萬川引白居易詩：「人
生號男兒，若不佩金印，即合翳玉芝，高謝人間世，深結山中期。」
說明唐代士人的人生目標在「貴顯於朝廷」，倘若求之不得則「避
世求長生」，在這樣的思想背景下，就產生神仙與富貴之間的抉
擇——唐代小說一個常見的主題。〈杜子春〉的產生也是如此，但
如何擺脫世俗，完全不受羈絆，就是修道者由凡入聖的主要工作。
杜子春不能突破母子親情這一關，使煉丹之事終於無成，所以他不
能超凡證仙。（國立清華大學中國語文學系，1989：5～43）對於上
述學者的說法，李元貞從另一角度來看待，她認為「許多人讀舊小
說，常用『佛道』思想，『神仙』思想，『宿命』觀念，去簡單化概
念化小說家在作品中努力呈現的複雜的人生問題。對於小說家細節
的精心安排，更是不論，以為只是瑣碎的技巧，無關宏旨；當然不
可能透徹地體悟到作品中所蓄含的深刻意義。」（引自熊嶺，1979：
133）

　　對於杜子春在吞下三丸白石和一罇酒後進入的幻境，我認為
不能僅限於從受佛、道思想的影響來思考，它還可以從中國傳統
文哲中神秘文本建構後的詮釋著眼來開啟新的視野，「在中國傳統
文哲中神秘文本方面，有『氣化』成世界的獨特的文化隱喻而可
以重新體認發揚：舉凡它所內蘊的道／氣式的玄奧語言以及迎應
道／氣式的神怪經驗等等。」（周慶華，2008：20）對於李復言的
〈杜子春〉也有神秘文本具有現代意義下「隱喻」的功能。除此

之外，在〈杜子春〉故事中「噫！」的一聲，在倫理親情上呈現出氣化觀型文化傳統無法「忘情」的倫理價值，這是異於「創造觀型文化傳統只有神／人的『父母』和人／人的『兄弟姐妹』這二倫，所以對塵世的父母（如同兄弟姐妹）就沒有『負擔』」。（周慶華，2007b：211）

除此之外，我認為可以從〈杜子春〉的故事來看唐代婦女的地位。唐代社會經濟繁榮，融入外來文化使得社會風氣較為開放自由，但婦女的地位仍是較低的。古俗所謂：「男變為女，陽化為陰，此將亡之兆象也。」在古代這種怪異的現象，被看作是上天對人類示警的徵象，可見婦女低落的地位。白居易詩：「人生莫作婦人身，百年苦樂由他人。」更將婦女低落的地位、極多的痛苦及不平等的待遇描寫得十分傳神。（方祖燊，1995：156～200）李復言〈杜子春〉的作品，在守丹爐進入幻境這一段，不同於《大唐西域記》故事烈士轉世還是為男性，〈杜子春〉故事則是杜子春投胎轉世為王勸的女兒。以此來看待李復言將這段情節加以更改，可見男尊女卑在唐代仍是個牢不可破的觀念。另外，李復言描寫杜子春三次獲得老人重金援助的情節技巧——反覆法，也就是對同性質情節反覆使用，這種特質符合童話寫作原則。關於志怪小說的部分在唐傳奇裡有許多的佳篇名作，限於時間不得不有所取捨。由於李復言的〈杜子春〉除了具有神秘文本的特質外更內含氣化觀型文化傳統倫理特質，所以將〈杜子春〉選為本研究志怪類戲劇化的代表文本。

「人對『正義』的渴求永遠無法滿足。在他的靈魂深處，對於不能滿足他的正義需求的社會秩序，始終有著一份抗拒感。不管身處何時何處，他都對那個社會的秩序或整個現實生活環境不滿，認為它不公不義。人，就充滿著這股奇特、固執的驅策，對

71

過去、現在、將來的種種事物，永遠不肯忘，永遠在思索，永遠
要改變。在這同時，內心還想望明明得不到的東西。也許這就是
古往今來，不分階級、宗教、民族，一切英雄傳說的基礎吧！」
〔霍布斯邦（E.J.Hobsbawn），2004：194〕所以在唐代那樣的社
會除了描述愛情故事、神仙怪異的故事外，當然會有描寫具有時
代意義且含有個人主義英雄俠義的故事。有關俠義的故事早在司
馬遷《史記·遊俠列傳》中就存在，但鋪張設幻而成小說形式，
則始於唐傳奇。關於它產生的原因，在「唐代藩鎮割據，武人專
橫，一般平民百姓的心理，都希望俠義之士出來，為他們解除痛
苦；而一般貴族階級，也希望俠士出來，為他們排難解紛，鞏固
他們的地位。」（祝秀俠，1982：56）對於唐傳奇俠義故事的內容，
祝秀俠分為兩種：一為勇士的「忠」的故事，武士劍俠之類，如
果依附他的主人，只是表現了忠於所主的行為，與俠義行徑大不
相同，如〈紅綫〉、〈聶隱娘傳〉、〈上清傳〉等。一為俠士的「義」
的故事，身懷絕技，路抱不平，除暴安民；或解人之厄，或成人
之美，才稱得上俠義兩字，如〈無雙傳〉、〈虬髯客傳〉等。（同上，
57）除了上述俠義故事裡都有俠士的出現，在其中尚有愛情的成
分；我認為在唐傳奇中集愛情和豪俠於一身的有許堯佐〈柳氏
傳〉、裴鉶〈崑崙奴〉，都在描述俠士成人之美的義行，如牛僧儒
的〈郭元振〉描述俠士郭元振路見不平、急人之難而後功成身退
的俠義行為；袁郊〈嬾殘〉描寫隱士身懷絕技，除暴安良的俠士
作風。

　　「中西方都有『僱傭』或『半僱傭』武力來遂行權力欲求的
情況；而這不論是否也摻雜太多不義的成分，對被僱傭者來說他
都要面對一個『以武力效命』的問題。這時武力的權力媒介特性
就會因情況背景的差異而染上不同的文化色彩。」（周慶華，2005：

108）也就是說，在氣化觀型傳統文化下，會從家族延伸出重然諾的俠士行為。當俠士面對「份位原則」和「行事原則」的價值衝突時，就常以「份位原則」的優先性作為選擇的依據。（沈清松編，1993：1～25）因此，傳統的中國人在信守氣化觀下，就常以自我承擔「苦果」為正義。（周慶華，2005：111）從薛調〈無雙傳〉俠士古押衙的捨命相救，終成眷屬；許堯佐〈柳氏傳〉許俊冒險救出柳氏，成全了韓翊和柳氏；杜光庭〈虬髯客傳〉中虬髯客在確定文皇為真命天子後，奉獻他所有財物並放棄逐鹿中原的志向，成全文皇的霸業，可見一般。但這種俠士的觀念是不同於傳統日本所兼具「忠」行和西方創造觀型文化的「公平為義」。（同上，111）

　　豪俠義士是唐人傳奇中充滿生命力和道德感的形象。他擺脫儒者的拘謹，又不乏凜然的風骨，富有吸引人的魅力。在這類傳奇中以集中刻畫「風塵三俠」的杜光庭〈虬髯客傳〉尤具拍案驚奇的效果，其中描述紅拂女俠的出現則在文學史上是劃時代的創新。（陳文新，1995：9～10）集愛情與豪俠的內容再加上跌宕起伏動人的情節，這正是傳統氣化觀型文化的表現——著重情節的描寫。因此，〈虬髯客傳〉選為本研究豪俠類戲劇化的代表文本。

　　朱光潛《談美》一書提到：「一首詩的生命不是作者一個人所能維持住，也需要讀者幫忙才行。讀者的想像和情感是生生不息的，一首詩的生命也就是生生不息的，它並非是一成不變的。」（朱光潛，1983：82）也就是說，包含小說、戲曲等所有的藝術品，都是如此。一部好的小說除了給人獲得「借鏡」或「替代性滿足」的需求外，還有各種敘事模式可供觀摩。（周慶華，2001：190）在唐傳奇作品中，除了愛情、俠義、神怪類的作品，還有一類史外逸聞。

以敘事模式的觀點來看史外逸聞的故事，正如知新室主人〈毒蛇圈‧譯者語〉所說的：

> 我國小說體裁，往往先將書中主人翁之姓氏來歷敘一番，然後詳其事於後；或亦有楔子、引子、詞章、言論之屬，以為之冠者，蓋非如是則無下手處矣。陳陳相因，幾於千篇一律，當然讀者所共知。（引自陳平原，1990：42）

　　這一段話充分道出中國小說敘述方式、敘述觀點和敘述結構的「特性」。所以中國傳統小說多採用全知觀點和順敘手法及以情節為結構中心，缺乏人物性格的刻畫和背景氛圍的描寫。（周慶華，1996：59～62）以此來看待唐傳奇的敘事模式也多是這般。何以如此？這得從中國傳統來看，氣化觀型文化中的社會是由家族團體組成的，著重縮結人情、諧和自然，因此個人在團體生活中是不允許有個別凸出的表現。反映在寫作上，就是著重情節的描寫，不凸顯人物。相反的，西方的小說多採用限制觀點和旁知觀點和其他敘述方式且著重人物性格的刻畫及背景氛圍的描寫，究其原因，和他們信守創造觀有關。由於西方的社會是由個人所組成的，個人力求表現以媲美造物主，想要突破現狀而有順敘以外的各種敘述方式及多變化的敘述結構。（周慶華，2001：192）

　　從文體角度來研究小說的審美特徵，中國古代小說常強調其表現功能，以「緣情」或「言志」反應對主體表現的重視和追求，認為作品是作者情感的抒發與表現；和西方著重在對客體的模仿與再現，強調小說再現生活的功能（俞汝捷：1991：2～11）有所不同。所以對於史外逸聞這類的歷史小說，祝秀俠說這是傳奇作者想借傳奇故事以作諷刺，或撮錄舊聞以為箴規，使貴族豪門知所警惕。史外逸聞寫作的對象，大都以帝王、宰相、宦官及名士為主體。其內

容，考據史實仍有許多不盡符合。（祝秀俠，1982：96～97）在唐傳奇中有關史外逸聞歷史類的故事，就是在「中國人在信守氣化觀的傳統下，寫作之人『無不教化心切』，但以『達意』為最終考量」（周慶華，2001：192）的情況下完成。如陳鴻的〈長恨歌傳〉，立意在於「懲尤物，窒亂階，垂於將來者也」。他的另一篇作品〈東城老父傳〉，借鬥雞的故事來諷刺朝廷，箴規世人；並藉賈昌論開元之理亂，希望使當時的政治社會從荒怠頹廢中重新振作起來。針對〈東城老父傳〉，楊昌年從藝術的角度進行分析，說它採用倒敘手法；又引用今人陸又新《唐人傳奇名篇之藝術分析》，指出本文採用倒敘手法，一反慣用順敘手法，在千餘年前就能如此別出心裁，實屬難得。（楊昌年，2003：270）從歷史與文學融合的角度來看，文學的取材，除了虛構部分，更會受到歷史和社會現實環境的影響。古往今來，人的歷史活動的事蹟都成了文學創作的題材。從〈東城老父傳〉中可看出唐代社會生活的部分狀況，倘若我們對唐人的歷史多了解，就可以此為素材進而創造出更多的文學作品。再加上陳鴻〈東城老父傳〉的敘述方式如此特別，因此本研究歷史類戲劇化將選此篇為代表文本，讓學生有所對比。

第二節　戲劇化轉多媒體創作

隨著時序推移，境改言殊，唐傳奇這個單一文本受限於時代和語言的隔膜，對於現代的讀者而言必須有耐心透過繁瑣的注釋才能閱讀。倘若要將它普及並靈活展現屬於中國傳統氣化觀型文化的精神，則須透過戲劇化的方式改寫故事，以便於閱讀；待其入門熟悉

有興趣後，才能進一步閱讀唐傳奇原文領略優美的語言藝術及動人的情節。

　　如何發揚累積在唐傳奇文學作品中的文化精神，可以透過戲劇的演出，讓更多人知道這些戲劇故事，熟悉這些戲劇裡的人物、故事及情節，到體會、理解作品中的思想及意趣，引起閱讀的興趣進而欣賞品味文本的辭章與藝術。在人的一生中倘若沒有藝術的滋潤，則人生將如同嚼蠟般毫無趣味可言。所謂「人生如戲，戲如人生」，就是說人生的真實生活經驗是戲劇創作與欣賞的源泉；反過來，戲劇就是人生的寫照，透過戲劇的演出則會豐富我們的生活和生命。（黃美序，2007：5）有關中國戲劇的發展過程，王國維總結說：

> 我國戲劇，漢魏以來，與百戲合。至唐而分為歌舞戲及滑稽戲二種；宋時滑稽戲尤盛，又漸藉歌舞以緣飾故事；於是向之歌舞戲，不以歌舞為主，而以故事為主。至元雜劇出而體制遂定，南戲出而變化更多，於是我國始有純粹之戲曲，然其與百戲及滑稽戲之關係，亦非全絕……元代亦然。（王國維，1993：12）

　　由此看來，中國堪稱戲劇之邦。在王國維《王國維戲曲論文集——宋元戲曲考及其他》一書中指出，所謂「真戲曲」必須具備：（一）由敘事體變為代言體；（二）必合言語、動作、歌唱以演一故事。他認為中國戲劇是一種講究唱、唸、做、打，把歌唱、念白、舞蹈化的形體動作和武術翻跌技藝冶於一爐的綜合藝術。而西方戲劇有話劇、舞劇、歌唱、動作為各自的主要表現手段。以此嚴格區分出中國戲劇和西方戲劇的差異。（王國維，1993：19）

　　黃美序採用西方的分法，將戲劇分為：悲劇、喜劇、悲喜劇……等等，並指出我國傳統論戲劇或戲曲的文字極少涉及表演、導演及其他舞臺藝術，而西方則很多。從形式和構成元素來說劇本和劇場，劇本遠比劇場容易簡單，也就比較可掌握。在編寫或閱讀劇本時，我們面對的只是語言這單一文本；但演出或分析演出時，除了演員說出來的臺詞（語言）外，還得考慮到演員的肢體語言、服裝、道具、布景及燈光等的劇場因素。（黃美序，2007：6）

　　「由於文學創作和文學接受都有傳播欲求，以至所謂的『文學傳播』就得包括『文學創作成果的傳播』和『文學接受成果的傳播』等。（周慶華，2004a：322）大體上說，語言傳播是一個「意義化」的過程（鄭貞銘主編，1989：107～158），但對於這種傳播意義的行為或活動，則是見仁見智各有不同的認定。（周慶華，1999：58）而傳播者或整體傳播機制也會視「情況」或「需要」而決定傳播的目的及其傳播方式。（周慶華，2002：249～350）有關傳播所要借助的媒體，在於「媒體／媒介，就是一種能夠讓傳播發生的中間動力。更明確地說，它是一種可以延伸傳播管道、範圍或速度的科技發展。廣義來看，言語、書寫、姿勢、臉部表情、衣著、演出及舞蹈種種，全部都可以視為傳播的媒體；每一種媒體都能夠在傳播管道中傳送符碼。但這種用法已經越來越少見了；現在已經開始用它來指技術性的媒體，特別是大眾傳播媒體。有時候會用這種詞條來指傳播工具（例如印刷的或廣播的媒體）；但通常指的是實現這些傳播目的的技術形式（例如收音機、電視、報紙、書籍、相片、影片、錄音等。按：當今還有 CD、VCD、DVD、網際網路等）。」〔歐蘇利文（T.O＇Sullivan）等，1997：228〕因為有媒體的助力，才使我們得以接受到文學。而從創作的角度來看，它除了一般性的傳播實踐，更可運用媒體進行

所謂「二度的轉換」以展現生機。（周慶華，2004a：324）由此看來，唐傳奇傳統「單一文本」的觀念，可透過戲劇化的演出結合多媒體的創作朝向「多重文本」去馳騁思維，將可拉近唐傳奇和現代人之間的距離。根據下圖，將可了解單一文本如何進行「二度的轉換」的過程：

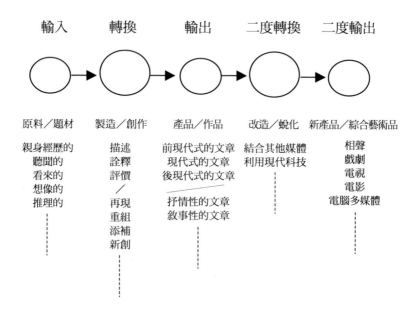

圖 3-2-1　創作比擬工廠生產圖（資料來源：周慶華，2004a：325）

　　在古今中外的文學藝術史上，一個文本由一文藝樣式變為另一文藝樣式，如詩化為畫，畫化為詩，小說化為戲劇或戲劇化為小說，故事乃至音樂、舞蹈等等的例子屢見不鮮。由小說變為說唱，說唱變為戲劇，本身就是一種再創作的過程，無論是人物、題材、環境、主旨、辭章等，在改編中都可能發生非常大的改變。

（陳四益，2006）由此看來，陳四益所講中外名劇的「變臉」也就是「二度的轉換」。

　　從二十世紀初開始，國人大舉仿效西方人的生活，使西方的戲劇取代了我國傳統戲劇而為時代的新寵。因此，現在國人所談的戲劇寫作，幾乎都指向來自西方的戲劇。在戲劇的敘述話語，除了形式上以對白為主而無緣或不便極力去刻畫人物的性格以及描繪意境和氛圍等背景，其餘都比照小說。戲劇的「演出」和小說的道出是有明顯不同（周慶華，2001：195～196）：「故事有的講出來，有的寫出來，這些叫作敘述的故事，戲劇（包括電視、電影）故事則是表演出來的；或者戲劇的故事是由演員在舞臺上，當著觀眾表演一個故事，這與口述或是筆述是不相同的。並不是所有的故事，都由演員在舞臺上表演出來，只有某些限制下的故事能夠表演出來，才可稱之為『戲劇的故事』。」（姚一葦，1997：17）而戲劇是演員直接把事件呈現出來，所以受到種種限制，包括：（一）時間的限制：小說的故事本身長度沒有限制；戲劇演出的時間是有一定的，故事所經歷的時間也有一定的限制。（二）空間的限制：小說的敘述方式在場地的變更上完全沒有限制；但戲劇在舞臺所能呈現的空間有限，不能像小說那樣自由的變化場地。（三）表現媒介的限制：小說表現的媒介為語言，而在表現上可自由採用全知觀點、限制觀點和旁知觀點並有彈性隨意加入寫作者的觀感、發表意論；但戲劇的表現媒介為演員，必須謹守旁知觀點而讓事件直接在舞臺上呈現。（四）情緒效果的限制：小說的故事是可供閱讀的。讀者在讀小說時沒有時間、場地閱讀順序的限制；但戲劇本身要讓觀眾產生一定的情緒效果，中間不能刪減、中斷。（五）幻覺程度的限制：小說是敘述的，只要讓讀者激發想像就行了，可以不受限制；戲劇受到舞臺的限制，如果在舞臺上無法呈現而要勉強呈現，那麼效果

便會大大折扣。戲劇的故事受到上述時間、空間、表現媒介、情緒效果和幻覺程度的限制，也就是劇場的限制。因為戲劇與演出的人、演出的場地和看演出的人是緊密結合在一起的，所以戲劇故事必須適合演出（表演），也就是只有適合上述五種限制的故事，才是戲劇故事；不適合上述限制的故事，或許可以成為文學故事，但不是戲劇的故事。（同上，18～20）上述的說明，讓我們在文本戲劇化編寫時有個參考的依據。

有關情節和故事的區分，根據佛斯特的講法：「我們對故事下的定義是按時間順序安排的事件的敘述。情節也是事件的敘述，但重點在因果關係（causality）上。『國王死了，然後王后也死了』是故事。『國王死了，王后也傷心而死』則是情節。在情節中時間順序仍然保有，但重要性已不及因果感。」（佛斯特，1995：115）亞理斯多德說：故事（muthos），是悲劇最重要的部分。戲劇並不是在模仿人們的外表，而是模仿他們的動作和生活。更進一步指出故事是悲劇的第一原則，是悲劇的靈魂（按：「故事」這個字，常被直譯為「情節」）。〔麥黎緒（K.Mcleish），2000：84～85）一般人看戲，也喜歡藉著戲劇情節去了解創作者的想法和感情。一個成功的劇本必定有引人入勝的內容和優美的文字，文字和內容相得益彰，密不可分。黃美序說：「情節是戲劇的靈魂。」（黃美序，2007：2～30）根據上一節的探討得知唐傳奇作品具有許多動人的情節，而這就是唐傳奇可以成為戲劇演出的有力條件。

唐傳奇是深具氣化觀型文化的文學作品，再加上它優美動人的語言藝術、豐富多樣的題材及具有嚴謹完整的小說結構，對後世文學創作產生很大的影響力。而這對於想要弘揚我國傳統文化的精神，則面對唐傳奇這深具傳統文化內涵的優秀作品倘若只用單一媒體「語言（文字）」來傳播，而少去了該文本情境應有的「聲

音」、「表情」、「姿態」和「動作」等等，就會讓人感到有所欠缺、有所不足。

　　受科技資訊發達的影響，中國傳統戲劇的演出也跟著改變，不再只限於展演空間的表現，會對原有單一文本加以重新詮釋。於1992 年成立的蘭陽戲劇團，這是臺灣第一個公立歌仔戲劇團。他們以保存傳統、研究創新為長期發展的理念，維護傳統歌仔戲的身段及唱腔之美，並結合音樂與表演，從形式上尋求突破而內容上契合現代潮流。在劇本上注重情節深刻的呈現及整體的藝術表現。（蘭陽戲劇團大事紀，2002）蘭陽戲劇藝術總監黃春明在 2002 年編導〈杜子春〉這齣戲，造成極大迴響並且一票難求的盛況，就是以唐傳奇〈杜子春〉的故事內容結合其他媒體並利用科技二度轉換成綜合藝術品的最佳證明。

　　從黃春明編導〈杜子春〉這齣戲的形式來看，轉化為戲劇後，許多人對於〈杜子春〉的文本可能沒機會看或者看不懂，但透過欣賞〈杜子春〉戲劇的演出後，就比較容易將文字在腦海裡轉化為畫面，對於該文本有個初步概念後再回頭看原文，則比較容易掌握文本的意旨。這種先看演出、再讀劇本或原文的作法，可以幫助我們培養想像力。由於在戲劇的演出中，一切都是現在進行式的呈現，是演員透過對白和行動，將戲劇中人物的言行、思想、感情，演給觀眾看和聽的具有臨場感。（黃美序，2007：6～15）在蘭陽戲劇團〈杜子春〉這齣戲中，編導黃春明為展現杜子春在求仙時所遇到的種種困難考驗這一段，他在舞臺上設計兩個杜子春的形象：一個是真實的杜子春；一個是杜子春的意志。在面對外在虛幻的誘惑與威脅時，觀眾可以看見及體會到杜子春在面對天人交戰時內心的煎熬與痛苦，而這是小說單一文本所無法呈現的。而為了演出創作的戲劇，

必須考慮到演出的時間限制不能太長，所以黃春明在編導時就沒有照原文演出三次接受老人的巨資饋贈的經過，只以一次來代表。在現今多媒體的刺激下，演員的服裝、布景道具、音樂音效和聲光明暗的應用，都能增加戲劇的張力並引發觀眾的想像。〈杜子春〉這齣戲，關於杜子春「縱情於聲色犬馬」這段戲，導演安排演員們穿上華麗的服裝、配上喧鬧的音樂，加上炫爛的燈光，造成了一幅讓觀眾感到醉生夢死頹廢的景象。關於服裝的設計除了要呈現導演的創作理念，更必須配合舞臺的燈光及布景。在〈杜子春〉中我們可以看到對於想要引誘杜子春進而騙取他財物的女子的服裝都是比較裸露，我想服裝設計者所考量的除了劇中女子的身分外，還有考慮到唐代胡風較盛社會風氣也較開放，再加上在古籍畫冊上的仕女圖仕女們所穿的服裝開口的尺度是其朝代的女子所不及的。關於燈光的設計，「在舞臺上，燈光要配合戲劇情境而『變化』它的『亮度』、『角度』、『色調』。也可以說，舞臺燈光是『活的』、『動的』、有『生命的』，它也是一個演員。」（黃美序，2007：190）在「杜子春修練成仙失敗」的那一段戲，老人離去後，四周燈光暗了下來，燈光集中照射在舞臺上的杜子春一人，此時天上飄下片片的桃花瓣……這樣的場景引發了觀眾想像的空間。關於「音樂與音效的設計是為了加強戲劇的效果，例如用低沉的調子加強悲哀的情調，用輕快的調子來烘托喜悅的感覺。」（同上，192）因此，在杜子春「縱情於聲色犬馬」那段戲中的配樂，則配上喧鬧吵雜的音樂與音效，襯托出在杜子春夜夜笙歌、日日享宴的歡樂氣氛。

　　戲劇在舞臺上演出，為了吸引觀眾，演員必須先充分理解在劇中所扮演的人物、角色，並揣摩劇中人的思想情感、說話時的語氣

和動作體態，透過演員的訓練和代言演出這些細微的動作，他們將成為觀眾欣賞觀摩的對象。但坐在舞臺較遠的觀眾就很難看得清楚，這時透過多媒體的協助，運用特寫鏡頭將演員演出時的情緒和心理變化錄影下來，則可彌補缺憾。再者戲劇演出時，受到演出的時間地點及場地人數的限制無法滿足許多人，這時利用現代的科技將它錄影下來將可供更多人欣賞。以黃春明編導〈杜子春〉為例，原本只在宜蘭演出三天，雖然造成一票難求的盛況，但是對在臺灣的人來說能親臨現場的還是有限；而這在多媒體的協助下隨後推出〈杜子春〉DVD影音光碟就可以讓更多的人欣賞。

從戲劇的內容來看〈杜子春〉這齣戲，可以了解黃春明根據〈杜子春〉故事加以增刪改編故事情節重新詮釋，使原本故事改變了方向；李復言改寫創作的〈杜子春〉，已勝過原型故事《大唐西域記》卷七烈士池的簡單明瞭，並將父子之愛改為母子之愛更具有人類原始的人性：妻怒夫殺兒不如夫怒妻殺兒更符合於經驗的真實感。對於原型故事中抽象的說明「忽發聲叫」的直敘，改以精心設計的用不覺失聲的「噫」來代替，黃春明則將此段改為在幻像中杜子春看見牛頭馬面正要拖他的母親上刀山下油鍋，而他無法忍聽母親的淒絕哀叫，所以導致他失聲驚叫開口叫了母親。在戲劇演出時觀看此段和目蓮救母的情節有種似曾相識的感覺。編導還添加在原文中沒有出現的人物以增加戲劇的可看性，如天香、杜心、杜集、杜喜、呂夫人等的出現，對於資助杜子春的老人則指名稱姓為鐵冠子，並刪去在單一文本中老人三次金錢相助的戲碼，僅一次為代表。在戲劇的末了，黃春明安排了老人送杜子春一片桃樹林，留給他一把鋤頭，當他彎身舉起鋤頭時，天上飄下來片片的桃花瓣……當桃花瓣從天緩緩飄下來的感覺，彷彿置身仙境有種新生的喜悅。對於此段，原文是道士怪杜子春未能協助他煉成丹藥並感嘆仙才的難得，

最後讓杜子春嘆恨而歸。對比原文，戲劇演出和原文有差異，可以
讓讀者有重新詮釋比較和成長的機會與空間。

第三節　透過閱讀教學擴大效應

　　在前面提到戲劇化活潑有趣的方式能提高閱讀的興趣，利用戲
劇化結合多媒體的演出，可將文學作品方便呈現在我們的面前，但
還是有不少人樂意從戲劇文學（劇本）尋找樂趣。以莎士比亞的劇
作為例：我們在許多國家中都可看到用英文或譯文演出的莎劇，更
可經常看見由《哈姆雷特》（Hamlet）、《羅密歐與茱麗葉》（Romeo
and Julie t）、《馬克白》（Macbeh）等劇作改編而成的電影或電視。
可是讀過莎士比亞戲劇原文或翻譯本的人，恐怕仍然要比看過它們
在舞臺上演出或銀幕與螢光幕上放映的多很多。（黃美序，2007：
59）從另一個角度來看，我們已不清楚古希臘羅馬的悲劇、喜劇，
中國元代雜劇等演出形式；再加上現今的生活型態、社會結構也和
以往不一樣，但是透過閱讀可以從流傳的古典戲劇中去領略那永恆
的人情、人性的描繪。換句話說，戲劇文學的「傳世」功能，遠大
於「短暫」的舞臺演出。（同上，59）

　　「閱讀就是人們透過視覺器官接受符號所標記的意義的過
程；這一過程的目的，就是交流思想溝通情況。」（洪材章主編，
1992：2）而閱讀活動正如韓雪屏所說是人的心理要素整體能量的
反應。在閱讀活動中人的感覺、知覺、想像、思維、記憶及語言等
等的因素，都處於整個活動狀況中。此外，人的需要、興趣、動機、
情感及個性也都直接調節和控制著閱讀活動。（韓雪屏，2000：41）

由此可知，讀者的理解是一種心理的過程，因此教學者在進行教學活動中對於閱讀活動與心理現象有密切相關。

「文學以象徵的手法解決人生難題」，由唐傳奇的內容我們可以了解當時的社會情境、生活情態，藉著閱讀可豐富我們的內在觀察，和各地的人們產生共鳴和感應。透過文學作品的閱讀，我們可以讓「過去」和「未來」都在「現在」的這一刻活了起來，並活在現代人的記憶、設想、追問和理解之中。所以「文化貧瘠，個人則如涸池之魚；文化豐盛，個人則可蔭其榮。」文化提供了更各種素材，個人用之於生活，個人的興趣也因文化的遺產的滋養而更能發揮。（潘乃德，1976：300）「一個欣賞者從文學作品中所經驗到的不單是知道哪裡面說的是什麼，如同閱讀一篇報告或時事新聞一樣；而是能從中經驗到一種有異於現實感受的喜愛。這種喜愛，不是現實的喜怒哀樂，而是從現實的喜怒哀樂混合釀成的一種更純粹的情感品質。」（王夢鷗，1976：249）因此，喜歡閱讀的人都知道，看書是因為喜歡閱讀，不是因為看書對我們有好處；樂趣來自我們閱讀的方式和內容使我們思考和感受。靠著閱讀文學來體驗自己過去所不知或不熟悉的想法及經驗。而歸結閱讀的基本樂趣在於加入與他人溝通的行動，文學的樂趣就是對話的樂趣——讀者與文本之間的對談、讀者與其他讀者對於哪些文本的對談。〔諾德曼（P. Nodelman），2000：35～39〕閱讀優秀文學作品是所有語文教育的重要基礎，更是人格培養與啟蒙最重要的過程；而讀者經由閱讀所獲得的，就不僅只有實用的目的或功能，還有文學所具有的迷人的魅力。也正因為它有超越於具體實際的目的或功能，所以袁敏勇談及許多國家的語文教材中文學作品佔有相當的比例，更鼓勵多閱讀文學作品，因為注重文化的文明國家都重視文學作品的閱讀。（國立編譯館，2003：1）

　　依據教育家的看法，兒童時期（相當於國小就學階段）是遊戲的時期，兒童生活是遊戲的生活，閱讀對兒童也僅是一種遊戲項目而已。遊戲的目的在求愉悅，遊戲的動機在於有興味；能達成此目的的作品，才能使兒童感覺愉悅有興味，如此才能使兒童自動自發地去閱讀。（林守為，1988：11）根據中外心理學調查研究中兒童所喜歡的讀物具有哪些的特點：

　　（一）蓋茲（A.Gates）的研究：

1.奇特：事前未料到的結果。2.動作：描寫或敘述活動的動機。3.動物：以動物為故事的主體。4.詼諧：兒童認為可笑的。5.對話：文章中有對話。6.情節：曲折多變。

　　（二）鄧恩（Dunn）的研究：

1.驚奇。2.文章中有動物。3.有對話。4.其中事物為兒童所能了解的。5.有詩意的。6.有動作的。7.富於想像的。

　　（三）葉可玉的研究：

1.親切與熟悉的：指兒童身歷其境感到親切的事物，對熟悉人物的敘述。2.生動的：指富有情感的感人行為、有力的表現、具有真實的事實與動作的表現等等描述。3.動物的：指動物的行為動作、動物的特性、動物的生活故事，以及動物的擬人故事等等。4.驚異的：指一個故事，事先沒有料想到的變化或結局，使兒童感到驚奇。5.情節的：指內容奇特，曲折多變的。6.俠義的：指愛國志士、救國救民的偉人之生平事蹟與豐功偉業，以及英雄烈士的故事。7.對話式的：用談話方式敘述故事。8.幽默的：指兒童認為可笑的，讀後情不自禁地發自內心的愉快。（林守為，1988：11～13）

　　由上述學者的調查中發現，他們提出共有的特點：驚奇性、滑稽性，而其「驚奇性」正是唐傳奇的特點。大家對唐傳奇「作意好奇」的特性甚為熟悉，也有許多人從事研究，但將它「作意好奇」的特性用在閱讀教學上的研究，則不多見。正如陳正治在《兒童文學》中所說，在西方從事古代童話整理、改寫，較有成就的有貝洛爾、格林兄弟，他們改寫的童話像貝洛爾的〈睡美人〉、〈小紅帽〉等，喬考柏斯的〈三隻小豬〉、〈傑克與巨人〉和格林兄弟的《格林童話》都是膾炙人口，風行世界的童話故事。反觀國內由於歷代帝王都尊崇實用主義的儒家，對於童話這種富於想像的故事，被斥為玄學而不被重視。（林文寶，1994：255）按照前述學者的說法，我國古代的典籍中是蘊藏著豐富的童話材料，但因為缺乏提倡，也就缺少像貝洛爾、格林兄弟等整理古代童話事業的人，而使得我們原有豐富的童話材料埋沒，這是十分可惜的事。

　　所謂閱讀教學，就是閱讀指導。根據周一貫的定義：（一）閱讀教學是師生雙邊互動的活動；（二）閱讀教學是學生理解和運用語言文字的重要途徑；（三）閱讀教學是提高閱讀能力的主要載體；（四）閱讀教學是養成良好閱讀習慣的重要保證。（周一貫，2001：8～11）張惠如也指出「閱讀教學是情操陶冶的深化，提升寫作能力之鑰」、「閱讀教學是引導學生不斷充實精神生活，完善自我人格，提升人生境界的活動」、「閱讀教學是語文課程的文化實踐」。（張惠如，2007）金元浦認為所謂閱讀教學，就是學生、文本、作者、教師、教科書及其編著者之間的多向交流對話關係。（曹明海主編，2007：401～404）由此可知，閱讀教學的重要及對學生的影響，作為教學者必須以自己的專業能力及素養，對於語文閱讀的材料有所選擇或重新加以改編創作，以符合學生的心理認知；並運用活潑生動有趣的教學方法以提高學生閱讀理解及解決問題的能力。

　　有關閱讀教材的選擇，楊振良指出閱讀文化背景不同的故事型態，往往是錯亂本國語文教育的步驟。因此，他認為要加強教學者對本國歷史文化的素養、傳統信仰、傳說、風俗、儀式及諺語方面的知識，才能靈活展現屬於傳統式的心靈與文化精神。（楊振良，1994）

　　我們在國小閱讀教學課程中以唐傳奇作為非制式的閱讀教材，並以戲劇化的方式進行教學，將可達下列的效果：

一、引起對傳統文化的認知

　　西方強權所主導的全球邁入國際化的時候，他們的文化也逐漸全球化。所以當翻譯作品在包裝精美及強勢廣告宣傳下成為大家注目的焦點（流行的趨勢如《哈利波特》的風行），相關的閱讀的內容也多半傾向於外來的西方文化，把我們原先所擁有的智慧結晶——傳統文學給拋棄了，視我國傳統小說為迷信、怪力亂神；因此孩子習慣於西方的文學作品、內容，對於我們氣化觀型傳統文學反而感到陌生甚至一無所知。這無疑會產生文化斷層及認同上的危機，長此以往後果可能不堪設想。希望透過唐傳奇的閱讀讓孩子欣賞並認同自己本身的文化，而為他們找到身分認同的依歸（參見第一章第二節）。

二、對文學有感情

　　了解是欣賞的預備，欣賞是了解的成熟。也就是說，了解和欣賞是相互補充的。（朱光潛，1983：54）當我們對原有的文學有充分的認識、了解，我們才能加以詮釋並更深一層的欣賞。文學作品的美，異於其他藝術品，具有形式和意義。審美的機趣是滿足人的

情緒的安撫、抒解、激勵。構設高明的文學作品，特別容易顯現這種審美效果：從中獲取純粹的感情品質；就是所謂的「化境」或者美感的經驗、美的感情或價值感情。（周慶華，2004b：134～135）所以從閱讀唐傳奇作品中可以讓閱讀者得到這種審美心理的認同，進而對文學產生感情。

三、檢討閱讀教材

現行國小語文教材須以教育部頒布的《國民中小學九年一貫課程綱要》為依據，並要能滿足五大基本理念、十大課程目標和十大基本能力和六大議題為主要條件。在那樣的條件限制下所選出的制式教材顯得什麼都可以，但卻缺乏自己的主體性；對照現行的語文閱讀教材，非制式的教材就具有較高的自主性。以唐傳奇作為非制式教材可彌補制式教材「學究型單向灌輸」（何三本，1997：411）的缺點而強化語文教學效果。

四、可以當作典範

中國是一個歷史悠久的文明古國，而在長期歷史發展中創造出許多燦爛輝煌的文學作品，有待我們去探討及運用。在中國傳統豐富燦爛的文學作品中，選擇以唐傳奇作品作為補充教材並透過戲劇化的方式獲得學生的認同後，可以回饋給教材編審機制重新檢討制式的語文閱讀教材的內容和方向。再者這個方法獲得成功認可後，更可作為輔導教材的典範。

在上一節的討論中，我們知道許多經典的文學作品倘若能透過戲劇化的演出將可達到很好的效果，但有許多外在因素在國內目前尚無大量劇團的出現。而由宜蘭縣所籌設在 1992 年成立的蘭陽戲

劇團，也僅在 2002 時演出由黃春明編導唐傳奇〈杜子春〉的故事，至今就未再見到和唐傳奇相關的戲劇作品。僅透過少數劇團一兩齣戲劇的演出，實在很難將唐傳奇作品所蘊含的傳統氣化觀型文化體現出來。抓住戲劇表現的模式，由劇場轉移至教室，可以達到戲劇精神保留的效果。但戲劇化在每間教室教學的效果並不一樣，只有透過閱讀教學的推廣，才有普遍效應。當唐傳奇這個輔助教材能達到增加學生的閱讀樂趣、強化學生閱讀理解的目標後，倘若能全面性來做就能擴大它的範圍，使得唐傳奇的文化精神能被現代人感知與了解而達到很好的效用。

第四章　唐傳奇與閱讀教學結合的因緣

第一節　作意好奇的魅力

> 在瑞士草原上，看到一頭黑白乳牛，令人心曠神怡，但是當
> 你看了一萬頭黑白乳牛，你的眼皮已經快要闔上。如果，這
> 時候草原上出現一頭紫色乳牛……

這是《紫牛》的作者，賽斯·高汀提出的一觀點：在任何競爭激烈的市場，永遠需要「紫牛產品」；也就是說，你必須與眾不同，獨一無二的甚至是「卓越非凡」的才能脫穎而出。（周浩正，2006：14）唐傳奇在我國傳統小說中就是讓人眼睛為之一亮、精神為之一振的作品。在唐傳奇作品中關於「與眾不同」、「卓越非凡」的特點，洪邁表示：「唐人小說不可不熟，小小情事，悽惋欲絕，洵有神遇而不自知者，與律詩稱為一代之奇。」（原書脫佚，引自康韻梅，2005：13）這是情節上的「卓越非凡」；胡應麟指出：「變異之談，甚於六朝，然多是傳錄舛訛，未必盡幻設語；至唐人乃作意好奇，假小說以寄筆端。」（胡應麟，1963：486）裡面提到唐傳奇的「幻設語」或「作意好奇」，也就是意識的創造，這是前所未有的。魯迅指出：「小說亦如詩，至唐代而一變，雖尚不離于搜奇記逸，然敘述宛轉，文辭華豔，與六朝之粗陳梗概者較，演進之迹甚明，而尤顯者乃在是時則始有意為小說。」（魯迅，1996：51）這則更進一步提及唐傳奇在文采藝術上的用心經營與眾不同。後來的研究者

多也接續這樣的看法，從唐傳奇作品內容、題材來討論「作意好奇」的現象，但對於唐傳奇「作意好奇」的魅力可以運用在閱讀教學上讓人眼睛為一亮的研究則付之闕如。

依據教育家的看法，兒童時期（相當於國小就學階段）是遊戲的時期，兒童生活是遊戲的生活，閱讀對兒童也僅是一種遊戲項目而已。遊戲的目的在求愉悅，遊戲的動機在於有興味；能達成此目的的作品，才能使兒童感覺愉悅有興味，如此才能使兒童自動自發地去閱讀。根據中外心理學調查研究中兒童所喜歡的讀物具有的特點有：奇特、驚奇、情節曲折多變、富於想像的、俠義的愛國志士以及英雄烈士等的故事。（林守為，1988：11～13）「好奇」是孩子的天性，而唐傳奇中「作意好奇」的部分正符合兒童喜歡閱讀的特點。以此來進行閱讀教學的教材可收事半功倍之效。對於唐傳奇作意好奇的魅力如何與閱讀教學結合則是本節所要處理的，茲分為幾個方面來討論：

從立意來看，「好奇心」是人類本能中最原始的一種，它在人類心中是普遍的。因為「奇」、「怪」、「異」與眾不同促使人有一窺究竟的念頭，基於這種想法唐傳奇作者對於六朝志怪志人小說採直線描寫的方式已無法滿足需求，而這種「粗陳梗概」、「叢殘小說」的簡短篇幅，因缺乏人物形貌及心理的刻劃，更無鋪張故事情節的寫作方式已無法吸引更多讀者來閱讀。而要吸引人注意的目光引起閱讀的興趣，就必須滿足人的好奇心理，因為這樣的「起心動念」就影響作者在題材、內容與情節上的取捨。

從閱讀者的角度來看，根據布魯納等心理學家都把好奇（curiosity）視為動機（motivation），根據學者的說法「所謂動機，是指引起個體活動，維持已引起的活動，並導使該種活動朝向某一目標的一種內在歷程。」（張春興等，1990：250）就教學歷程來說，

「好奇是教育上最可貴的求知原動力。兒童好奇，是與生俱來的，只要他遇到新奇的事物，總會引起他注意、接近並嘗試去了解。由此可見，好奇動機是由環境中的刺激引起的。」（同上，253）好奇心是兒童主要的智力特徵，同樣也是具有創造性成就者的主要特徵。（郝廣才，2006：181）唐傳奇距離我們的時空遙遠，和我們現有的生活、想法及行為就有很大的落差，閱讀後必然會產生許多的疑問，「好奇心」就是當孩子在問「為什麼」的時候的動力來源。再加上是唐傳奇作者的「非奇不傳」的根本立意就是吸引人閱讀的魅力所在。

透過閱讀指導讓孩子欣賞到唐傳奇「作意好奇」的魅力，孩子學會正確的利用休閒時間。因為孩子們都有喜歡聽故事，喜歡認識新奇事物的心理。有趣味的讀物可使孩子靜下心的閱讀，無形中約束他們在校內外好動撒野的個性，因為閱讀孩子間有了共同的話題，可減少孩子間衝突的偶發事件產生。（羅秋昭，1999：188）

從情節來看，清人梁紹壬介紹裴鉶說集《傳奇》時說「《傳奇》者，裴鉶著小說多奇異可以傳世，故號傳奇」。其中「多奇異」就說明唐人小說的共同特徵。由於唐代小說以描述奇人、奇事、奇遇的特點，深獲讀者審美心理的認同。因為劇情曲折生動才能引人入勝，所以觀者這種「好奇」的欣賞心理決定古典戲曲「非奇不傳」的創作態勢。（程國賦，1997：152～153）也就是這種講究情節的新奇曲折才能吸引讀者去閱讀。由於一部好的文學作品，它帶給讀者是多方面的滿足。許多讀者受到感動的原因，不是來自故事，而是受到情節的感動。「因為故事只是原始的材料，這些材料經過適當處理後，才轉成有情節的故事」。（王夢鷗，1984：187～188）

根據王夢鷗在情節的間歇作用指出「在一連串時間裡發生的事件記述，在情節上往往因果律而必須割斷其時間的連續性……關於

此種時間性的分割，一半要靠讀者的心理來建立其效果。最基本的要算是人類原始的好奇心。如同小孩一樣：小孩子聽講故事的時候，時刻放在嘴唇上的急迫問題，就是『後來呢』這一句話。而講故事的人，第一也是依靠聽眾急於知道『後來怎樣怎樣』的好奇心而建立情節上的巧妙。」（同上，188～189）唐傳奇因它的情節奇特怪異符合人想要閱讀的心理。

唐代中葉後，藩鎮各據一方，爭權奪利，私蓄遊俠之士而除仇敵的風氣盛行一時。這種社會現實在文學上的反應便是俠義小說的產生。但是，在這俠義小說產生的背後究竟是怎樣的民族文化心態，是令人好奇的。（吳禮權，1996）在現實中的社會已不需你路見不平拔刀相助、啖仇人首級心肝、快意恩仇的俠義行為，但俠義的精神仍然存在人心：見人有了困難危險，捨身相救……在現今真實生活中已無法做到前者，但我們可以在唐傳奇中想像並在閱讀描述俠義行為的精采情節中於精神上獲得替代性的滿足。「豪俠」小說中替人解危的俠義之士正符合兒童崇拜「英雄」的心理。因此，兒童會樂於閱讀唐傳奇。

從題材上來看，我國早期的小說，多是記載一些神話和傳說，帶有濃厚的神奇成分。到了唐代由於社會政治的變動，經濟上的繁榮，再加上都市人們需要娛樂性的文章，傳奇便應運城市人的需要而產生多樣性。由於作品中的人物主角不再是虛無飄渺的神仙、鬼怪，更不是遙不可及或高高在上的人物，使得妓女、奴婢、平民等小人物也成為謳歌的主角，內容則由志怪述異到人情世態的現實人生的反映。因為作品中描寫的人物多樣化，因此，在這樣的特點下讀起來自然能感動人心，引起讀者的共鳴。

鳥會唱歌，為了求愛。人會唱歌也是起源於求愛。語言讓戀人溝通，卻不見得達到了解。由於人類創造語言，談情說愛就隨著語

言的豐富而變得多變複雜。（郝廣才，2009：160～161）自盤古開天闢地，人對於愛情的追求和渴望就是生命中相當重要的部分，所以光是以「愛情」為描述題材，就相當具有吸引人閱讀的魅力。閱讀唐傳奇描繪愛情的故事，我們多會受到其可歌可泣的故事感動，然而在感動之餘，還有更深層的內涵值得我們去玩味及體會的；正如法國符號學者羅蘭‧巴特說：「閱讀是從某個層次提升到某個層次的過程。」也就是說，閱讀能力不是指表面的文字與語句理解的邏輯能力，而是指更深度的閱讀能力——體會作者在書中所要傳達的精神和訊息，啟發思維並獲得美的感受——領略文字語言之美、情趣之美、意境之美。（劉清彥，2009）

　　在唐傳奇中還有不少描述和夢境或幻境相關的題材，如〈枕中記〉、〈南柯太守傳〉、〈杜子春〉等。因為夢境或幻境的難以解釋和奇異怪誕使得唐傳奇在內容上增加了奇幻的色彩。不同於古人對於對夢的成因、夢與現實的關係和魂夢相通等問題的探討，他們對夢是含有神秘的敬畏之情。而唐傳奇作者對於夢則是以一種藝術創作手段來看待。如同「西方現代派小說也有相當多的作品帶有夢幻色彩。受到佛洛伊德精神分析學影響的作家認為夢境是人的潛意識的反映，於是在意識流的寫法廣為流行之際，夢中意識也成為人們樂於描述的對象，特別是超現實主義派公開提倡無意識寫作和記述夢境。現代人對夢的認識自然不同於古人，但歸根結底也是設法探尋夢所包含的意義。同時他們也把寫夢作為藝術表現的重要手段。」（俞汝捷，1991：18）

　　「由於對超自然世界的觀念互異，中國文學似乎敏於觀察，富於感情，但在馳騁想像，運用思想兩方面，似乎不及西方文學。」（周慶華，1999：124）而造成中西在超現實世界敘述的差異，是來自於中西方不同的宗教信仰。今天我們閱讀唐傳奇中有關志怪的

部分，我們可以發現我們的祖先幻想是極為豐富的，他們運用邏輯上的不可思議，把荒謬現象納入作品中增加故事的可看性，透過這樣的構思創造奇幻富於魅力不可思議的故事呈現諧和自然、縮結人情而讓人回味無窮。

「俠客崇拜、文字崇拜和祖先崇拜是中國文化與社會的特色，不能懂它，就不可能了解中國人和中國社會。而這三者是相互滲透交織的」（龔鵬程，2004：14）。對俠客的崇拜，長久以來，我們總是會產生一些難以言喻的讚嘆之情。在一般人的觀念裡，俠是一個急功好義、身懷絕技勇於犧牲、行事有原則、富有正義感能替天行道紓解人間不平的人。（同上，16～17）對於俠有這樣浪漫的文學想像，所以有關唐傳奇中豪俠的出現都被歸於唐代自開元、天寶之後，社會上出現各種弊端，導致了「安史之亂」的爆發，而「安史之亂」後，中央與割據勢力的鬥爭，昏君奸相與忠臣良將之間的矛盾鬥爭都成為朝廷的主要問題。藩鎮割據也削弱了唐王朝統治的力量。由於政治團體內部傾軋的激烈和任途的艱難，使得士人產生福禍無常、追求功名利祿而又畏懼風雲變幻的心理。平民百姓在那樣政治惡鬥的紛擾環境中，如同生活在水深火熱之中，有苦難言，而希望出現英雄豪傑為他們解決局部的然而是迫切的問題，於是豪俠小說便應用而生。透過這類的傳奇小說，也使我們認識到中晚唐的社會狀況。（吳志達，1991：72～85）

對於唐代劍俠的行為特徵，龔鵬程歸納六項：（一）飛行夜叉術：這種飛行夜叉術類似後世所謂的輕功。〈崑崙奴〉記載磨勒能「負生與姬而飛出峻垣十餘重」、「持匕首飛出高垣，瞥若翅翎，疾同鷹隼。攢矢如雨，莫能中之。頃刻之間，不知所向。」〈聶隱娘〉描述聶隱娘在尼姑的教導下「三年後能飛，使刺鷹隼，無不中。」這些都是飛行夜叉術的具體特徵。（二）幻術：踏局曲身，藏形於

斗中的幻術是劍俠所擅長。幻術在唐代是甚為流行的，表現劍俠上就如同裴鉶在〈聶隱娘〉裡描述聶隱娘充滿各種幻術能「化為蠛蠓，潛入僕射腸中聽伺。」又與精精兒化為「二幡子，一紅一白，飄飄然如相擊于床四隅。」（三）神行術：在歷史上確實有日行千里的奇人。唐傳奇中所載妙手空空兒「才未逾一更，已千里矣」；紅綫「夜漏三時，往返七百里」，他們夜行千里的神技令人瞠目結舌。對於這樣的神行，在當時認為是一種怪術，而不說是輕功超縱之技。（四）用藥：在〈聶隱娘〉故事裡，出現一種化骨藥水：「白日刺其人於都市，人莫能見。以首入囊，返主人舍，以藥化之為水。」又在擊斃精精兒後「拽出于堂之下，以藥化為水，毛髮不存矣。」這種藥物並非純然虛構。（五）斷人首級：劍俠殺人，必割首級而去。如〈聶隱娘〉、〈虬髯客傳〉都有描述斷人首級之事。在〈紅綫〉裡記載紅綫夜盜田承嗣金盒，更是要讓田驚怖：「某之首領，繫在恩私。」這種殺人截首，以為徵信，自秦漢以來皆然。而俠之所為俠在於能夠啖仇人首級或心肝。這種食人心肝或頭顱的風氣，非唐以前所有，而是當時的特殊俠行，其中也有若干禁忌觀念存在。（六）劍術：這種劍術與行軍擊刺或裴旻舞劍之類不同，而是一種與原始神秘信仰和法術思想相結合的巫術，主要是用匕首或短劍。如〈聶隱娘〉裡說尼為聶隱娘「開腦後，藏匕首而無所傷。用即抽之。」此非純屬妄談。（龔鵬程，2004：105～112）

　　田毓英在《西班牙騎士與中國俠》一書中提及東西方對於俠所具有的美德大致和劉若愚相同，但對於名譽的追求有著相當大的差異。田毓英認為西班牙的騎士以榮譽為行俠的動機，而中國的道德觀卻是否定。（田毓英，1986：94）造成中西方俠士在榮譽的追求的差異，就得從彼此不同的信仰所形成的世界觀來看。在西方以上帝為造物主是唯一的信仰，以此產生創造觀的觀念系統。終極信仰

就會衍生出原罪的終極關懷，以除罪為終極目標，以懺悔為終極承諾。所有造福人類的俠義行為都是為了榮耀上帝或媲美上帝，再加上西方是由個人所組成的社會更重視個人的榮譽。反之，在中方泛神信仰下沒有唯一的主宰可以榮耀或媲美，所以俠士的行為不是以追求個人的榮譽為動機，再加上漢民族是以家族所組成的社會，大家群聚在一起，使得個人在團體生活中不能太凸出否則會招嫉；又因為大家生活在一起必須講信用，以此生出漢民族俠客「重然諾」的俠義行為，這就是中西方因不同的宗教信仰產生俠士行為動機的差異性。

在唐傳奇中有關俠的敘述頗多，但俠的產生不是始於唐代，今天我們在閱讀唐傳奇可以發現唐代的豪俠在作者創作底下呈現出另一番新的氣象。引用洪蘭所說：「背景知識就像一個篩網，網越細密，新知識越不會流失，比如說，同樣去聽一場演講，有人獲益良多，有人一無所獲，最主要的原因是語言像一陣風，只有綿密的網才可以兜住他。背景知識又像一個網架，有了架子，新進來的知識才知道往哪兒放，當每個格子放滿了，一個完整的圖形就會顯現出來，一個新的概念於是誕生。」說得非常貼切、明白。（引自郝廣才，2009：153～154）當我們擁有豐富的背景知識來閱讀時，可以幫助我們更了解唐代豪俠，看待他們的眼光不再侷限於政治混亂下的時代產物。

一部文學作品能受到讀者的喜愛繼而歷久不墜，就在於優美的文字敘述、生動的情節描寫、深刻的人物性格和故事的完整等等。隨著時代的推移，唐傳奇並未因此而被人遺忘，它在滾滾浪濤的時間下留下記號，在讀者腦海裡留下深刻印記。翻開唐傳奇，從字裡行間裡透露出作者所述的時代的背景，唐人的生活樣態、象徵的時代意義，都具體而微的呈現在讀者眼前。

　　在唐傳奇中作者除了以愛情、志怪、豪俠等虛構的人物為題材，尚有一類取材歷史上的真人真事加以改編的歷史故事，這些小說題材是當代的事實，具有很濃厚的時代性。讀書人以當時的實事為創作題材，由於不受正史記載要求正確的限制，作者才能淋漓盡致的發揮構思及創作，讓人從小說中感受到在正史裡不易被發覺到事件的背後真實人生。在作者創作的筆下，我們閱讀這歷史類的文學作品，彷彿坐了穿梭古今的時光機，看到一千五百年前變動不安的社會狀況、平民百姓的生活情景及了解當時人的思想、情感和文化的種種細節。

　　「一旦孩子失去發問的機會，不能養成發問的習慣，也就可能失去思考問題的能力。這時好奇心就像缺乏運動的肌肉，很快的萎縮下去。思考就沒有動力，沒有思考怎麼會有創意？」（郝廣才，2006：179）因此，唐傳奇「作意好奇」的魅力就是能引起學生閱讀的好奇心，而好奇心正是兒童創意思考的來源。當引起學生「好奇」想要一窺究竟的動機，並動手去翻閱書本時，我們就要以有效的閱讀教學法指導，使這種閱讀活動能持續成為內在傾向的興趣。所謂興趣根據學者的說法：「興趣是動機的專注，由動機引發的行為專趨於某種事物時，稱為興趣。只有內發性的動機才可解釋為興趣。」（張春興，1990：268）知識的來源是靠大量閱讀，所以培養閱讀能力是閱讀教學的重要任務。在有效的閱讀教學指導下才能使學生喜歡並樂於親近書本和培養了閱讀的興趣及能力。至於造成學生不喜歡閱讀的原因，是讀書和考試連在一起，讓學生感到有壓力、感到痛苦。這就是臨書恐懼心理。（張春與，1990：269）為祛除學生臨書恐懼的心理，在閱讀教學中教材的選擇及方法就非常重要。唐傳奇它「作意好奇」的特點，具有吸引孩子閱讀的魅力，透過這樣課外非制式的教材可引導學生喜歡親近書本，當他祛除了對書本的恐懼後，就可進一步導引至正式課程內制式教材的閱讀。

第二節　儒道佛融匯的文化深體驗

「任何一種文字、任何一種語言，都不會只是一種單純的工具，它們所代表的是背後的文化，只有了解和熟悉了文化，才可能真正學得好。」（管家琪，2007：7）志怪和神話二者關係密切，但志怪不等於神話。神話是原始社會的集體信仰，志怪則是文明社會作家個人的創作。（俞汝捷，1991：26）傳奇源於志怪小說，而志怪小說是中國特有的小說種類。內容不乏搜奇記異，而所謂「傳奇」，就有說奇志異的意思。因此，從「傳奇」的源頭來看，它的題材就具有相當神怪的特質。中國文化受儒家思想影響很大，《論語》是儒家的重要經典。在《論語‧述而篇》有「子不語怪力亂神」（邢昺，1982：63），提到孔子平時的言論非常務實，不談論一般人所津津樂道的怪異、變亂鬼神等不切實際的事物。受孔子的觀念影響，使得後人也忽略這是我們氣化觀型文化的傳統──中國傳統文哲的神祕文本；直到顧炎武也仍然一面主張「文須有益於天下」，一面又說「若夫怪力亂神之事……有損於己，無益於人，多一篇，多一篇損矣！」直指志怪小說對於社會是不可能有好的效果。由於小說在中國文學史上從未居於正統的地位，而志怪又是古代小說的重要門類，自然不受重視而忽略了。相反的正因為它不屬於正統範圍內，也就不受到正統思想的束縛而可以自由的任情生長。「雜以虛誕怪妄」的特點正可使它更接近文學的本質而富於藝術的魅力。（俞汝捷，1991：32～33）

我國傳統文學觀念裡認為小說是道聽塗說，街談巷議的俚俗之言是不入流的，對於小說採取鄙視的態度，在文學上是沒有地位的。所以《漢書‧藝文志》說：「小說家者流，蓋出於稗官，街談巷語，道聽塗說者之所造也。」然而，事實上小說內容包羅萬象，

從歷史、文化、哲學、政治、社會等。其情節或艷情、或鬼怪、或豪俠、或仙佛等，不一而足，引人無窮興味。由於小說能普及社會各層面，深具影響力，是經史百家、詩詞歌賦等文學作品所不及的。（中國古典文學研究會，1994：23～24）

　　根據史料顯示唐代的宗教是十分興盛的，「中國佛教發展到隋唐，已經成為一股與儒、道二教鼎足而三的重要思想體系和社會思潮。相對以往的封建王朝來說，李唐一代政治較開明，國力也最強盛，在意識形態較寬容，對儒、釋、道三教採取一種兼容並蓄的政策，因之造成了一個三教並存並進的局面。」（賴永海，1995：160）有關唐代的社會生活史、儒道佛三家的文化思想，根據官方的記載或學者專家的論述，對於現代人而言是既陌生又遙遠的，一般人閱讀起來是有困難且不感興趣的，甚至無法感受體會到儒、道、佛是如何深刻的影響中國人的思想生活。由於唐傳奇作者所關注的是現實人生的問題，「他們意識到小說不是史傳，不必完全實錄。因此，唐傳奇中便有浪漫的想像、藝術的誇張與虛構。」（束忱等注譯，2004：3）再加上「由於中國小說乃是以儒、道、佛等思想觀念為背景的社會文化產物。其內容不免受此數家思想之影響，而充實其內涵。」（中國古典文學研究會，1994：，24）唐傳奇是一個非常好的歷史讀物，它能夠帶領讀者融入當時的情況，宛如身歷其境，讓人能清晰地看見了當時的景物、聽到了人物的言語交談，甚至嘗試進入歷史人物的情感及思考當中。（黃春木，2009）因此，我認為從閱讀唐傳奇的作品是了解儒、道、佛融匯在唐代人生活中的最根本之道。由於唐傳奇所講述的是和人相關的故事，既然是人的故事也就有動人的情節能吸引人去閱讀。它是文獻史料外最貼近唐人生活的文學作品，更是一種鮮活的閱讀教學補充素材。透過閱讀唐傳奇的作品，我們才能了解儒、道、佛思想如何深刻的影響人民的

思想觀念並表現在生活中。佛教如何以一個外來的宗教受中國歷史條件和傳統文化思想的影響，改變成適合本土的民情，成為異於原始印度的佛教發展而為中國式的佛教，並成為影響我國的重要宗教之一。

　　由於文學的內涵，乃是哲學。而作品的意境，就是作者所表達的人生哲理。所以對於閱讀者而言，除了可以了解傳奇作者的本意外，更一進步也可於本意外別有會心，更能依閱讀者本身學識發揮其想像空間，而不受限制、拘束。再加上由於讀者閱讀的鑑賞力不僅可以透視作者的本意，當他能超越作者本意時，就是一種再創作。（中國古典文學研究會，1994：25）

　　根據史上記載，我國傳統文化源遠流長、絢爛奪目。在先秦時期曾出現諸子蠭起、百家爭鳴的局面。後來只剩以孔孟為代表的儒家學說和以老莊為代表的道家文化兩家學說未被淹沒，而且日益發展，成為左右中國古代學術文化的兩大思想潮流。（賴永海，1995：301）自漢武帝「獨尊儒術」之後，儒家成為中國王道政治的統治思想和宗法制度的理論支柱，並在中華民族人的心理、生活方式和宗法倫理有著根深柢固的影響。陳文新根據「馮元君《唐傳奇作者身分的估計》：在四十八位唐傳奇作者中，除了二十七人的行事、出身未能考出外，其餘的二十一位中，舉進士十五人，明經一人，擢制科一人，應進士而落第一人，進士或制科出身的三人」研判唐人傳奇可以說是進士文學。（陳文新，1995：11）在唐代科舉是文士的主要出路，科舉考試的科目又以儒家的經典為主而後又增加詩賦的內容，這對唐代文學的創作是有很大的影響。由此可知傳奇創作者深受儒家文化思想的影響，因此唐傳奇的創作是有這樣的時代背景。一般人在閱讀時喜歡藉著情節去了解創作者的想法和感情。「故事是一座橋樑，一座通往閱讀的橋樑。」（白碧華，2007：206）

而唐傳奇不是一種議論式的文體——作者直接告訴所要表達的道理，它是有人物、故事和情節，透過魔幻的筆法、虛構的情節，呈現作者的創意和才華，具有吸引人閱讀的魅力，經由這樣的寫作方式我們才能設身處地的感受和思考。

科舉是唐代文士的主要出路，這激發他們對事業的種種幻想，因此，唐傳奇作者熱中功名的意識就會反應在「夢境」上。所謂「夢，並不是空穴來風、不是毫無意義的、不是荒謬的、也不是一部分意識昏睡，而只有少部分乍睡少醒的產物。它完全是有意義的精神現象。實際上，是一種願望的達成。它可以算是一種清醒狀態精神活動的延續。」（佛洛依德，1991：55）所以在唐傳奇作品中會出現像〈枕中紀〉、〈南柯太守〉等求取功名利祿的夢。

儒家肯定性善，對於人性的看法都是正面的，如：仁、義、理、智、信。儒家的道德思想，對於生活安適，痛苦較少的人，比較適合有效；但對生活變動幅度大，且有深刻痛苦經驗的人，就顯得無力。所以在農業社會裡，和單純的士大夫階級，這種人生思想起過相當大的作用。可是當生活變動幅度大時，遭遇委屈時，生活感到痛苦，儒家那一套道德觀念就不容易與心靈受傷的人起共鳴，更無法應付失望不安和種種複雜情緒的人生。因此，唐代的士人在求取仕途、富貴的路途上遭受挫折時，儒家的那一套教義在現實人生上多半是行不通，許多社會政治的問題，也多不是孔孟教義所能——解決的。（韋政通，1986：3～6）

根據史上記載道教自東漢以來，發展淵源流長，它是源於中國文化下的古老宗教。雖然道教的派別很多，但都認為生命是極為寶貴的，都貴生而惡死。世俗追求的功名利祿、權勢財貨、美食美色等在道教看來都是求死的行為非長生之道。它要人超越人生的慾念，還應為善去惡，涵蘊高度的道德要求。所以人要「不

貪尊貴、致善除邪，樂守道戒」才能長視久生。（鄭志明，2000：27～71）由於「唐朝因國姓李，與道教始祖李耳（老子）同姓，於是道教被統治集團大力提倡。唐高祖為老子立廟，高宗追尊老子為太上玄元皇帝，玄宗親注《道德經》。」（束忱等注譯，2004：12）所以道教在政治上是受到相當的尊崇，而道教這種希冀長生不老、飛昇成仙的思想，對於當代人的生活更是有著極大的影響力。

當讀書人在現實人生中受創時便會向外尋求寄託。而佛家的「無明」的出現，正好撫慰他們的心靈。所謂「無明」是說人類生命本身就是沒有明的。「無明」是反說，正面說就是「痴」，這是佛教基本教義十二因緣的依據。由於人類每一個體生命必不免的限制，而這限制的造成，就根據於人生命中與生俱來的「無明」。這是人生一切煩惱的根源，也是人間一切現象形成的根源。佛教要人能不耽於世，不沈溺於俗，然後能遠離，謂之出世。這種教義，對於遭遇重大失敗，和具有深刻痛苦的人，常有迫切需要。（韋政通，1986：4～5）

由於佛、道思想都認為現實人生的榮寵、發達等物質生活都是虛幻的、不真實的，要勘破世情、克制天生的慾念，不沈溺於俗，要追求精神世界的永恆信仰，才能長視久生獲得解脫。〈枕中紀〉、〈南柯太守〉最後所表達的也就是功名利祿到最後都如夢幻泡影般。從這兒我們可以看見作者在生活和思想上受到儒、道、佛的影響，在作品中自然的流露出三家的思想文化。

唐傳奇作品是由許多人所創作的，非一人一時的著作，因此我們可以看到這些作者受到不同程度的宗教影響；有的還直接取自宗教的經典故事後加以改編表現在作品裡。像「〈離魂記〉受佛教哲學『魂神精識』之說的影響」（中國古典文學研究會，1994：34）、

「〈聶隱娘〉中『化為蟣蟱、潛入僕射中聽伺』，又自『口中躍出』的情節，這個新奇的想法出於佛教。」（束忱等注譯，2004：14）〈杜子春〉故事取材於佛教的《大唐西域記‧卷七》中的列士池。〈杜子春〉在李復言的創作下已不純然是佛教了，改編成煉丹求仙的道教風貌，最後因深受儒家傳統文化無法「忘情」的倫理價值影響導致煉丹失敗。以上這些作品作者並沒有直接打著宗教的旗幟去宣傳宗教的思想。但透過閱讀時，我們卻可以深深感受到唐朝人的生活是浸染在儒、道、佛融匯的文化中。由於不同的創作者因其個人的際遇和學術師承的不同，再加上受儒、道、佛文化的影響也有其深淺差異，使得唐傳奇的作品也因此產生多樣性的題材，如：愛情、志怪、豪俠、歷史等。這些題材的多樣性能符合學生喜歡閱讀的特性，在進行閱讀教學時學生就能經由不同類型的故事、情節去體會儒、道、佛三家融匯的文化。

我們知道中國文化受儒家思想的影響講求經世致用，這種「嚴肅性的作品是為了傳道或宣知或抒情而創設的。」（蔡宗陽等主編，2000：53）閱讀這種文學作品，由於文字的感染力和閱讀前相近的體驗會產生一種緊張、沈重甚至悲哀的感受。（同上，47）在這樣以傳道的思維方式下，中國的文學作品就顯得比較缺乏馳騁想像的空間。但在唐傳奇中，我們卻看到許多神奇的意象和匪夷所思詭譎的情節。造成唐傳奇多彩活發的現象來自於宗教的影響，它提供唐傳奇新鮮的題材和思想，並刺激唐傳奇作者無窮的想像力。（束忱等注譯，2004：14）

「佛教傳傳入中國後，帶給中國思想領域新的成分。它以自己徹底的唯心主義，大而無當的謊言，色彩斑駁的故事，離奇古怪的術語，豐富的辯證法因素，嚴謹的邏輯，縝密的分析，以及圓滑的因果報應、輪迴、涅槃等內涵，對中國文化進行一次巨大

的衝擊……士大夫與唐代佛教各宗都有聯繫，在眾多條渠道程度不同地接受佛教思想。」（郭紹林，1993：229～230）「每一部經典都有一個非常迷人的語言敘述系統。」（蔣勳，2009：128）在佛經中有許多富有文學價值的文學經典。正如「《楞嚴經》裡面對於各種奇特的幻覺與現實之間的錯離，文字描寫得非常生動。當你是信徒時，你根本不敢用文學的態度去讀它，你會恨不得立刻就跪下來膜拜，你沒辦法思維。可是當時佛在恆河邊說法時，會感動這麼多人，會到『天花亂墜』，天花像雨一樣飄下來，絕對是有文學。『信徒』是文學的障礙，如果他不是透過經典裡的語言文字，卻看到一個文明的偉大時，他是不能發現經典原來就是文學。」（同上，127）由於唐代佛經翻譯的事業非常興盛，「在這些佛教文學的作品裡，表現出兩個特色。第一是富於想像，其次是散韻並用的體裁。這兩點都很顯著地影響於中國後代的文學。中國作品比較缺少想像力，佛教文學則不然。」（華正書局編輯部，1989：405～406）但是唐代士人看待佛經的態度並不是以一般信徒的眼光來傳誦，他們能從文學的角度去思考和閱讀，從中感受到佛教經典文學敘述的美感，體會它的文學趣味並將佛教文學的特色自然的流露在作品裡。

「道家的養生思想，進一步發展便成為神仙信仰，追求生命的無限延長。而神仙信仰根源於人對自然界神秘現象的聯想。例如：《山海經》中記載山神水怪，都是古代神話的遺留；又如《楚辭》的〈離騷〉、〈九歌〉、〈天問〉，都帶有神秘的氣息，反應出人類追求超越世間的境界。《莊子》以至人、神人、真人來形容這種超現實的無憂無慮、恬淡逍遙、遊於物外的生存方式。」（鄭素春，2002：157）在道家的求長生的思想下就產生許多仙境傳說的記載。例如：在唐傳奇中「〈柳毅〉中魚龍曼舞的水下世界；〈裴航〉

中縹緲絕塵的神仙形象，都是來自道家的宗教幻想。」（束忱等注譯，2004：14）

　　以上的說明，在在顯示佛、道文學具有豐富無窮的幻想力，為了傳教他們創造了無所不能的神祇形象和瑰麗神奇的奇幻仙境。它們超越世俗的玄想誘發唐傳奇創作者的奇妙思想並開闊他們的眼界。表現在作品中則有豐富的人物形象和生動的場景描寫，打造了一個別有洞天的幻想世界。唐傳奇迷人的地方並不是它的佛道思想，而是在作品中受佛、道宗教的影響產生而豐富的文學情境，這帶給讀者心靈上無窮的享受。由於「不同的文化會有不同的哲學，對待世界不同的看法。相互激盪，可以產生不同的創意。」（郝廣才，2006：174）唐傳奇融匯儒、道、佛的多元文化而產生豐富且多樣性的題材，是別的文本裡所見不到的，這也就是唐傳奇在進行閱讀教學中顯得格外引人注目且迷人的地方。

第三節　知識視野再開拓的借鏡

　　在二十一世紀知識、資訊爆炸的時代，一個人擁有良好的語文能力是他能獨立自學的重要關鍵所在。因此，有鑑於語文對於整個國家社會的重要性，世界各國莫不致力於語文教育的提倡並強調「閱讀」的重要性。但放眼市面上有許多的語文叢書，如成語大全、如何有效閱讀、作文指導等，都是非常強調它的功能性，對孩子而言是缺少趣味與美的感受，讀起來如同嚼臘般毫無滋味可言。為了不破壞兒童閱讀的胃口，在閱讀教學上所引用的教材，就要加以謹

慎考量，以期符合兒童喜歡新奇、有趣的閱讀心理，更能從閱讀中獲得相關的知識以開拓視野。

大家處在同一個生活環境裡太久，沒有新的活水注入，就會習慣彼此討論重複同樣的話題、相同的事，久而久之，就會失去想像力和創造力。所以，「熟悉會使稜角磨平。我們在一個文化環境生活久了，要想對已知的事物有所發現，賦了新生命，相對是難的。不如透過不同文化，重新抓住幼年形象，生命反而容易出現。所以『旅行』和『閱讀』會是創意的兩大能量。旅行，可以讓你投入陌生的環境；閱讀，才能了解不同文化的內涵。」（郝廣才，2006：174）「旅行」對孩子而言有時間、金錢和能力的限制，不是大部分的孩子可以獨立完成的。但是「閱讀」卻是可以在適當的指導下，不受時間和空間的限制由孩子獨自完成。

唐代是中國歷史上文治武功非常興盛的時代，在儒、道、佛等多元的文化和外來種族及漢族的融合下，使得唐傳奇有了新的氣息呈現不同於以往文學的面貌，使得作品種類繁多，不侷限於單一種類非常豐富，對於閱讀者而言不會限於單一的思想，這如同給讀者知識視野再開拓的借鏡。唐傳奇所關注的是現實人生的問題，它所描述的是人生百態的縮影。因為「文學呈現人生的各個面向」（蔣勳，2009：150），可以透過唐傳奇所描繪虛擬的情境中學習去面對真實世界的種種問題。藉由書中人物學到面對困境的方法，進而了解而能同情處在困境中的人，將有助於個人生命態度的建立。

所謂「分久必合，合久必分」，從使得中國在封建社會的歷史進程中動盪和戰亂一直沒有中止過。在如此不安定的局勢下中國的百姓生活是很痛苦的。尤其是從東漢末年到魏晉南北朝結束為止，政治紛擾的局面使得中國民眾猶如處在水深火熱的情勢中，掙扎在死亡線上。然而痛苦無助的他們又無力回天，使社會安定下來。在

這種情況下佛教的「因果報應」的思想，使他們相信惡勢力終有得到懲罰的一天，他們忍受現世的苦難將來一定有一個好的來世。除此之外，他們也接受了佛教的「神鬼論」。這種時代的、民族的文化心態，反應在文學上便是志怪小說的興盛。（吳禮權，1996）而志怪小說的題材對唐傳奇的作者創作時的影響是很深遠的。唐代文人撰寫神怪傳奇的原因三：（一）科舉考試、仕途升遷上不利的因素而產生的，如：李公佐〈南柯太守傳〉、沈既濟〈枕中記〉為代表。（二）作者本身通靈的神秘經驗而寫成的。如：王度〈古鏡記〉。（三）聽他人講述的事件，如：李公佐〈盧江馮媼傳〉、沈既濟〈任氏傳〉、陳玄祐〈離魂記〉、李朝威〈柳毅〉等都是記錄別人談論的奇聞異事。這一類由他人講述的神秘經驗在唐傳奇志怪作品中是佔較多數的。對於這些神奇怪異之事，作者為了表示不是自己憑空杜撰的，都會在篇末加以說明來源並強調其真實性。而唐傳奇作者撰述這些神奇志怪的目的，除了要以作者的過人的筆觸來描述這類事件以展現作者不凡的文才和過人的學識，如：詩、文、詞、賦的運用來描繪景物和用來作為傳達情意的工具，更要藉由這類的故事來達到行使教化的目的。如〈南柯太守傳〉在篇末引用前華州參軍李肇贊：「貴極祿位，權傾國都。達人視此，蟻聚何殊。」（束忱等注譯，2004：164）就是為達教化目的的最佳說明。因此，在唐傳奇中的神奇怪異之事是不可以西方的眼光來看待而將它忽視了。

　　受西方唯物論觀點的影響使得在「『全球化』的浪潮下，出現一個明顯的危機，就是『同一化』。個別地方優美的文化，可能很快就消滅殆盡，就像地球上許多稀有的物種會被我們人類滅種一樣。」（郝廣才，2006：175）這種由大國操控的意識形態，像美國巨大的好萊塢經濟體制，它可以行銷全世界，變成一個偉大感人的夢想，這就是一種意識形態的傾銷，最後我們就會接受，就像現在

穿衣服的方式、吃東西的方式，甚至談戀愛的方式，都已經跟第一世界一樣。所以我們就會用這個意識形態去面對許多的生命現象。這種價值的單一化，是我們所擔心的。（蔣勳，2009：33～59）這種強勢全球同一化的影響下，迫使我們無法去冷靜思考而接收同樣的訊息，西方的《哈利波特》、《魔戒》裡法力無邊理所當然的收服了許多人並成為孩子所崇拜的對象，孩子們會因此而盲目崇拜西方的文化，忽略了我們本身所擁有的傳說和傳統，忘記了記載在古籍上的故事而那是我們生活中共同的歷史記憶，看輕原先所擁有的神怪部分並視為怪力亂神。為了不使我們原先所擁有的文學瑰寶失傳，忘了漢民族本身原有的東西，對外來文化不必盲目的全盤接受而知有所選擇，就必須透過閱讀教學的指導、介紹，使孩子能熟悉、了解屬於我們的奇幻故事。正如張曼娟所言：「把飛鳥還給天空，天空便有了生命。把故事還給孩子，孩子便有了魔力。」（張曼娟，2006：15）

　　「在志怪國度裡，『神通』是一種身分證……構思神通故事時，志怪作者也許有各種具體的目的：或為了功利，或為了審美，或為了宗教宣傳，或僅僅為了娛樂。但不論出於何種目的，也不論作者自己是否意識到，他們的構思實際上都是對自然力的一種臆想中的征服。『任何神話都是用想像和借助想像以征服自然力，支配自然力，把自然力加以形象化』，在這一點上，志怪與神話非常相似。不同的只是，神話是原始人集體的夢境，而志怪則出於小說家個人的幻想。」（俞汝捷，1991：60）在志怪國度中所謂的神通，是要能出神入化，變化迅速，令人感到不可思議而猝不及防。唐傳奇沿襲志怪的精神與傳統，但不同志怪的是在描寫神鬼怪異之事已逐漸走向人間現實的事務，使現實中的人動作敏捷並有超乎尋常快速移動的神通能力，如〈紅綫傳〉中紅綫就是有這樣的神通能力。觀看

當今為全世界所風迷的《哈利波特》，它成為大家所著迷的就是怪誕離奇的神秘魔法。由於怪誕包含怪異和荒誕兩層意思，唐傳奇作者從非現實的國度中找尋靈感、馳騁想像，就是要跳脫正常的思維邏輯穿越時空，由於在虛擬的時空中，才能做出現實中不可能做的事情。唐傳奇中〈元無有〉、〈任氏傳〉、〈離魂記〉、〈柳毅傳〉等就是從形象的怪異、情節的離奇及邏輯的悖謬及情理的超常中而顯現出其光怪陸離的奇異的色彩。這種神怪是我們傳統文化原本就有的部分，唯有經由閱讀才能重新召喚回來。當我們召喚回我們的傳統時，才能使孩子不沉迷於虛擬的電動情境，能適應未來快速變動的社會，對生活永遠保有熱情與夢想，對生活周遭和世界抱持強烈的好奇心。而唐傳奇中「神怪」的部分，就如同是給孩子一對想像的翅膀，讓孩子能擁有屬於我們自己的魔幻魅力。

　　唐傳奇「具有永恆性和民族性，能夠經歷千年百年的考驗和焠煉，是絕對不可割捨的文化基因和先民智慧。」（管家琪，2007：5）所以閱讀唐傳奇是一個有趣又有效的方法，可以使孩子能了解我們的民族、傳統的文化，找回屬於我們的共同記憶。雖然它距今約有一千五百年之久，但經由閱讀卻可以穿越時空不受限制，使孩子看到相異的時代和文化。如在〈杜子春〉中可以感受到杜子春在面對恐懼時的內心煎熬及抗拒各項誘惑、幻象時不可開口的意志力鍛鍊等的考驗。有關於地獄中刀山、火坑、鑊湯、劍樹等的景象描述更增加了想像的空間。經由故事中主角的經歷，讓孩子有思考和體驗的機會，孩子因而成長而更懂事。

　　由於人和自然的關係密不可分，受佛、道思想的影響使得唐傳奇中有許多描繪自然界的事物、奇珍異寶的靈性和神仙洞穴的奇幻景象，在故事中可以學到如何與自然和諧相處，進而體會自然的奧妙而尊敬自然。在〈補江總白猿傳〉中，呈現出「半人半神、孔武

有力、聰穎過人，長大後成為某一氏族的祖先。這事實上是古人圖騰崇拜的一種反應，表現了古人的泛神觀念。總之，哪些由非常途徑中降生的人物不僅不被視為卑賤，反倒被認為具有超人的稟賦。」（束忱等注譯，2004：39）這種泛神信仰就是氣化觀型文化所特有的。由於「不同的文化會有不同的哲學，對待世界不同的看法。相互激盪，可以產生不同的創意。」（郝廣才，2006：174）但唯有對自身文化了解的越深，才能對比外來的文化而有創新的產生。

「經典文學不但是語文的基礎，也是精神文明的基礎。經典文學離我們並不遠，它就存在我們的生活之中。譬如我們現在所經常使用的成語和俗語，必定有一個典故，這些典故就在經典文學裡。」（管家琪，2007：8）的確如此，在唐傳奇裡有一些典故是我們在生活中會運用到的，如：「黃粱一夢」就是源自〈枕中記〉的典故，「南柯一夢」則源自〈南柯太守傳〉。

根據羅秋昭指出一本好書的標準，在內容方面要有：「（一）有創意，能啟發孩子的心智。（二）趣味化，能吸引孩子。（三）富有想像力，能引發孩子更多的聯想。（四）能提供孩思考的機會，並培養正確的思考模式。（五）情節生動、感人，隱含啟事並傳達美感。（六）理性的讀物要正確、實在，並能掌握時代的脈動，給孩子適當的智慧養料；感性感物要優美、真情，成為充實其心靈的糧食。（七）和生活結合，能應用在實際生活。」（羅秋昭，1999：185）以此來看待唐傳奇的內容確實符合一本好書的標準，是值得一讀的課外讀物。

從文本看來，唐傳奇的內容綺麗幻想令人目眩神迷，但在這吸引人去閱讀的表象之外，它含有更深層次的知識視野再開拓的借鏡意義。「心理學家馬斯洛人格理論：人類的一生都在金字塔五階式的需求層次上走，最基本的生理需求、安全需求滿足了之後，會更

進一步追尋被歸屬、接納的需求，再則是自尊心的需求。而這種最高的需求層次，係指自我實現的需求，抵達至此人生境界，既可通達宇宙心靈，且能體驗更多生命形成的智慧和真理。」（謝鴻文，2009）由於小說是兒童通往真實世界的橋樑，透過不同故事的啟發，可以讓孩子思考自我存在的價值與意義；才能發現自我、探索自己；才能了解人生存的意義。

「我們的文學對神話的淘汰，或者說神話的褪色，與周朝的文化有很大的關係。因為『子不語怪力亂神』的關係，所以我們的文明都不太喜歡神話，甚至想把這個東西去掉。在商周的甲骨文化中，神秘性和幻想性都很高，但到了周朝，很快就進入理性思想中，這是一個進步，一個偉大的進步，因為我們確立了一個以人為本的文明，把神的意義貶低了。缺少了神話我們的文明少掉了豐富，少掉了對於宇宙更大的好奇。」（蔣勳，2009：131）。唐傳奇有關志怪的部分則可彌補此一缺憾，透過唐傳奇作者創作虛擬的時空，利用各種奇特的幻覺與現實之間的錯離編織動人的情節，再加上非常生動的文字描寫，閱讀起來可以增添我們的相像力，同時可以滿足我們幻想的創造力和科學的創造力。年輕一代多讀唐傳奇，可以彌補教科書的不足，因為志怪具有一個無限的領域，讓小孩閱讀唐傳奇志怪部分，有助於創意的產生。神話是文學的起始，文學是文化的起源，一個社會是不能缺少神話與文學的。當我們的社會缺少了神話之後，如同上引學者所說的你會發現我們的文明，少掉了豐富，少掉了對於宇宙更大的好奇。當我們召喚回屬於我們的原有傳統，如同是給知識視野再行開拓。

「李察德森（M. Richardson）認為，人類的本質有多種表現形式，除了生物和經濟存在之外，還有一個基本性質，即是——故事的敘述者（story-teller）。」（謝鴻文，2009）的確，生活中我們更

該為孩子講述屬於我們的故事。當孩子在小時候聽到的故事、學到的觀念都會根深蒂固地在他們腦海中盤踞，深深的影響著他們去成為怎樣的人。在日趨西化的環境下，我們更該為孩子講述傳統富有動人情調充滿多元文化的故事，教導孩子閱讀、發掘，讓孩子有不同文化對比的視野。在「不同的文化模式裡，其特殊象徵提供文學藝術創作的素材，隨著一個文化歷史持續累積，絕對是豐富不絕的。」（同上）在唐傳奇虛構的奇幻異境，內在精神卻完全是根基於傳統文化，藉著閱讀唐傳奇可以召喚回我們的歷史記憶，讓孩子感受到傳統文化的優美，我們因此可以建構出更深刻的文化意義。

第四節　篇幅短方便改編運用

　　唐傳奇因為其新奇、曲折的情節，再加上受儒道佛文化的影響，在作品呈現多元的文化，受到後世許多文人、戲曲作家的青睞，成為通俗文學作家取材的重要來源。所以「汪辟疆《唐人小說·序例》稱：『唐人小說，元明人多取其本事，演為雜劇傳奇。』後世文人對於唐代小說進行改編，並非單純地擬古，一味地抄襲，而是將繼承與創新相合，融入大量的現實生活。」（程國賦，1997：3）有關唐傳奇成為後代戲曲寫作的題材，如元稹〈鶯鶯傳〉演為金董解元的〈弦索西廂〉、元王實甫的〈崔鶯鶯待月西廂記〉。陳鴻的〈長恨歌傳〉演為元白樸的〈梧桐雨〉和清洪昇的〈長生殿〉……等等，是研究傳奇嬗變的人所熟悉的。唐傳奇小說在眾多戲曲作家的傳布下便成為許多民間故事的源頭。對於唐傳奇為何成為許多文人、戲曲作家創作故事的來源，一般都認為是前面所提的內容新奇、情節

曲折等的特點，而我認為除了這些因素外有一個很重要的特點，因它不是像《紅樓夢》那樣的長篇巨作，作者曹雪芹已把它寫得淋漓盡致，後人很難超越他的成就，不容易加以改編。唐傳奇由於它的篇幅短小在情節、人物上給予後世的作者有許多發揮想像創作的空間，方便改編與應用的機會。以〈杜子春〉為例，它的原型是《大唐西域記》裡烈士池的故事，故事原本是很短、很單純的事件敘述。李復言加以改編後的〈杜子春〉故事就多了對杜子春這個人物心理的刻畫，及老人三次金錢資助的情節，並從父親的角色改編成以母親的角色對孩子無法割捨的「愛」。改編的關鍵點是要從情節的空白處或情節不足的地方加以著眼。所以到了明代馮夢龍〈杜子春三入長安〉則接續杜子春在協助道士煉丹失敗後的情節空白處加以編寫。到了現代，張曼娟《火裡來，水裡去》則融入紅火蟻等現實生活的情節，重新改寫將它改編成試煉意志和測試恐懼感的故事，符合兒童的心理。

方祖燊在比較長篇小說和短篇小說的差別時指出：長篇小說篇幅長所寫的事件、人物比較多，情節必然較繁雜，文字也較多，所以不能一氣讀完要時時中止，很難給人一個完整的印象，會分散讀者的感受力。而短篇小說因為篇幅短、人物不多、情節較長篇來的單純，讓讀者可以在短時間內讀完，欣賞作品的美感。再加上現代人工作忙碌，生活緊張，沒有許多的空閒時間來欣賞那種動輒超過數百萬字長篇鉅製的作品。他更進一步指出：所謂短篇小說是指在半小時到一兩小時可以看完的作品，字數在兩三千到一兩萬字。中國小說發展到唐朝的傳奇，已是技巧純熟完美的短篇小說。（方祖燊，1995：148～253）由於學校上課時間有限和學生的能力、耐性不足，由於長篇小說裡過於複雜的敘述，會讓學生搞不清關係而弄得一頭霧水，在國小閱讀教學課中是比較不適合的。唐傳奇每篇故

事內所描寫的人物不多，人物之間的關係也不複雜，比較容易閱讀，這種清晰明快的短篇小說的特點，使得它在國小閱讀教學課程佔有很大的優勢。

有關唐宋傳奇的差異，魯迅在《中國小說的歷史的變遷》說：「唐人大抵寫時事；而宋人則多講古事。唐人小說少教訓；而宋則多教訓。」（束忱，2004：11）而造成相近時代但在創作風格如此的不同，乃因於唐、宋不同的政治局勢。由於唐代胡風較盛，傳統禮教式微，使得貞操觀念相對較淡薄，再加上城市經濟的發展，和市民文化對娛樂的需要，使得唐傳奇作者在創作上有很大的自由，所以在唐傳奇作品中所呈現多采多姿不同的風格。魯迅進一步指出：「宋一代文人之為志怪，既平實而乏文采，其傳奇，又多託往事而避近聞，擬古且遠不逮，更無獨創之可言矣。」（魯迅，1992：93）程國賦指出唐傳奇和宋元文言小說之間在整體人物塑造、情節結構上、語言和細節的構築上有許多相似性。所以從唐傳奇在宋元文言小說嬗變角度來看，宋元文言小說的創作是深受唐傳奇的影響。但宋元文言小說的作者為宣揚封建倫理道德思想及灌輸給讀者因果報應的觀念，以致在作品中呈現勸善懲惡、宣揚因果報應等說教意味濃厚。而唐傳奇作者講究情節的怪誕新奇，注重作品的可讀性和趣味性，功利色彩比較淡薄。至於明清的文言小說程國賦以明朝瞿佑的《剪燈新話》和清代《聊齋志異》為分析對象，他指出為《剪燈新話》在語言、體制、創作方法方面對於唐人小說有所借鑒和繼承，注重描寫時事，注重現實，大量篇幅描寫忠孝節義，強調小說社會教化的功能。而清代《聊齋志異》中如倩如離魂、黃粱一夢、妙手空空兒等許多作品中的人物情節或往往和唐傳奇相同或相似。但《聊齋志異》則更多地宣揚仁、義、禮、智、信等儒家倫理道規範，強調文學的功用目的。（程國賦，1997：168～188）

　　由此可知，宋元明清的文言小說都和唐傳奇有著相當程度上的
關聯，但它們因帶有某種目的如社會教化或文學的功用，為了傳達
這樣的目的，就會用較多的文字來敘述，所以在篇幅就會顯得比較
長、所創造的人物角色也相對的較多。和其他時代的小說相較下唐
傳奇由於篇幅短、文中所涉及的人物角色不複雜，再加上它的「作
意好奇」創作者著重在小說創作的娛樂功用，少了為傳達某種目的
而說教的意味，有更多的趣味性及可讀性。這樣的特質符合國小學
生的程度，所以這就是唐傳奇在傳統經典文學的閱讀教學中異於其
他時代的小說的優點。

　　根據羅秋昭在〈談兒童的閱讀與作文〉指出：一本好的兒童讀
物會影響兒童的身心發展，因為它具有三種功用：（一）啟發智慧：
直接的灌輸兒童知識或間接啟發兒童思考和推理的能力。（二）提
高作文能力：在了解書中的內容後，同時學到寫作的技巧和文字運
用的能力。（三）正確的利用休閒時間：有趣的兒童讀物在無形中
約束在外撒野好動的個性，也減少一些偶發事件。（羅秋昭，1999：
188）根據前面三節的論述，我們了解到唐傳奇「作意好奇」的魅
力，可以讓孩子學會正確的利用休閒時間；在唐傳奇中儒、道、佛
融匯文化的深體驗，可以擴展學生的知識視野，啟發學生的知慧；
在唐傳中融入了許多詩詞歌賦及情節、人物的敘述技巧，讓學生學
到寫作的技巧和文字運用的能力。

　　唐傳奇因為它的內容多元、情節豐富創造出許多精采動人的美
麗故事，再加上篇幅短讓後人有更多發揮創造的空間。因此對於像
唐傳奇這樣美好的題材，它總是具有讓人一寫再寫的價值魅力。正
如有許多著名的小說一樣，可以因此改編成電影劇本而搬上銀幕，
讓更多人了解和欣賞。「文學閱讀之於積累語言文字能力的關聯，
在於『觀摩』與『學習』。透過閱讀所得，感覺讚嘆，這就是『觀

摩』。等到自己需要描寫某些場景事物時，試著用類似的語法來敘述，這就是『學習』。」（張曼娟，2009）為了讓學生了解唐傳奇和現代生活不一樣的氛圍，體會不一樣的敘事感，就必須投入在閱讀教學裡。在有限的時間、能力等條件限制下，為了使學生能深層地去體會，我們就要運用不同的教學方式。「為了更有效達成閱讀教學『多方刺激轉豐』的效果，也不妨改閱讀教學的流程而讓說話教學以『額外』強化的方式介入……說話教學以『額外』強化的方式介入，就不外是透過演講、辯論、舞臺劇、廣播劇、相聲、雙簧、說故事活動安排來成就。當中演講、辯論、廣播劇、相聲、雙簧等，限於太費工夫或容易流於個人秀，大概只能『偶爾為之』；其餘的如舞臺劇和說故事等，則因為可以即興創作和全體成員共同參與機會大增而無妨『多多採用』。」（周慶華，2007：65～66）「教育家布魯納認為：教學是協助或促成智能成長的一種努力，每一個學習者都具有好奇心、勝任感、模仿和互動慾等內在學習意向的動機。個體成長係由內外兩種因素交互作用，教學則是有效的外在力量。」（陳杭生，1986：9）因此，在閱讀教學現場的教師就要調整教材使它能符合學生的認知方式，並採取最有效和最適當的方式來引導學生學習。

　　語文的功用具有「共時」和「歷時」的層次。（黃沛榮，2006：4）由於唐傳奇描述的年代距今久遠，再加上書寫的語言是文言，跟自五四運動以來的現代白話文有顯著的差異，但還是可以利用語譯讓學生理解並將它改編作為戲劇化的題材。有關教材戲劇化在教學上的功能有哪些？陳杭生歸納出八點：（一）能增進兒童語文能力。（二）能幫兒童訓練記憶力。（三）能夠培養兒童的想像力。（四）能夠增進兒童的經驗。（五）能夠培養兒童良好的社會行為。（六）能夠訓練兒童技藝的能力。（七）能夠活潑兒童學習心態與動作。

（八）能夠培養兒童欣賞的能力。（陳杭生，1986：14）因此，在國小閱讀教學有限的時間裡，唐傳奇的篇幅短的特色可以很方便的運用。

由於唐傳奇「故事是敘述性的表達方式」（羅秋昭，1999：96），它的內容比較單純、篇幅比較短、人物角色也不複雜，學生比較容易掌握。在閱讀教學中的說話與聆聽教學中，學生只要了解故事情節，知道故事先後發展的邏輯順序，就可以把故事說的或演的非常好。在說故事中學生可以學習到說話的語氣和臉部及肢體動作的表情。這種說故事的方法對學生而言是比較有趣且容易的。每個人都喜歡聽故事，在聽故事當中學習到聽出「表淺」層次的意義及較「深沉」層次的絃外之音，讓聽者在輕鬆而不失認真的氣氛中學習去研究及揣摩。（周慶華，2007：63）唐傳奇不但在情節上生動有變化，而且具有許多充滿想像的情節，透過說故事的學習方式，還能寓教於樂，發揮教化的功能。

「我們所習慣的漢語語言都有聲調，這種聲調不只在本系統位居語音結構的『神』的地位，它還可明顯的區別於異系統的語言而顯示出自我文化印記的獨特性……漢語的聲調在整體上有『抑揚頓挫』的旋律感；相對其語言就沒有這種現象……而聲調在原有的漢語系的自然語言中存在時應該早就在發揮它的『有聲調』的語言實然式交際的社會功能……可是多變化的漢語聲調原來就是為了挈情的。」（同上，75～79）唐傳中有許多詩詞歌賦應用在戲劇化的演出時，讓學生學習以我們漢語語言的特點讀出「撼動人心」、「情意深長」的韻味。

「人類文化創造的成果大多藉由寫作呈現，以至教人寫作就是為了教人參與文化的創造而免於人生的凡庸化。尼采的創造或寫作說，把它轉成寫作教學，也一樣可以聯到參與文化的創造的急迫感

上。換句話說，寫作教學回饋給寫作而參與文化創造的行列後，就是為了引導人脫離『白活』的恐懼。」（同上，92～93）唐傳奇它給人在閱讀上有許多思想和生活上的啟發。學生在閱讀教學後，經由適當指導，可以加以改編。唐傳奇是一個個獨立成篇的故事，可以讓學生依據自己有興趣的故事改寫或改編成另一種形式或者不同的結局。再把這些文章改寫成戲劇的腳本應用在閱讀教學課上演出。有關如何將唐傳奇語譯戲劇化及戲劇化的具體作法，我會分別在第五章及第六章加以說明。

第五章　唐傳奇與閱讀教學結合的方向

第一節　從語譯到戲劇化

　　由於唐傳奇所描述的內容多樣化深具閱讀的魅力,並提供充滿了儒、道、佛等多元文化體驗的管道,透過閱讀唐傳奇可以重新召喚我們對傳統文化的認知,形同知識視野的再開拓,再加上篇幅短在有限的閱讀教學時數裡讓師生都能方便改編與應用。這樣絕佳的條件構成唐傳奇成為我在課外閱讀教學教材的首選。但唐傳奇是用文言來書寫的,這種文字用詞造句的習慣和自五四運動以來的現代白話文有著極大的差異。所以要讓學生能有興趣去理解唐傳奇的內容及所要表達的意思,適當的語譯是首要的步驟。所謂語譯,就是把文言轉為白話。根據學者的說法:把文言文翻譯成我們所熟悉、使用的現代語體文,有助於提高對古籍的閱讀能力。而文言語譯的三個境界就是信、達、雅。「『信』是指忠於原文;要準確了解作者本意,不能有任何的歪曲。『達』是指譯文要通順,符合語體文的習慣。『雅』則更上一層樓,要求譯文做到鮮明、生動、優美。」(朱業顯,1998:1)又「因為文言文畢竟是一種古老的文字,是從先秦和兩漢時代所逐步形成的一種書面語言,既不同於當時的口語,也不同於唐宋以後的口語,語譯遇到一些困難是難免的,一般說來,越古越難。」(同上,2)

　　時代隔閡所造成的障礙，使得這種由文言寫作而成的作品成了閱讀上的阻礙。但又不可因噎廢食，因它是文言文所寫的作品就忽略而將它丟棄。現在我們所使用的文字語言，都是從古代逐步發展而來的，再加上我們都是源於同一種漢語，在文化上自然是比讀起外國的翻譯本親切且容易多了。由於文言經由詮釋後成了語譯本就是所謂的白話本，這種白話本才能讓國小學生有了第一步想翻閱書本的念頭，不會產生望文卻步避之唯恐不及的心理。當學生有了意願閱讀的動機後，才會有進一步閱讀理解和欣賞的可能。也就是說，學生經由唐傳奇的語譯本的閱讀後就能對唐傳奇的內容有個基本的了解。「法國大作家巴爾扎克：『你怎麼寫出了那麼宏偉的作品？』作家笑著伸出自己的手杖，人們發現上面刻著這樣一句話：『我粉碎了每一個障礙。』語譯自然不同於文學創作，但道理是一樣的。」（朱業顯，1998：4）的確，語譯就是要粉碎我們閱讀文言作品的障礙和恐懼。因此，國小閱讀教學中要學生閱讀傳統的經典文言作品，就要從語譯本的作品著手。

　　從文言到語譯需要經過詮釋的過程。所謂「詮釋」，就學者的說法：「詮釋一詞雖由詮和釋二字組成，但重點在詮字上；它在中國古代多半被當作解說事理的說詞，現在則被用來翻譯古希臘動詞 hermeneuein 和 hermeneia 或英文 interpretation。」（周慶華，2009：26）文言經由語言的轉換詮釋後成為我們現在所熟知所習慣的用詞語法，就比較容易使現代人閱讀和了解。所謂的語譯白話本，這是不同於文言本的。在語譯通常是一對一對應的方式，但在文言轉換成白話的過程中會使文言原本豐富的意境、意義減少甚至有歧義的情形產生，而這種情況在語譯本是很常見的。朱業顯在《文言語譯》一書中也指出在語譯的過程中詞義的範圍縮小了，並以《廉頗藺相如列傳》其中「親戚」這個詞為例。「親戚」最初是指父母，後來

這個詞又指所有的直系親屬，包括宗族內外的親屬。而這些詞義在現在都消失了，「親戚」只是指旁系親屬。（朱業顯，1998：7）這種意義減少的情況在唐傳奇這樣距今年代久遠的作品更是俯拾皆是。例如：在〈杜子春〉文言本中「有一老人策杖於前，問曰：『君子何歎？』春言其心，且憤其親戚之疏薄也。感激之氣，發於顏色。」根據束忱的語譯：「有一老人拄著拐杖站在面前，問道：『先生為什麼嘆氣啊？』杜子春向老人說出了他的心事，言談之中對親友們的涼薄極為憤慨，說話時臉上露出十分激動的神色。」（束忱等注譯，1998：318）在這段的語譯中我們看到「春言其心」只語譯成「杜子春向老人說出了他的心事」僅以心事來代表。其實在「春言其心」中這個「心」可表示他受到饑寒交迫，無處可落腳困窘處境的心情；也可表示對於過去紙醉金迷揮霍家產行為的後悔之心；更有「富在深山有遠親，窮居陋巷無人問」人情似紙張張薄勢利眼的感嘆等多重意義。從這句的語譯中就可發現文言豐富的意義明顯減少了。有關意境的減少最明顯的例子就是詩詞歌賦的語譯。因為詩詞歌賦中有很多是無法用白話文來解釋的，在語譯後詩詞歌賦的意境與韻味和文言相比自然是減少許多而遜色不少。而唐傳奇中有許多詩詞歌賦的引用與描寫，在語譯的過程中也自然而然的減少許多的意義。

　　今日要使臺灣的兒童語文能力提升，就要透過不斷閱讀，唯有閱讀才能產生對話，有了對話才能有所激盪、才能產生火花；學生在對話中才能了解自己的不足而後設法將之補足。在閱讀唐傳奇語譯本後，學生必然可由此擦撞出對話的火花；但因為語譯本的關係會使原來的意義減少也使減損了對話的火花。為補足這方面的欠缺，可用戲劇化的方式補足原先短少的部分，再者由於戲劇化的表演必須透過肢體、動作和語言等的表達方式，利用這種方式延伸出去可使原本語意不明顯的地方再行擴充；學生在閱讀唐傳奇語譯本

後再藉由這樣戲劇化活潑生動演故事的方式，便可再擴充唐傳奇的經驗。

只知道現在，不了解過去是無法有對話火花的產生。現今的兒童熟悉當代或了解外國的翻譯作品，對於我國傳統經典文學作品卻不太熟悉。因為不了解中國傳統文化、對中國傳統文化感到陌生、茫然不知就沒有對話的產生，這會顯示自己的無知，所知和所學的東西也都成為片段、零碎的，有一種時代的失落感。我們所知唐傳奇作品豐富多元，語言精緻、內容有深度，閱讀它不僅可以開拓閱讀者的視野，更會帶給讀者不同的激盪與啟發。有價值的事必須加以延伸才會有意義。我們由唐傳奇文言本一度詮釋成白話本讓學生容易閱讀後，但因在詮釋過程中會使原本的意義減少，我們就需要再以戲劇化二度詮釋的方式，補足原本欠缺短少的部分和擴充它不明顯的地方。這樣才能讓學生深刻感受、體驗到唐傳奇不同凡響的地方。

戲劇化的教學方式，是要學生以演戲的方式來表達，因為這種方式提供生動、有趣的學習情境讓學生印象深刻。這種活潑、靈動的教學方式能使學生產生自發性參與學習的動力因而提高學習意願，對學生而言能使學習產生效果。根據溫妮弗列德·瓦德的說法她認為採用戲劇方法應用在教學上的理由就在於：「『趣味』，就是為了它有趣！在教室的課堂裡，有比戲劇更趣的嗎？」（張曉華，2007：56）也就是說教材戲劇化的目的，在於提供趣味性的學習過程，讓學生感到有興趣進而使教學產生效果。演戲先要有劇本才有演出的依據，在編寫劇本時第一個要點就要有主題，主題是一齣戲的劇中的理念、觀點、整體的概念與動作的意義，有了主題，故事情節或人物便可依此發展或表達出來。將唐傳奇戲劇化，並非是複述裡面的情節，因為複述只是再製經驗，只有消弭差異才能創造新

知。為了創造新知，我們將以唐傳奇故事為藍本在情節空處或情節不足的地方加以改編。改編後的劇本就要加以排練，所謂「工欲善其事，必先利其器。」學生為演出劇中的人物，必須熟練地使用媒介物，而表演者的媒介物就是他的聲音、姿態、表情和動作。所以必須「熟練身體之動作，清晰語音之表達，融入感覺與認知等技能才能有好的表演。」（同上，68）

　　戲劇可以反應人生的各種情況，戲劇化的教學就是在快樂的學習情境中，學生在沒有表演的壓力下有學習的意願和興趣並學會面對人生中種種問題與情境。語譯後的唐傳奇在閱讀上會少了許多意義，我們將它戲劇化後由學生演出，才能還原唐傳奇原有的深刻意義體會唐傳奇故事的意涵進而擴大唐傳奇的經驗，增加閱讀理解。為了演出，學生必須深入了解臺詞，研究對話練習以清晰明確的語音來對話，讓學生有深刻的印象，無形中就會增加學生的語言表達能力。唐傳奇語譯後，學生在朗讀臺詞表演中學會到利用漢語聲調的抑揚頓挫來表情達意；「整齊所以見紀律，變化所以激起新奇的興趣」（朱光潛 2001：348），唐傳奇作者為了逞才運用許多的詩詞歌賦的敘述讓讀者在閱讀時感到有變化，而詩詞歌賦正是漢語的精華所在，學生在平、仄押韻的朗讀時才能讀出詩詞歌賦中優美的意境。而在臺下聆聽的同學也可獲得由朗讀詩詞歌賦「語音節奏的美而引起人的愉悅和滿足」。（周慶華，2007a：63）舊經驗越多越能創造新知，但對現實人生來說，不是每一種經驗都有機會或必須去親身體驗的，為減少經驗的不足，利用戲劇演出方式是個增加替代經驗的方法，包括：釐清、投射、清緒的宣洩和洞察力等。在〈杜子春〉中可以尋得這樣的佐證：多數人面對一旦落入窮困潦倒求助昔日好友遭到拒絕時，都會有人情似紙薄的憤慨，那份不平亟需宣洩。為了演出〈杜子春〉劇中的人物，一方面投入角色化為杜子春

感受面對各種恐懼和抗拒誘惑的意志考驗；一方面又跳脫出來，以「我」來看待，檢視自己的舊日經驗。杜子春改不掉的惡習有錢就揮霍，沒有記取教訓以致三次流落街頭，而我的經驗是否也有一犯再犯的錯誤……在閱讀的世界裡，讀者可以自由創造出介於內在和外在的世界之間的想像空間。在那個想像世界裡，讀者就是主角，可以把想法加進去，讓它醞釀醱酵，因此兒童就不必實際經驗所有的人生。但是從閱讀再到戲劇化演出中，學生可以捕捉到杜子春悲哀、害怕和孤獨的感覺，進而了解自己強化他得到的某些人生體悟。學生在參與表演當中針對劇本、情節、人物可以表達自己的想法和意見，增進思考判斷能力；為了演出就需依照情節加以模仿、探索各種表情和動作，必須自己創造，再加上杜子春在協助老人煉丹的過程中有許多虛幻的情節讓學生富有馳騁於幻想世界的體驗，在無形中造就學生無限的想像力。角色扮演中，學生在求知欲和好奇心的驅使下會學著找尋相關資料，也學會嘗試解決困難問題的方式，這就增進學生解決問題的能力。而這種能力就是樋口裕一所說：「真正的閱讀，絕不是汲取零零碎碎的資訊，而是完整的吸收『知識的全貌』。」（樋口裕一，2006：39）在戲劇表演活動中，學生體驗到色彩、聲音、姿態、動作表情的美感。最後在輕鬆、快樂、有趣的氣氛薰陶下參與藝術演出，同學間相互欣賞並對他人的表演提出自己的見解，提高了審美的能力。

在〈從臺灣 PIRLS2006 評估結果談小學語言閱讀教學的現況與現象〉的文章中李玉貴中談及臺灣參與國際閱讀評估表現不如預期（李玉貴，2008：5），聯合報系童書出版部總編輯桂文亞於 2009 年 4 月 16 日在臺東演講〈駱駝隊春陽之旅大陸兒童文學作品在臺灣 1989～2008〉中指出：市面上出版的兒童文學產品中有百分七十是翻譯作品，百分之三十為本土原創，大陸作品較少；在翻譯的

作品中又以繪本佔了百分七十，佔了相當高的比例。從上面的說法、數據意謂著，我們閱讀的內容、教材會有所偏頗，而這正是值得大家思考關切的地方。根據古德曼（K. Goodman）在《談閱讀》一書中強調「經驗」和「文化」在推動閱讀教學時是很重要的（古德曼，1998：247）。我們何必放著原本就有的文化資產不用，而向外國取經？因此，語譯後的唐傳奇對閱讀者而言就沒有「文化」上的差異。

　　「所謂的國語文能力，是指能夠自由運用文字的能力，我稱它為『語言操作能力』。其所代表的不單純只是使用文字的能力，而是能不能正確地解讀文章、了解文章的脈絡、並能用文章表達主見。」（樋口裕一，2006：18）樋口裕一更一步強調大量閱讀的重要，他認為飽覽群書後所累積的國語文能力，才是所有學科學習的基礎。因為沒有足夠的閱讀理解能力，學生將學不到正確的知識更無法提升學習力。（同上，18～19）「閱讀教學是小學語文教學中特別重要的一個環節，肩負著培養學生感受、理解、欣賞、評價的能力，引導學生領悟文章表達方法，培養學生習作能力的重任。」（劉少朋，2009）周慶華進一步指出在基礎性的語文教學方法中閱讀教學方法是位居所有教學活動的核心地位。（周慶華，2007a：47）由上述學者們的說法可知閱讀教學方法的重要性。

　　由於閱讀是學生接受新知的必備能力。但在目前閱讀教學中，教師大都只讓學生背誦課文或自由看課外書籍，從事毫無目標的閱讀，很少注意到閱讀興趣和引發學生的閱讀動機，去進行有意義、趣味化的學習。（徐守濤，1999）長久以來閱讀教學活動往往變為識字造句等閱讀技巧的練習和課文文意的熟練，大部分教師所採取的方式是讓學生自由看書、未能在閱讀課進行讀物的導讀活動或和同學一起討論分享詮釋讀物的觀感。（郭聰貴，2001：1）現在的閱

讀教學中都強調增加學生閱讀機會以大量閱讀來提升學生的語感。教學現場的教師在有限的時間內為了增加閱讀量以達到規定的閱讀數量，一般的閱讀教學活動都是以教師教學為主就很少會去進行不一樣的閱讀教學活動方式，讓學生有主動學習探索、討論的機會，大多數的方式都是請學生閱讀一本書後填寫學習單、書寫閱讀心得等偏向靜態的方式。「書本是語言的集合體。語言既然是多樣性的，那麼被寫下來的文字當然也可以做多重的解釋。」（樋口裕一，2006：116）而這種方式因為每個人的理解能力和領悟力有個別差異的存在，這就使閱讀教學效果產生變數，這樣的閱讀教學活動值得重新省思。在閱讀教學指導中教材戲劇化可以開展多方面的理解，正好可補足這方面的欠缺。也就是說，以戲劇化呈現教材的方式是提高閱讀教學質量的一條有效途徑。

　　「閱讀的世界應該不是平面的二度空間，而是立體的三度空間。」〔錢伯斯（A. Chamber），2001：25〕也就是說，我們要用戲劇化的方式才能打破平面的閱讀視野而使閱讀的範圍擴大。從前一章第一節中我們知道唐傳奇中「作意好奇」的魅力可以引發學生閱讀的興趣，當學生有了興趣後，以戲劇化的方式可作進一步的探討。傳統的討論活動是由教師事先計畫好提問的問題，由學生回答，再由教師去評鑑，這種一問一答封閉式的討論方式無法讓學生深入思考分享個人的觀感。在戲劇化演出中小組同學間就須不斷的討論、對話。這種討論和對話是一種較開放性的可以增加學生思考和觀察能力的機會。為了演出小組同學們就必須相互討論釐清故事發展的先後次序、角色分配、故事主角的詮釋——由於閱讀者對故事有不同的感受、體認，就會有不同的詮釋方向等。學生也能在討論演出過程中以學到的知識去和同學討論，學到「用新知換取新知，這就是正確活用知識的方法。」（樋口裕一，2006：59）當學

生對唐傳奇充滿閱讀興趣後，利用戲劇化生動活潑的演出方式，學生有主動參與的機會就可拉近學生與閱讀的距離，更可增加學生多方閱讀理解的能力。

第二節　戲劇化的優為選擇

　　好的文學作品不僅反映生活，並能提供閱讀者素材去充實語言與學習經驗的多樣性，進而造就想像和邏輯的能力。它介紹讀者透過文字語言去了解體會書中人物的情感、衝突、嘆息和疑惑，藉此明白這世界存在著許多不同的價值觀。當讀者和文字相衝擊後所產生的新經驗就變成為讀者生命中的一部分，而這樣的新經驗可以連續不斷的產生。正如教師在閱讀教學現場中多介紹好的文學作品及增加鼓勵孩子回應文學作品的教學技巧，這些回應包括：（一）故事、日記、新聞或書信等的寫作性質；（二）對話、討論等的口頭性質；（三）肢體活動、視覺藝術、音樂或戲劇等其他的方式。在上述的方式中又以文學作品戲劇化在課程中最能提供學生探索世界和了解自己有效又有趣的方式。也就是說，在戲劇表演中，學生在扮演故事角色時，被鼓勵成從不同角度去檢驗人生。並在不同文化和時空中獲得了國際觀和歷史觀。再加上戲劇是一種集體的藝術，學生可以由此學習到正向的社會互動、合作學習和團體問題的解決能力。〔漢格（R. B. Heinig），2001：3～4〕

　　從前一節的論述及上述學者的說法，都說明了戲劇化可以使唐傳奇在閱讀教學上有顯著的效果。戲劇這種模式是自古就有的，倘若是經由有系統的戲劇表演將更能使我國豐富的文化資產傳承久

遠。「既然戲劇有如此多種語文教育效果，而且它經常能引發學生
濃厚的學習興趣，所以戲劇是一項很好的教學工具，值得我們探究
與採用；但是依筆者多年的教學經驗，大部分的教師和學生，都認
為教室裡的戲劇，是要精心設計演出來的，因此儘量避免需要耗時
準備的戲劇教學，造成教師普遍放棄戲劇教學。」（陳麗慧，2001）
因為不了解而拋棄戲劇這樣好的教學方式是非常可惜的。其實戲劇
有許多種表現的形式，戲劇的演出也不全是費時費力的。戲劇化的
優為選擇，就是要說明戲劇有哪些形式在國小閱讀教學中是方便操
作且有效果的。

　　戲劇應用在國小教學上，它和目前的兒童戲劇有著密切的關
係。所謂兒童戲劇是指專門為兒童編寫的，是一種包含語文、音樂、
美術、韻律……等寓教於樂的綜合表演藝術。在戲劇演出中提供了
兒童學習和觀摩的機會，讓兒童在潛移默化中深入體會故事中的詳
細情節，同時對戲劇中人物的遭遇能感同身受。具有娛樂、教育和
藝術等的價值。就兒童戲劇而言，它可分傳統戲劇和創造性戲劇兩
種形式：傳統戲劇包含話劇、舞劇、歌舞劇、默劇、偶劇、廣播劇
和電視劇等的形式，它必須在劇本、舞臺、演員和觀眾這戲劇四要
素的完備下，由導演精心設計安排讓演員在特定的舞臺上表演劇中
的故事，供觀眾欣賞。而創造性戲劇就是將創造性活動融入戲劇活
動中，將劇本、舞臺、演員和觀眾打破傳統與觀眾融為一體。它又
可分為家庭劇場的親子遊戲、幼兒創造性肢體活動、創造性戲劇活
動及兒童劇場，其中以創造性戲劇活動最適合運用在教學上。（林
文寶等，1996：390～401）由此看來，傳統戲劇的要求規定十分嚴
謹，在國小教學上實施有它的限制，因此不適合運用在國小教學現
場上。而創造性戲劇因為沒有傳統戲劇的包袱限制，所以在國小教
學應用上有比較多的發展空間。

　　美國當代兒童戲劇學家摩西・郎德裕（Mose Gelderg）將兒童戲劇分為：（一）創造性戲劇活動：經由專家或教師的指導下，學生利用戲劇藝術的型式來表現自己；透過戲劇藝術的方法，將教材生動化、趣味化以此激發兒童的想像力及潛能並建立自我表達的能力和方式。它的重點在創作過程的啟發與分享，不是用來訓練才藝、成果展示及表演的戲劇。（二）表演性的戲劇活動：以表演為最後的目標。以兒童為主要訴求對象，藉表演的呈現，讓兒童習慣於觀眾的反應並接受觀眾的批評以求改進自己的表達方式。（三）兒童劇場：由受過訓練的成人演員，演出適合各種不同年齡兒童觀賞的戲劇活動。兒童不參與表演過程。（四）偶人劇場：這是由成人或兒童操縱偶人所從事各種戲劇的演出。在上述四種兒童戲劇的型式中，只有「創造性戲劇活動」及「偶人劇場」這兩種適合在國小教學課程中運用。（何三本，1997：401～403）因為偶人劇場需要準備偶具、面具、舞臺等道具來進行戲劇演出有條件的限制，所以在國小閱讀教學課程有限的時間下是不方便操作使用的。本研究主要是以閱讀教學中說話教學結合唐傳奇戲劇化來作檢證，因此只有創造性戲劇活動在我的研究中是方便運用的。附帶一提，此處所講的「創造性戲劇活動」就是張曉華在《創作性戲劇教學原理與實作》中所講的「創作性戲劇活動」。至於為何以「創作性戲劇活動」取代「創造性戲劇活動」的名稱，張曉華在他的書裡有詳細說明，本處不再贅述，所要說明的是接下來我都會採用「創作性戲劇活動」的名稱避免混淆。

　　在國小閱讀教學中包含：聆聽教學、說話教學、注音符號教學、識字及寫字教學，本研究是以其中的說話教學結合唐傳奇戲劇化作檢證。「至於說話教學，它跟閱讀教學一起進行時，也因為要學習者說出閱讀的感受或成果跟他人交流互動，所以也只合體現在全力

輔助學習者探取語文經驗的精義上。但為了更有效達成閱讀教學『多方刺激轉豐的效果』，也不妨更改閱讀教學流程而讓說話教學是以『額外』強化方式介入……而所謂更改閱讀教學流程而讓說話教學是以『額外』強化方式介入，就不外是透過演講、辯論、舞臺劇、廣播劇、相聲、雙簧、說故事等活動安排來成就」。（周慶華，2007a：65）其中演講、辯論、因為需要較多的時間和精神去準備，且只有少數個人有表演的機會，無法讓每個同學都有參與的機會，因此這兩項就不方便在我的研究中使用。廣播劇有器材使用上的限制更無法使用帶所有學生進到錄音室裡演出，因此廣播劇的形式也不適用在我的閱讀教學研究中。相聲是在「特定的文化背景下所產生的口語滑稽之基礎上所形成的一種具有個人伎藝的性質的獨立的表演樣式。」（葉怡均，2007：11）因為這是以個人的伎藝來取勝的表演，可以參與演出的人很少，不符合本研究要讓每個同學都有參與演出的機會。雙簧是相聲的別支「『雙簧』被稱為相聲的變體，雙簧表演通常演員還是以對口相聲的型態出現，然後把『相』與『聲』拆開來，兩名演員其中一個坐在前面，另一人蹲在椅子後面，後者負責出聲音、前者則得配上形、做動作，藉此鬧笑話取樂。」（同上，39）雙簧和相聲它們都可以增加個人口語表達的能力，但在演出時都有人數的限制，所以對我想普遍提高學生閱讀成效的研究是無效、不適用的。從相聲戲劇化衍生出帶表演性質的相聲劇，「這是臺灣劇場的新品種」。（馮翊剛等，1998：3）對於相聲和相聲劇的分別，葉怡均作了區分的標準：「（一）相聲以語言帶動表演、戲劇用事件堆砌出高潮。（二）相聲演員以本人面對觀眾、戲劇演員以劇中的角色出現。（三）相聲裡，演員與觀眾是共時空的，而戲劇則往往將場景設定在特定的時空。（四）一段相聲裡，演員不用換妝就可靈活地穿梭於不同的人物之間；但是一齣戲裡，即使飾

演同一個人物，都可能會因應情節而改變造型。（五）在表演型態上，相聲結構簡單、元素很少、規模小、靠演員都可完成；戲劇結構複雜、運用的元素多、規模大、必須結合不同的專業來完成。」（葉怡均，2007：41～43）對於相聲劇馮翊剛進一步提出他的看法，他認為相聲劇必須有明確的「戲劇動作」（action），也就是說相聲劇都具備動作的要件，它具有喜劇、相聲形式、演故事、演員扮演角色及保留高度自覺、明確的時空觀和核心議題等特色，採集體即興創作的方式來完成作品的。（馮翊剛等，1998：17～19）這種「集體即興創作」的方式讓全體成員都可參加，可使每個學生因為有了參與演出的機會提高了學習意願。相聲劇它是以喜劇的形式為表達方式，符合學生喜歡搞笑的天性，能吸引學生學習的興趣。相聲劇是以演故事型態出現，因此學生必須扮演故事裡的角色，他就需要設法去理解故事情節、詮釋故事中人物的情感、想法，就會增加學生閱讀理解的能力。再加上相聲劇採即興創作的方式，無形中就會培養學生創意的能力。「天生有創意的人並不多，多半靠鍛鍊，它養成一種思考模式，總是在追求一般人雖然想不到卻可以理解的角度，和『情理之內，意料之外』的創意異曲同工。」（葉怡均，2007：62）在這樣創作的過程中學生就必須不斷動腦思考、這會激發學生創意和想像力，再加上是「即興」也就是在短時間內須完成，這會讓學生的反應變得更快、更敏銳。因此，相聲劇這種採集體即興創作的方式對於閱讀教學是有效果的，符合我研究的需求。

「說故事是一種有助學生想像、組織情節的良好口語活動。它能為聽故事者帶來娛樂和認知，使說故事者善用情感、語言和動作。而且說故事只需要安靜的場所，沒有演員表演的壓力與舞臺技術上的規範，所以常為一般教師或領導者樂於在課堂及活動中採用。創作性戲劇的說故事訓練是在提供每位參與者運用想像、組識

的表現機會，以聲音、動作與同學們共享有趣的故事，以增進自我表達、語言交流、豐富字（詞）彙的學習機會。」（張曉華，2007：254）由此可知創作性戲劇的說故事方式可以讓學生學習到語言表達的技巧，符合我的閱讀教學研究是以說話教學「額外」介入的方式來提高學生閱讀理解的能力，再加上創作性戲劇的說故事沒有許多舞臺、道具、布景等硬體設備的規範，這在國小教室裡是很方便實施的。它又可分為個人的說故事活動和劇場性的說故事活動，其中個人的說故事活動因著重在個人的表現不符合全體成員都有共同參與演出的機會，所以無法成為我研究所採行的方式。而「劇場性的說故事活動又可分為讀者劇場、故事劇場與室內劇場等三種型式。雖然三者都屬正式劇場的演出型式，但由於其應用的方式十分簡單，劇場技術要求的層級不高，很適合於一般非專業性演出活動所採用，對學生演員的口語表達，劇場效果的掌握，及簡單演出條件的搭配都具有相當的趣味性。」（張曉華，2007：260）劇場性的說故事活動有助於學生的口語表達，配合演出的趣味性大大的提高了學生學習的興趣。劇場性的說故事活動中的讀者劇場這種帶有表演性質的說故事活動，對師生而言因為沒有布景、服裝和背臺詞的壓力限制方便操作使用，在這樣的活動中學生又可經歷了聽、說、讀、寫的過程，所以在閱讀教學課堂上是很受師生歡迎的活動。而將讀者劇場的活動方式運用在現今的閱讀教學中是很熱門的方式，在許多的研究中也都證明讀者劇場活動的方式確實可以增加閱讀成效（詳見第二章第二節）。

　　兒童的天性是活潑好動的，倘若在國小閱讀教學上都以讀者劇場活動的方式來進行，同一種方式用久了缺少變化學生參與學習的興趣就會降低。劇場性的說故事活動的第二種型式故事劇場「它較讀者劇場更為口語化，敘述者的說明是由角色所分攤，因此劇中人

物有時候會以第三者的身分，用旁白或獨白來敘述一些情況。演員往往須穿著劇裝，當敘述時，其他演員還可表演啞劇動作。同時可將歌舞、音樂作搭配演出，是較具動態的一種故事敘述戲劇表演。」（張曉華，2007：265）也就是說，故事劇場是比讀者劇場更為舞臺化的表演形式，而根據美國語言藝術教育學家詹姆士‧摩菲特將故事劇場實際應用在教學現場的經驗指出：在教師作多種編組下學生能自然有效、愉快地分析文章內容，對於一些較難的閱讀詞彙，他們反而更能理解與詮釋。（同上，265～266）如此看來，故事劇場對學生的閱讀理解能力是有效果的，為了不使教學方式過於單一缺少變化，故事劇場的型態也就成為唐傳奇戲劇化的方式之一。

　　劇場性的說故事活動的第三種型態室內劇場，它是「鑑於室內音樂與觀眾之間的密切關係，而應用在語言教學上。它在說故事中，著重於人物行為動機的動作表現，敘述者的內容必須十分完整，敘述者可溶入故事內擔任某一個角色，或以作者的身分以旁白對觀眾講話，演員除了對話也須作簡單動作。室內劇場所用的素材是直接以小說原本為主，不再新編劇本。」（張曉華，2007：272）由於它缺少演出成員創作的機會再加上室內音樂的演出形式需準備較多，在有限的時間、空間及能力下室內劇場的型態就不方便使用。

　　舞臺劇就是演故事。演故事在劇場化的過程中，是「表演」而不是「口述」。這種表演一般稱為戲劇；而戲劇有人認為它是綜合藝術，不能再受敘事體的制約，這就會使原故事「孳生」出許多故事來。受西化影響，現在所談的戲劇幾乎都指來自西方的戲劇。戲劇有許多不同的類型：依據表現方式可區分為話劇、歌舞劇、歌劇、舞劇、默劇、假面劇、偶戲等等；依據情緒性質而區分悲劇、喜劇、通俗劇（悲喜劇）、混合式戲劇等等；依據輔助媒介的特徵可區分

舞臺劇、廣播劇、電視劇、電影等。（周慶華，2007a：67～69）根據輔助媒介的特徵，戲劇中的廣播劇、電視劇、電影受限於器材和能力在國小教室中是難以進行的方式，只有舞臺劇可以方便操作運用。而根據表現的方式，只有話劇是「以演員之對話為主要表演方式的戲劇。」（張曉華，2007：67）

其餘則是以音樂、歌唱、舞蹈、肢體動作或戲偶來進行的戲劇，對於教學時間有所限制的情況下這些方式就顯得費時費力。

戲劇化的教學方式，是要學生以演戲的方式來表達，因為這種方式需要學生運用思考、創作、判斷等能力，無形中就會增進其語文能力。透過角色的扮演，體會作者所創造的情境及所要表達的感情，增加了文學欣賞能力。這種活發、靈動有趣的教學方式能使學生因而提高學習意願，並在表演的過程中使學生從不同的觀點、角度來看待現實人生的種種問題。在上述的論述中可以發現讀者劇場、故事劇場、相聲劇和舞臺劇都是戲劇在教學現場上容易實施不會造成師生很大負擔而又有效果的形式。教學是一門藝術，雖然戲劇在教學上有很大的效果。但倘若是老用同一種戲劇模式去進行，用久了也會失去新鮮、趣味感而減少教學成效。因此，本研究採用讀者劇場、故事劇場、相聲劇和舞臺劇等四種方便有效的方式來進行，以多種的方式進行演故事，使得閱讀教學達到最好的效果。

第三節　優為選擇後的闡釋

當我們以戲劇化的方式作為提升學生閱讀理解能力及增加閱讀成效時，學生為了演出就必須將書面語轉換為口語，在轉換

的過程中學習掌握到書面語變為口語的要領。布魯姆的教育目標分類學中的認知領域有六個層面：記憶、理解、應用、分析、綜合和評析等。學者認為在角色扮演教學這六方面都兼顧到了。

（一）記憶：當學生扮演時，他們必須牢記其中的情節及對白，這就有助於培養他們的記憶能力。（二）理解：在演繹前，學生必須理解劇本的內容及人物性格的特徵，才能順暢的發揮。（三）應用：演出時學生不但要模仿角色的說話與表情，更須理解人物的想法。事後討論在分析問題、思維訓練，這是認知方面的應用。（四）分析：學生必須去揣摩分析劇中人物的性格，才能把角色演得維妙維肖。（五）綜合：在全劇演出時，學生必須綜合文中的背景、現場環境、人物的性格特徵作全盤綜合的處理。（六）評析：演出後的討論，對扮演者的表現、劇本的處理及檢討改善的方法都是訓練學生批評的能力。（周漢光，1996）由此可知，戲劇化的教學都能做到布魯姆的教育目標分類學中認知領域的六個層面。

　　「用戲劇說故事就是把故事用演的方式呈現出來。」（白碧華，2007：91）在本章第一節我提到唐傳奇文言本在語譯成語體文時也就是一度詮釋時，會使原本豐富的語義減少甚至會產生歧義的現象，這時就需要利用語言、表情、聲音及肢體動作以戲劇化二度詮釋的方式加以補足、擴充語義不明或者減少的地方。經過前一節在閱讀教學現場以戲劇化優為選擇採取最方便操作及有效果的方式後進行戲劇化的闡釋對原本的作品進行補充，潤飾、刪節或改編的程序，並強調或隱藏部分單薄和謬誤的地方，經由這樣的闡釋、詮釋活化人物後才能對作品有更深入的理解。在有限的課堂時間裡要演出一個作品並不是長篇從頭到尾的演出，必須對作品有所取捨，擷取主要、重要的部分來演出。至於擷取的決定方式可由教師選擇

段落後再由學生加以改編或者完全開放給學生自由擷取並加以改編等二種方式。

　　學生剛接觸演出撰寫劇本時，因為本身的語文能力稍嫌不足，對於作品所要表達的主題較難掌握，所以剛開始可由教師決定擷取的段落再由學生撰寫或改編演出的劇本。當學生熟悉且能掌握時再完全開放讓學生自由擷取改編後演出，並要學生回答為什麼選擇這段的原因。至於改編或創作的劇本都要有完整的戲劇結構。所謂完整的戲劇結構根據「亞里斯多德的說法：『戲劇是屬一種模擬的模式，為對一個動作的模擬，而此動作應屬完整並具有某種長度，而完整是指有開始，中間與結束。』」（張曉華，2007：401～402）也就是說，大多數的戲劇都以動作為核心，以開始、中間與結束的過程作完整的表現。戲劇的表現就是在完整的結構中來模擬一個動作。所有的情節、人物、對話、衝突、景觀都是以此為核心來作完整的表現。對於戲劇結構的八個要素，學者作進一步說明：（一）情節：是指戲劇動作進行的組合。它是按照故事發生的時間順序、事件的回憶或因果的關係所作先後序列完整的安排。（二）人物：透過人物的語言身體動作可傳現劇中的各種事件，由此顯出衝突、懸疑和危機而形成情節。所以在人物塑造的創造上必須儘量建立在可信度高的角色。（三）主題：它是隱藏在戲劇中，是劇作者的基本理念與觀點。有了主題，故事情節或人物往往便可依此發展或表達出來。（四）對話：是戲劇人物表達意見的媒介，以語言和肢體動作二種方式來進行。其作用在形成臺詞、建立情節、傳達事實、意念和感情。演員以清晰、明確的語音或動作來表達劇中人物的性格、戲劇的主旨、節奏與速度。（五）景觀：指戲劇在視覺上所呈現的各種事物，凡表現情境的功能，運用在戲劇創作上都屬景觀的範圍。（六）衝突：這是戲劇的本質，任何戲劇都是兩種或兩種以

上相互對立的衝突而產生。衝突使人產生如何解決與探究結果的樂趣。當衝突消失，戲劇也就結束了。（七）幕、場與情節段：一齣戲劇可以幕來劃分幾個重要部分，而每個幕可再以場來畫分為幾小段以連接不同時空的續列事件。（八）序幕與收場：有些戲劇為了拉近演員和觀眾的距離，使觀眾更了解戲劇內容會在開始前加上序幕或在結束後加段收場。（同上，62～67）

　　完整的戲劇結構外，合理的情節發展是必要的，「戲劇的情節發展必須合情合理，才令人相信故事的可能性。亞理斯多德說：『情節係對一個動作的模擬。』又說：『這個動作係由人來執行，而此人必須具有某種性格與思想兩種特殊之品質。』這就是何以一個結構優良的情節，不能任意開始或結束的最主要原因了。換言之，情節必須在一個動作中，以人的性格與思想為依據，在一系列發展的事件上，作自然、合乎情理的安排。」（張曉華，2007：402）至於如何讓情節發展合情合理？根據「美國戲評家，威廉‧T‧普萊斯將詮釋邏輯的定言三段論法運用編劇在戲劇動作的發展，便十分為人所接受。定言三段論的命題格式可分為大前題、小前題與結論三部分，在動作的應用為：大前題（第一段）：凡人都會死（動作的情況）；小前題（第二段）：蘇格拉底是人（動作的原因）；結論（第三段）：因此，蘇格拉底會死（動作的結束）。這種命題的方式，在戲劇中是由人來執行，情節的安排自然就需依：動作中人物的性格與思想來發展。讓劇中的主要人物來處理情節的種種問題，由開始、中間到結束就不致偏離邏輯推演的正軌。」（同上，402～403）

　　教師對於作品擷取的原則有：（一）片斷的、情節關鍵處或者和主題相關性很高。「一個故事能夠吸引別人成為引人注目的焦點，就是故事的『賣點』」。（蔡淑媄，2001：70）在〈杜子春〉這個故事中最吸引人的地方就是杜子春為報答老人三次金錢相助的

恩惠，願意捨身幫助老人煉丹過程的那一段。在協助煉丹中，杜子春受到神道、惡鬼、夜叉、猛獸、地域和家人被捉所受的萬般苦楚的那一幕，充滿神奇鬼怪的畫面，令人驚訝。對於杜子春能不能通過種種幻象的考驗幫助老人成功煉丹而獲得飛天成仙的機會，是令人好奇的。對於這情節關鍵處教師可以指導學生根據前面提到的定言三段論的命題格式得到戲劇動作來詮釋：大前題：凡人都是無法忘情。第一段（動作的情況）：杜子春協助老人煉丹，煉丹的考驗就是所看到的神道、惡鬼、夜叉、猛獸、地域和家人被捉所受的萬般苦楚必須禁聲不語，磨練、試煉杜子春的情感。小前題：杜子春是人。第二段（動作的原因）：杜子春可以捨棄人世的喜、怒、哀、懼、惡、慾等種種情感，唯獨割捨不下愛執。結論：因此，杜子春無法忘情。第三段（動作結束）：杜子春協助老人煉丹失敗，重返人間。教師可以指導學生就一些詞句與動作作小幅調整，也可對愛執的對象重新尋找一個合情合理的情節發展。（二）作品中情節空白的地方加以補足形同再創作。在有限時間下無法將整篇作品從頭演到尾。教師可以指導學生就情節不足的部分，將自己和時代意義相結合作一種大幅度改編或再創，以一種不同於原著的風貌呈現。例如：在〈鶯鶯傳〉裡對紅娘在張生和鶯鶯之間如何扮演穿針引線中間人的角色，在原著中並未加以著墨，教師可指導學生就這段不足的地方多加創作。（三）那一段特別感人、生動、有趣。當教師擷取某一段，除了要讓演出者感到有趣、感人外更可讓觀賞者能夠感同身受。「指出故事的賣點可以讓我們更能掌握故事結構。而要發揮故事賣點首先要知道賣點發生原因，就是說它為什麼讓人覺得『有趣』」。（蔡淑媖，2001：70～71）如在〈東城老父傳〉裡描寫賈昌訓練鬥雞的那一段就非常生動有趣，因為在賈昌的訓練下每隻雞就像訓練有素的武士般的神氣十足。

在前一節我選取了四種最方便有效的戲劇化方式後,再進一步以讀者劇場闡釋〈鶯鶯傳〉、故事劇場闡釋〈虬髯客傳〉、舞臺劇闡釋〈杜子春〉、相聲劇闡釋〈東城老父傳〉,有關為何以這四種戲劇化的方式分別來詮釋〈鶯鶯傳〉、〈虬髯客傳〉、〈杜子春〉、〈東城老父傳〉,以下會有說明。

讀者劇場是一種大聲唸讀以文學為主的發聲閱讀活動。它是藉由口語詮釋與故事溝通,而不透過動作來表現。在表演當中演出的人使用劇本,故事的情節是透過旁白或其他角色的發聲閱讀呈現出來。臺詞是被演員「唸」出來,而不是「背」出來的。由於讀者劇場沒有背景、道具、化妝、服裝等舞臺效果,只能靠演員自己的聲音、表情、手勢和簡單的移位來表達文學作品中劇中人物的想法、情感和觀點。當演員在表現角色時,他們不但反應了作品,也重新評估或修正自己對於作品的理解,在演出中,了解並學習到口語有如此豐富的多樣性。〔渥克(L.Waiker),2005:8～11〕

「說話的內容包括『語音』、『語詞』、『語法』和『思想情感』四個部分。」(羅秋昭,1999:83)在讀者劇場朗讀演出前,學生必須先對文本有充分的閱讀理解,在反覆的朗讀中投入情感自然能感受到文本人物的情感。學生為了演出一個角色,必須模仿說出符合該角色身分、地位和人格特質的對話、語氣,在這樣的情況下為演出唐傳奇裡大家閨秀說話時的用詞和語氣就不會像市井無賴般的粗俗、無禮。倘若要演唐傳奇中的豪俠之士,那麼他們講起話必定是鏗鏘有力豪氣干雲而不是軟弱無力的。因為讀者劇場主要是以聲音來表達,因此表演者講話的音量、語調、速度和咬字就必須非常清晰明確才能讓觀賞者聽得清楚明白。在語法上的使用也必須正確,如此才能把劇中人物、情感表達清楚。「『思想是無聲的語言,語言是有聲的感情』」,說話是為表達一觀念,或一種情感。語言不

是一連串聲音而已，而是合語法、有內容的聲音。培養邏輯的思想，和豐富的情感，可以使話有條理，可以增進溝通的能力」（羅秋昭，1999：84）也就是說，學生在演出前必須先去理解、思考和體驗作品的美，透徹理解文字的語意並投入感情後才能詮釋，而不是單調的唸出聲音重現當中的文字。透過讀者劇場這樣不需要其他的條件下，只要有劇本和演員就可以演出，這種演出的方式就會像在「『錄音室中的 live 秀』裡觀看一場廣播劇般。它很新鮮、有娛樂性、戲劇化，而且很容易。讀者劇場可以滿足年輕人『演出』或『說故事』的愛好，也可以用在啟發閱讀、說話和其他類型的課堂學習上。」〔渥克（L.Waiker），2005：8〕最後透過讀者劇場這種演故事的詮釋方式，可讓讀者深入理解並經由這樣的練習方式讓自己說話的聲音更有魅力。

　　〈鶯鶯傳〉裡描寫男女之間的愛情，這對於正值青春年少的高年級學生是非常有吸引力的，尤其是男女之間的情感表達——透過書信、紙條或第三者的傳達，這樣「愛在心裡口難開」的表白方式和現實中他們的處境有一種似曾相識的感覺。以讀者劇場的型式來闡釋〈鶯鶯傳〉，是因為在〈鶯鶯傳〉文字敘述裡有許多美麗動人的詩詞、優美的情節描述和主角人物的情感，這些必須透過不斷地反覆朗讀才能咀嚼出詩句裡的優美意境進而揣摩人物的內心情感，而讀者劇場的型式就是以大聲朗讀的方式來詮釋的。再者這些優美的臺詞是「唸」出來，而不是「背」出來的，學生在沒有背誦的壓力下自然不會排斥，並經過多次體會朗讀後會增加閱讀的流暢度，〈鶯鶯傳〉裡優美的文采就會自然地被吸收並內化為文筆，使得寫作、說話的能力隨著提高。讀者劇場著重在聲音、表情，對於肢體動作要求不多，因此學生上臺演出時就可少了男女之間肢體動作表演的尷尬。〈鶯鶯傳〉裡的描述有許多是兒童無法經驗到的，

所以有些臺詞是不容易記憶的，而讀者劇場表演時是可以拿著劇本上臺演出的方式正好可以讓它學生順利、方便的演出。

故事劇場它是從「讀者劇場發展出來的另一種新的表現形式。它較讀者劇場更為口語化，敘述者的說明是由角色所分攤，因此劇中人物有時候是以第三者的身分，用旁白或獨白來敘述一些情況。演員往往須穿著劇裝，當敘述時，其他演員還可表演啞劇動作。同時可將歌舞、音樂作搭配演出，是較具動態的一種故事敘述戲劇表演。美國語言藝術教育學家詹姆士‧摩菲特將故事劇場實際應用在教學現場的經驗指出：『由於故事劇場賦予學生自由的選擇，可讓一組或個人敘述臺詞或對話時，其他的人則作啞劇動作。教師可作多種編組，以使學生自然有效，愉快地分析文章內容，如此我們常擔心的一些閱讀詞彙，他們反而更能理解與詮釋。』所以故事劇場是比讀者劇場更為舞臺化的表演形式。」（張曉華，2007：265～266）在故事劇場演出的過程中，學生必須扮演角色，而成功的角色扮演關鍵在流暢的臺詞和生動的表演。流暢的臺詞是指說話的內容能夠流暢明白，生動表演是說話時語調能夠自然和有豐富的表情及肢體動作。（蔡淑媖，2001：59～60）唐傳奇本是著重書寫的語言，在轉換成口語表達時自然會失了些味道，由於故事劇場比讀者劇場多了歌舞、音樂、啞劇動作的表演，這時透過表演者妥善運用想像力去揣摩所扮演角色的心情和個性或者重新塑造角色的情感，並在適當的地方加入所扮演角色的動作及和其他角色之間的互動和對話，這在語義的詮釋上就會更加的豐富，演起故事來也會加倍感人。

青春期的孩子會尋求同儕團體的認同，同儕之間爭吵打架常會出現，再加上男女成長的差異出現了男女對立壁壘分明的狀況。在這段尷尬的時期裡，他們是厭惡大人說教訓誨的。而〈虯髯客傳〉英雄豪俠的演出可以滿足學生對「正義」的需求和期待，透過角色

的扮演可以讓他們獲得替代性的滿足。透過〈虯髯客傳〉故事裡可以學到李靖和虯髯客英雄惜英雄的行徑，欣賞紅拂女對李靖慧眼識英雄的選擇。以故事劇場的方式闡釋〈虯髯客傳〉，是因為〈虯髯客傳〉裡的主角人物的對話較多，符合故事劇場口語化的方式，因為口語化所以學生比較容易說、比較容易記憶，演起來會起來比較生動。因為演員往往須穿著劇裝，而〈虯髯客傳〉裡主角的形象鮮明，容易妝扮。當敘述時，其他演員還可配合表演俠客豪氣干雲的啞劇動作，引起共鳴。因為故事劇場中演出劇中人物有時候是以第三者的身分，用旁白或獨白來敘述一些情況，就樣的敘述方式感覺就像故事中人物現身說法一般具有真實感，而〈虯髯客傳〉以參與演出者來分擔旁白的方式來闡釋，就是可以滿足參與者的期待。又因故事劇場可同時可將歌舞、音樂作搭配演出，是較具動態的一種故事敘述戲劇表演，可以讓參與演出的同學更有真實感。

　　創作性戲劇的特點就是打破個人創作的侷限，劇本可與演出者共同討論、共同創作，演出的舞臺、演員和觀眾也不受限制，比傳統戲劇多了些創意和活動。在亞里斯多德的《詩學》裡認為「模倣方在行為動作之人者也。職是之故，或者遂謂『戲劇』之名。」（亞里斯多德，1967：14）也就是說，戲劇起源於模仿，模仿一個行為和動作。而這種模仿不只有外在的行為、動作，它還包括內在的心理、意識。所以戲劇不單是一種模仿，透過戲劇的演出更是一個表現自己的重要途徑。所謂模仿「它是學習第一步，而微妙的觀察力，會使得模仿更加細緻。模仿可分為外在形體、動作的模仿及內在的模仿；而內在精神的部分，則是模仿的精華，可以超越依樣畫葫蘆的侷限，產生個人風格。」（王玥，2002：97）舞臺劇就是演故事，在舞臺上表演者的舉手投足和他個人對於作品所詮釋不同就會產生不一樣的戲劇效果。因此，同一個段落在戲劇演出中因不同人的

詮釋、情感投入的深淺不同就會形成獨一無二的表現方式。當我們在「重現」劇本時,因為每個人的特質不同就會形成獨特的個人風格,在無形中也就是一種「表現」個人的方式。

對於高年級的學生而言,他們在閱讀上需要比較豐富多姿的情節才能吸引他們,〈杜子春〉受佛、道思想的影響下裡面有許多幻境的描寫,充滿想像的魅力,符合學生的需求;再者高年級的學生「已具有家庭、職業、社會道德等觀念」(張春興,1990:50),而〈杜子春〉故事裡面所蘊藏氣化觀型文化傳統無法「忘情」的倫理價值,也值得他們去探索了解。〈杜子春〉的故事情節完整,很有戲劇的場面,利用舞臺劇來呈現是非常合適的。創作性戲劇的特點是打破個人創作的侷限,劇本可與演出者共同討論、共同創作,而〈杜子春〉故事內幻想、虛構的情景非常的多,要如何模擬出讓欣賞者了解,非少數一、二人可完成,因此就需要參與者共同參與創作、討論,因為有參與者的參與討論、創作演起來會比較有成就感。創作性戲劇的特點就是比傳統戲劇多了些創意和活動,在〈杜子春〉的故事中幻想、虛構的情景不是現實生活中可以見到的,這就需要馳騁、運用想像力。

我們知道小說是用來閱讀的,它利用大量的文字敘述、描寫或想像,所以它的時間可以拉得很長沒有限制,空間和場景也可以有很豐富的變化。而戲劇因必須在舞臺上演出,只能透過「對白」和「動作」來表現,所以演故事的時間必須縮短和表演的空間也必須集中。(何三本,1997:459)相聲劇是相聲再加上劇情,因此它仍有相聲說、學、逗、唱的成分。「創造性就是突破性,或者獨特性。要真正讀懂作品,起碼要讀出個性來,讀出它的與眾不同來。感覺不到經典文本的獨特,就是沒有真正讀懂。」(林豔紅,2006)由於相聲劇必須有明確的「戲劇動作」,它採「集體即興創作」就是

由全體演員共同來創作為完成作品的手段，在參與創作中磨練了演員的膽識，並從實踐中獲得了滿足個人成就感的需求。在眾人的詮釋下，相聲劇以逗樂的風格來詮釋唐傳奇新奇、有趣的一面。

　　「說和笑的特點，是相聲藝術的基本輪廓。因此而具有喜劇風格的語言藝術。『說』奠定了相聲藝術的表現方式，從而有別於戲劇的角色扮演；『笑』奠定了相聲藝術的精神，不論多麼污黑、矛盾，盡在笑聲諷刺中。」（何三本，1997：213）相聲劇它是以喜劇的形式為表達方式，符合學生喜歡搞笑的天性，能吸引學生學習的興趣。鬥雞這樣的遊戲方式到現在仍存在屬於農村環境裡人們的娛樂活動，因此對居住在鄉村的兒童而言對於鬥雞這樣的場景並不陌生。作者撰寫〈東城老父傳〉的動機是想借鬥雞的故事來諷刺朝廷，箴規世人，和相聲劇以「笑」聲來達到諷刺的目的是相同的。〈東城老父傳〉以倒敘手法讓賈昌現身說法，和相聲劇「說」的表現方式相同。再者這篇故事內容描述賈昌訓練鬥雞的情況栩栩如生，訓練鬥雞的情景如同訓練士兵般，情景容易模仿表演。

第六章　唐傳奇戲劇化的具體作法

第一節　唐傳奇讀者劇場化

受西方強勢經濟文化的影響，我國小學生閱讀的方向大部分屬於繪本、童話、科學故事等形式，內容也多偏向西方國家的文化思想，閱讀本國傳統文學作品的數量相對的較少，關於自身的傳統文化因而認識不深，缺乏歷史意識。面對「全盤西化」視傳統文化為迷信、落後、不合潮流的危機時，「修古以更新」就是對傳統本身進行「創造的轉換」。(龔鵬程，1995：20～21) 在這種「創造的轉換」的思維下，唐傳奇成為閱讀教學的非制式教材的首選。而唐傳奇在閱讀教學上優於其他時代小說的理由已在第四章充分說明。本研究為理論建構以唐傳奇作為國小閱讀教學課程非制式的閱讀教材，以引起他們對傳統文化的認知，培養對文學的感情，進而檢討現行閱讀教材作為輔助教材的典範，使得唐傳奇的文化精神能被現代人感知與了解。以戲劇化的方式進行教學，可以讓閱讀唐傳奇達到很好的效果。為了不讓戲劇化的演出成為額外增加的課程。我是以唐傳奇的故事為內容，利用故事中的人物、事件進行討論、延伸成戲劇活動，使學生在活潑靈動的戲劇活動裡無形中提高閱讀理解進而增加語文能力。然而，並不是所有的戲劇活動適合在國小課程應用，為了減少師生負擔，在第五章戲劇化的優為選擇我已充分說明，選擇四種方便實施有效

果的戲劇活動來驗證，本章就要具體說明如何運用這四種方法來詮釋唐傳奇。

　　「在創作性戲劇活動的應用，不論在任何年齡層的參與，都宜由簡易的活動開始。」（張曉華，2007：143）因此在戲劇活動中首要考慮的因素就是從簡易的開始，以減輕學生做道具、布景的負擔及上臺演戲背臺詞的壓力。在所有戲劇活動中最簡易的就是讀者劇場，它沒有誇張華麗的服裝、沒有舞臺燈光走位要求的條件，使教師能夠毫不費力、更不需要事前過多的準備壓力而能輕鬆上手。因此，本研究戲劇化的具體作法選擇的第一個方法，就是以讀者劇場的型式來詮釋演出唐傳奇。當我計畫以讀者劇場的型式來詮釋演出〈鶯鶯傳〉時，要先設定教學目標，設計教學活動編寫教學流程，在實際教學前我必須替學生做前測了解他們對〈鶯鶯傳〉的閱讀理解程度和讀者劇場的表演型式，作為教學的參考依據；在進行教學時，進行解說來引起學生的注意，訂定規範讓活動能順暢進行。在教學中讓學生有充分討論的機會，使學生能積極投入課程中。在教學期間，私下找幾個學生或者隨機訪談，了解他們對整個教學活動的學習情況。教學活動結束後，再替學生做後測以了解他們是否已達到我所設定的教學目標，倘若有未達到的部分則趕緊進行補救。

　　有關讀者劇場的取材，根據「沙爾利‧史羅伊爾指出：『讀者劇場是戲劇化文學極低的舞臺式詮釋，可在任何時空舉行。沒有布景、服裝與背臺詞的限制，它可從戲劇、詩、故事、情景，主題或表達意念上去創作表現，事實上，讀者劇場是語言藝術課程的附屬，能使學習者經歷聽、讀、說、寫的過程。』可見讀者劇場的取材十分簡便，可引用既有文學作品，劇本，改編的故事或學生的創作。」（同上，260）由上可知，讀者劇場劇本的取材是包羅萬象、

沒有限制的，只要把材料加入角色、配上旁白就可成為讀者劇場的劇本。對於為何選擇〈鶯鶯傳〉以讀者劇場的型式來詮釋在上一章第三節已有說明，本處不再贅述。

　　首先，由教師事前發給學生〈鶯鶯傳〉讀本讓學生事先閱讀，再利用上課時間加以解說，為使學生對〈鶯鶯傳〉有更深入的體會了解，就利用讀者劇場的戲劇演出的形式來詮釋它。運用讀者劇場的型式前要讓學生明白、了解什麼是讀者劇場。首先播放說故事的錄音帶喚起學生聽故事的經驗，接著介紹讀者劇場的基本概念。所謂讀者劇場是「以口語詮釋故事文本，而非透過動作。在讀者劇場中，故事的資訊是經由扮演旁白和人物的唸讀者所傳達。我們唸讀臺詞，而非背誦他。唸讀者們在固定的位置或站或坐，閱讀故事，直接對觀眾唸出臺詞。」〔渥克（L. Waiker），2005：20〕讀者劇場的操作方法就是先將班上學生進行分組，以五到七人為一組。在每個小組中使每個人都有擔任上臺演出的機會。排演前要先影印小組改編的〈鶯鶯傳〉劇本，發給每個學生並確定每個擔任演出的同學都拿到了劇本。在小組中由學生自行討論分配所要演出的角色，當角色確定後請學生將自己的姓名和所扮演的角色名稱寫在劇本前面，並把自己所擔任演出角色的臺詞用筆圈起來劃線註記加以區分。接下來請他們在下課或者放學後利用時間練習。在排練時請同學大聲唸讀劇本，經由這樣多次的唸讀的演練後，才能以適當的節奏流利地唸出臺詞。在幾次的排練後學生會學習到經由聲音來傳遞感情的方式。「排練是讀者劇場的精華所在。經由這樣的練習，學生成為口語流利的讀者。因為在以聲音傳遞自己的詮釋給他人前，他們必須先了解故事。而且在讀者劇場的環境下，重複的閱讀材料一點兒也不乏味，反而很有趣。」（同上，36）由於讀者劇場是以朗讀的方式進行，所以就必須了解朗讀的技巧。所謂朗讀「就是用

標準的國語正確、流利，有感情地把文章唸出來，要求吐字清晰、不唸錯、不丟字、不添字、不顛倒、不重複、不跳行、不遺漏、上下連貫；也就是用有規則的國語，樸實自然地，恰如其分地，富有感情變化地把文章讀出來。」（何三本 1997：143）由於朗讀是經由聲音將作品中的思想、感情傳達出來。而聲音傳播的速度很快，因此朗讀前必須先對作品進行深刻理解和體會後，再運用語調的高、低、升、降的變化和輕重緩急來詮釋，經由再三的推敲玩味後，就會把隱藏在文字背後的感情體現出來。所以朗讀不是只有單純地把聲音唸出來，它是加上個人的情感、思想的詮釋，形同文學生命的再創作。（同上，148～153）因此〈鶯鶯傳〉經由讀者劇場的朗讀後，在演出學生反覆推敲玩味下就能深入體會中國人含蓄內斂的情感。

當學生對讀者劇場有了基本概念：不用背臺詞、不必花時間製作道具、不必單獨一個人上臺演出，「最後的結果就會像是在『錄音室中的 live 秀』裡觀看一場廣播劇般。」〔渥克（L. Waiker），2005：8〕學生對讀者劇場演出的型式有一番新的期待後，就要介紹劇本寫作的基本形式並指導他們如何將唐傳奇讀本改編成讀者劇場的劇本。在改編劇本前，學生將回到閱讀的層面，在這不斷地閱讀過程中學生將會熟悉故事的情節與人物特色。為了達到省時省力又有效果的目的，以剪貼的方式把讀本改編成讀者劇場的劇本，教師可以先影印故事發給每個學生一人一份故事影印本，在學生讀完後，請他們找出故事中不同的角色和旁白的地方，再請他們依照故事出場的前後順序剪下人物的對話和旁白，並依順序將剪下的人物對話和旁白以劇本編寫的方式黏貼在另一張紙上。（林文韵，2005）唐傳奇是屬於敘述性的故事在有限的時間的時裡自然不可能讓學生重頭演到尾，因此由教師指定演出的段落，再請小組同學討論決定

演出人物的角色、數量及對話是否安排完備、對有不足的地方如何補強。「討論是戲劇教師非常有效的一種教學方法。討論可以集中團體的注意力、了解學生的想法並可引導對學習內容的反應與認知。討論的焦點一般都屬全體性的問題。教師必須留意或判斷團體是否真正地進入了課程的中心？活動是否有無效用？並在適切的時機進行討論，以精簡的戲劇內容，促成有意義的討論學習效果。」（張曉華，2007：118）因此在戲劇演出必須要透露不斷地討論和對話才能有所激盪、才能產生火花，學生也在不斷地討論、對話中發現了解到在〈鶯鶯傳〉裡男女情感「愛在心裡口難開」的表達方式是氣化觀型文化的傳統；傳統禮教、「紅顏禍水」的觀念對古代女性造成許多的傷害，甚至連女性也認為這種觀念是理所當然，所以違背禮教是不對的；不是只有現在學生有考試壓力，唐代的科舉考試對讀書人而言的壓力遠超過現代，而唐代科考取士的一元方式外還有人情事故等因素，不像現在多元入學的方式，相較之下現代學生入學的管道是比較寬廣的。

　　〈鶯鶯傳〉是屬於閱讀的文本，因此要改編成劇本在對話上會出現語料不足的情況，這時可以自行加上對話使戲劇演出時可以更生動、有趣。例如在〈鶯鶯傳〉裡鄭母叫鶯鶯出來拜見救命兄長而鶯鶯託病遲遲不肯出來見面的那一段，故事的原文為「久之，辭疾」，白話文本為「過了好久，回說有病不能出來」。在這樣只有旁白的敘述少了生動對話的的情況下，使得戲劇的演出過於單調直述。我們可以把它改編為紅娘替小姐出來的回話：「小姐身體不太舒服，不方便出來拜見我們的救命恩人！」多了紅娘這個角色的對話，這一段的演出就會比較生動、活潑。至於在敘述複雜的情況下，我們就要將它予以簡化，才不會讓過多冗長的旁白敘述使戲劇演出的結構鬆散、失了味道。而過多單調的旁白敘述更會讓聆聽者覺得

枯燥無味而失去耐性。因此,複雜的旁白和對話有簡化的必要。同樣以〈鶯鶯傳〉的故事為例,在白話文本裡敘述「張生到蒲州去遊覽。蒲州東面十幾里的地方,有一座名為普求寺的僧寺。張生就寄住在裡面。恰巧有一位姓崔的孀婦,從外地回到長安,途經蒲州,也暫住寺中……那一年節度使渾瑊在蒲州去世,監軍的宦官丁文雅不善於管理軍隊,轄下的士兵們趁舉喪的機會作亂,大肆搶掠蒲州的百姓。崔家是個富有之家,財產豐厚,僕從眾多,在旅途中遇到這樣的事,非常驚慌恐懼,不知道依靠什麼人才好。之前,張生與蒲州將領的同夥很有交情,便請軍吏來保護崔家,才算沒有遭難。十幾天以後,廉使杜確奉了皇帝的命令來蒲州主持軍務,整飭了亂軍,騷亂才得以平息。鄭氏非常感謝張生的幫助,便準備飯菜,召了張生來,在中堂宴請他。」(束忱,1998:181)像這樣長篇的敘述會失去戲劇緊湊精采的味道,更會使演出的時間過長。這在有限的課堂時間裡是不容許的。觀眾也會因為旁白單調長時間的敘述失去了學習聆聽和欣賞的耐性。所以我們就要指導學生將它簡化成:張生在蒲州解救崔鶯鶯一家人後,崔母非常感激張生把他視為救命恩人,設宴款待答謝他。這一段簡化後就可以進入張生和鶯鶯譜下戀曲的開端。這樣去蕪存菁,把讀本裡面最精華的部分擷取下來成為讀者劇場演出的劇本。

「文字語言原本就有感染人的力量。『愛不釋手』、『掩卷遐思』都是被感染的表現。可是,當把文字語言變成為聲音語言的時候,那感人的力量,不僅是直接立即反應而已,其力量將更強烈。也就是說,朗讀比文字語言帶給讀者更豐富的情感,更具體的形象……不論是自己朗讀,或是聽別人朗讀,都需要有一定的語言藝術素養和造詣,這不但包括從文字語言到有聲語言的轉換能力,及從有聲語言推及到文字語言的思維判斷能

力，還包括深廣的學識、熟練的技巧，更包含著語言的感受力和對語言完美的鑑賞力。」（何三本，1997：150～151）所以朗讀在閱讀教學中是很重要的。當學生已將劇本編寫完後並已了解讀者劇場操作的方法和技巧時，就可以進行演練。在排練的過程中教師以一個指導者的身分以溫和的語氣在旁指導，從發聲、姿勢、臉部表情作出改善的建議，帶領學生進入故事內的情境，領會隱藏在故事文本中的情感，進而享受語言表達的樂趣。有關朗讀的技巧，教師必須在學生進行演練時適時的加以從旁指導。關於朗讀的速度是有所差別的，為了避免學生上臺表演時像和尚唸經般的規律毫無速度的快慢，可以根據學者的說法在「敘述、寫景的地方，表現情緒平靜、沉鬱、失望的地方，描寫氣氛莊嚴、行動遲疑的句子或較難理解的語句，讀和誦的速度都要放慢些；沈思、悲痛的地方，速度要更慢；激憤、反抗、駁斥、驚慌、害怕、緊張、熱烈、興奮、愉快等內容，讀和誦的速度可適當快些。」（同上，157）給學生提出建議或者示範唸讀給他們聽。倘若是在演練時學生說話速度還是太快或太慢，則請他回家多練習，讓他熟練臺詞，因為「對臺詞的熟練對於最後演出的流暢性有莫大助益。」〔渥克（L.Waiker），2005：42〕對於表演學生唸讀時音量太小的情況，則多鼓勵他利用下課時呼喊、大叫，克服上臺的心理障礙，把他和他的好朋友編成一組，一起上臺演戲增加安全感。

朗讀時的語調要如何運用，才能有效的表達？學者說：「語調，指的是朗讀的語句裡的聲音高、低、升、降的變化。語句裡有了升降的變化，就有了動聽的語調；抑、揚、頓、挫搭配得當，就富有音樂美，更能準確地表達不同的語氣和情感。而語調的變化，是由語句的內容和語言環境來決定的。」（何三本，1997：159）至於調

語的確定，取決於閱讀者對作品的體會理解。依學者對語調的分類，我以〈鶯鶯傳〉為例：（一）平調：語調平直舒緩。當旁白在作一般的敘述與說明時所用的語調是平直舒緩的。（二）升調：語調前低後高，或者句末上揚。當紅娘問道：「先生怎麼來了？」這句話表示紅娘的驚訝。張生自言自語說：「難道是做夢嗎？」表示張生的懷疑語句。像這樣有懷疑、驚訝的語句語調的運用就可以前低後高來詮釋。（三）降調：語調由高而低，或語尾下降。當張生詢問鄭氏他和鶯鶯在一起的意見，鄭氏說：「這事既已如此，我也無可奈何了？」語句的內容顯得無可奈何。因此在語調的詮釋就可呈現由高而低或語尾下降的降調。（四）曲折調：語調開始和結尾聲音較低而中間聲音較高；或開始和結尾聲較高而中間聲音較低；或呈波浪狀。在張生即將離去的前一晚，鶯鶯說：「你先是違背禮法佔有了我的身子，最後又遺棄了我。倒真是合適啊！我也不敢怨恨你……如今你要走，我就滿足你的這個心願吧。」語句內容顯得感情複雜，就可用曲折調來詮釋。（何三本，1997：162～164）然而語調的使用也非一成不變，「語調的確定，取決於對作品的理解。」（同上，164）當學生在排練活動開始進行時，適時提醒他們利用想像力經營氣氛、揣摩人物心理，注意語調的使用和臉部表情。聲音和表情是讀者劇場的兩大要素。有關聲音部分，在前面已有說明。就表情的部分，請學生就鏡子模擬出高興、生氣、害怕、憂傷……等的表情，如此就可以增加演出表達的效果。

當學生利用課餘時間進行排練後，就要安排時間讓小組正式表演。表演時，以本班教室講臺為演出場地，請演出的同一組同學一起站在臺上，從頭到尾都每個演出的人都站在固定的位置上，手拿著要演出的劇本，朗讀出所設計的各個部分，劇本不可遮住臉部，以免阻礙了聲音、臉部表情的傳達。臺下的同學也藉

這個機會欣賞學習其他同學的演出。活動最後要對整個讀者劇場進行結論結束讀者劇場的活動。「結論是創作性戲劇活動的最後部分，是對戲劇活動過程作回憶、分享、回饋與意見的綜合，讓參與者能對整個活動有綜合性的認知、理解和肯定。」（張曉華，2007：85）也就是說，當學生以讀者劇場的型式演出唐傳奇後，請所有參與演出的學生提供心得或建議，包括對自己演出時的心得或對他人演出時的建議。由小組派代表上臺說明也開放給個人有自由發表意見的機會。「原則上，在作結論的時候，是不需要再作延伸性的討論，教師或領導者只要適時作簡短的回應就可以了。」（同上，86）最後由教師對整個讀者劇場的活動作個簡短扼要的總結。原則上，對於學生在讀者劇場整個活動中教師都以正面肯定的話語和態度來回應鼓勵學生的表演。至於缺點的部分，教師不宜用批評性的用語來評論個人的好或壞，應以團體的表現為目標，進而以如何做會更做得更好的具體可行的建議提供給學生參考。學生在這樣溫馨、肯定的結論中，對於整個讀者劇場的活動型式將充滿愉快、有效的學習心情。在這四節一系列的設計教學活動裡，學生學習〈鶯鶯傳〉的效果反應在後測的問卷中和深度訪談，結果顯示已達到原先所預設的教學目標（詳見第七章第一節）。

第二節　唐傳奇故事劇場化

　　故事劇場化是唐傳奇戲劇化的優為選擇之一。至於為何要以故事劇場型式來詮釋唐傳奇，在第五章已有說明，本處不再重複。

在這一節主要是來說明故事劇場化的具體作法，並以〈虬髯客傳〉為例。

戲劇這種模式是自古就有的，倘若是經由有系統的戲劇表演將更能使我國豐富的文化資產傳承久遠。當我和學生就〈虬髯客傳〉的內容作了一番討論、研讀後，為了讓學生有更深層的了解與體會，就必須透過戲劇化演戲的方式來達成目的。因為在戲劇表演裡，學生在扮演故事角色時，被鼓勵成從不同角度去檢驗人生；並從不同的文化、時空裡獲得了國際觀和歷史觀；再加上戲劇是一種集體的藝術，學生可以從中學習到正向的社會互動、合作學習及團體生活時解決問題的能力。〔漢格（R. B. Heinig），2001：4〕在第五章第一、二節，都說明了戲劇化可以使唐傳奇在閱讀教學上有顯著的效果。「既然戲劇有如此多種語文教育效果，而且它經常能引發學生濃厚的學習興趣，所以戲劇是一項很好的教學工具，值得我們探究與採用。」（陳麗慧，2001）為了不讓教師和學生產生如陳麗慧所說的心理：「大部分的教師和學生，都認為教室裡的戲劇，是要精心設計演出來的，因此儘量避免需要耗時準備的戲劇教學，造成教師普遍放棄戲劇教學」（陳麗慧，2001），所以本研究是採方便、有效的戲劇化型式來詮釋唐傳奇。在前一節裡已運用了讀者劇場的型式來詮釋唐傳奇，為了讓學生有新鮮感而師生又不用花很多時間去準備，在這次的教學活動我採用和讀者劇場一樣應用方式十分簡單的故事劇場。

在利用故事劇場來詮釋之前，當然得先由教師對學生講解說明〈虬髯客傳〉發生的時代，談論豪俠產生的時代背景：有關俠義的故事早在司馬遷《史記‧遊俠列傳》中就存在，但鋪張設幻而成小說形式，則始於唐傳奇。關於它產生的原因，在「唐代藩鎮割據，

武人專橫，一般平民百姓的心理，都希望俠義之士出來，為他們解除痛苦；而一般貴族階級，也希望俠士出來，為他們排難解紛，鞏固他們的地位。」（祝秀俠，1982：56）並討論英雄、豪俠的行為特徵和差異。接下來以問答的方式，如「李靖為何去晉見楊素？紅拂為什麼會與李靖私奔？虬髯客為什麼會和李靖、紅拂女結為知己？虬髯客為什麼會選擇離開，並將所有財產都給李靖、紅拂女？」等引導學生說出〈虬髯客傳〉文章大意。當學生透過這樣的解說討論後，對於李靖、紅拂女和虬髯客故事人物之間的關係就能有所了解。白話本的〈虬髯客傳〉裡面的文詞敘述對學生而言還是會有難以理解的語詞，就必須請學生提出由教師加以說明，以免成為學生理解、詮釋〈虬髯客傳〉的阻礙。〈虬髯客傳〉裡人物簡單，描述李靖、紅拂女和虬髯客等飄逸不羈的人物性格，讓孩子印象深刻。再加上描述李靖、紅拂女和虬髯客三人在旅舍相遇精采情節及最後虬髯客為何將全部家財都贈給李靖、紅拂女而自己到海外發展……這些都是相當吸引人、令人好奇的。當學生對〈虬髯客傳〉有了基本了解後，為了加強他們的閱讀理解能力，提高閱讀的興趣，利用故事劇場的方式來詮釋它是最好的，而這在第五章第三節中已有說明，本節就不贅述。缺乏耐性，不耐久坐都是兒童的心理和行為特徵（張春興，1990：49〜51），因此在表演故事時，安排每組上場演出的時間要有所限制不宜太長，太長就會使演出的節奏變慢流於鬆散，而在臺下的學生也會厭煩而失去欣賞學習的興趣。至於演出的人物也不宜過多或複雜，太多的人物、複雜情節對國小學生而言是較難理解、詮釋的。

　　在進行故事劇場前，要先了解學生對於故事劇場的認知情形。根據我設計的〈虬髯客傳〉前測問卷得知他們對於故事劇場的名稱是很陌生的，更不解故事劇場的操作方式及其特點。因此

必須就故事劇場的表演方式對學生加以解說。首先，就故事劇場的由來加以說明，它「是由保羅‧席爾思，參與讀者劇場而發展出來另一種新的表現形式。」（張曉華，2007：265）也就是說，故事劇場是從讀者劇場發展而來的，它們「都屬正式劇場的演出型式，但由於其應用的方式十分簡單，劇場技術要求不高，很適合於一般非專業性的演出活動所採用，對學生演員的口語表達，劇場效果的掌握及簡單演出條件的搭配都具有相當的趣味性。」（同上，260）由此可知，故事劇場和讀者劇場是有許多共通的地方，雖然二者有一些相同的地方，但仍然存在一些差異，為避免學生混淆，我列了幾點加以說明：

一、故事劇場的敘述較讀者劇場更為口語化

在前一個教學活動裡，學生對於劇本寫作的基本形式已經了解，也會運用。這個教學活動也是會指導他們如何將唐傳奇讀本改編成故事劇場的劇本，所不同的是故事劇場的敘述要比讀者劇場更為口語化，既然要口語化，也就不能直接把唐傳奇讀本裡人物所說的直接擷取下來，必須將書面語加以轉化成口語的表達。為了讓學生在演出時能以口語化的形式演出，在這次的劇本製作中，我採用小組共作劇本的形式，藉由小組共同的討論中，每一個擔任扮演角色的同學就會不斷地回到閱讀層面去揣摩人物性格，並在反複的朗讀聲中，達到口語化的目的。如：紅拂女說道：「妾身是楊家拿紅拂的歌女呀！」其中「妾」是從前女子的書面上自稱的謙詞。「說道」就是說的意思，把它改為紅拂女說：「我是楊大人家裡拿紅拂的歌女呀！」又如「李靖就出去沽了一斗酒來。喝了一巡後⋯⋯」可改為「李靖就出去買了一斗酒。喝了一

巡後⋯⋯」比較符合一般人說話的方式，這就是口語化的目的，讓聽故事的人容易進入故事情境裡。至於要如何改成口語化的用詞，就要靠演出的人如何去詮釋。在透過小組的的討論時，可以請同組成員給予意見和建議，並在劇本成形前反複的唸讀，是否達到口語化的目的。

二、敘述者的說明是由角色所分攤

在劇場性的說故事裡，有關描述的部分由敘述者來朗讀，這兒的敘述者就是旁白的意思。敘述者的功能是讓聽者很快的就進入故事的情境，在沒有布景、道具的設備下透過敘述者語詞的描述可以讓人想像故事發生的場景和人物的樣態。再者在敘述說明時更可補充或加強表演者的表情加強欣賞者的印象。如「李靖驚訝地問他是誰」，當敘述者說出李靖驚訝地問的同時，演出者要作出驚訝的表情說：「你是誰？」這樣由敘述者在旁生動具體的描述，會讓在臺下欣賞的人有如身歷其境。至於故事劇場和讀者劇場關於敘述者的部分有那樣的分別？故事劇場中「敘述者的說明是由角色所分攤，也就是劇中人物有時候會以第三者的身分，用旁白或獨白來敘述一些情況。」（張曉華，2007：265）換句話說，就是在故事劇場戲劇演出中，不再另外找一人專門擔任敘述者。為了讓學生更明白這樣的不同，我先播放《送奶奶一頂帽子》故事 CD 讓學生感受、聽出有何不同的地方，並請學生指出在此篇故事 CD 中是由那一個劇中人物扮演敘述者的角色。再發給每位學生〈葛斯塔夫，再試一次〉故事劇場的劇本範例，讓學生有個參考寫作的依據。在〈虯髯客傳〉裡，我們就可以找任一個角色人物擔任敘述者，要注意的是：「在表演時，演員請注意對話、獨

白與敘述部分的區別，務必表現出劇中人的對話部分與向觀眾說明部分的差異性。」（同上，266）

三、啞劇動作

故事劇場比讀者劇場多了啞劇動作。「美國語言藝術教育學家，詹姆士‧摩菲特，以其應用於教學的經驗指出：『由於故事劇場賦予學生自由的選擇，可以讓一組或個人敘述臺詞或對話時，其他的人則作啞劇動作。教師可作多種組合，以使學生自然有效，愉快地分析文章內容，如此，我們常擔心的一些閱讀詞彙，他們反而更能理解與詮釋』。」（張曉華，2007：266）啞劇或稱默劇，它「是不採用語言文字來傳達意念的藝術，是由表演者完全藉著身體的姿態表情傳達出思想、感覺、情緒與故事。默劇是一種形式化的表演必須表現出共通性和共同性的動作特色。」（同上，209）在故事的朗讀中，有些是情境是聲音、表情無法詮釋的，透過想像以肢體動作的表現，可以再現故事的情景。表演者利用他的想像，利用肢體語言表達，可增加臺下欣賞者的觀察、思維、理解和認知的能力。再者由於在演出時，該組同學共同表演出啞劇動作，具有很大的聲勢、深具感染力，讓欣賞的觀眾印象深刻。因為同組成員一塊兒表演啞劇動作時，讓大家都能同時融入故事的情境中，不會因為未輪到他演出時而呆在一旁、不知所措。因此故事劇場在劇本的呈現，就要特別注明啞劇動作。如〈虯髯客傳〉故事劇場劇本：紅拂女：一看握著長髮，另一隻手隱在身後向李靖搖動示意（搖手：啞劇動作），叫他不要發火。這樣清楚標示注明演出的學生才知道何時要表演啞劇動作，其他同學則一同配合演出。「默劇演練的重點不在於肢體動精確度高的技巧表現，而是在想像認知與意念上較廣的傳

現。」（張曉華，2007：209）所以教師對於學生肢體動作的呈現不求精細、準確，只要能明確表現出一般人所能普遍認知的情感、意念和感覺就可以了。

四、劇裝

　　故事劇場中的演員往往須要穿著劇裝。穿著劇裝，可以讓演出的人具有真實感，他彷彿就是所要扮演的人物。當穿著劇裝的演員一出場，就像故事中的人物乘坐時光機來到現場，而在臺下欣賞的歡眾不用靠敘述者的說明、介紹，一眼就可看出所扮演的角色。「有關服裝與造形的裝扮以配合劇情表現上的要求，裝扮的人物、年齡、時代、季節、顏色等必要合適合宜。」（張曉華，2007：414）簡單的說，就是服裝造形的妝扮要符合演出的角色。因為本研究在有限的時間、金錢和能力上，無法取得、借到唐代戲服。但為了符合故事劇場的特徵，我請學生利用美勞課或課餘時間，到資源回收室尋找可用的材料。不一定要製作全套的劇裝，以部分特徵或替代物來代表人物。經由我這樣的提示，學生很快就明白：製作一支紅色拂塵讓演出紅拂女的人手裡拿著出場，這樣臺下的人很容易就明白演員所代表的人物角色。以紅色的紙張剪成鬍鬚的模樣後再黏貼，在演虬髯客演員的臉上，一出場不用敘述者多作解說大家就知道他是誰了。

　　經過一番解說後，學生對故事劇場的表演方式、特點有了深刻的理解。當要學生們運用故事劇場的特點來詮釋時，他們就必須不斷地重回〈虬髯客傳〉裡的讀本去探討研究。然而學生對於〈虬髯客傳〉裡所呈現的情境是很陌生的，這時由教師在旁給予適時指導與提示。更可透過小組「討論時針對人物的身分、性格和情緒等的

特徵提出問題。」（張曉華，2007：279）像紅拂女這樣有智慧、有膽識不尋常的女子，就要學生想像一下她講話時應該用怎樣的口氣和措詞；虬髯客這樣的豪俠他的外表、行為動作該如何來表演？透過這樣的提示，學生才會找到最適切的表達方式，才能創造出符合故事角色的臺詞、對話或語氣。

讀者劇場和故事劇場都是劇場性的說故事活動。而「說故事是一種有助學生想像、組構情節的良好口語活動。它能為聽故事者帶來娛樂與認知，使說故事者善用情感、語音與動作。」（張曉華，2007：254）因此，為了使演出時學生能以「清楚、明亮的口音表達，使聽眾或觀眾很明確的了解其內容，針對學生的發音與咬字可在討論時，練習其適度的音量、聲音的表情、正確的發音……但勿過度地矯飾發音，一切都應以角色或敘述內容的真實情感為依據。」（同上，279）所以在這樣劇場性的說故事活動中，為了不破壞學生學習的樂趣，教師對學生在語音表達上有困難的學生，盡量給予最大的鼓勵，對他不做太多的要求。

「說故事只需要安靜的場所，沒有演員表演的壓力與舞臺技術方面的規範。」（張曉華，2007：254）為了有效掌握時間，我就以本班教室作為表演的場地。當正式演出時，請學生就一位欣賞者的角色，安靜的聆聽。當三組同學表演完後請學生分別填寫故事劇場學習單，並給所有演出的學生正向的積極回饋；也可就演出的情形給一些意見和建議。對於學生的表現，教師不作評比，都以積極正向的態度給予學生肯定、讓學生有信心。最後，由全體同學一同整理、回復場地，完成有意義的學習活動。再根據我設計後測問卷結果、深度訪談中，顯示學生在〈虬髯客傳〉一系列的教學活動中確已達到原先所預設的教學目標（（詳見第七章第二節）。

第三節　唐傳奇舞臺劇化

舞臺劇就是演故事。演故事在劇場化的過程中，是「表演」而不是「口述」。這種表演一般稱為戲劇；而戲劇有人認為它是綜合藝術，不能再受敘事體的制約，這就會使原故事「孳生」出許多故事來。受西化影響，現在所談的戲劇幾乎都指來自西方的戲劇。依據輔助媒介的特徵可區分舞臺劇、廣播劇、電視劇、電影等。（周慶華，2007a：67～69）根據輔助媒介的特徵，戲劇中的廣播劇、電視劇、電影受限於器材和能力在國小教室中是難以進行的方式，只有舞臺劇可以方便操作運用。這在第五章第二節已有說明，本處不再贅述。

「美國人本教育學家布朗曾說：『缺乏感性的教學活動，不會產生知性的學習；缺乏心智活動的教學，也不可能激起學生的感情。』」（林秀兒，2002：80）本研究唐傳奇戲劇化第三個具體作法就是舞臺劇化，舞臺劇化是為了讓學生在這樣教學活動中「透過和作品的互動，理解了作品，體驗了作品，才會建構出自己對作品的詮釋。而且有了自己對作品的整體理解、感動和想像，才會讓書本有活力起來，讓閱讀文學充滿趣味。」（同上，33）有所感動，提高學習興趣而使學習有效果。而唐傳奇傳統「單一文本」的觀念，更可透過戲劇化的演出結合多媒體的創作朝向「多重文本」去馳騁思維，將拉近唐傳奇和學生之間的距離。

當我以舞臺劇的型式來詮釋演出〈杜子春〉時，要先作好課程計畫，以我所任教學校六年級十五位學生為施教對象。設定教學目標，利用四節課的時間實施教學活動，在本班教室進行整個教學活動演出的場所，設計一系列教學活動並編寫教學流程。在實際教學前我必須替學生做前測，了解他們對〈杜子春〉的閱讀理解程

度和舞臺劇的表演型式，作為教學的參考依據；在進行教學時，由教學者帶著布偶站上講臺，以舞動布偶模仿著〈杜子春〉中老人的語調、聲音說：「世人都曉神仙好，惟有功名忘不了。古今將相在何方？荒塚一堆草沒了。世人都曉神仙好，惟有金銀忘不了。終朝只恨聚無多，及到多時眼閉了。世人都曉神仙好，只有嬌妻忘不了。君生日日說恩情，君死又隨人去了。世人都曉神仙好，只有兒孫忘不了。痴心父母古來多，孝順兒孫誰見了。」隨後在黑板張貼這首曹雪芹〈好了歌〉的唱詞。唱出杜子春所遇到的人生難題，引起他們的好奇、想進一步一探究竟的動機，進而引發他們對〈杜子春〉深入閱讀的學習興趣。因為學生閱讀〈杜子春〉的學習動機已在這個戲劇演出中開啟了，所以在接下來的概覽課文他們很快的就能進入狀況。

　　雖然〈唐傳奇〉白話語譯本對現代人而言已比原文容易閱讀，但對國小高年級的學生仍然有許多不明白的地方，所以就請每位學生就〈杜子春〉的讀本中提出一個不懂的語詞來進行討論、解說。「由於『詞』是有意義的、最小單位符號，在講解字義時，從詞入手較容易了解字義。」（羅秋昭，1999：116）所以在語詞教學的這個部分要掌握由詞入字的原則，教有意義的文字，學生才容易吸收了解和應用。因為「『研討生字新詞』最終的目的還是在應用，能應用所學的字詞到生活中。」（何三本，1997：438）為了要使學生能夠留下深刻的印象和體認，使他們能說會用，可採用角色扮演、默劇等戲劇表演的方法來作具象化、立體化的說明和解釋。（同上，438～439）例如，在〈杜子春〉中學生提出「信步」一詞，可讓一、二位學生做出沒有目標的任意走動的行為；並和學生討論人在什麼樣的心理情況下，會做出沒有目標任意走動的行為。經由這樣具象

化立體化生動活潑有趣的解說，可使學生避開死記、重複抄寫枯燥無味的學習活動，學生必然留下深刻記憶。

　　受佛道文化影響〈杜子春〉故事的作者在創作故事中，是從實際生活中構出虛幻的世界，讓杜子春來回擺盪在真真假假的世界裡。當我們跟著杜子春走入虛幻世界中，就能感受到故事情節的畫面和令人緊張喘不過氣來的情節。「閱讀教學的過程是：透過文字→認識文章的內容→從內容去揣摩作者的思想和旨意。認識文章外在的形式，只是讀書的手段，了解課文內在的精神，才是讀書的目的。所以語文教學不但在學會文字的運用，同時學習文章中的知識和精神、觀念。內容深究就是加強這方面的學習」（羅秋昭，1999：131），所以在語詞教學完後便進行到最重要的部分文章深究。我採用腦力激盪法，先由學生針對〈杜子春〉裡提出問題討論，針對學生的問題，倘若有不完整的回答讓教師加以補充說明。再由教師提出預設的問題，以提問和討論的方式，讓學生就〈杜子春〉進行深究。如：「杜子春為什麼會從原本的富家公子變成流浪街頭無家可歸的人？」「杜子春在老人三次金錢資助時是怎樣的心情？」「杜子春在協助老人煉丹的最後關頭為什麼會失敗？」等等。讓學生對〈杜子春〉的內容產生反應進而掌握故事情節裡所要傳達的意涵。提出問題的方法有很多種，但為了培養學生思維的能力，我不會問學生只能回答「是不是？」「好不好？」「對不對？」等封閉性的問題。我將進一步在〈杜子春〉裡找出情節空白、矛盾或者有疑點的地方，擴大學生學習的範圍，探索〈杜子春〉以外的知識：氣化觀型文化中——神秘文本的詮釋，突破知識記憶的水準，提升到認知和思考較高的層次，讓學生去討論、思考。如：「老人為什麼會選擇杜子春作為資助的對象？」「當杜子春三次落破潦倒後，又突然擁有大量的錢財時，他的家人、朋友怎麼都不會懷疑他的錢從何處來？」

「老人為什麼要杜子春協助煉丹？」等等。由學生討論，請學生回答，倘若沒有回答出完整的答案，則由教師加以補充。有關情意擴展的部分，可以由淺顯的地方著手，如：「你是否有害怕、恐懼的經驗？」「你如何克服害怕、恐懼的心理？」「杜子春在協助煉丹的過程中遇到哪些可怕的情景？他如何克服？」等等。

「文學即探索，閱讀作品最可貴之處，乃在發掘個人未曾察覺的經驗，或已意識到卻無法具體說出的感受。」而「不要把文學作品僅當作思考訓練的手段，而忽略了它引起共鳴的情趣感受，因為這部分對社會價值的內化，扮演很重要的角色。」（吳英長，1989）所以當學生透過這樣深刻的內容討論，並充分發表自己的經驗和想法後，我以舞臺劇的型式要學生把〈杜子春〉故事表演出來，就是要學生能從中體會與感受。要指導學生以舞臺劇的型式表演時，先由我講解舞臺劇的作法。就學生的經驗來說，他們都有參加過或看過舞臺劇演出的經驗。也經由讀者劇場、故事劇場的演出中學到聲音詮釋的技巧和肢體動作的運用。所不同的是在舞臺劇在劇本呈現時就不會出現像敘述者這樣的角色在旁說故事。「戲劇是將文學作品搬到舞臺上，將劇情靠人物動作扮演給觀眾看的，這時主要語言形式是行為動作，所以行為動作，是舞臺語言的主要表徵，聲音語言（音樂及說話）成為配合動作行為的陪襯。」（何三本，1997：400）因此行為動作在舞臺劇演出時是非常重要的。有關如何進行編劇的創作性戲劇活動，在前面教師已和學生就〈杜子春〉的內容深入討論過，接著指導學生分三小組計畫討論，以即興創作方式，直接表演。表演一個場景之後，再撰寫其對話與動作內容。在「一般劇本中有劇名、幕（場）、時間、布景（地點）、人物對話及情況敘述等項目。」（張曉華，2007：355）劇本的上面還要要註記動作要點的敘述，這包括在表演時演出者「說話的方式、語氣、表情、

姿態、動作、小道具之應用以及其他角色相對應的配合動作或反應等要項。」（同上，412）如〈杜子春〉中開場時杜子春走進舞臺中間，是要邊走邊嘆氣？還是直接坐著或站著嘆氣？老人要在什麼時機走進來？在什麼時間接詞、問話？老人和杜子春臉部的表情，要如何適切的呈現。老人走路的動作和杜子春飢寒交迫時肢體動作的表現。老人是否使用拐杖等小道具〔「小道具的安排與使用可讓演員的表演更切合環境、人物特質、情況等需要，並且還有象徵與強調的作用。」（同上，413）〕除了主要角色在說話時有肢體動作和臉部表情的表演，同時間在舞臺上其他的演員的也要作適切的反應。關於音樂和音效的使用時機、音量大小都能增加戲劇演出的張力。這些都要註記在臺詞旁以利演出。

「演故事終究是要在舞臺上實踐的；它的所有組成成分以及該成分的性質，都得接受舞臺和觀眾的考驗，於是而有結構的問題。這種結構，無非是要達到最高的戲劇效果；而這可能因不同的考慮而有不同的結構方式。」（周慶華，2007：70）關於「舞臺的型式與表演區位的特性是依觀眾與表演區的關係所形成的，大致可歸納為四類：其型式為觀眾從一個方向觀賞的鏡框式舞臺；觀眾設於三個方向的伸展舞臺；觀眾席環繞在舞臺四週的環形劇場及視情境調整與舞臺關係的彈性舞臺，如工型舞臺或 L 型舞臺。」（張曉華，2007：407）在這次的舞臺我們採用伸展示舞臺類型來表演。當學生走上舞臺，所有目光都會聚集在表演者的身上，這就是展示學生膽識和表演才華的機會。正如徐守濤所說的：「戲劇是最自然的語言和膽識訓練，站在臺上說話，不是每個人都能應付裕如的，但在戲劇教育中，演出者必須站出來，在眾人面前表演、說話，無形中，它就是一種訓練，一種機會，讓兒童走上舞臺。在舞臺上，說話需要膽量、智慧，更需要條理、技巧。」（引自何三本，1997：133）

　　當學生在進行舞臺劇演出分組時，我讓學生自行尋找友伴分組，每一組五人，並依班上男女人數，限制每組女生的人數為 2 到 3 人，避免變成男女分組的情況。讓每組成員參與演出的機會都均等。至於製作有關舞臺劇演出時所需要的物品，如剪刀、紙張、顏料……等等，都儘量提供學生使用。關於杜子春、華山雲臺峰、神道、惡鬼、猛獸……要如何做造形，都由學生自己動手設計。以正面支持的話語鼓勵學生創作。「任何戲劇，必須都是人生或歷史事件的濃縮。」（同上，400）再加上學生上課的時間有限，演出時間必須縮短，限定每組演出的時間是八分鐘。所以要把〈杜子春〉故事的精華加以濃縮擇要演出，才能在規定的時間內完成。透過我們這樣舞臺劇的演出方式，可使學生體會學習從〈杜子春〉單一文本進行「二度的轉換」的過程。也就是在「輸出輸入的過程中，在生活中，學習閱讀，在體驗中，探索自己，覺察別人，觀照大自然。涵養身、心、靈，養成閱讀習慣，奠定終身自主學習基礎。」（林秀兒，2002：27）

　　當學生在舞臺上演出時，其他同學必須在臺下安靜觀看。在欣賞完各組同學演出之後，請學生填寫〈杜子春〉舞臺劇學習單，針對同學的表演提出肯定正向的心得分享。並請同學發表〈杜子春〉舞臺劇化演出的心得和想法。最後，由教師進行結論。「結論是創作性戲劇活動的最後部分，是對戲劇活動過程作回憶、分享、回饋與意見的綜合，讓參與者能對整個活動有綜合性的認知、理解和肯定……原則上，在作結論的時候，是不需要再作延伸性的討論，教師或領導者只要適時作簡短的回應就可以了。」（張曉華，2008：85～86）對於學生在舞臺劇整個活動中，教師都以正面肯定的話語和態度來回應鼓勵學生的表演。至於缺點的部分，教師不宜用批評性的用語來評論個人的好或壞，應以團體的表現為目標，進而以如

何做會更做得更好的具體可行建議提供給學生參考。學生在這樣溫馨、肯定的結論中，對於整個舞臺劇的活動型式將充滿愉悅的學習心情進而期待下一次演出的機會。最後由全體學生一起動手整理回復、場地。在這四節一系列的設計教學活動裡，學生學習〈杜子春〉的效果會呈現在後測的問卷中和深度訪談裡（詳見第七章第三節）。

第四節　唐傳奇相聲劇化

　　教學是一門藝術，雖然戲劇在教學上有很大的效果，這在前面的章節都已有說明，但倘若是老用同一種戲劇模式去進行，用久了也會失去新鮮、趣味感而減少教學成效。所以在使用簡單容易實施的讀者劇場、故事劇場及生動活潑有效果的舞臺劇後，這一節我將採用符合學生喜歡有趣、好笑的相聲劇的型式來詮釋唐傳奇，並以〈東城老父傳〉為例。

　　當要以相聲劇的型式來詮釋〈東城老父傳〉前，學生必須先要閱讀並對它有一定程度的了解。因為〈東城老父傳〉這類的小說具有趣味性，故事的情節有變化，容易引起學生好奇心，進而激起他們閱讀此篇的慾望。在引起學生學習的興趣前，我先請班上學生阿呈就他所看到過的鬥雞比賽的經驗加以描述分享。當阿呈描述鬥雞前主人要先替雞隻洗澡、吃藥、灌水等準備事項，學生們就聽得津津有味感到很有興趣，有看過這類比賽的學生也會主動加以附和，描述兩雞相鬥那種激烈打鬥的情景栩栩如生。這種兩雞相鬥爭風吃醋的情形在鄉下農村生活中是很常見的，因此講到觀看鬥雞的經驗是很容易引起他們共鳴的。當他們對有關鬥雞的事情充滿

興趣、說得興趣盎然時，接著告訴他們大約一千五百年前一個關於鬥雞的故事——〈東城老父傳〉，並對這篇故事進行簡單的講述。然後請全體同學開始閱讀〈東城老父傳〉。那麼要如何閱讀小說？有兩種破除閱讀障礙的方法：「一是『綱張目舉』的方法，就是把小說中的人物用一個圖表顯示出來，閱讀的時候可以很快的知道他們之間的關係，對於故事了解可以更快一些……一是『追問思考』的方法，也就一邊讀，一邊思考，一邊提出疑問，例如：他們為什麼會這樣？為什麼會造成這種結局？這樣的行為合理嗎？……這樣的閱讀方法，可以很快明白小說中的內容，也可以提起閱讀小說的興趣。」（羅秋昭，1999：177）應用上述兩種方法來閱讀〈東城老父傳〉後，學生大致能了解這個故事的來龍去脈。當學生閱讀完後，我根據這篇故事的內容提出問題，以問答的方式引導學生說出文章大意。

接著在第二節課採取腦力激盪法，同樣將學生分為三組，每組討論三分鐘後，由各組推派一位同學上臺說明小組討論出來的大意，以兩分鐘為限，各組報告完畢後再由教師綜合學生的意見補充學生未提到的部分並給予回饋。關於語詞教學的部分由師生共選新詞，請小組同學彼此討論並將概覽文章時所圈出的新詞作一整理，請每一位同學提出一個，倘若有重要的新詞未選出時，則由教師提出與學生分享、認識。當詞選出後進一步要解釋詞意，根據師生提出的新詞，請各人根據所提的新詞，利用字詞典查出它的詞意，並用口語的方式把它說出來，倘若有未盡之處，則由教師加以補充說明。經過前面兩節課的研究後，對於〈東城老父傳〉學生已有了基本的了解。為了更進一步的認識、了解它，我採用腦力激盪法進行內容深究：先由學生針對〈東城老父傳〉裡提出問題討論，針對學生的問題，倘若有不完整的回答再由教師加以補充說明。接著由教

師提出預設的問題，由學生討論，請學生回答，倘若沒有回答出完整的答案，則由教師再加以補充。經由這樣的內容深究後，當學生能以自己的話敘述文章的內容時，表示他們對於這篇文章已經有所了解。接下要讓學生更深刻體會〈東城老父傳〉裡的思想、情感和唐人的生活樣態，便以相聲劇的型式來詮釋演出〈東城老父傳〉。至於為何以相聲劇的型式來詮釋演出，在第五章第三節已有說明，這裡就不再多加敘述說明了。為了引起他們對相聲劇主動學習的興趣與表演的慾望，最有效果的方法就是直接到現場觀看，然而這種觀看現場演出的經驗對於鄉下學生來說是有困難的。所以我尋找相聲劇的影音出版品作為輔助工作，播放《相聲瓦舍──笑神來了》給學生看，引起他們對相聲劇表演的喜好。接著我以講述法大致講述關於相聲劇的基本常識和具體作法。

　　所謂相聲劇就是從相聲戲劇化衍生出帶表演性質的相聲劇，「這是臺灣劇場的新品種」。(馮翊剛等，1998：3)相聲是在「特定的文化背景下所產生的口語滑稽之基礎上所形成的一種具有個人伎藝的性質的獨立的表演樣式。」(葉怡均，2007：11)相聲藝術的基本特點就是「說和笑的特點，構成了相聲藝術的基本輪廓，因此而具有喜劇風格的語言藝術。『說』奠定了相聲藝術的表現方式，從而別於戲劇的角色扮演；『笑』奠定了相聲藝術的精神，不論多麼污黑、矛盾，盡在笑聲諷刺中。」(何三本，1997：213)關於相聲的四門工夫──「說」、「學」、「逗」、「唱」，學者進一步解說，所謂「『說』是指說笑話、故事、燈謎、酒令、繞口令、貫口，練習語言節奏，矯正發音和部分的發音方法。『學』是指學人語、鳥語、市聲，舉凡天上飛的，地上跑的，水中游的，都要模擬得微妙微肖的。『逗』是指插科打諢，抓哏逗趣，通過你來我往，舌劍唇槍，似是而非的錯誤邏輯，抖落揭發天下的瘡疤。『唱』是指唱

太平歌詞，戲曲小調，練習演唱技巧。這四種，不能單獨存在，必須混合表現。」（同上，213〜214）

對於相聲和相聲劇的分別，葉怡均作了區分的標準：「（一）相聲以語言帶動表演、戲劇用事件堆砌出高潮。（二）相聲演員以本人面對觀眾、戲劇演員以劇中的角色出現。（三）相聲裡，演員與觀眾是共時空的，而戲劇則往往將場景設定在特定的時空。（四）一段相聲裡，演員不用換妝就可靈活地穿梭於不同的人物之間；但是一齣戲裡，即使飾演同一個人物，都可能會因應情節而改變造型。（五）在表演型態上，相聲結構簡單、元素很少、規模小、靠演員都可完成；戲劇結構複雜、運用的元素多、規模大、必須結合不同的專業來完成。」（葉怡均，2007：41〜43）對於相聲劇，馮翊剛進一步提出他的看法，他認為相聲劇必須有明確的「戲劇動作」（action）。也就是說，相聲劇都具備動作的要件，它具有喜劇、相聲形式、演故事、演員扮演角色及保留高度自覺、明確的時空觀和核心議題等特色，採集體即興創作的方式來完成作品的。（馮翊剛等，1998：17〜19）這種「集體即興創作」的方式讓全體成員都可參加，可使每個學生因為有了參與演出的機會提高了學習意願。相聲劇它是以喜劇的形式為表達方式，符合學生喜歡搞笑的天性，能吸引學生學習的興趣。相聲劇是以演故事型態出現，因此學生必須扮演故事裡的角色，他就需要設法去理解故事情節、詮釋故事中人物的情感、想法，就會增加學生閱讀理解的能力。再加上相聲劇可採即興創作的方式，無形中就會培養學生創意的能力。「天生有創意的人並不多，多半靠鍛鍊，它養成一種思考模式，總是在追求一般人雖然想不到卻可以理解的角度，和『情理之內，意料之外』的創意異曲同工。」（葉怡均，2007：62）在這樣創作的過程中學生就必須不斷動腦思考、這會激發學生創意和想像力，再加上是「即

興」也就是在短時間內須完成，這會讓學生的反應變得更快、更敏銳。透過這樣的解說，學生對相聲和相聲劇的型式有了基本了解。

　　「相聲是逗人笑的，演員本身的狀態得是鬆弛的。」（葉怡均，2007：68）學生在前面一連串上臺戲劇演出的經驗中，對於上臺已不再緊張、害怕，甚至喜歡表演把上臺當作一種享受。當學生自己盼望、願意主動去完成，這樣學習不但會進步神速，並且會把它當作一種享受而樂於演出。當學生已有很高的意願要以相聲劇型式來詮釋時，要先掌握相聲劇也須具備相聲語言應有的條件：「通俗易懂；明快動聽；形象具體；生動活潑；用詞廣泛；豐富多彩。」（何三本，1997：220）接著要進行演出前要有段子作為演出的依據。有關段子的來源：（一）現成的段子，包含：傳統相聲的本子，這沒有版權問題。時人近作，這就有版權問題，倘若要參加比賽或公開演出，則需要徵得創作的同意。（二）改編與創作。（葉怡均，2007：82～84）本研究是以相聲劇的型式來詮釋〈東城老父傳〉，因此就段子的部分，就不可能有現成的可用，必須由學生自己加以改編、創作。「相聲是用詼諧、幽默的語言，通過說、學、逗、唱、抖而使人發笑的一種曲藝形式。相聲是以對話（包括敘述、評論、介紹、爭辯、模擬）的形式，抖的手段，來表現一定的主題。」（何三本，1997：220）由此可知，從相聲戲劇化衍生出帶表演性質的相聲劇，除了像相聲一樣以詼諧、幽默的語言來吸引、打動聽眾，逗樂聽眾外，更可用肢體動作表演的方式引人發笑。因此有關段子改編、創作的原則可參考相聲的技巧，還要加上表演時的肢體動作、表情，這些都是可引人發笑的效果。

　　相聲劇是喜劇的以相聲形式由演員扮演角色來演故事，它和相聲一樣是「以笑為武器來揭露矛盾，塑造人物，評價生活的。」（何三本，1997：213）所以沒有笑，相聲劇也就不成立了。因此相聲

劇段子的編寫、創作是很重要的。而它又和相聲段子的寫作有相同的要點。相聲編寫手法的要點就是「必須把許多不協調的矛盾集中起來，組織在一起，通過對比、誇張及反覆強調，才能達成相聲的目的。」（同上，220）這些技巧，包括：（一）三番四抖。（二）先褒後貶。（三）性格語言。（四）違反常規。（五）陰錯陽差。（六）故弄玄虛。（七）詞意錯覺。（八）荒誕誇張。（九）自相矛盾。（十）機智巧辯。（十一）邏輯錯亂。（十二）顛倒岔說。（十三）運用諧音。（十四）吹捧奉承。（十五）誤會曲解。（十六）亂用詞語。（十七）引申發揮。（十八）強詞奪理。（十九）歪講歪唱。（二十）用俏皮話。（二十一）借助形聲。（二十二）有意自嘲。共二十二種（同上，221～248）這些技巧可以提供學生在創作、改寫的相聲劇參考。

當學生了解相聲劇的具體作法和段子的寫作要點後，就由教師指定演出賈昌因善於養雞、鬥雞，深得玄宗寵幸的段落，指導學生根據該段裡的人物進行角色分配並加以討論。並讓學生將該段略改為段子形式後，個人再針對所扮演的角色進行人物揣摩。至於有關製作上臺演出時所需要布置、道具的物品，如剪刀、紙張、顏料……等等，都儘量提供學生使用。關於賈昌、雞、玄宗……要如何做造形，都由學生自己動手設計。以正面支持的話語鼓勵學生創作。除此之外，教師要提醒學生相聲劇在表演故事時，更要掌握相聲「說」、「學」、「逗」、「唱」的四門因素。

接下來進行的就是好戲開鑼，由學生粉墨登場上臺演出了，每組上臺的時間，以五分鐘為限。孩子是喜歡笑的，只要一點點的事情就能逗得他們發笑。而他們也非常喜歡觀看同儕的演出，在臺上演出的同學看到臺下同學因為他們的表演而開心的哈哈大笑是非常有成就感的。在觀看的同時也要填寫〈東城老父傳〉相聲劇化的學習單並給所有演出的同學正向的積極回饋，也可就演出的情形給

一些意見和建議。對於學生的表現教師不做評比，都以積極正向的
態度給予學生肯定、讓學生有信心。所有的學習都是在輕鬆、愉快
的環境中進行。最後，由全體同學一同整理、復原場地，完成有意
義的學習活動。再根據我設計後測問卷結果、深度訪談中，顯示學
生在〈東城老父傳〉一系列的教學中確已達到原先所預設的教學目
標（詳見第七章第四節）。

第七章　相關教學活動設計舉隅及其驗證

　　本研究採取理論建構的模式,在本章中我將運用質性研究方法處理唐傳奇讀者劇場化、唐傳奇故事劇場化、唐傳奇舞臺劇化、唐傳奇相聲劇化相關教學活動,根據所蒐集到的觀察日誌、訪談錄音、錄影帶、前後測回饋單等資料轉化為文本形式;我透過資料的轉譯進行分析。在研究過程中,我要不斷和資料對話,也讓資料和理論產生對話;使龐雜的資料,透過交互對照運用、歸類和比較形成理論建構。

　　質性研究涉及在運用時信度和效度問題。(周慶華,2004b:205)有關信度在質性方法它隱含有內在信度和外在信度等雙重意涵:「所謂外在信度,是指研究者在研究過程中如何透過對研究者地位的澄清、報導人的選擇、社會情境的分析、概念和前題的澄清及確認、蒐集和分析資料方法的改進等作妥善的處理,以提高研究的信度;而所謂內在信度,指研究者在研究過程中運用多位觀察員對同一現象或行為進行觀察,然後再從觀察結果的一致程度來說明研究值得信賴的程度(而這些可以綜合透過三角交叉檢查法、參與者的查核、豐富的描述、留下稽核的紀錄和實施反省來「確保」它的可行性)。(高敬文,1999:85〜92)有關效度它也隱含有內在效度和外在效度等雙重意涵:所謂內在效度是指質性研究者在研究過程中所蒐集到的資料的真實程度以及研究者者真正觀察到所希望觀察的;而所謂外在效度,則是指研究者可以有效的描述研究對象所表達的感受

　　和經驗，並轉譯成文本資料，然後經由厚實描述和詮釋的過程，將被研究對象的感受和經驗透過文字、圖表和意義的交互運用過程予以再現。（胡幼慧，1996：142～147；潘淑滿，2004：92～97）

　　三角交叉檢查法也稱三角測量，所使用的測量方法，不一定是三種，而是指超過一種以上的測量方法。「三角交叉對照策略乃是透過綜合多個不同來源的資料，以確定一個定位點的作法。不同來源的資料可以用來相互參照、補充、闡明研究當中有問題的部分，藉由多種蒐集資料的方法，強化該研究參考的價值。」（引自江芷玲，2008：59）

　　凡是質性研究都需要經過信實度檢核、三角檢測；信實度檢核在研究利用普遍性的施測，以心得感想、前後測來比較閱讀唐傳奇前後的差異，以個案和隨機的方式進行訪談和觀察來取得可靠性和可信度。本次研究是以研究者任教學校六年級 15 位同學為研究對象，至於訪談對象以該班學業成績低、中、高各取一位進行個案訪談，對於觀察、訪問、施測都要錄音，擇要放在檔案裡；每做一次都要作記錄、編碼和計算。為了保護研究對象的隱私和避免受訪者不必要的困擾，本研究關於研究場域或研究對象都以編號或化名的方式呈現。為了檢驗整個教學活動是否有成效，必須保持空間、時間、教材、學生和同一種戲劇化的方式等五種保持不變的變數。至於控制變數，有三種模式：（一）每一組同一情節；（二）每一組不同情節；（三）教師不選，開放給學生自由選擇。本班為六年級學生，有八位女生，七位男生，共十五位學生參與本次的教學活動。

　　有關資料蒐集的方法，質性研究常以深度訪談法、參與觀察法和文獻探討法來做資料蒐集的工作。

一、深度訪談法

Neuman 指出：「質性研究是一種避免數字、重視社會事實的詮釋，最具代表性的質性研究方法就是深度訪談。」（引自潘淑滿，2003：15）學者進一步將它分為結構式訪談、無結構式訪談和半結構式訪談三種。其中半結構式訪談因訪談者可以根據實際狀況，對訪談問題適時作彈性調整，使得受訪者在訪談過程中受到的限制較少，對於研究者想要深入了解個人生活經驗或者將訪談的資料予以進行比較，這種半結構式訪談是比較適合運用的。（同上，140～145）本研究進行深度訪談前，都會先設計訪談大綱然後對受訪者進行提問。

二、參與觀察法

參與觀察法強調研究者必須融入研究的情境中，經由密切的互動關係，了解被研究者的生活經驗和生活情境，進而了解被研究現象、行動及事件的意義，並透過厚實的描述過程，將研究現象再現。參與觀察的步驟是從開放到集中，並在觀察過程中研究者必須思考如何與被觀摘產生互動關係，如何選擇觀察內容。參與觀察法的最大限制就是被觀摘行為表現，往往會受到觀摘的出現而受到影響；再者觀摘只能從被觀摘的外在行為了解被觀摘無法去了解被觀摘的內心世界。（潘淑滿，2003：270～294）在本研究中，研究者除了訪談，更是研究的教學者同時也是參與觀察者。

三、文獻探討法

　　關於唐傳奇不管是就特定的題材、文體、創作手法或就一篇文本來討論的研究是不勝枚舉。但缺乏唐傳奇在閱讀教學上應用的文獻資料。本研究試著以唐傳奇為文本，應用戲劇化的模式，建構出唐傳奇戲劇化在閱讀教學上的應用理論模式。

第一節　唐傳奇讀者劇場化教學活動設計舉隅及其驗證

　　在傳統氣化觀型文化下建構相關知識，都相信宇宙萬物是自然氣化而成的；而精氣化身成人後，由於大家糾結在一起，必須分親疏遠近才能過有秩序的生活。（周慶華，2007b：177～184）這樣的傳統表現在集體生活上就是家族制度的建立，個人的一舉一動都會受到族人的牽制。「飲食男女，人之大欲存焉」（孔穎達，1982：431）、「食色，性也」（孫奭，1982：193），說的是愛欲是人與生俱來的本能；但「在氣化觀型傳統文化中，由於『聚居』的關係，情愛存活的機率幾乎等於零。」（周慶華，2007b：200）因此，在這樣的生活情況下，男女要自由戀愛是不可能的。在愛情的追求上，就容易屈服於家族而棄守愛情，愛情的自主性是相當低的。雖然唐代的風氣已較為開放、自由，但還是和「創造觀型文化傳統的人因為『分居』（以個人作為社會結構的基本單位）可以大辣辣的『談情說愛』（不受他人干擾或牽制）」（同上，206）有所差距。在這樣的傳統

影響下，使得到現在生活在氣化觀型文化傳統下的我們對情感表達仍然是「愛在心裡口難開」含蓄而內斂。透過閱讀〈鶯鶯傳〉指導學生從中國傳統婚姻的結構中了解氣化觀型文化的倫理規範、認識中國人的思想、行為和唐代社會文化的面貌。在閱讀中獲得閱讀的興趣進而強化閱讀理解的能力。為了達到這樣的目的，就必須設計有效的教學活動；至於〈鶯鶯傳〉為何結合讀者劇場方式來闡釋的原因，在第五章第三節已有說明，此處不再贅述。有關本次的教學活動設計如下：

教學單元	唐傳奇〈鶯鶯傳〉	教學者設計者	廖五梅
教學方式	讀者劇場	教學班級	六年甲班
教學日期	98.04.17～98.04.25	教學人數	15 人
		教學時間	共四節（160 分鐘）
設計理念	1.設計活潑生動的教學方式，讓學生藉著演出的方式強化閱讀理解。 2.利用小組討論，增加學生間的互動，激發學生的創意及表達與溝通的能力，增加閱讀成效。 3.透過實際的演出了解讀者劇場的表演方式，並在演出與欣賞中享受閱讀的樂趣。		
教學目標	1.能回答教師提出的問題，並清楚說出自己的想法。 2.能了解我國傳統氣化觀型文化中倫理規範－婚姻的決定深受家族的影響。 3.能利用聲音進行角色扮演。 4.能學習文本中美的經驗、美的感情或美的價值。 5.能了解中國文學優美的美感。 6.能透過演出學習到說話的語氣和臉部、肢體的動作表情。 7.能學習和其他同學互助合作的精神。 8.能培養上臺表演的能力。 9.能專心聆聽臺上表演者的表演。		

準備教材	〈鶯鶯傳〉白話文章、情歌歌詞、CD、電腦、投影機、閱讀小博士學習單、前測問卷、後測問卷、學習單、蒐集〈鶯鶯傳〉的文學資料、婚姻的六禮儀式資料、空白紙條。

表 7-1-1 〈鶯鶯傳〉讀者劇場教學活動設計

教學活動內容	時間	分段能力指標	十大基本能力	評量方式
一、準備活動 （一）教師 　1.上課前一堂課發下〈鶯鶯傳〉白話文章、前測問卷、婚姻的六禮儀式資料，請學生先預習。 　2.分組，全班分為三組，以利討論和表演，並負擔不同任務。 （二）學生 　1.填寫前測問卷。 　2.課前預習：預習文章，並從文章中找出不熟悉的語詞，並請學生試著摘取大意。				
二、發展活動 （一）引起動機 　　播放楊丞琳情歌——帶我走，並展示〈帶我走〉歌詞。 活動一：教師提問 　1.楊丞琳這首歌——帶我走，你們覺得這是一首軍歌？情歌？兒歌？ 　　S：情歌 　2.你們如何知道這是一首情歌？ 　　S：從歌詞來看，裡面有談到愛，不是父母對子女的愛，而是男女之間的愛。	5	c-2-2-2-2 能針對問題，提出自己的意見或看法。	四、表達溝通與分享。	能回答教師的問題。

S：從旋律來看，聽起來很優美。 S：軍歌聽起來是雄壯威武的，很有精神的。 S：兒歌是很快樂的、熱鬧的。 3.請問你們從小到現在是否曾經有喜歡的人？ S：有。 S：沒有。 S：不知道。 4.很好，有的人很坦白的表達喜歡過很多人，有的人比較不好意思不敢表示，還有的人到目前為止還未遇到喜歡的人。不過，不管你是否已有喜歡的人，如果你現在遇到喜歡的人你會如何做？ S：放在心理或寫在心情日記裡，不讓別人知道（她）。 S：寫紙條告訴（她）。 S：告訴我的好朋友，請好朋友代為轉達。			
活動二： 1.指派任務：發下空白紙，寫下當你有喜歡的人你要如何約他（她）見面，可以不具名。 2.心得分享： 　T：請志願者上臺分享，倘若沒有志願的同學，請兩位同學上臺唸同學們所寫的內容。 　S：明天下午在校門口見，不	10	F2-3-4-3 能配合學校活動，練習寫作應用文。	四、表達溝通與分享。	每個人都能在紙條上表達自己的想法。 知道便條的使用方式及用法。

見不散。 S：某某你好，明天下午在校門口見，某某留。 T：同學都能清楚表達約人見面的意思，教師這兒也有一個約人的字條，你們能從中的看出所要表達的意思嗎？〈明月三五夜〉：「待月西廂下，迎風戶半開。拂牆花影動，疑是玉人來。」 S：等到月亮升起的時侯，有風吹來就是玉人來了。 S：在西廂房等待月亮升起，有風吹來門半開著，恐怕是玉人來了。 S：在月圓的晚上當月亮升起時，在西廂房下等待，門半開著讓風吹進，牆上的花影搖動時，恐怕就是玉人來了。 T：同學們的解說都很貼切，而這張紙條就是〈鶯鶯傳〉裡鶯鶯約張生見面的紙條，至於鶯鶯為什麼要給張生這張紙條？她約張生見面的用意是什麼？要進一步了解，我們就得從〈鶯鶯傳〉的文本來探究，從文本中進一步了解故事的來龍去脈。				
（二）概覽文本 　　請學生默讀〈鶯鶯傳〉文章，並掌握文章大意。	15	C-2-2-4-5 能 說 出 一 段	十、獨立思考與 解決問題。	能安靜讀的完 文章。

	話 或 一 篇 短 文的要點。 E-2-10-10-1 能思考並體會 文章中解決問 題的過程。		
【講述大意】 活動三：講述法 　教師講解〈鶯鶯傳〉故事的大概 情節和背景。 【教師提問】 　以問答的方式引導學生說出〈鶯 鶯傳〉文章大意。 　1.張生和鶯鶯認識的原因？ 　　S：張生寄住普救寺巧遇崔氏 　　　　母女。 　　S：張生將崔氏母女從兵禍中 　　　　解救出來。 　　S：崔母視張生為再造恩人， 　　　　設宴感謝，使鶯鶯和張生 　　　　見面。 　2.張生和鶯鶯靠什麼來傳達彼此 　　的情意？ 　　S：張生先請紅娘代為轉述他 　　　　對紅娘的情意。 　　S：靠紅娘代為傳送關於愛情 　　　　的詩文、短信。 　3.張生為何離開鶯鶯？ 　　S：張生打算到長安。 　　S：張生要參加科舉考試。 　　S：張生考試失敗。 　4.張生和鶯鶯兩人最後的結局？ 　　S：張生變心拋棄鶯鶯。 　　S：張生移情別戀，另娶他人。 　　S：鶯鶯嫁給其他人。 　　S：兩人從此不再見面、往來。 　　S：兩人戀情化為一場悲劇。			能正確的回答 問題。

T：總結學生的答案： 　　各位同學都說得很好，讀書人張生在普救寺救了鶯鶯一家人，因而有機會和鶯鶯認識並靠著紅娘從中傳達書信，使兩人得有機會進一步交往。但最後張生赴京參加科考失敗，因相隔兩地情感生變拋棄了鶯鶯，另娶他人，兩人戀情化為一場悲劇。	10	B-2-2-7-8 能簡要歸納聆聽的內容。 C-2-2-4-5 能說出一段話或一篇短文的要點。	七、規畫、組織與實踐。	能說出文章的大意。
──── 第一節結束 ────				
【指導學生試說大意】 活動一：腦力激盪法 　　將學生分為三組，每組討論三分鐘後，由各組推派一位同學上臺說明小組討論出來的大意，以兩分鐘為限，各組報告完畢後再由教師綜合學生的意見補充學生未提到的部分，並給予回饋。	10	D-2-2-3-1 能查字詞典，並利用字詞典，分辨字義。	四、表達、溝通與分享。	能說出概覽課文時所選的新詞。
活動二：講述法 【教師歸納文本大意】 　　〈鶯鶯傳〉在描寫青年書生張生在普救寺巧遇名門閨秀，兩人一見鍾情，並靠紅娘在兩人之間穿針引線使得兩人產生愛情，並私訂終身。但最後張生卻拋棄了鶯鶯，另娶他人，使兩人的戀情化為一	5			能說出欲查的新詞解釋。

場悲劇。 【語詞教學】 　1.師生共選新詞： 　　　各組討論並將概覽文章時 　　所圈出的新詞作一整理，請每 　　一位同學提出一個，倘若有重 　　要的新詞未選出時，則由教師 　　提出與學生分享、認識。 　2.解釋詞意： 　　　根據師生提出的新詞，請 　　各人根據所提的新詞，利用字 　　詞典查出它的詞意，並用口語 　　的方式把它說出來，倘若有未 　　盡之處，則由教師加以補充。 ──── 第二節結束 ──── （三）文章深究 【內容深究】 活動一：腦力激盪法 　1.先由學生針對〈鶯鶯傳〉裡提 　　出問題討論，針對學生的問 　　題，倘若有不完整的回答再由 　　教師加以補充說明。 　2.由教師提出預設的問題，由學 　　生討論，請學生回答，倘若沒 　　有回答出完整的答案，則由教 　　師再加以補充。 　│在〈鶯鶯傳〉出現了哪些人 　　物？ 　　Ｓ：張生、崔婦、鶯鶯、紅	10 15 5 15	E2-10-10-1 能思考並體會 文章中解決問 題的過程。 C2-4-9-1 能抓住重點 說話。	一、了解自我與 　　發展潛能。 四、表達、溝 　　通與分享	能正確回答 問題。

娘 S：杜確、楊巨源、元稹、 　　李公垂。 II 為什麼鶯鶯的母親叫她出來 　見救命恩人張生，鶯鶯稱病 　不出來，還被母親罵？ 　S：鶯鶯不好意思出來見生 　　人。 　S：避嫌。 III 婢女紅娘為何聽到張生請求 　她代為轉述給鶯鶯的心情告 　白，而驚恐失色？ 　S：張生的心情告白太露 　　骨。 　S：紅娘雖是婢女，但也是 　　個年輕女孩，在聽到張 　　生的言詞難免感到難為 　　情。 　S：古代男女少有接觸交往 　　的機會，紅娘在聽到張 　　生吐露愛慕之意，認為 　　這是不正當的言詞。 IV 古代男女沒有公開交往的機 　會，那他們如何成就婚姻大 　事？ 　S：家長作主。 　S：媒妁之言。 　S：報恩。 V 古代婚姻的成立須經過那六 　個繁瑣步驟，確保婚姻的合 　法性。 　S：納采、問名。 　S：納吉、納徵。	C2-1-1-1 在討論問題或 交換意見時， 能清楚說出自 己的意思。	四、表達、溝通 　　與分享。 四、表達、溝通 　　與分享。	能體會故事人 物的情感。

S：請親、親迎。		A-2-2-2-1		
VI從哪些地方可以看出傳統女性在情感追求上的弱勢？		能了解注音符號中語調的變化，並應用於朗讀文學作品。		
S：鶯鶯自認為接受張生的追求而後被拋棄也是應該的。				
S：勇於追求愛情，但又受到傳統思想的影響認為自薦之羞。	10	B-2-2-4-5 能在聆聽的過程中感受說話者的情緒。		
【情意擴展】		c-2-2-2-2		
1. 你覺得鶯鶯是一個怎樣的女孩？		能針對問題，提出自己的意見或看法。	七、規畫、組織與實踐。	明白讀者劇場的說故事方式。
S：容貌美麗又有才華的女孩。				
S：純情善良、渴望愛情的少女。		F2-10-2-1 能在寫作中，發揮豐富的想像力。	二、欣賞、表現與創新。	
S：生活單純的女孩。				
S：勇於追求愛情的人。				
2. 你覺得鶯鶯為什麼那麼容易就相信張生並和他交往？				
S：張生長得很英俊。				
S：張生很會寫情詩及口才好。				
S：張生對鶯鶯家有救命之恩，為了報恩。				
S：因為從來沒有人對鶯鶯表示愛慕之心，而當時的鶯鶯正處在渴望愛情的時刻。				
3. 你覺得張生是一個怎樣的人？				
S：始亂終棄的人。		B-2-2-4-5	四、表達溝通與分享。	會使讀者劇場的說故事方式。
S：敢愛卻不敢負責任的人。		能在聆聽的過		

S：在他拋棄鶯鶯後，還跟朋友說鶯鶯是會害人害己的妖物等壞話。 S：沒有情義的人，做錯事還為自己找藉口。 4.你覺得男女朋友倘若不合分手後，應該如何做？ S：和平分手。 S：不口出惡言。 S：尋找更配合的朋友。 5.你覺得中國人對於情感表達的方式為？ S：不敢表達。 S：愛在心裡口難開。 6.你覺得中國古代婚姻自主性和家族制度的關係？ S：沒有戀愛和婚姻的自由。 S：婚姻都由家長決定。 S：講究門當戶對。 活動二：講述法／討論法 1.播放《媽咪，我怕》故事CD，讓學生討論旁白和扮演者，如何以聲音去揣摩劇中人物。 2.由教師告訴學生讀者劇場的具體作法。 3.指導學生根據〈鶯鶯傳〉裡的人物進行角色分配。 4.讓學生略作改變〈鶯鶯傳〉為劇本形式。 【角色扮演】 1.教師指定〈鶯鶯傳〉裡演出的段落，由小組成員討論及	程中感受說話者的情緒 C2-2-2-2 能針對問題，提出自己的意見或看法。 10		會專心欣賞同學的演出。 會用清楚的語言友善的態度給予同學適當的回饋。

扮演的角色。 　2.個人針對所扮演的角色進行人 　　物揣摩。 　3.小組人員進行排練。 　──── 第三節結束 ──── 三、綜合活動 【說話和聆聽訓練】 　　請三組同學輪流上臺以讀者劇 場的方式演出〈鶯鶯傳〉，演出的同 學在擔任演出的角色時，要揣摩所扮 演角色的說話態度表情。未演出的同 學要專心聆聽、欣賞臺上演出同學的 聲音表情。 【歸納整理】 　1.根據同學的演出，演出者對於 　　自己的演出提出看法，觀賞者 　　也提出對表演者的回饋與建 　　議。 　2.針對鶯鶯傳裡的主要人物張 　　生、鶯鶯和紅娘表達個人的看 　　法？ 　3.針對〈鶯鶯傳〉的演出進行總 　　結。 【收拾、整理場地】	20 20			

　　在進行教學前，先設計前測問卷對全班學生進行普測，採無計名問卷的方式，讓學生在作答時沒有壓力，了解他們在本單元教學前的基本能力，作為教學參考的依據。本班為六年級學生，有八位

191

女生，七位男生，共十五位學生參與本次的教學活動，由我擔任本活動的教學者也是觀察者前測結果統計如下：

題目：1.從小到現在你是否參加過戲劇演出的經驗？

結果：1.參加過，有 11 人。2.沒參加過，有 4 人。

題目：2.你覺得戲劇演出是一件怎樣的事情？

結果：1.很有趣、好玩，有 10 人。2.無聊，有 2 人。3.沒感覺，有 3 人。

題目：3.你道讀者劇場這種說故事的方式嗎？

結果：1.知道，有 2 人。2.不知道，有 13 人。

題目：4.在戲劇演出時你覺得表演最好的同學是因為什麼？（可複選）

結果：1.他（她）長得帥（美），有 2 人。2.表演的動作很棒，有 12 人。3.音調有變化，有 8 人。4.對話完整，有 6 人。5.其他＿＿＿＿，有 1 人寫很自然，有 1 人寫很好笑。

題目：5.根據你的經驗你覺得戲劇演出需要哪些條件？（可複選）

結果：1.準備服裝、道具，有 11 人。2.背臺詞，有 10 人。3.花很多時間排練，有 10 人。

題目：6.從小到大你是否有喜歡的人？

結果：1.有，12 人。2.沒有，2 人。3.不知道，1 人。

題目：7.當你遇見喜歡的人，你會怎麼做？

結果：1.放在心理，有 11 人。2.請好友代為轉達，有 2 人。3.請好友代為轉達，有 2 人。4.直接告訴他，有 1 人。

題目：8.你覺得中國人對於情感的表達方式是：

結果：1.愛在心裡口難開，有 6 人。2.大膽示愛，有 2 人。
　　　3.不知道，有 7 人。

題目：9.你覺得中國傳統婚產生的原因？

結果：1.自由戀愛，3 人。2.媒妁之言，10 人。3.不一定，1
　　　人。4.不知道，1 人。

題目：10.你覺得女生主動向男生表達好感時，你覺得如何？

結果：1.不好，2 人。2.很好，12 人。3.其他，1 人。

　　在這個短短不到 10 分鐘的前測的施測過程中，學生看到後半段的題目都在竊竊私語，笑著提問：「這是不是輔導室要他們填的？」聽到學生的說法，不覺莞爾，表示學校的性別教育很落實。根據施測結果顯示，本班學生大部分都有參與戲劇演出的經驗。一個有趣的現象是：對於戲劇演出的方式都很喜歡、不排斥。喜歡演戲的大都是男生，顯示他們有很強的表現慾望；對於戲劇演出的方式感到無聊或者沒感覺的都是女生，顯示該班女生比較於羞於表現，尤在這青春期的時候。學生對於戲劇演出方式了解不多，根據他們的經驗都認為戲劇演出是需要花很多時間準備服裝、道具、布景和背臺詞，對於讀者劇場的表現方式都不了解。因此，運用讀者劇場這種演出的型式，對他們來說是一種沒負擔、很新鮮的方式。由於身體的成長使得這個時期的孩子對於異性充滿了好奇，他們都有喜歡人的經驗，對於情感的表達也都是比較含蓄內斂，但他們卻對傳統中國人對情感表達的方式不甚了解，顯示他們對氣化觀型文化的傳統認知有限。對於女生主動向男生表達好感時，大都持正向、肯定的態度，這表示他們受到性別教育的觀念影響已有很大的改變。不過，觀

念雖然在改變，但是在情感的表達上，仍然不知不覺的受到傳統氣化觀型文化的影響而表現在生活中。

（觀摘 2009.04.17）

　　原先設計的教學計畫，根據前測施測結果分析後略加修正。本次教學計畫以四節課的時間進行。在正式教學前發給學生〈鶯鶯傳〉白話文本、及六禮的資料讓學生自行先閱讀，根據他們以往的模式，都是自己閱讀一篇文章後，就寫心得，教師不再多作解說。我也以這種模式先進行檢驗，結果他們是有能力找出一些適當的語詞並造句。但在心得的表現上都寫著表示很難理解——只知道張生和鶯鶯一下子在一起，一下子又分手了。更有學生直接向教師表達：「看不懂，不了解他們的關係，還是現代的文章比較容易讀懂。」果然如預期，像這樣的閱讀方式沒有設計教學活動指導，學生們是很難理解的，更不可能提高閱讀興趣。倘若一味迎合他們給他們看簡單的作品，對於要他們了解自己傳統、走向真實人生則是沒有幫助的。

　　進到正式教學，首先播放現今流行的情歌來引起他們的討論的興趣，讓他們發表對於愛情的看法。接著請他們寫下邀約的便條，並請願意上臺的同學分享他們對便條寫作的內容後，再正式告訴他們便條寫作的用法及內容。請同學解讀〈明月三五夜〉「待月西廂下，迎風戶半開，拂牆花影動，疑是玉人來」的邀約便條。從這個邀約便條引出〈鶯鶯傳〉的故事。讓學生再回到〈鶯鶯傳〉的讀本概覽一遍，掌握文章大意。教師再以講述法講解這個故事的大概情節和背景。接著以問答的方式提出問題和學生討論，讓學生再回到〈鶯鶯傳〉的讀本去尋找答案，並藉著這個方式引導學生說出〈鶯鶯傳〉文章大意。這是〈鶯鶯傳〉教學活動的第一節課。

教學時學生一聽到楊丞琳——〈帶我走〉這首歌，馬上跟著哼唱起來很熱烈。對於愛情的話題，也很感興趣。要求重複再聽，看見他們（尤其是女生）陶醉在歌聲裡，不忍拒絕。順應民意的結果是這一節課上課的時間佔用到他們下課時間，幸好他們未有怨言。至於上臺書寫便條的內容，他們寫的方式和運用的對象，都很貼切，這和他們上課常傳紙條有關。而自願上臺書寫便條的人五個人裡，有四個是男生，這在前測的結果，本班男生比較勇於表達是相符合。經由上課這樣初步的討論，學生們表示他們對〈鶯鶯傳〉裡的情節已能大概掌握，而不會搞不清楚張生和鶯鶯的關係。學生小真說「我以為張生是喜歡紅娘的」，原來她在讀文本時，只讀了「崔鶯鶯的婢女名叫紅娘。張生私下向她表示出很恭敬的樣子，有一次找到機會就自己內心的感情告訴她」，沒有讀到「請她幫忙傳達給小姐聽」這一句話而造成誤解。

下課後，幾位女同學跑來找我：「教師，你要我們看這篇〈鶯鶯傳〉該不會要叫我們演戲吧！」我笑著沒有正面答覆。看著她們離去時仍然興致高昂的談論著：「〈鶯鶯傳〉要怎麼演？」「我要演張生。」「我要演紅娘。」……看來他們對於演戲是有所期待的。

（觀摘 2009.04.20）

經由第一節的講解後，學生對於〈鶯鶯傳〉裡的故事已有初步概念。接著採腦力激盪法將班上學生數分為三組，每組討論三分鐘後，由各組推派一位同學上臺說明小組討論出來的大意，以兩分鐘為限；各組報告完畢後再由教師綜合學生的意見補充學生未提到的部分並給予回饋。造成閱讀障礙的最大困難，就是對語詞的不了

解，因為對語詞的不了解就會阻礙學生的閱讀理解能力。進行語詞教學時，由師生共選新詞，各組討論並將概覽文章時所圈出的新詞作一整理，請每一位同學提出一個自己不懂的新詞，以不重複為原則讓他們有參與感。倘若有重要的新詞未選出時，則由教師提出與學生分享、認識。新詞選出後要進一步解釋詞意，請各人根據所提的新詞，利用字詞典查出它的詞意，並用口語的方式把它說出來；倘若有未盡之處，則由教師加以補充。

有了前一節課的解說後，大部分的學生，已了解〈鶯鶯傳〉的故事。在這一節中，請學生上臺提出新詞時，學生小柏是因為節度使渾瑊的「瑊」不會唸，更不知道「節度使」是個官名，所以把它選為新詞。但學生阿原，看了忍不住就說了：「節度使是官名，渾瑊是個人名。」（阿原常看課外讀物，所以他知道節度使是官名。）除了不會唸之外。對於文字的敘述不了解，也選作新詞，如：張生就以杏樹為梯攀上杏樹。這一句，學生阿懿圈「梯攀」。教師唸：「張生就以杏樹為梯、攀上杏樹。」在梯和攀中間停頓一下，同學聽了就大致明白。雖然，學生看的是〈鶯鶯傳〉白話語譯本，在轉譯的過程中，敘述的方式仍受到文言的影響。透過教師的唸讀後學生就容易明白。因此更加確認要以讀者劇場大聲唸讀的方式由學生來詮釋〈鶯鶯傳〉這樣有助於他們的理解。學生小真提出「薦枕席」的羞恥，學生阿原他會主動幫忙解說，他明白這就是以身相許、有肌膚之親的行為。不過，他又不講明曖昧的笑著說：「就是張生和鶯鶯已經 aiueo 了！」學生大寶接著加強說：「就男生和女生已經這個、那個啦！」班上同學馬上會意過來笑聲連連。對於男女情事的了解我可不能太小看他們！至此，他們對〈鶯鶯傳〉裡的情節就相當

感興趣。此時，學生大寶說：「那〈鶯鶯傳〉是限制級的喔！」學生阿原再度跳出來說：「這裡面又沒有具體描寫……」就在他們彼此討論對話中，我發覺他們對〈鶯鶯傳〉學習的興趣正逐漸提高。這一節也在討論、笑聲中結束。

（觀摘 2009.04.21）

　　當語詞解說完後，就進一步深究文章。這一節採腦力激盪法由教師就〈鶯鶯傳〉提出預設的問題，由學生討論，請學生回答。經由這樣的討論，讓學生了解中國古代男女是沒有公開交往的機會，他們的婚姻都是由家長作主、媒妁之言而結合的。結婚的步驟是相當繁瑣，一切都靠「禮」來規範約定。這種以「禮」來約束的情形就是深受氣化觀型文化的影響以家族為社會組成的單位，因為大家聚集在一起倘若沒有「禮」的制度就會使生活失序。但行之久遠後，有些禮節規範會不合時宜，就成了吃人的禮教。所以張生才會說倘若是循著六禮，請人說媒求親，需要花一段時間，到時他早成了魚乾了。再者，張生會和鶯鶯分手除了科考失利的原因外，更顯示他是「迫於社會的壓力，畏懼輿論對自己不合禮法的婚戀（不是出於父母之命、媒妁之言，而是出於男女雙方的私相悅慕）議論紛紛，因而不得不作出拋棄愛人、捨棄愛情的違心選擇。」（束忱，1998：200）對唐代社會文化的面貌有一番深刻的認識後，學生可由中國傳統婚姻的結構了解氣化觀型文化的倫理規範並進一進認識中國人的思想和行為。為了讓學生更深刻了解〈鶯鶯傳〉，以讀者劇場的方式讓學生演出。首先播放《媽咪，我怕》的故事 CD，讓學生重溫聽故事的經驗，聽出演故事時是如何運用聲音來詮釋扮演人物。接下來就由教師告訴學生讀者劇場的作法，掌握它的重點就像是觀看廣播劇一樣。示範劇本寫作的基本格式。因為演出時間有限，所以教師指定〈鶯鶯傳〉

裡演出的段落：從張生接受鄭母款待見到鶯鶯時，驚為天人，對鶯鶯展開熱烈追求並在紅娘穿針引線下促成兩人的戀情。請小組同學將指定演出的地方略作改變成劇本的形式，由小組成員自行討論分配扮演的角色，爾後再針對個人所扮演的角色進行人物揣摩，小組人員進行排練。

　　在這一節文章深究裡，學生從〈鶯鶯傳〉裡進一步討論中國的婚姻結構對我們生活的影響。傳統社會的「禮教」對人有很大的限制，尤其是女性。學生阿呈突然提問：「什麼是奪去貞操？」學生阿原馬上回說：「就是鶯鶯被 aiueo 了！」關於這點學生小羽就不平的說：「為什麼只有女生要守貞操，男生不用？女生真是太可憐了！」學生阿原又耐不住回嘴說：「你幹嘛那麼激動，你又不是古代的女性，你怎麼知道？現在的女性都很好，像我妹……」雙方你來我往，眼看快擦槍走火了，我趕緊制止：「我們的討論不可涉及人身攻擊，而小芉的說法並非是毫無根據，她能從文章中的情節去體會，這是很好的！」班上同學是非常熱愛討論發表意見的，這是很好的事。不過，我發現他們常會模糊了焦點，有時候會變成人身攻擊，破壞了學習氣氛，這一點作為教學者的我必須謹慎及時有效處理。學生對於劇本基本的形式，並不陌生，我提供他們參考的範例讓他們容易上手，彼此討論再加上可以直接剪下〈鶯鶯傳〉裡的文字貼成劇本，少了抄寫的工夫，又可以當作回家作業，他們是樂得不得了。不過，效果如何要從回收來的劇本才可得知。看著他們興趣勃勃的討論誰扮演張生、誰演鶯鶯，沒有人抱怨那個人不合群的，看來他們對於〈鶯鶯傳〉的演出是很認真的。

（觀摘 2009.04.22）

　　從回收的劇本來看,大部分學生都能掌握住劇本的寫作形式,也知道這句是誰說的話,但倘若是在某人說之前加了一串話後,他們幾位學業成績在後半段的同學就會弄不清那句話應該歸誰說。例如:「這天晚上,紅娘又來了,拿著一張彩色的牋紙遞給張生說:『這是小姐叫我送來的。』」、「紅娘進去了。過了一會又走出來連連地說道:『她來啦!她來了啦!』」把該給紅娘講的臺詞全歸給張生或旁白。看到學生會利用下課時間找同組學生進行演練,看著他們那麼認真的模樣實在很感動。在演練時,學生小羽突然叫了一聲:「唉呀!我的劇本怎麼漏掉了張生的臺詞。我得趕快補上。」從這樣的過程,發現他們會彼此提醒修正,對於〈鶯鶯傳〉的理解是有幫助的。

(觀摘 2009.04.23)

　　進行到這個活動的最後一節課綜合活動,在表演前請學生先整理清空場地,由三組學生輪流上臺以讀者劇場的方式演出〈鶯鶯傳〉,演出的同學在擔任演出的角色時,要揣摩所扮演角色的說話態度表情。未演出的同學要專心聆聽、欣賞臺上演出同學的聲音表情。根據同學的演出,演出者對於自己的演出提出看法,觀賞者也提出對表演者的回饋與建議。針對〈鶯鶯傳〉裡的主要人物張生、鶯鶯和紅娘表達個人的看法。由教師針對〈鶯鶯傳〉的演出進行總結不作評比,給予正面的評價,讓他們有信心,並感覺這樣的活動是溫馨而愉快的。最後請學生收拾、整理場地,回復原狀。發給學生後測問卷讓他們利用課餘時間填寫,作為教學是否有成效的依據。

　　學生第一次以讀者劇場的型式來演出,這種方式對他們來說是很新鮮的,因為可以拿劇本不用被背臺詞;再者是大家一起唸,對於幾個比較膽小的人來說是比較有安全感的。

從他們上臺的演出，可以發現他們喜歡表演。值得注意的是各組在旁白敘述的臺詞倘若是太長時，比較坐不住的同學就會按耐不住失去聆聽的耐性。關於這點我也提醒學生在編寫劇本時要多加注意。

學生阿宇在該組演出時擔任旁白的角色，他認為自己表現最好的地方是：「有講出來，沒有含滷蛋。」希望自己講時能再大聲些。對於他人深刻的表現，他說：「我認為是小羽的表現最好，因為是小羽的聲音語氣很像張生這個角色。」對於崔婦這個角色他認為是最難扮演的，因為很難模仿老婦人的聲音和作表情。

學生小怡在該組演出時擔任鄭氏的角色，她認為自己表現最好的地方是音量夠大聲，她覺得自己倘若是在語氣的表現上再生動一些，就更好了。

學生阿柏、大寶他們都認為最難演的是崔母、鶯鶯，因為他是男生，要他們男扮女生的聲音是很難裝的，所以很難。學生阿懿說：「我覺得這種表演很好玩，大家可以改編劇本，在表演時又可展現自己的才華，讓教師、同學觀賞。所以我覺得很好玩。」

綜合學生在課堂上的看法及學習單，我覺得他們已能掌握住讀者劇場演出的精神，在不花費很多的時間下能詮釋的很好。就在他們為了演出而必須重複誦讀〈鶯鶯傳〉時，他們無形中會對〈鶯鶯傳〉有更深刻的認識。正如大寶在學習單上所寫：「我覺得這篇文章第一次看的時候，有一點難懂，我發覺要多看幾次而且要細心看完才會比較了解。」這樣的想法，就是我要學生們以讀者劇場的型式來了解〈鶯鶯傳〉的目的。

（觀摘 2009.04.24）

根據我設計〈鶯鶯傳〉閱讀教學活動問卷後測的結果顯示，他們認為讀者劇場這種不用背臺詞、不用準備道具、布景的表演型式很簡單，不排斥甚至更喜歡讀者劇場這種演戲的方式。透過這樣演戲的方式，對他們理解〈鶯鶯傳〉的內容是很有幫助的，更可以體會到傳統禮教對唐代人是有很大的束縛。知道紅娘在鶯鶯和張生之間扮演的角色演變成媒人行業的代稱。經由這樣的演出詮釋，了解自己和唐代人「愛在心裡口難開」的情感表達方式是一樣的。而這就是生活在氣化觀型文化下人的所呈現的感情都是比較含蓄而內斂的。在反覆的朗讀中，他們讀出也感覺出〈鶯鶯傳〉裡文詞敘述是很優美的。

（觀摘 2009.04.25）

有關個案的選擇，在這次〈鶯鶯傳〉讀者劇場化的個案訪談，除了以成績低、中、高的選擇為參考依據，尚考量三位學生目前對於與異性交往都很感興趣，也願意和教師分享。以他們的狀況可以滿足本研究的條件來支持理論建構。有關受訪者代號編碼如下：

表 7-1-2 結構式訪談大綱

A：小怡　　B：阿呈　　C：小雅　　D：小怡的好友阿宇

一、基本資料
1. 年齡、姓別、家庭成員、家庭生活狀況。
2. 表現最好的學科、最喜歡上的科目。
二、閱讀習慣
1. 平均每天大約花多少時間閱讀課外書籍？
2. 喜歡閱讀那類的書籍？
3. 書籍的來源？

4. 你覺得教師要求的閱讀寫作心得單（閱讀小博士林對你的學習是否有幫助？你喜歡這種模式嗎？倘若以戲劇演出的方式取代寫作的模式你覺得如何？

三、閱讀策略

1. 當你遇見看不懂的書籍、文章時，你都如何處理？

2. 你覺得閱讀可以帶給你什麼？

四、兩性相處

1. 你是否有喜歡異性的經驗？

2. 你如何向對方表示？

3. 你們有進一步的情形嗎？

五、閱讀〈鶯鶯傳〉的經驗

1. 就你的經驗你覺得〈鶯鶯傳〉裡有哪些是你曾遇到類似的情形？

2. 請你比較〈鶯鶯傳〉讀者劇場演出前後的差別？

訪談資料結果分析

個案一：小怡〈鶯鶯傳〉學習的經驗

　　小怡（化名），為研究者任教的六年級女生，十二歲。小怡出生於臺東，家中除了父母外就只有她和弟弟兩個孩子，母親是原住民，父親為漢人。父親從事茶葉種植相關工作，母親在家照顧她和弟弟並兼開檳榔攤賣檳榔、飲料。家境小康，生活正常。在校成績表現優良，六年來各領域平均成績名列前茅。做事細心、認真，喜歡幫助教師做事、照顧低年級的學生。個性外向喜歡和男同學一起玩，有正義感愛打抱不平。在校表現最好的領域為藝

術與人文，在直笛吹奏和繪圖上的表現都很凸出，最喜歡的也是藝術與人文領域。

（一）閱讀經驗

小怡在校成績不錯，談到她平日閱讀課外讀物的時間，她說：「平常我都不太看課外讀物，只有在假日時會看一些。」「教師交代該看的文章算不算？」表示小怡對於閱讀帶來的樂趣尚未產生，因此主動閱讀的習慣也尚未養成。

（訪 A 摘 2009.04.15）

雖然小怡未養成主動閱讀的習慣，但看見她以往的閱讀心得單都表現不錯，尤其文章大意的掌握上都很貼切。「當你遇見看不懂的書籍、文章時，你都如何處理？」小怡：「我會去問別人，大概了解一下，或者一段一段慢慢的看。」表示小怡在閱讀策略上在班上算是積極主動的。「教師昨日發的〈鶯鶯傳〉白話語譯本，你看得懂嗎？」「還可以啦！只是對他們為什麼分手的原因搞不清楚。」「大概說明這篇故事在講什麼？」「這是說張生是個讀書人，他愛上了崔鶯鶯，張生為她付出很多，他們曾經交往過，因為一些原因，兩人還是分手了。」

（訪 A 摘 2009.04.16）

（二）兩性交往的經驗

青春期的孩子對於異性總是充滿好奇的，看著他們常傳紙條、寫交換日紀，對於和異性文往是充滿期待的。小怡個子高外形成熟，發育很早看起來不像國小的學生，像高中生。詢問她班上男女同學相處的情形，她都能清楚個中關係。「教師很好奇，同學們的交換日記都在寫什麼？」「就是把心情、想法寫在日記

上，給好朋友看，幾個好朋友再給予回答，也可另外再把自己的心情寫上去。」談及她是否也有類似的經驗時，小怡也能侃侃而談。

「你是否有喜歡的異性？」「有」

「對方知道你喜歡他嗎？」「他不知道，我是偷偷喜歡的。」

「是班上同學嗎？」「才不是呢！我喜歡年紀比較大一點的。」

「你怎麼和她認識的。」「他是媽媽朋友的孩子，因為媽媽的關係會到我們家玩。」

「你會找人分享你這樣的心情嗎？」「會呀！我都會找表姐說心事。」

「你有類似〈鶯鶯傳〉的經驗嗎？」「有呀！就是分手。」

「你如何排解心情？」「忘了很困難，所以我都找人聊天。」

（訪 A 摘 2009.04.17）

聯絡簿的心情小語是學生和教師溝通的另一個管道。有天看著聯絡簿發現班上有位學生和小怡之間出了問題。剛好那天是星期三下午，其他學生都回家了。因為小怡家距離學校很近，我便留下小怡詢問原因，順便請她幫忙整理教室。教室除了我和小怡外，還有阿宇，因為他要等媽媽開車來接，所以他也在教室裡，主動協助打掃。再加上他和小怡也是好朋友，說起話來便無防備，於是我們師生三人便展開了對話。當我們們三人一起在教室裡一邊整理一邊對話時：「小怡，阿呈在聯絡簿上寫著很想打你，你知道什麼原因嗎？」「可能是因為小羽誤會我喜歡阿呈，使得他們倆個有誤會。」「原來是這樣啊！那你得趕緊告訴小羽解釋清楚，老師告訴阿呈要他不可衝動。他們已經在一起了嗎？」「男的已經確定，女的還不確定。」

（訪 A 摘 2009.04.22）

「我們班還有其他人在交往嗎？」有這樣經驗的人對這樣的話題很敏感，在旁打掃的阿宇就主動說出他的心情。阿宇說：「本來我有啊！但後來被橫刀奪愛了。」

「怎麼說？你們是如何開始的？」「寫日記彼此交換看，有時傳紙條」

「你們都寫什麼？」「問她喜歡什麼？」

「你都如何表達？」「送禮物，送戒指（有綠寶石的那種，3個 10 元）、吊飾。大約十幾項。有些是讀經會考第一名的獎品。」

此時小怡在旁插嘴補充說：「他原本可和對方結婚的。」

「結婚？」「對呀！我們都在等，那是網路遊戲（楓之谷）。」

「你怎麼知道對方不想和你在一起了？」「對方寫紙條告訴我的。知道那天，心情超沮喪的，午餐吃不下，但隔天就好了。不過，很奇怪從那時起，每天晚上都會夢見她和人私奔，被她打，瘦了 3 公斤，從 60 變到 57。最近又胖回來了。哈哈！」

看來兩性的問題早已在國小學生身上產生，難怪這兩天談到〈鶯鶯傳〉時，他們的反應、表現很熱絡。

（訪 D 摘 2009.04.22）

（三）閱讀〈鶯鶯傳〉的經驗

早熟的情形讓她提早離開快樂無憂的童年。小怡：「我曾問護士阿姨為什麼在四年級以前都很單純快樂的玩，在那個來之後都會喜歡異性。」小怡突然話頭一轉若有所思的說：「〈鶯鶯傳〉裡，跟我們發生的情節很像？」「你是說那方面？」「像紅娘的角色、幫人傳話的情節，被拋棄的人都還是喜歡對方，不會口出惡言。像阿宇就是這樣被拋棄了，也不會罵她而且還是很關心對方。」

（訪 A 摘 2009.04.22）

對於經過這樣的教學討論後再經由讀者劇場的演出，小怡對於〈鶯鶯傳〉就有不同的理解與認識。「第一次看時，搞不清楚張生、鶯鶯和紅娘的關係。因為要演戲、寫劇本，就比較了解了。」「我覺得紅娘是個忠心的僕人，經由她的傳話才促成張生和鶯鶯的戀情。」因為小怡比較成熟對於兩性的情感也較同齡孩子敏感許多。對於崔母叫鶯鶯出來見張生，而鶯鶯託病不出來，她就有不一樣的看法：「我原本以為是崔母要叫鶯鶯嫁給張生，所以鶯鶯不肯出來。還有看見陌生人不好意思，所以鶯鶯不肯出來。還有一種情形就是看見喜歡的人反而躲起來，像我喜歡一個哥哥，但是看見他來反而躲起來了。」像小怡這樣有切身的經驗，使得她在詮釋、理解〈鶯鶯傳〉時就有深刻的體認。

（訪 A 摘 2009.04.24）

「我覺得張生應該不要跟崔鶯鶯交往，因為愛情會讓自己上課不專心、會分心，心會沒辦法靜下來，所以在讀書時，最好不要交往。」這是小怡第一次看〈鶯鶯傳〉寫在閱讀單上的想法。這種寫法看不到她心裡真正的感覺，像寫給教師看的認為這樣是學生該有的寫法。但經過教學、討論、演戲後她對〈鶯鶯傳〉的認識就不一樣了，她會覺得班上的同學有一些人曾經歷過或正面臨和〈鶯鶯傳〉裡相同的處境，她會從自身的經驗去體會。表現在後來的心得就比較像她心裡想的。在讀者劇場〈鶯鶯傳〉的學習單她寫著：「我覺得張生和鶯鶯很可憐，最後沒有在一起。紅娘是個很忠心盡職的僕人，因為若是她把張生和鶯鶯的話傳錯，那麼張生和鶯鶯就不可能在一起。」經過四節課的教學、討論、演戲，小怡對〈鶯鶯傳〉就有更深入的理解，喜歡讀者劇場這種戲劇模式，而且對她去理解〈鶯鶯傳〉有很大的幫助，因為要演戲排練，就會一直反複的看文章。

個案二：阿呈〈鶯鶯傳〉學習的經驗。

　　阿呈（化名），為研究者任教的六年級男生，十二歲。阿呈出生於臺東，是家中獨子，父母甚為疼愛，所以比較自我中心。父親從事鐵工的工作，母親在北部工作假日會回來。家境小康。因為愛、惡分明，對於喜歡的課業如數學、國語就比較認真學習，所以國數成績表現優良，對於不喜歡的課業就很排斥。所以六年來各領域平均成績排名中等。身體強壯有力，個性直爽容易和同學產生衝突。

（一）閱讀經驗

　　阿呈在國、數成績都不錯，談到他平日閱讀課外讀物的時間和內容，他說：「我平常都喜歡看漫畫或者搞笑的，在假日時會看得多一點。」關於書的來源他說：「都是爸媽買的。」表示阿呈會利用時間閱讀，但他閱讀的習慣就像他的個性一樣喜好分明，喜歡的就看，不喜歡的就不會去接觸。所以遇到看不懂的地方，如果是他有興趣的他會再三研究，倘若是他不感興趣的他就會放棄。所以在未進一步解說〈鶯鶯傳〉前，以他們過去的模式就是由他自己看一篇文章後再寫下心得就完成了閱讀活動。因為未引起他們的興趣，所以阿呈說：「這一篇文章我有一點看不懂，一下交往，一下又分手，還是現代的文章比較看得懂。」「希望教師不要再出這種文章。」

　　對於戲劇演出的模式，阿呈：「我覺得還不錯。」倘若以「戲劇演出的方式取代寫作的模式，你覺得如何？」阿呈高興的說：「我贊成！」

（訪 B 摘 2009.04.15）

（二）兩性交往的經驗

　　經由消息知道阿呈有喜歡的異性，也有表示過，於是我開門見山的問他：「你有喜歡的人嗎？」阿呈害羞的回說：「有啊！」「對方知道嗎？她同意和你交往嗎？」「知道。不過，我不知道她願不願意和我交往，因為她都沒有答覆。」

　　「你如何向她表示？」「寫信或者請人傳話。」

　　「你為什麼不直接向她表示，萬一信被人看見或者傳話的人傳錯怎麼辦？」

　　「直接講太尷尬了，傳信小心點就好，找身邊值得信賴的好朋友傳達。」

　　「你有看過有人直接向喜歡的人表達情意嗎？」

　　「有啊！都是在電視或電影上。會直接開口說我愛你的好像大部分是外國人。」「而且直接當著對方跟她說我喜歡你，會覺得很不好意思。」

　　「現在有進一步的情形？」

　　「沒有，所以很想趕快知道，對方的想法。」

（訪 B 摘 2009.04.23）

（三）閱讀〈鶯鶯傳〉的經驗

　　因為阿呈急於想知道對方的想法，於是請他回想在〈鶯鶯傳〉有哪些似曾相似的情形。阿呈若有所悟的說：「都有用紙條和請人傳達，也都很想趕快知道對方的意願。」「我覺得喜歡一個人不能一開始喜歡後又不喜歡了。」

（訪 B 摘 2009.04.23）

　　經過一番研究討論及戲劇演出後，阿呈對於〈鶯鶯傳〉的感受就不一樣了，在他的學習單上寫著：「還好我活在現代，不然我一定會瘋掉，愛情是不能開玩笑的。愛一個人就要好好疼她，不然會害別人傷心的。」他把自己的情感投射在張生、鶯鶯身上。希望對方相信自己是個情感專一的人，希望對方原諒他以前調皮搗蛋的行為。經過四節課的教學、討論、演戲，引起他對〈鶯鶯傳〉裡情節的共鳴、興趣。所以後來的演出就發覺他很能投入其中，他擔任旁白的角色，但他認為張生的角色很難演，因為很難開口向對方表示自己的情感。戲劇這種模式對他理解〈鶯鶯傳〉是有幫助的。對於讀者劇場這樣的演戲模式他是蠻喜歡的。

個案三：小雅〈鶯鶯傳〉學習的經驗。

　　小雅（化名），為研究者任教的六年級女生，十二歲。小雅出生於臺東，家中有三個孩子，上有一個哥哥，下有一個弟弟，排行老二。父親務農，母親會打零工貼補家用。所以放學後她都會在家幫忙照顧弟弟。因為個子嬌小、文靜，有許多比她年紀小的男生都向她表示愛慕之意。在課業學習的方面較不積極，所以六年來各領域平均成績位居班上後半段。

（一）閱讀經驗

　　小雅在國、數成績都不佳，談到她平日閱讀課外讀物的時間和內容，她說：「我平常都很少看書，除了教師要我們看的。」表示她的閱讀習慣與興趣未養成，因她閱讀理解能力有待加強，反應在課業上就是學業成績不理想。對於教師所發的文章，倘若有看不懂

的地方又要寫下心得感想時要如何處理？小雅不好意思的說：「我都是請同學直接告訴我，不然就是用抄的。」

（訪 C 摘 2009.04.15）

（二）兩性交往的經驗

「你有喜歡的人經驗嗎？」阿雅笑笑的回說：「有啊！」「你有向對方表達過嗎？」「這個不能講，我把它藏在心裡。」

「有人向你表示喜歡你嗎？」「有。」

「你們有交往嗎？」「有。」

「你們如何溝通？」「寫信，寫完後再直接拿給對方。」

「你怎麼會想直接拿給對方？」「怕被別人看見。」

（訪 C 摘 2009.04.22）

（三）閱讀〈鶯鶯傳〉的經驗

小雅表示第一次閱讀〈鶯鶯傳〉時真的很難懂：「我只知道張生迷上了崔鶯鶯，兩個人就在一起，之後不合就分手了。」在演戲的時候，因為要唸臺詞，再加上同學也會提醒該唸的臺詞，就比較容易了解這篇文章在說什麼了。因為她演的是紅娘的角色，必須扮好張生和鶯鶯之間傳遞訊息的角色，她覺得紅娘這個角色很難演，也正反映現實生活中她也需要像紅娘這樣值得信賴的人來幫她傳達情感。對於讀者劇場這種模式，小雅很喜歡，她說：「因為是大家一起站在上臺演戲，比較不會感到孤單、害怕；又可以拿著劇本，不用背臺詞，很簡單。」讀者劇場這種戲劇模式，對她去理解〈鶯鶯傳〉是有很大幫助的。

（訪 C 摘 2009.04.24）

　　經過三個個案的訪談資料得知，像〈鶯鶯傳〉這樣的文章，只要經過適時引導，他們都能體會。當他們發現所面臨的問題和文章中主角相同的困境時，他們就會產生心有戚戚焉的共鳴，就會有興趣去進一步研讀。在研究討論中他會發現「愛在心裡口難開」的情感傳達模式，從一千五百年前到現在都沒有改變，而這就是我們氣化觀型文化的傳統。讀者劇場這種簡單容易實施的模式，對學生來說沒有負擔，很受他們的歡迎。更重要的是為了演戲，他們就必須反複誦讀文章，這種自發性的閱讀遠比用考試來迫使他閱讀有效果。

第二節　唐傳奇故事劇場化教學活動設計舉隅及其驗證

　　在氣化觀型傳統文化下，會從家族延伸出重然諾的俠士行為。當俠士面對「份位原則」和「行事原則」的價值衝突時，就常以「份位原則」的優先性作為選擇的依據。（沈清松編，1993：1～25）因此，傳統的中國人在信守氣化觀下，就常以自我承擔「苦果」為正義。（周慶華，2005：111）從薛調〈無雙傳〉俠士古押衙的捨命相救，終成眷屬；許堯佐〈柳氏傳〉許俊冒險救出柳氏，成全了韓翃和柳氏；杜光庭〈虬髯客傳〉中虬髯客在確定文皇為真命天子後，奉獻他所有財物並放棄逐鹿中原的志向，成全文皇的霸業，可見一般。但這種俠士的觀念是不同於傳統日本所兼具「忠」行和西方創造觀型文化的「公平為義」。（同上，111）

　　豪俠義士是唐人傳奇中充滿生命力和道德感的形象。他擺脫儒者的拘謹，又不乏凜然的風骨，富有吸引人的魅力。在這類傳奇中以集中刻畫「風塵三俠」的杜光庭〈虬髯客傳〉尤具拍案驚奇的效果，其中描述紅拂女俠的出現則在文學史上是劃時代的創新。（陳文新，1995：9～10）集愛情與豪俠的內容再加上跌宕起伏動人的情節，這正是傳統氣化觀型文化的表現——著重情節的描寫。因此，〈虬髯客傳〉選為本研究豪俠類戲劇化的代表文本。本節所要說明的是以故事劇場型式來詮釋〈虬髯客傳〉的成效。

　　當計畫以戲劇方式來詮釋〈虬髯客傳〉時，就要先設想以何種表演的型式來和它作結合，經過一番研究發現用故事劇場的方式來詮釋〈虬髯客傳〉是最有效果的方式；至於它們結合的最佳原因，詳見在第五章第第三節。

　　為了使教學有所成效，就必須設計進行有效的教學活動，在本次的教學活動計畫以四節課來完成。在進行教學前，先設計前測問卷對全班同學進行普測，採無計名問卷的方式，讓學生在作答時沒有壓力，了解他們在本單元教學前的基本能力，作為教學參考的依據。本班為六年級學生，有八位女生，七位男生，共十五位學生參與本次的教學活動，由我擔任本次活動的教學者也是觀察者根據前測結果：

　　　　學生們對故事劇場的說故事方式是很陌生的，關於〈虬髯
　　　客傳〉的相關訊息是很缺乏的。從他們心事最想分享的對象是
　　　知心好友，這正足以說明在這個年紀的他們是非常重視朋友
　　　的。因為男女身體發育成長的時間不一樣，使得他們覺得班上
　　　男女相處的情形是時而融洽時而壁壘分明的。少年血氣方剛戒
　　　之在鬥，實在是至理名言。對於和同學間起爭執時，有一半以

上都是選擇會直接和對方起衝突，這和目前的班上的情況是很吻合的。當他們看見此題時，學生阿柏便自言語說：「這題好像是在說我呀！」對於英雄的行為他們認為是能對朋友信守諾言、能見義勇為。對於他們所認為是英雄的人多為電視上的卡通人物，如：哆啦Ａ夢（因為他會幫助人）、魯夫（因為他會保護自己的夥伴），又如：鈴木一朗、王建民（打出關鍵安打）、或者是班上同學。僅有一人寫著趙雲（長阪坡救阿斗），表示他們對於有關英雄豪俠類的文章書籍涉獵不多，所以〈虬髯客傳〉的閱讀應該可以開啟他們閱讀的視野。

（觀摘 2009.04.27）

有關本次的教學活動設計如下：

教學單元	唐傳奇〈虬髯客傳〉	教學者 設計者	廖五梅
教學方式	故事劇場	教學班級	六年甲班
教學日期	98.04.26～98.05.02	教學人數	15 人
		教學時間	共四節（160 分鐘）
設計理念	1. 設計活潑生動的教學方式，讓學生藉著演出的方式強化閱讀理解。 2. 利用小組討論，增加學生間的互動，激發學生的創意及表達與溝通的能力，增加閱讀成效。 3. 透過實際的演出了解故事劇場的表演方式，並在演出與欣賞中享受閱讀的樂趣。		
教學目標	1. 能回答教師提出的問題，並清楚說出自己的想法。 2. 能了解我國傳統氣化觀型文化中倫理規範：英雄惜英雄、慧眼識英雄。儒家思想：重實際，積極進取。天命觀——識時務為俊傑。道家思想影響：不重錢財，一擲千金。 3. 能利用聲音、簡單的肢體動作進行角色扮演。 4. 能欣賞文本中帶悲壯性美的經驗、美的感情或美的價值。		

	5. 能透過演出學習到說話的語氣和臉部、肢體的動作表情。
	6. 能學習和其他同學互助合作的精神。
	7. 能培養上臺表演的能力。
	8. 能專心聆聽臺上表演者的表演。
準備教材	〈虬髯客傳〉白話文章、電腦、投影機、閱讀小博士學習單、前測問卷、後測問卷、學習單、蒐集〈虬髯客傳〉的文學資料、洋基小英雄故事簡介及劇照。

表 7-2-1 〈虬髯客傳〉故事劇場教學活動設計

教學活動內容	時間	分段能力指標	十大基本能力	評量方式
一、準備活動 （一）教師 　1. 上課前一堂課發下〈虬髯客傳〉白話文章、前測問卷，請學生先預習。 　2. 自行分組，全班分為三組，每組五人，每組至有 2 或 3 個男生以利討論和表演，並負擔不同任務。 （二）學生 　1. 填寫前測問卷。 　2. 課前預習：預習文章，並從文章中找出不熟悉的語詞，並請學生試著摘取大意。				
二、發展活動 （一）引起動機 　　播放影片——〈洋基小英雄〉的電影劇照及故事簡介。 活動一：教師提問 　1. 那個小男孩如何成為人們心	5	c-2-2-2-2 能針對問題，提出自己的意見或看法。	四、表達溝通與分享。	能回答教師的問題。

目中的英雄？ S：不怕困難。 S：面對困境具有堅持和忍耐 　　力，不輕易放棄。 2.你認為怎樣才算得上英雄？ S：見義勇為。 S：幫助弱小 S：信守諾言 S：幫助別人，不求回報。 S：願意犧牲自己，成就他人。 S：他們的行為令人感動。 3.請舉出古今中外你認為他是 　英雄的人物？ S：略；諸葛亮、劉備、關羽、 　　張飛、甘地、德雷莎修 　　女……等 4.你認為英雄是否有年齡性別 　的限制？ S：沒有年齡，〈洋基小英雄〉 　　裡的小男孩，〈抗癌小英 　　雄〉周大觀…… S：沒有性別的差異，有巾幗 　　英雄之稱的花本蘭、楊惠 　　敏…… 5.英雄是不是要孔武有力？ S：不是，像：諸葛亮用機智 　　和沈著的應變，運籌帷 　　幄，決勝千里，一樣可以 　　成為大英雄。 S：慈濟證嚴法師、印度德雷莎 　　修女以她的慈悲心和愛心 　　來普度眾生和救助他人，也 　　是英雄。	10			

T：對於英雄的特質，同學們 已有基本的認識，教師就 英雄的人格特質再進行補 充。所謂英雄，沒有性別、 年齡、國籍的分別，他們 以尊重生命、為他人著 想、盡忠職守為價值觀。 對於有些人的行為看似是 英雄，做出危險舉動不愛 惜生命，是不能算是英雄 的。 活動二： 1.指派任務：發下空白紙，讓 小組相互討論寫下豪俠和英 雄的差別？ 2.心得分享： T：請志願者上臺分享。 S：英雄的作為都是為他人設 想，不是為了自己的利益。 S：豪俠的行為雖然有時是見 義勇為，但他們的作法卻 不一定合法、正確。 S：古代會有豪俠的產生，現 在社會則是無法接受虯髯 客這樣的豪俠。而英雄是 從古到今都會產生的。 S：俠產生在動盪不安、貧富 差距大、不民主的時代裡。 S：豪俠和英雄都是勇於助 人。 T：同學都能清楚表達英雄和 豪俠的差別，教師這兒再	10	F2-4-4-2 能配合閱讀教 學，練習撰寫 摘要、札記及 讀書卡片。	四、表達溝通 與分享。 每個人都能在 紙條上表達自 己的想法。

補充豪俠的特徵，他們稱為豪俠表示他們個性爽直、一諾千金、做事乾脆，不拖泥帶水，具有相當的能力或武功。但有一種人喜歡感情用事，做事不看時機、不講方法、不講後果的行為，就是魯莽的俠義。				
（二）概覽文本 　　請學生默讀〈虬髯客傳〉文章，並掌握文章大意。	15	E-2-10-10-1 能思考並體會文章中解決問題的過程。	十、獨立思考與解決問題。	能安靜讀的完文章。
【講述大意】 活動三：講述法 　　教師講解〈虬髯客傳〉故事的大概情節和背景。		C2-2-2-2 能針對問題，提出自己的意見或看法。		能正確的回答問題並歸納大意。
【教師提問】 　　以問答的方式引導學生說出〈虬髯客傳〉文章大意。 　1.李靖為何去晉見楊素？ 　　S：天下大亂，楊素擔任扶持傾危王室的責任。 　　S：楊素位居朝廷要職，應該收羅豪傑。 　　S：李靖有不尋常的計謀，獻給楊素。 　2.紅拂女為什麼會與李靖私奔？ 　　S：楊素已經老了。 　　S：李靖是個英雄。 　　S：紅拂女看出李靖是個有膽				

217

識的人。 4.虬髯客為什麼會和李靖、紅拂 　女結為知己？ 　S：紅拂女的機智化解了李靖 　　　和虬髯客可能的衝突。並 　　　和他以兄妹相稱。 　S：李靖對虬髯客的問題，都 　　　能據實回答，不隱瞞。 　S：虬髯客拿出忘恩負義人的 　　　心肝和李靖共用，表示他 　　　對李靖的信任。 5.虬髯客為什麼會選擇離開，並 　將所有財產都給李靖、紅拂女 　呢？ 　S：虬髯客認為天下將來是太 　　　原李公子的。 　S：希望李靖去輔佐真命天子 　　　建立功業。 　S：自己要到海外去發展。 　S：李靖的才能和紅拂女的人 　　　品獲得虬髯客的信賴。 　T：總結學生的答案： 　　　　　各位同學都說得很 　　　好，〈虬髯客傳〉裡，從李 　　　靖進見楊素後，紅拂女看 　　　出李靖是個有膽識的人， 　　　在夜晚主動投奔李靖。李 　　　靖、紅拂女和虬髯客因為 　　　彼此的信賴，結為知己。 　　　虬髯客發現真命天子是太 　　　原李公子的，他選擇離開 　　　放棄謀取天下的志向，並 　　　將所有財產都給李靖、紅			

拂女，自己到海外另謀發展。			
──── 第一節結束 ────			
【指導學生試說大意】 活動一：腦力激盪法 　　學生分為三組，每組討論三分鐘後，由各組推派一位同學上臺說明小組討論出來的大意，以兩分鐘為限，各組報告完畢後再由教師綜合學生的意見補充學生未提到的部分，並給予回饋。	20	B-2-2-7-8 能簡要歸納聆聽的內容。 C-2-2-4-5 能說出一段話或一篇短文的要點。	四、表達、溝通與分享。	能正確的回答問題。
活動二：講述法 【教師歸納文本大意】 　　〈虯髯客傳〉在描寫從李靖進見楊素後，紅拂女慧眼識英雄看出李靖是個有膽識見解的人，在夜晚主動投奔李靖。李靖、紅拂女和虯髯客在旅舍相遇，結為知己。虯髯客確定文皇為真命天子後，就放棄謀取天下的志向，到海外發展。而李靖也幫助文皇建立唐朝。			
【語詞教學】 　1.師生共選新詞： 　　　各組討論並將概覽文章時所圈出的新詞作一整理，請每一位同學提出一個，倘若有重要的新詞未選出時，則由教師提出與學生分享、認識。	20	D-2-2-3-1 會查字詞典，並利用字詞典，分辨字義。	一、了解自我與發展潛能。	能說出概覽課文時所選的新詞。

2.解釋詞意： 　　根據師生提出的新詞，請各人根據所提的新詞，利用字詞典查出它的詞意，並用口語的方式把它說出來，倘若有未盡之處，則由教師加以補充。 ──── 第二節結束 ──── (三) 文章深究 【內容深究】 活動一：腦力激盪法 　1.先由學生針對〈虯髯客傳〉裡提出問題討論，針對學生的問題，倘若有不完整的回答再由教師加以補充說明。 　2.由教師提出預設的問題，由學生討論，請學生回答，倘若沒有回答出完整的答案，則由教師再加以補充。 　Ｉ在〈虯髯客傳〉裡哪些地方可以看出紅拂女的知人、膽識和機智？ 　　Ｓ：紅拂女看見李靖和楊素討論施展辯才時。（慧眼識英雄） 　　Ｓ：不怕楊素的追討，在夜晚主動投奔李靖，託付終身。（過人的膽識） 　　Ｓ：化解李靖和虯髯客之間可能發生的衝突。（機智反應）	 15	 E2-10-10-1 能思考並體會文章中解決問題的過程。	 四、表達、溝通與分享。	能說出欲查的新詞解釋。 能 正 確 回 答問題。

II 從哪些地方看出李靖是個英雄？ 　S：李靖看見楊素踞坐著會見客人時，向楊素說他這樣的行為是不對的。（勇敢） 　S：看見虬髯客無禮的看著紅拂女梳頭時，能忍著怒氣。（忍耐） 　S：虬髯客問他事情他都能誠實回答不隱瞞。（誠實） 　S：他和虬髯客共食忘恩負義人的心肝。（豪氣） 　S：扶助太原李公子建立功業。（信守承諾、不負所託） III 從哪裡看出虬髯客不尋常的地方？ 　S：紅色絡腮鬍的外表，不修邊幅，不重外表。 　S：看著紅拂女梳頭，不遵守傳統禮法。 　S：取人首級後，並把它吃了。（愛恨分明） 　S：騎乘的是驢子，這頭驢子很奇特，外形瘦小，但速度飛快，吃肉。 　S：有奪取天下的志向，財力雄厚。 　S：知道天下不是自己的，毅然放棄所有的財			

產。讓李靖幫助李公子建立帝業。 IV 你覺得李靖在無意間得到紅拂女這樣人，為什麼會又喜又怕？ 　　S：紅拂女是個美人，李靖看了也很喜歡。 　　S：受到美人的肯定。 　　S：怕楊素派人追殺。 【情意擴展】 1. 你覺得紅拂女是一個怎樣的女孩？ 　　S：有勇氣的女孩。 　　S：聰明、反應快。 　　S：勇於追求愛情的人 　　S：敢衝破現實的禮法制度。 2. 你覺得虯髯客把所有的財產都給了李靖、紅拂女是受什麼樣的思想影響？他為什麼要這樣做？ 　　S：謀事在人，成事在天。 　　S：不是自己的不要強求。 　　S：英雄惜英雄、慧眼識英雄。 　　S：儒家思想：重實際，積極進取。 　　S：天命觀（識時務為俊傑）。 　　S：不重錢財，一擲千金。 3. 如果你是虯髯客，當你覺得沒有辦法達成稱霸天下的願望時，你會把所有家產都給李靖、紅拂女嗎？	10	C2-1-1-1 在討論問題或交換意見時，能清楚說出自己的意思。	四、表達、溝通與分享。　能清楚表達自己的想法。

S：略 4.針對〈虬髯客傳〉裡的主要人物李靖、紅拂女和虬髯客表達個人的看法？ S：略。 5.如果有人把所有的錢財都交付給你，你會如何使用？ S：略。 活動二：講述法／討論法 1.由教師告訴學生故事劇場的作法。 2.播放故事 CD《送奶奶一頂帽子》讓學生討論故事劇場和讀者劇場的差異。 3.指導學生根據〈虬髯客傳〉裡的人物進行角色分配。 4.讓學生略作改變〈虬髯客傳〉為劇本形式。 【角色扮演】 1.教師指定〈虬髯客傳〉裡演出的段落，由小組成員討論及扮演的角色。 2.個人針對所扮演的角色進行人物揣摩。 3.小組人員進行排練。 ──── 第三節結束──── 三、綜合活動 【說話和聆聽訓練】 請三組同學流輪上臺以讀者劇	15	B-2-2-4-5 能在聆聽的過程中感受說話者的情緒。 F2-10-2-1 能在寫作中，發揮豐富的想像力。	二、欣賞、表現與創新。 四、表達、溝通與分享。 七、規畫、組織與實踐	明白故事劇場的說故事方式。能體會故事人物的情感。 會使用故事劇場的說故事方式。 會用清楚的語言友善的態度給予同學適當的回饋。

場的方式演出〈虬髯客傳〉，演出的同學在擔任演出的角色時，要揣摩所扮演角色的說話態度表情。未演出的同學要專心聆聽、欣賞臺上演出同學的聲音表情。	20	B-2-2-4-5 能在聆聽的過程中感受說話者的情緒	四、表達、溝通與分享。
【歸納整理】 1. 根據同學的演出，演出者對於自己的演出提出看法，觀賞者也提出對表演者的回饋與建議。 2. 針對〈虬髯客傳〉的演出進行總結。 【收拾、整理場地】 ──── 第四節結束 ────	20	c-2-2-2-2 能針對問題，提出自己的意見或看法。	

　　進到正式教學時，首先播放影片──〈洋基小英雄〉的電影劇照及故事簡介來引起他們學習的動機。接著由教學者就該片介紹提問：那個小男孩如何成為人們心目中的英雄?當學生能回答不怕困難及面對困境具有堅持和忍耐力，不輕易放棄等，就表示他們已掌握問題的核心。接著問他們認為怎樣才算得上英雄的問題？讓學生提出想法？並舉例。接著就這樣的英雄行為請他們舉出古今中外他們認為是英雄的人物。就舉出的英雄人物裡來討論英雄是不是要孔武有力？是否有年齡性別的限制？當學生對於英雄的特質有基本的認識後，教師就英雄的人格特質再進行補充。所謂英雄沒有性別、年齡、國籍的分別，他們以尊重生命、為他人著想、盡忠職守為價值觀。對於有些人的行為看似是英雄，做

出危險舉動不愛惜生命是不能算是英雄的。當學生對英雄有一番認識之後，就接著進行第二個活動。發下空白紙，讓小組相互討論寫下豪俠和英雄的差別？並請學生發表他們的看法。等學生都能清楚表達英雄和豪俠的差別，教學者就學生發表中有所不足的地方再進行補充。並就有些人的行為看似英雄豪俠的行為其實是魯莽的俠義行為加以解說。

進入主要的閱讀活動，請學生先概覽、默讀〈虯髯客傳〉文章。接著由教師以講述法講解該篇故事的大概情節和背景，以問答的方式引導學生說出〈虯髯客傳〉文章大意。從李靖為何去晉見楊素？紅拂女為什麼會與李靖私奔？虯髯客為什麼會和李靖、紅拂女結為知己？到虯髯客為什麼會選擇離開，並將所有財產都給李靖、紅拂女？等藉由這些問題討論讓學生了解故事的前因後果而掌握文章大意，完成本次教學活動的第一節課。

　　　原本想播放〈洋基小英雄〉的電影，但因為時間的關係，以劇照和故事簡介的方式來呈現。學生雖有遺憾，但仍可掌握住主要的概念。就英雄的行為學生都能舉例具體說明。學生阿柏就很主動的說：「看見有困難的人主動幫助他。如看見有人騎單車，單車『落鏈』（閩南語）時，主動幫忙。」學生小貞說：「幫助朋友不求回報。像小羽都會主動幫助朋友。」學生阿原說：「英雄的行為是可以感動人的，像九二一大地震哪些主動救援的人。」學生們都能掌握住英雄行為的特質。根據他們所提的英雄人物為：卡哆啦Ａ夢、魯夫、鈴木一朗、王建民、教師、班上同學小羽、阿呈、阿原、趙雲等，可歸出英雄是沒有性別、年齡、國籍的分別，他們以尊重生命、為他人著想、盡忠職守為價值觀。就性別來說。阿原馬

上舉出：「楊惠敏帶國旗進入危險地帶、巾幗英雄花木蘭她們是女生」。阿原課外讀物看得多，所以舉的例子就和其他同學不一樣。就他們舉的例子來看，範圍有所侷限，於是便再介紹一些例子給學生認識：慈濟證嚴法師、印度德雷莎修女、周大觀（抗癌小英雄）。

以問答的方式提出問題，學生為了回答，他們都會很主動的再把文章翻閱，從中尋找答案。也因為這樣一來一往的提問和回答中，他們已大致能掌握住〈虯髯客傳〉的文章大意。

（觀摘 2009.04.27）

進行〈虯髯客傳〉故事劇場化的第二節課，採腦力激盪法，學生三組分配好後，每組討論三分鐘後，由各組推派一位同學上臺說明小組討論出來的大意，以兩分鐘為限，各組報告完畢後再由教師綜合學生的意見補充學生未提到的部分並給予回饋。由教學者以講述法歸納本篇文章的大意：在描寫從李靖進見楊素後，紅拂女慧眼識英雄看出李靖是個有膽識見解的人，在夜晚主動投奔李靖。李靖、紅拂女和虯髯客在旅舍相遇，結為知己。虯髯客確定文皇為真命天子後，就放棄謀取天下的志向，到海外發展。而李靖也幫助文皇建立唐朝。在語詞教學的部分，教學者先將文章分為三個部分，讓三個小組每一小組分配一個部分進行新詞圈選和解釋的工作。

有了第一節研究討論後，他們掌握住〈虯髯客傳〉的文章大意，所以在分組討論後，小組上臺報告分享的情形就進行的很順利。為了避免新詞圈選時造成重複的現象，所以把文章分為三部分，每一組負責一部分，分工的結果

都能各盡其責。對於絲蘿指的是攀附在別的樹木上生長的蔓生植物，學生小珍、阿柏、小真、阿原，都能分別提出：百香果、絲瓜、蕃茄、小花蔓澤蘭等在他們生活中可見蔓生植物的例子來說明。

（觀摘 2009.04.28）

〈虬髯客傳〉故事劇場化的第三節課，採腦力激盪法來進行文章深究，由學生提問或者由教學者提出預設問題來進行討論。如哪些地方可以看出紅拂女的知人、膽識和機智？學生就必須分別從文章中找答案：從紅拂女看見李靖和楊素討論施展辯才時，可以看出紅拂女的慧眼識英雄的能力。在夜晚主動投奔李靖，託付終身，不怕楊素的追討，顯示她過人的膽識。因為她的機智化解李靖和虬髯客之間可能發生的衝突。

從哪些地方看出李靖是個英雄？從李靖看見楊素踞坐著會見客人時，向楊素說他這樣的行為是不對的，表現李靖的勇敢；看見虬髯客無禮的看著紅拂女梳頭時，他能忍著怒氣，表現李靖能忍耐不衝動不是莽夫；虬髯客問他事情他都能誠實回答不隱瞞，對朋友誠實；他和虬髯客共食忘恩負義人的心肝，展現他豪氣的一面；最後扶助太原李公子建立功業，表現他對虬髯客信守承諾、不負所託。

本篇篇名是〈虬髯客傳〉，當然主角就是虬髯客，那麼他有哪些不尋常的地方，就是值得人探討的部分。從虬髯客不修邊幅、不注重外表、不拘小節，直視陌生女子梳頭等不遵守傳統禮法的行為，就顯示他是和一般人有很大的不同。對於忘恩負義的人，取他首級後，並把那人的心肝吃了，表現他的情感是愛恨分明的。當然除此之外，他所騎乘的並不馬而是驢子，這頭驢子又很奇特，外形

瘦小，但速度飛快而且是吃肉的。更增加了他的神秘性。虯髯客所以稱為豪俠，就在他知道天下不是自己的而能不強求，並慷慨把所有的財產，讓李靖幫助李公子建立帝業。

　　進一步就文章來作情意的擴展，讓學生去思索虯髯客把所有的財產都給了李靖、紅拂女是受什麼樣的思想影響？如果你是虯髯客你會把所有的財產都給李靖、紅拂女嗎？

　　本節第二個活動重點就是教學者對學生講述故事劇場的作法，並讓學生進一步討論演出的方式。在前一次的教學活動中，學生已有讀者劇場的經驗，播放故事CD《送奶奶一頂帽子》讓學生討論故事劇場和讀者劇場的差異：對話口語化、要穿劇裝、敘述者的說明是由扮演角色所分攤、啞劇動作。當他們能了解其中的差異後，再指導他們根據〈虯髯客傳〉裡的人物進行角色分配，就教師指定裡演出的段落，由小組成員討論及扮演的角色，個人針對所扮演的角色進行人物揣摩，小組人員進行排練。

　　　　學生針對虯髯客殺人後取人首級，並把那人心肝吃了的描寫。學生小雅說：「我覺得很血腥，感覺很噁心。」接著再次強調這樣行為產生有它的時代背景：英雄的作為都是為他人設想，不是為了自己的利益。豪俠的行為雖然有時是見義勇為，但他們的作法卻不一定合法、正確。古代會有豪俠的產生，現在社會則是無法接受虯髯客這樣的豪俠。而英雄是從古到今都會產生。俠產生在動盪不安、貧富差距大、不民主的時代裡。豪俠和英雄都是勇於助人的……這在第一節課時，我們已經討論過。

　　　　在談到如何看出虯髯客是個不受傳統禮節約束的人，學生阿原馬上說：「因為虯髯客他不刮鬍子；還有直接看一個

陌生女子梳頭，這樣會很不好意思。」阿原觀察理解力很強講到重點。就紅拂女梳頭的情節，學生小羽就梳頭一事表示她的看法：「女生梳頭是很隱私的，不希望別人看見。」學生阿真質疑的說：「紅拂女梳頭為什麼不把房門關起來，不就沒事了。」教學者：「本篇叫〈虯髯客傳〉這是作者安排的情節，要藉紅拂女、李靖來襯托出虯髯客豪爽不拘傳統禮節的一面，紅拂女若是把門關來了，接下來虯髯客要如何出場？他不就沒戲可唱了嗎？」

在情意擴張上，學生針對如果你是虯髯客你會把所有的財產都給李靖、紅拂女的問題，有三分之二的同學認為他會像虯髯客一樣好人做到底把所有的財產都給李靖、紅拂女。但也有三分之一的同學認為他會留一半或一些給自己再去開創事業。對於虯髯客會把所有的錢財都送給李靖、紅拂女的行為，也表示他真的是個不重錢財豪爽的人。更重要的是，如學生阿原所說：「虯髯客對自己有信心，他認為他可以再開創另一事業。」學生小羽對此表達不一樣的想法：「虯髯客想試試自己的能力，是否可以再開創另一事業，所以把所有的錢財都送給李靖、紅拂女。」

對於故事劇場的演戲方式學生們躍躍欲試，因為這篇故事的三位主角形象鮮明，非常吸引他們。因為上次讀者劇場未讓他們有服裝、肢體動作的表現，因為故事劇場要著劇裝，我們沒有辦法借到，就以人物的特徵來代表，學生大寶早迫不及待的做好紅拂女及刀準備一展身手。學生阿祐、阿柏、小羽、小喜，更積極到資源回收室裡尋找可用的材料。當然教室裡可用的紙張、膠帶、顏料都無條件供他們使用。今天，是星期三下午半天，

看著他們兩三個相約一起做道具，真的蠻感動的！很期待看到他們的演出。

（觀摘 2009.04.29）

進到本次教學活動的最後一節課——好戲開鑼了，為了有效掌握時間，我就以本班教室作為表演的場地。當正式演出時，請學生就一位欣賞者的角色，安靜的聆聽。當三組同學表演完後請同學分別填寫故事劇場學習單，並給所有演出的同學正向的積極回饋，也可就演出的情形給一些意見和建議。對於學生的表現教師不作評比都以積極正向的態度給予學生肯定、讓學生有信心。最後，由全體學生一同整理、恢復場地，完成有意義的學習活動。隨後發下後測問卷，請他們利用時間填寫，作為我檢驗他們是否已達到所設定教學目標的依據。

在學生演出前學生曾就口語化的問題，提出疑問，經由適度的提醒，他們也能掌握住要點，如紅拂女說道：「妾身是楊家拿紅拂的歌女呀！」其中「妾」是從前女子的書面上自稱的謙詞。「說道」就是說的意思，把它改為紅拂女說：「我是楊大人家裡拿紅拂的歌女呀！」再加上指定演出的部分多為紅拂女、李靖、虬髯客的對話，那種對話的形式也比較口語化，和〈鶯鶯傳〉的文詞敘述方式有明顯不同。

他們製作一支紅色拂塵讓演出紅拂女的人手裡拿著出場，這樣臺下的人很容易就明白演員所代表的人物角色。以紅色的紙張剪成鬍鬚的模樣後再黏貼在演虬髯客演員的臉上，一出場不用敘述者多作解說大家就知道他是誰了。製作簡單的驢頭加上木棍便成為虬髯客的所騎乘的神奇驢子。看著他們那麼精采的演出，底下的同學和教師都給予熱

烈的回應。更讓人感動的是同學們會彼此支援道具，學生大寶製作的紅拂和刀劍都願意借給其他組運用。關於虬髯客取人首級，吃人心肝的那一部分，他們居然會想到去健康中心跟護士阿姨借心藏、肝臟的模型。果然是高年級的學生懂得充分利用學校資源。

關於啞劇動作我發覺他們掌握得很好，像阿宇和阿懿兩人坐在椅子上笑容滿面比手畫腳的扮演楊素和李靖相談甚歡的情形。小羽自言自語表現了李靖向楊素滔滔不絕的講著自己的計謀。對於楊素踞坐著動作表演者都能很傳神的演出，讓大家印象深刻。

在欣賞完同學的演出，大家都感到很開心、有趣。對於同學們表達出的地方，我都給予正向鼓勵，不作評比。在這樣溫馨愉快的氣氛下，他們大部分對這種表演方式，都很喜歡，並表示希望再有演出的機會。

（觀摘 2009.05.01）

後測問卷結果顯示：學生們覺得利用故事劇場的方式可以幫助他們更容易了解〈虬髯客傳〉的內容。更喜歡這種生動、活潑的演戲方式。在經過研究、討論和戲劇的表演中他們看見了：英雄惜英雄、慧眼識英雄及識時務者為俊傑的英雄行徑。更了解虬髯客為何會主動退讓，把天下讓給李氏父子，是受到中國人「謀事在人，成事在天」傳統觀念的影響。

（觀摘 2009.05.02）

　　有關個案的選擇，在這次〈虬髯客傳〉故事劇場化的個案訪談，在前測不計名的問卷中，有一題是這樣的：請你寫下兩個你認為是英雄的人？並寫他們的哪些行為讓你覺得他們是英雄？結果班上學生不約而同的寫下班上三位同學的名字並認為他們有英雄般的行為。我就依學生所寫的作為個案研究對象。以他們的狀況可以滿足本研究的條件來支持理論建構。有關受訪者代號編碼如下：

表 7-2-2　　結構式訪談大綱

E：阿原　　　F：小羽　　　B：阿呈

一、基本資料
1.年齡、姓別、家庭成員、家庭生活狀況。
2.表現最好的學科、最喜歡上的科目。
二、閱讀習慣
1.平均每天大約花多少時間閱讀課外書籍？
2.喜歡閱讀那類的書籍？
3.書籍的來源？
4.你覺得教師要求的閱讀寫作心得單（閱讀小博士林對你的學習是否有幫助？你喜歡這種模式嗎？倘若以戲劇演出的方式取代寫作的模式你覺得如何？
三、閱讀策略
1.當你遇見看不懂的書籍、文章時，你都如何處理？
2.你覺得閱讀可以帶給你什麼？
四、英雄崇拜
1.你是否崇拜英雄人物？
2.你覺得你和英雄人物的行為有相似的地方嗎？
五、閱讀〈虬髯客傳〉的經驗
1.就你的經驗你覺得〈虬髯客傳〉裡你最欣賞那個人？為什麼？
2.請你比較〈虬髯客傳〉故事劇場演出前後的差別？

訪談資料結果分析

個案一：阿原〈虬髯客傳〉學習的經驗。

　　阿原（化名），為研究者任教的六年級男生，十二歲。阿原出生於臺東，家中有三個孩子，上有一個哥哥，下有一個妹妹，排行老二。父親從事木工，母親是民宿店的店員。阿原天資聰穎又有閱讀習慣，在課業學習上的表現很凸出，常代表學校參加語文競賽，他從未以這樣的成就自傲。六年來各領域平均成績名列前茅。

（一）閱讀經驗

　　阿原在國、數成績都是班上數一數二的反應，談到他平日閱讀課外讀物的時間和內容，他說：「我常利用時間看書，教室裡的書我大都看過了。在假日我除了睡覺不看之外，連吃飯我都在看。」「你都看什麼書？」「我以前比較喜歡看歷史類的，現在則很迷科幻小說。」「你都向哪兒借書？」「學校裡沒有我喜歡看的，我都到關山圖書館借。有時候，英文教師也會借給我，因為他也喜歡看科幻小說。最近，我就很喜歡看倪匡的小說。有時候，假日一次可連看好幾本，看得我眼睛好酸阿！」阿原的閱讀習慣與興趣自小養成，只要不和男同學一起胡鬧玩耍，就會看他拿著一本書津津有味的看著。阿原閱讀理解能力強，反應在課業上就是學業成績優異。

　　對於教師所發的文章，倘若有看不懂的地方又要寫下心得感想時要如何處理？阿原說：「我大部分都可以了解。」對於戲劇演出的模式，阿原說：「還蠻喜歡的。」倘若以「戲劇演出的方式取代寫作的模式你覺得如何？」阿原笑著說：「不用寫當然好！」

（訪 E 摘 2009.04.28）

（二）英雄崇拜的經驗

「你知道班上有人同學把你列入英雄的名單裡嗎？」阿原笑笑的回說：「真的嗎?!我常會和班上男同學一起鬧女生，惹她們生氣。」「知道同學把你列為英雄的名單，為什麼嗎？」「我猜猜看，大概功課都會借同學抄。」「嗯！很聰明，同學們認為你會教他們功課，尤其是數學的作業。這表示你願意幫助有困難的同學，對他們來說就像英雄的行為一般。」

「你會崇拜英雄或者有喜歡的英雄人物嗎？」「沒有。」

「你覺得你和英雄人物的行為有相似的地方嗎？」「可能在會幫助需要幫助的同學，尤其在課業上吧！」

（訪 E 摘 2009.04.29）

（三）閱讀〈虬髯客傳〉的經驗

「在〈虬髯客傳〉裡你最欣賞哪個人？為什麼？」「應該是虬髯客吧，因為他把自己的所有財產都送給李靖、紅拂女去扶助太原那位李公子。我覺得他很豪氣。」

「你覺得虬髯客那麼有能力又有財產，為什麼看見太原李公子就放棄了爭取天下的志向？」

「因為他覺得自己不是真命天子，硬拼是不可能的，如果要硬拼會浪費許多錢，連累他人更會因此而害死許多無辜的人。」

「如果你是虬髯客你會把所有財產都送人嗎？」

「會，既然要幫助人就好人做到底。」

「〈虬髯客傳〉故事劇場演出前後的差別？」「我覺得對我理解都差不多，只是看見同學上臺表演感到很好笑。」「既然感到好笑？為什麼你會在學習單上表示讀者劇場很麻煩，不希望再有這樣的劇

場？」「我們這組把改寫劇本的工作都丟給我，他們只會說我最聰明，站在旁邊只講不寫，最後又說我字寫得他們都看不懂。」「這就是他們選你為英雄的原因，因為你會幫他們解決難題。你忘了我們前面所討論的英雄是會幫助他人解決困難，不會只考慮自己的利益，而且他的所作所為是會感動人心的。這也就是你們這組同學會找你在一起的原因。」

（訪 E 摘 2009.05.01）

阿原的閱讀理解能力很強又有閱讀的習慣，所以自己閱讀這樣的文章困難度並不高，經過課堂上的討論，他往往是最快理解反應最迅速的人。有時候，當同學提出問題時，教師還沒回答他早已搶著替教師回答。經過這次的教學活動，他也因此而了解他在班上同學心中的形象，不是僅限於喜歡打打鬧鬧的學生，而是能幫助他們解決課業上難題的英雄人物。

個案二：小羽〈虬髯客傳〉學習的經驗。

小羽（化名），為研究者任教的六年級女生，十二歲。小羽出生於臺東，家中只她和姐姐兩個女兒。父親從事運輸業，母親是全職家庭主婦。小羽先天體質不佳，容易生病，但在父母親非常關心照顧下小羽在校表現很優秀，常代表學校參加語文競賽，尤其在口語上的表現更是可圈可點。六年來各領域平均成績名列前茅。

（一）閱讀經驗

小羽平日在課業上的學習都相當積極認真。談到她平日閱讀課外讀物的時間和內容，她說：「我看書時間不固定，身體好時間多就看得多，平時大約半小時，在假日時間就比較多了。」

「你都看什麼書？」「我比較喜歡看校園趣事、生活故事。」「你都向哪兒借書？」「我都是向學校圖書室借。有時候，也會看姐姐的。」小羽的閱讀習慣與興趣自小養成，只要身體狀況許可她會多花時間來閱讀。小羽閱讀理解能力強，反應在課業上就是學業成績優異。

對於教師所發的文章，倘若有看不懂的地方又要寫下心得感想時要如何處理？小羽說：「我會問媽媽或姐姐。」對於戲劇演出的模式，小羽說：「我覺得這種方式很好，尤其是在做道具時，小組成員彼此要分工合作，因為大家這樣的分工讓我有不同的體驗。」倘若以「戲劇演出的方式取代寫作的模式你覺得如何？」阿羽認真的說：「寫閱讀小博士有它的好處，我也喜歡這種方式；要寫大意就必須練習整理而且寫下來才不會忘記。」

（訪 F 摘 2009.04.28）

（二）英雄崇拜的經驗

「你知道班上有人同學把你列入英雄的名單裡嗎？」小羽驚訝的說：「為什麼？」「同學認為你會見義勇為、當有人傷心時會你會幫助別人，還有你會保守祕密。」「嗯！因為男同學們都常會欺負小惠，我看不下去就會幫小惠解決。不過，我有時也會鬧她、逗她。比方說，如果她有什麼好的東西我會跟她要。」

「你會崇拜英雄或者有喜歡的英雄人物嗎？」「有，我欣賞重義氣，幫助別人不求回報的人。」

小羽心理上對於英雄重信守諾、見義勇為的行為是很欣賞的。所以表現在行為上就是看到同學被欺負就會挺身而出幫助同學解決難題。

（訪 F 摘 2009.04.29）

（三）閱讀〈虯髯客傳〉的經驗

「在〈虯髯客傳〉裡你最欣賞哪個人？為什麼？」「虯髯客，因為他很豪氣的把所有財產都送給別人。」

「你覺得虯髯客那麼有能力又有財產，為什麼看見太原李公子就放棄了爭取天下的志向？」

「因為他覺得自己不是真命天子，所以就把所有錢財都給了別人。」

「如果你是虯髯客你會把所有財產都送人嗎？」

「不會，我會留一點給自己。因為要是去外面創業失敗，才不會一無所有。」

「〈虯髯客傳〉故事劇場演出前後的差別？」「我覺得對理解很有幫助，而且會有不同的體驗」

（訪 F 摘 2009.05.01）

小羽的閱讀理解能力強、口語表達能力也很好，在演講和朗讀上更有天分。所以在戲劇演出時，會聽到她用聲音來詮釋和看到她用豐富的表情和肢體動作來扮演角色。因此在同學的心中，她演出李靖的角色是最令大家印象深刻的。

個案三：阿呈〈虯髯客傳〉學習的經驗。

阿呈（化名），為研究者任教的六年級男生，十二歲。阿呈出生於臺東，是家中獨子，父母甚為疼愛，所以比較自我中心。父親從事鐵工的工作，母親在北部工作假日會回來。家境小康。因為愛、惡分明，對於喜歡的課業如數學、國語就比較認真學習，所以國數成績表現優良，對於不喜歡的課業就很排斥。所以六年來各領域平均成績排名中等。身體強壯有力，個性直爽，容易和同學產生衝突。

（一）閱讀經驗

　　阿呈在國、數成績都不錯，談到他平日閱讀課外讀物的時間和內容，他說：「我平常都喜歡看漫畫或者搞笑的，在假日時會看得多一點。」關於書的來源他說：「都是爸媽買的。」表示阿呈會利用時間閱讀，但他閱讀的習慣就像他的個性一樣喜好分明，喜歡的就看，不喜歡的就不會去接觸。所以遇到看不懂的地方，如果是他有興趣的他會再三研究，倘若是他不感興趣的他就會放棄。

　　對於戲劇演出的模式，阿呈說：「我覺得還不錯。」倘若以「戲劇演出的方式取代寫作的模式你覺得如何？」阿呈高興的說：「我贊成！」

（訪 B 摘 2009.04.15）

（二）英雄崇拜的經驗

　　「你知道班上有人把你列入英雄的名單裡嗎？」阿呈露出頑皮的笑容：「不會吧？我會鬧同學吧！我可以看同學們怎麼寫的嗎？」「有同學認為你會見義勇為。」「嗯！也許吧！」

　　「你會崇拜英雄或者有喜歡的英雄人物嗎？」「有，我最崇拜的英雄是我爸爸，因為他工作從來不喊累，而且常幫助別人。」

　　「那你會希望自己像爸爸一樣嗎？」「會，我希望能這樣。」

（訪 B 摘 2009.04.29）

（三）閱讀〈虬髯客傳〉的經驗

　　「在〈虬髯客傳〉裡你最欣賞哪個人？為什麼？」「虬髯客，因為欣賞他的豪氣，一口氣就把所有財產都送給別人，而且還會幫助人（李靖、紅拂女、真命天子）。」

「如果你是虬髯客你會把所有財產都送人嗎？」「應該會吧！」

阿呈對這篇〈虬髯客傳〉的故事顯然比較符合他的男兒豪氣的本色，所以在初次閱讀時，他就學習單上寫著：「很厲害，作者竟可寫出這麼好看的小說。」不排斥。接著在學習單上的心得：「虬髯客真是豪氣啊！幫助李靖，還給他所有的財產，如果世上有一堆像虬髯客的人就好了！這樣不但社會變好，臺灣人氣也變好了。」

（訪 B 摘 2009.04.29）

經過訪談資料分析，三位個案都具英雄的特質──幫助別人、見義勇為等。這樣的特質彌補他們有時調皮搗蛋、喜歡作弄同學的行為，因為這種英雄行徑也為他們贏得同學的信賴與友誼。

像〈虬髯客傳〉這樣的文章，透過故事劇場的方式讓他們能學到以不同的角色去體會。因為戲劇的演出需要分工合作，就讓學習變得有趣味、體會更深刻。

這三位班上同學認為是英雄的個案，不約而同的都很欣賞〈虬髯客傳〉的英雄人物──虬髯客（不重錢財的豪氣行為），體現這種「英雄惜英雄」、「慧眼識英雄」的倫理規範，這就是我們氣化觀型文化的傳統。

第三節　唐傳奇舞臺劇化教學活動設計舉隅及其驗證

針對志怪部分的論點，多數認為是受外來思想影響或者歸結到作者「有意為之」的虛構。而我對於志怪的部分認為可另從神祕文本的觀點來發掘它擴及玄奧或神怪這一超現實性的學問；這

個在當今被來自西方唯物論的視野所囚禁恆視為荒誕（周慶華，2008：16），以致我們本身也遺忘視之為怪力亂神並責其為迷信，殊不知這是氣化觀型文化的傳統——中國傳統文哲的神祕文本。根據周慶華的說法，「中國傳統文哲的表現可以列入神秘範疇的，不外有超現實的玄奧語言和奇妙的神怪經驗及間接相應於這些玄奧語言和神怪經驗的一些象徵性的符號和儀式等」（同上，17）彙成四種神秘文本。「第二是超現實事物的經驗現象顯示這一混合性的符號組構，如所有口傳以及輯錄保存在神仙鬼怪傳奇中。」（同上，17）

關於唐傳奇作品不能僅限於從受佛、道思想的影響來思考，它還可以從中國傳統文哲中神秘文本建構後的詮釋著眼來開啟新的視野，「在中國傳統文哲中神秘文本方面，有『氣化』成世界的獨特的文化隱喻而可以重新體認發揚：舉凡它所內蘊的道／氣式的玄奧語言以及迎應道／氣式的神怪經驗等等。」（周慶華，2008：20）對於李復言的〈杜子春〉也有神秘文本具有現代意義下「隱喻」的功能。除此之外，在〈杜子春〉故事中「噫！」的一聲，在倫理親情上呈現出氣化觀型文化傳統無法「忘情」的倫理價值，這是異於「創造觀型文化傳統只有神／人的『父母』和人／人的『兄弟姐妹』這二倫，所以對塵世的父母（如同兄弟姐妹）就沒有『負擔』」。（周慶華，2007b：211）

由於李復言的〈杜子春〉除了具有神秘文本的特質外更內含氣化觀型文化傳統倫理特質，所以將〈杜子春〉選為本研究志怪類戲劇化的代表文本。至於為何以舞臺劇的型式來詮釋〈杜子春〉，則詳見第五章第三節的說明。本節主要是要透過〈杜子春〉舞臺劇化的教學活動設計及實踐來檢證。

　　所有教學要有所成效，就必須先設計後再進行，才能使教學活動有效果。在本次的教學活動仍計畫以四節課來完成。在進行教學前先設計前測問卷對全班學生進行普測，採無計名問卷的方式，讓學生在作答時沒有壓力，了解他們在本單元教學前的基本能力，作為教學參考的依據。本班為六年級學生，有八位女生，七位男生，共十五位學生參與本次的教學活動，由我擔任本次活動的教學者也是觀察者。前測結果：

　　　　對於舞臺劇的表演形式大部分的學生都有看過這樣演故事的經驗。也都看過關於神奇鬼怪的故事或影片。喜歡看這類影片的原因是因為它很刺激。

　　　　對於中國神奇鬼怪故事或影片的認識都侷限在殭屍片，認為它很恐怖。而對西方神奇鬼怪故事或影片的認識則偏向於《哈利波特》的魔法，認為它很神奇。從這樣的結果顯示學生對於我們傳統文學作品中關於神奇幻術的描寫認識不足，反而對西方的神奇幻術的描寫比較熟悉，這正是受西方強權主導下文化全球化的結果。

　　　　　　　　　　　　　　　　　　　　（觀摘 2009.05.4）

　　關於詳細的教學流程如下：

教學單元	唐傳奇〈杜子春〉	教學者 設計者	廖五梅
教學方式	舞臺劇	教學班級	六年甲班
教學日期	98.04.26～98.05.02	教學人數	15 人
		教學時間	共四節（160 分鐘）
設計理念	1.設計活潑生動的教學方式，讓學生藉著演出的方式強化閱讀 理解。		

	2. 利用小組討論，增加學生間的互動，激發學生的創意及表達與溝通的能力，增加閱讀成效。 3. 透過實際的演出了解舞臺劇的表演方式，並在演出與欣賞中享受閱讀的樂趣。
教學 目標	1. 能回答教師提出的問題，並清楚說出自己的想法。 2. 能了解我國傳統氣化觀型文化中倫理規範——重視家族倫理。 3. 能利用聲音、表情，肢體動作進行角色扮演。 4. 能體會成仙失敗悲壯的美感。 5. 能學習文本中美的經驗、美的感情或美的價值。 6. 能學習和其他同學互助合作的精神。 7. 能培養上臺表演的能力。 8. 能專心聆聽臺上表演者的表演。 9. 能獲得知識的體驗——熟悉成仙的法門。
準備 教材	〈杜子春〉白話文章、CD、電腦、投影機、閱讀小博士學習單、前測問卷、後測問卷、學習單、蒐集〈杜子春〉的文學資料、空白紙條。

表 7-3-1 〈杜子春〉舞臺劇教學活動設計

教學活動內容	時間	分段能力指標	十大基本能力	評量方式
一、準備活動 （一）教師 　1. 上課前一堂課發下〈杜子春〉 　　白話文章、前測問卷，請學生 　　先預習。 　2. 分組，全班分為三組，以利討 　　論和表演，並負擔不同任務。 （二）學生 　1. 填寫前測問卷。 　2. 課前預習：預習文章，並從文 　　章中找出不熟悉的語詞，並請 　　學生試著摘取大意。				

二、發展活動	5	c-2-2-2-2 能針對問題，提出自己的意見或看法。	四、表達溝通與分享。	能回答教師的問題。
（一）引起動機　　由教學者帶著布偶站上講臺，以舞動布偶模仿著〈杜子春〉中老人的語調、聲音說：「世人都曉神仙好，惟有功名忘不了。古今將相在何方？荒塚一堆草沒了。世人都曉神仙好，只有金銀忘不了。終朝只恨聚無多，及到多時眼閉了。世人都曉神仙好，只有嬌妻忘不了。君生日日說恩情，君死又隨人去了。世人都曉神仙好，只有兒孫忘不了。痴心父母古來多，孝順兒孫誰見了。」隨後在黑板張貼這首曹雪芹〈好了歌〉的歌詞。				
活動一：教師提問				
1. 這首〈好了歌〉在說什麼？　S：不要過分追求名利。　S：不要過分追求財富。　S：對於親情、愛情也不要過於執著。　T：很好，你們都很能了解歌詞的意思。教師要告訴你們一個關於放不下人世間的情感，而失去飛天成仙的悲壯故事。	10			
（二）概覽文本　　請學生默讀〈杜子春〉文章，並掌握文章大意。		E-2-10-10-1 能思考並體會文章中解決問題的過程。	十、獨立思考與解決問題。	能安靜讀的完文章。
【講述大意】 活動二：講述法	15	E2-8-5-3 能在閱讀過程	四、表達、溝通與分享。	能正確的回答問題。

教師講解〈杜子春〉故事的大概情節和背景。		中，培養與團體的精神，增進人際互動。	

【教師提問】
以問答的方式引導學生說出〈杜子春〉文章大意。

（10）

1. 杜子春為何從衣食無缺的富家公子變成流浪街頭無家可歸的人？
   S：放蕩不羈。
   S：不肯料理家業。
   S：不求上進，整天花天酒地把家財揮霍一空。

2. 杜子春在接受老人三次金錢資助時是怎樣的心情？
   S：第一次很高興。
   S：第二次很慚愧。
   S：第三次覺得沒臉見老人。

3. 老人為何要資助杜子春？
   S：他需要有人協助煉丹。
   S：杜子春有成仙的條件。
   S：杜子春運氣好遇見老人。

4. 杜子春在協助煉丹的過程中看到了哪些幻象？
   S：略。

5. 杜子春最後是因為未通過那一關而導致煉丹失敗？
   S：割捨不下對於孩子的愛。
   T：總結學生的答案：
   　　各位同學都說得很好，這篇故事在描述杜子春在窮困潦倒時，數次接受老人的資助，杜子春對老人的

幫助很感恩，所以願意幫助道士煉丹以報答道士的恩德。但在煉丹的過程中，杜子春因為不能捨棄世間的情感而導致煉丹失敗，使得杜子春也失去昇仙的機會。			
─────── 第一節結束 ───────			
【指導學生試說大意】 活動一：腦力激盪法 　　將學生分為三組，每組討論三分鐘後，由各組推派一位同學上臺說明小組討論出來的大意，以兩分鐘為限，各組報告完畢後再由教師綜合學生的意見補充學生未提到的部分，並給予回饋。	10	B-2-2-7-8 能簡要歸納聆聽的內容。	
活動二：講述法 【教師歸納文本大意】 　　〈杜子春〉描寫杜子春在受老人三次資助後，感恩圖報願協助老人煉丹，但在煉丹的過程中杜子春通過了喜、怒、哀、懼、惡、慾等各種難關，唯獨放不下愛這一關，以致煉丹失敗。	10	C-2-2-4-5 能說出一段話或一篇短文的要點。 D-2-2-3-1 能查字詞典，並利用字詞典，分辨字義。	能說出概覽課文時所選的新詞。
【語詞教學】 　1.師生共選新詞： 　　　各組討論並將概覽文章時所圈出的新詞作一整理，請每一位同學提出一個。倘若有重要的新詞未選出時，則由教	20		能說出欲查的新詞解釋。

245

師提出與學生分享、認識。			
2. 解釋詞意： 根據師生提出的新詞，請各人根據所提的新詞，利用字詞典查出它的詞意，並用口語的方式把它說出來。倘若有未盡之處，則由教師加以補充。	10		
──── 第二節結束 ────			
（三）文章深究 【內容深究】 活動一：腦力激盪法 1. 先由學生針對〈杜子春〉裡提出問題討論。針對學生的問題，倘若有不完整的回答再由教師加以補充說明。 2. 由教師提出預設的問題，由學生討論，請學生回答。倘若沒有回答出完整的答案，則由教師再加以補充。 I 從哪可以看出杜子春有很濃厚的家族意識？ S：族中子侄輩的婚事辦理妥當。 S：重修祖墳。 II 老人為何要一而再，再而三的資助杜子春？ S：因為他認為杜子春是個可造之材。 S：他需要杜子春幫他煉	10	E2-10-10-1 能思考並體會文章中解決問題的過程。	三、了解自我與發展潛能。	能清楚表達自己的想法。

丹。			
Ⅲ老人為什麼要杜子春協助煉丹？ S：煉丹的工作老人無法一個人完成。 S：杜子春有協助煉丹的資格。			
Ⅳ煉丹的條件是什麼？ S：不能說話、不能出聲。		B-2-2-4-5 能在聆聽的過程中感受說話者的情緒。	十、規畫、組織 　　與實踐。
Ⅴ杜子春在協助老人煉丹的最後關頭為什麼會失敗？ S：放不下對孩子的「愛」。		c-2-2-2-2 能針對問題，提出自己的意見或看法。	四、表達、溝通 　　與分享。
Ⅵ杜子春對於煉丹失敗有怎樣的感覺？ S：認為自己違背誓言感到十分內疚。		F2-10-2-1 能在寫作中，發揮豐富的想像力。	
【情意擴展】 1.你覺得杜子春是一個怎樣的人？ S：知過能改的人。 S：知恩圖報。 S：恩怨分明的人。 S：重視家族倫理的人。 S：拋不下愛子之心的人。 2.你覺得那個幻像是在做什麼的？ S：考驗杜子春的是否真的具有成仙的資格。	10	B-2-2-4-5 能在聆聽的過	二、欣賞、表現

3. 當杜子春三次落拓潦倒後，又突然擁有大量的錢財時，他的家人、朋友怎麼都不會懷疑他的錢從何處來？」 S：略。 4. 你如果你突然擁有許多的錢財你會如何做？ S：略。 5. 如果你是杜子春，你覺得你是否會通過考驗？ S：略。 6. 對於杜子春歷經千辛萬苦但最後卻失敗了，你覺得如何？ S：悲壯的美感。 7. 杜子春在協助煉丹的過程中遇到哪些可怕的情景？他如何克服？ S：略。 8. 你是否有害怕、恐懼的經驗？你如何克服害怕、恐懼的心理？ S：略。 活動二：講述法／討論法 1. 播放《蘭陽劇團——杜子春》故事 DVD，讓學生討論旁白和扮演者，如何以聲音去揣摩劇中人物。 2. 由教師告訴學生舞臺劇的具體作法。 3. 指導學生根據〈杜子春〉裡的人物進行角色分配。 4. 讓學生即興創作改變〈杜子	程中感受說話者的情緒。 C2-2-2-2 能針對問題，提出自己的意見或看法。 20	與創新。 四、表達。溝通與分享。	

春〉為劇本形式。			
【角色扮演】			
1.由小組成員討論及扮演的角色。			
2.個人針對所扮演的角色進行人物揣摩。			
3.小組人員進行排練。			
──── 第三節結束 ────	20		
三、綜合活動			
【說話和聆聽訓練】			
請三組同學輪流上臺以舞臺劇的方式演出〈杜子春〉，演出的同學在擔任演出的角色時，要揣摩所扮演角色的說話態度表情。未演出的同學要專心聆聽、欣賞臺上演出同學的聲音表情、肢體動作。	20		
【歸納整理】			
1.根據同學的演出，演出者對於自己的演出提出看法，觀賞者也提出對表演者的回饋與建議。			
2.針對〈杜子春〉裡的主要人物杜子春、老人提出個人的看法。			
3.針對〈杜子春〉的演出進行總結。			
【收拾、整理場地】			

——第四節結束——				

　　正式教學的第一節課，由教學者帶著布袋戲偶站上講臺，以舞動布偶模仿著〈杜子春〉中老人的語調、聲音說：「世人都曉神仙好，只有嬌妻忘不了。君生日日說恩情，君死又隨人去了。世人都曉神仙好，只有兒孫忘不了。痴心父母古來多，孝順兒孫誰見了。」隨後在投影布幕上展現這首曹雪芹作的〈好了歌〉歌詞。唱出杜子春所遇到的人生難題，激發學生的好奇心及觀察力並進一步想一探究竟的動機，進而引發他們對〈杜子春〉深入閱讀的學習興趣。因為學生閱讀它的學習動機已在這個戲劇演出中開啟了，所以在接下來的概覽課文他們很快的就能進入狀況。請學生先默讀〈杜子春〉文章，並掌握文章大意。接著由教師講解〈杜子春〉故事的大概情節和背景。再以問答的方式一步一步引導學生說出〈杜子春〉文章大意：從「杜子春為何從衣食無缺的富家公子變成流浪街頭無家可歸的人？」、「杜子春在接受老人三次金錢資助時是怎樣的心情？」、「老人為何要資助杜子春？」、「杜子春在協助煉丹的過程中看到了哪些幻象？」、「杜子春最後是因為未通過那一關而導致煉丹失敗？」等等。讓學生對〈杜子春〉的內容產生反應進而掌握故事情節裡所要傳達的意涵。

　　學生看著教師帶著布袋戲偶站上講臺感到很新鮮，不知教師葫蘆裡又要賣什麼藥。看著教師唸著〈好了歌〉的歌詞，一般人在世上所汲汲營營追求的功名、財富到頭來也是一場空。對於世間情感的過度執著，也會為人帶來痛苦。經由教師的解說下，我發現班上有幾位同學點頭表示認同。

　　對於老人為何要資助杜子春的問題，學生們回答反應的很熱烈。學生阿呈說：「杜子春運氣好，」除了運氣好之外還有什麼原因呢？阿柏說：「老人看他可憐，所以資助他。」阿原不滿意的說：「可憐的人又不是只有杜子春一個人。」阿柏玩笑的說：「杜子春就是肚子都是春天啦！所以老人幫助他。」阿千問：「教師有標準答案嗎？」「沒有，只要能合理解釋就可以了。」阿原說：「老人和杜子春有緣，杜子春有成仙的條件。」「你是怎麼想的？」阿原說：「那個老人是神仙，神仙當然看得出來杜子春是不是可幫助他煉丹。」大寶搶著說：「就是老人慧眼識英雄啦！像紅拂女一樣。」表示大寶對於〈虬髯客傳〉的印象深刻。

　　對於習慣有「標準答案」的學生來說，這樣對他們比較有安全感。這種開放性題目要學生去動腦思考的，對於哪些不喜歡受拘束的男學生來說反而比較容易放膽子天馬行空的想。我喜歡他們這樣放膽子的去想。當然，也有胡鬧瞎說的。但從他們願意表達自己的想法來看，他們對於這樣的故事討論是很投入的。

（觀摘 2009.05.4）

　　經由第一節的講解後，學生對於〈杜子春〉裡的故事已有初步概念。接著採腦力激盪法事先將班上學生數分為三組，每組討論三分鐘後，由各組推派一位同學上臺說明小組討論出來的大意，以兩分鐘為限。各組報告完畢後再由教師綜合學生的意見補充學生未提到的部分，並給予回饋。造成閱讀障礙的最大困難就是對語詞的不了解，因為對詞語的不了解就會阻礙學生的閱讀理解能力。進行詞語教學時，由師生共選新詞。由教學者先將〈杜子春〉分為三個部

分，每一組就分配到的部分進行討論，並將概覽文章時所圈出的新詞作一整理，請每一位同學提出一個自己不懂的新詞，以不重複為原則，讓他們有參與感。倘若有重要的新詞未選出時，則由教師提出與學生分享、認識。新詞選出後要進一步解釋詞意，請各人根據所提的新詞，利用字詞典查出它的詞意，並用口語的方式把它說出來。倘若有未盡之處，則由教師加以補充。

> 前一節課的討論解說後，大部分的學生，都已了解〈杜子春〉的故事。三組上臺報告討論出的大意都掌握的不錯，表示他們上課時認真參與討論。這一節中，因為先配好各組圈選新詞的範圍，就不會造成重複的現象。
> 「信步」的解釋，教師一說學生就明白了，而且還會舉例說明班上的某人上課時常會信步而走。「六禮」的意義對於學生而言，不感陌生，因為在〈鶯鶯傳〉裡我們已討論過了。

（觀摘 2009.05.05）

早上到校，聽見大寶對小羽發表杜子春在協助煉丹時情節的看法：「杜子春如果戴耳塞、閉眼睛就不會失敗了。那個老人又沒有規定。」小羽馬上回應：「以前又沒耳塞。」大寶繼續吃著早餐說道：「我怎麼不知道杜子春有妻子啊！」小真聽見了：「唉喲！你都沒看清楚，課本裡面有寫啊！」看見他們那麼自動的針對〈杜子春〉的情節隨意討論，表示他們非常投入在裡面，很認真的在研究。而這種自發的精神並非教師強迫的，所以令人格外高興。尤其是大寶竟然對於這樣的文章充滿討論的興趣。

（觀摘 2009.05.05）

　　進到本文的第三節課深究文章，這一節採腦力激盪法由教師就〈杜子春〉提出預設的問題，由學生討論，請學生回答。例如：從那可以看出杜子春有很濃厚的家族意識，請學生就文章內所提供的訊息進行討論。經由這樣的討論，學生明白杜子春在接受道士的資助後，願意幫助道士煉丹以報恩德。在煉丹的過程中杜子春因不能捨棄世間情感而導致煉丹失敗，最後杜子春也失去成仙的機會。

　　為了讓學生更深刻了解〈杜子春〉，以舞臺劇的方式讓學生演出。首先播放《蘭陽劇團——杜子春》DVD 部分片段，讓學生了解舞臺劇的表演方式。接著請小組同學將〈杜子春〉裡面情節空白的地方或者不足的地方加以改編創作，如：老人三次巨資相贈為何周遭的人都未懷疑？因為愛子心切對「愛」執著，所以通不過這一關，還可改編成割捨不下怎樣的愛，請學生加以改編。由小組成員自行討論分配扮演的角色，爾後再針對個人所扮演的角色進行人物揣摩，小組人員進行排練。

　　　　對於情節的討論學生們都能積極投入踴躍發言。「從哪裡可以看出杜子春有很濃厚的家族意識？」阿原說：「杜子春幫助族中子侄輩辦理婚事，讓有情人可以終成眷屬後可以傳宗接代。」阿呈說：「修祖墳，表示杜子春尊重長輩而且他能遇見老人受到老人的資助，都是祖先的保佑。」

　　　　對於杜子春這個人的看法，阿宇說：「我覺得杜子春是個知悔改的人。」阿千說：「我覺得杜子春算是有羞恥心的人，在他遇見老人後第二次可以看出來。」

　　　　阿呈說：「我覺得杜子春是個恩怨分明的人，對他有恩的人他會報答，有仇恨的人他也會報復。」「你從哪兒看出他有仇恨？」

　　阿呈說：「他貧窮時對他很冷漠的親友，他要哪些人嘗嘗貧窮的滋味。」

　　他們熱情的討論〈杜子春〉的種種，進而對〈杜子春〉的故事有著深一層的認識。

　　幾個調皮搗蛋的男同學在討論時扮成惡魔樣作勢要作弄女同學喊著：「你看到的只是幻像」時，表示他們很融入那樣的戲劇中，而被鬧的女同學原本要破口大罵的，但看著他們那副頑皮像也感到好笑，也就不在意了。

（觀摘 2009.05.06）

　　進到本教學活動的第四節課戲劇表演。本次的表演舞臺為伸展示的舞臺，因此表演前請學生要把桌椅搬開，成為伸展舞臺的形式。由三組同學輪流上臺以舞臺劇的方式演出〈杜子春〉，演出的同學在擔任演出的角色時，要揣摩所扮演角色的說話態度表情。未演出的同學要專心聆聽、欣賞臺上演出同學的聲音表情。根據同學的演出，演出者對於自己的演出提出看法，觀賞者也提出對表演者的回饋與建議。針對〈杜子春〉裡的主要人物杜子春表達個人的看法。由教師針對〈杜子春〉的演出進行總結不作評比，給予正面的評價，讓他們有信心，並感覺這樣的活動是溫馨而愉快的。最後請學生收拾、整理場地，回復原狀。發給學生後測問卷，讓他們利用課餘時間填寫，作為教學是否有成效的依據。

　　發覺學生們很投入閱讀教學看見他們會利用時間討論劇情，尤其是在閱讀完後更期待戲劇的演出。看著他們主動利用下課時間排練，到資源回收室、美勞教室尋找可用的資源來作道具。為了模擬演出杜子春受到鞭打的情形，有一組學生就在扮演杜子春的人衣服裡裝上厚紙板，再用塑膠管鞭

打，聲音逼真、效果十足，觀看的人都感到很可怕。所以小喜說：「大寶打小怡的背超大力的，連我聽的都覺得痛了。」對於伸展舞臺的表演方式，小羽認為：「這種方式讓我們有比較大的表演空間，也有不一樣的體驗。」對於即興創作的部分，小羽說：「藉由改編劇本，可以激發我們的靈感，增加舞臺經驗。」

　　對於舞臺表演的空間，學生反應都很好，他們認為這樣大的的空間讓他們有發揮的地方。阿柏說：「我覺得經過這次的表演，讓我對杜子春這篇故事有更深刻的了解。還可增加自己的表演天分，我希望下次還有這樣的機會。」

　　小珍說：「我覺得演戲可以增加自己的膽量，更可以增加和許多同學的互動機會。」

　　經過〈杜子春〉這舞臺劇演出後的想法，阿呈改變他先前不喜歡閱讀這類文章的想法：「我演的很開心！但被打還真是有點痛。我喜歡表演杜子春這種文章。因為很好演，又能逗大家笑，希望教師多出這種文章。」

　　從學生在上課時參與討論的情況到對表演時積極投入的狀況，不忘給同學回饋和讚美。不管自己是否擔任主角都能在表演中獲得成就感。

（觀摘 2009.05.08）

　　根據根據後則結果：他們很喜歡舞臺劇這種生動活發肢體動作的表演型式。這種即興創作的方式，學生認為可以增加自己編劇的能力和舞臺經驗。腦筋也要動得快，小組成員更要分工合作；更好玩的是，有不對的地方還可臨時修改。透過舞臺劇演出的形式，讓他們更能體會〈杜子

春〉所傳達的意涵。體會到裡面所顯現的氣化觀型文化的
傳統——重視家族倫理。感受杜子春因為愛子心切使得求
仙失敗悲壯的美感。

（觀摘 2009.05.08）

　　有關個案的選擇，因為在這次〈杜子春〉舞臺劇化的個案
訪談，我就從學生在戲劇演出積極投入的狀況尋找對象。因為
他們可以滿足本研究的條件來支持理論建構。有關受訪者代號
編碼如下：

表 7-3-2　結構式訪談大綱

A：小怡　　D：阿宇　　G：大寶

一、基本資料
　1. 年齡、姓別、家庭成員、家庭生活狀況。
　2. 表現最好的學科、最喜歡上的科目。

二、閱讀習慣
　1. 平均每天大約花多少時間閱讀課外書籍？
　2. 喜歡閱讀那類的書籍？
　3. 書籍的來源？
　4. 你覺得教師要求的閱讀寫作心得單（閱讀小博士林對你的學習是否有幫助？你喜歡這種模式嗎？倘若以戲劇演出的方式取代寫作的模式你覺得如何？

三、閱讀策略
　1. 當你遇見看不懂的書籍、文章時，你都如何處理？
　2. 你覺得閱讀可以帶給你什麼？

四、對抗恐懼和誘惑的經驗
　1. 你是否有害怕的經驗？你如何處理？
　2. 你有無法抗拒的誘惑嗎？你如何處理？

五、閱讀〈杜子春〉的經驗
　1. 你覺得〈杜子春〉給你怎樣的啓發？
　2. 請你比較〈杜子春〉舞臺劇演出前後的差別？

訪談資料結果分析

個案一：小怡〈杜子春〉學習的經驗

　　小怡（化名），為研究者任教的六年級女生，十二歲。小怡出生於臺東，家中除了父母外就只有她和弟弟兩個孩子，母親是原住民，父親為漢人。父親從事茶葉種植相關工作，母親在家照顧她和弟弟並兼開檳榔攤賣檳榔、飲料。家境小康，生活正常。在校成績表現優良，六年來各領域平均成績名列前茅。做事細心、認真，喜歡幫助教師做事、照顧低年級的學生。個性外向喜歡和男同學一起玩，有正義感，愛打抱不平。在校表現最好的領域為藝術與人文，在直笛吹奏和繪圖上的表現都很凸出，最喜歡的也是藝術與人文領域。

（一）閱讀經驗

　　小怡在校成績不錯，談到她平日閱讀課外讀物的時間，她說：「平常我都不太看課外讀物，只有在假日時會看一些。」「教師交代該看的文章算不算？」表示小怡對於閱讀帶來的樂趣尚未產生，因此主動閱讀的習慣也尚未養成。雖然小怡未養成主動閱讀的習慣，但看見她以往的閱讀心得單都表現不錯，尤其文章大意的掌握上都很貼切。「當你遇見看不懂的書籍、文章時，你都如何處理？」小怡說：「我會去問別人，大概了解一下，或者一段一段慢慢的看。」表示小怡在閱讀策略上在班上算是積極主動的。

（訪 A 摘 2009.04.15）

「經過了幾次的戲劇表演後，你覺得如何？」「我覺得經過演出可以幫助我理解故事的意思。」「倘若以戲劇演出的方式取代寫作的模式你覺得如何？」「可以呀！不過，我覺得寫閱讀小博士也有它的優點。」

「這次發的〈杜子春〉白話語譯本，你看得懂嗎？」「我覺得這篇比前兩篇容易了解。」「你知道這篇故事在講什麼？」「這是說有了錢不要亂花，錢要花在有意義的事物上，亂花就會像杜子春一樣。」

（訪 A 摘 2009.05.05）

（二）對抗恐懼和誘惑的經驗

「你有恐懼的經驗嗎？你如何處理？」「我最怕我的阿姨了，她每次來都會要擠我的痘痘。所以一看見她來我就逃開了。」

「你有無法抗拒的誘惑嗎？你如何處理？」「騎機車。因為有一次一位朋友教我如何騎機車，在那次之後我就覺得騎機車讓風吹的感覺很舒服。所以有好幾次都趁爸媽不注意時偷偷騎出去。」「你知道你現在騎機車會有很大的危險存在嗎？」「知道，可是只要看見機車在哪兒，心裡面就會有一股聲音叫我去騎。雖然也有一種聲音告訴我不可以，現在騎機車是很危險的。但好幾次克服不了那樣的衝動，我還是偷偷的騎了出去。回來當然免不了被媽媽毒打一頓。」「那你現在如何處理？」「因為機車是舅舅的，媽媽已叫舅舅騎回家了。我現在也不去想那件事了，我就找別的事來做。」

（訪 A 摘 2009.05.06）

（三）閱讀〈杜子春〉的經驗

「你覺得〈杜子春〉給你怎樣的啟發？」「我覺得我和杜子春的情形有點類似。」

「怎麼說？」「就是杜子春兩三次都抗拒不了外面的誘惑，所以很快的就把財產花光了。」

「請你比較〈杜子春〉舞臺劇演出前後的差別？」

「還沒有演戲前，看這篇文章我的感想是：如果杜子春第一次跟老人拿錢後，就去做善事，就不用再向老人借第二、第三次了。」

「經過演戲之後，我有不同的感覺。因為我演的是杜子春的妻子，杜子春怎麼可以在他老婆被毒打時都可忍住不出聲，那麼不在乎自己的老婆，這是我最生氣的地方。還有覺得很不合情理，就是人怎麼可以對自己的老婆無情，而對孩子有情？不過，對杜子春前面受了那麼多的苦難，到最後卻失敗了，實在很可惜！」

（訪 A 摘 2009.05.08）

個案二：阿宇〈杜子春〉學習的經驗。

阿宇（化名），為研究者任教的六年級男生，十二歲。阿宇出生於屏東，家中只有他和弟弟二個孩子。父親是職業軍人，母親是保險業務員。和外公、外婆住在一起。阿宇個性憨厚，做事認真，樂於助人，在課業上的學習是主動積極的，所以六年來各領域平均成績名列前茅。

（一）閱讀經驗

　　阿宇在國、數成績都是班上數一數二的，談到他平日閱讀課外讀物的時間和內容，他說：「我平時很少看書，假日就看的比較多一點。」「你都看什麼書？」「我比較喜歡看歷史類的，像《三國演義》，不是漫畫版的喔！是裡面都是文字的那種。」「你都到哪兒借書？」「學校借太麻煩，丟了還要賠。我都是看家裡的，有時我爸爸也會帶回來！」

　　對於教師所發的文章，倘若有看不懂的地方又要寫下心得感想時要如何處理？阿宇說：「我先把知道的寫下，不知道的等演戲。」對於戲劇演出的模式，阿宇說：「還很喜歡，因為有些看不懂的地方，經過演戲就會比較容易懂了。」倘若以「戲劇演出的方式取代寫作的模式你覺得如何？」阿宇笑著說：「好！」表示贊成。

（訪 D 摘 2009.05.05）

（二）對抗恐懼和誘惑的經驗

　　「你有恐懼的經驗嗎？你如何處理？」「我很膽小，五年級時學校進行消防演練時，全班同學都敢坐逃生梯從二樓降下來，只有我不敢坐，在旁邊哭。還好當時的導師沒有勉強我去做。後來，教師常利用假日帶我們去騎單車，原本我也是很害怕的。因為常常騎，也就不覺得怎麼樣了。所以到了六年級同樣進行逃生梯演練時，我就敢坐了。坐下來時，我覺得也沒有我想的那麼恐怖嘛！」

　　「你有無法抗拒的誘惑嗎？你如何處理？」「我比較喜歡吃。像有時候沒有吃飽，我心情都會很不好，尤其是在學校吃午餐的時

候。當同學帶泡麵來泡的時候，那香味讓人受不了。受不了時，就跟他們要，有時我也會帶來分他們吃。」

「吃太多或吃鹹對身體不好。」「我知道。所以有時候看見他們吃的時候又想吃，我就會跑出去，只要不聞到味道，就不會想了。」

（訪 D 摘 2009.05.06）

（三）閱讀〈杜子春〉的經驗

「你覺得〈杜子春〉裡給你怎樣的啟發？」「我覺得在某些地方，我和杜子春一樣都有受外物誘惑的經驗。還有害怕恐懼的時候；不過，杜子春害怕的是幻象，而我害怕的確是實在的情景。」

「請你比較〈杜子春〉舞臺劇演出前後的差別？」

「還沒有演戲前，看這篇文章我的感想是：一個人不應該有錢就亂花，應該存起來或可以拿一點錢幫助別人。要是我就不會被影響而出聲。」

「經過演戲之後我有不一樣的感覺，我演的是老人，我覺得我的聲音很低沈，像老人。在演的時候，我覺得杜子春有點對孩子太疼愛了，以致求仙失敗很可惜。在表演當中，感覺杜子春和我弟弟有點像。杜子春是個知錯能改的人，但我弟是不知悔改的人，他簡直愛財如命，希望杜子春是我弟弟，不會愛計較。」

（訪 D 摘 2009.05.08）

個案三：大寶〈杜子春〉學習的經驗。

大寶（化名），為研究者任教的六年級男生，十二歲。大寶出生於臺東，家中有他和兩個哥哥，共三個孩子。父親從事公職，母親為原住民從事美髮業。由於過胖有些高血壓，上課常打瞌睡。

由於受到父母的疼愛，再加上對課業上的學習不積極，文字書寫的表達能力不佳，因此課業的表現不盡理想。所以六年來各領域平均屬於班上的後半段。不過，他在美勞藝術的創作上有非常凸出的表現。

（一）閱讀經驗

大寶談到他平日閱讀課外讀物的情形，他說：「我平時都不看書的。如果要看頂多是機械類的。」「你都到哪兒借書？」「都是家裡的。」

對於教師所發的文章，倘若有看不懂的地方又要寫下心得感想時要如何處理？大寶說：「我就會放棄，然後到學校抄同學的。」對於戲劇演出的模式，大寶說：「我很喜歡，因為演戲不用看太多字。要演什麼同學會告訴我，然後我就知道怎麼演了。」倘若以「戲劇演出的方式取代寫作的模式你覺得如何？」大寶拍手笑說：「太好了！那我就可以做我喜歡的美勞了。」

（訪 G 摘 2009.05.05）

（二）對抗恐懼和誘惑的經驗

「你有恐懼的經驗嗎？你如何處理？」「我好像沒有什麼有恐懼的經驗，所以不知道怎麼處理。」

「你有無法抗拒的誘惑嗎？你如何處理？」「我最無法抗拒的就是食物的誘惑了。我媽說我家的食物不管藏在哪裡我都找得到，所以我的身材。哈哈！有時候，就吃慢一點，那樣就可以少吃一點了。」

（訪 G 摘 2009.05.06）

（三）閱讀〈杜子春〉的經驗

早上到校，聽見大寶對小羽發表杜子春在協助煉丹時情節的看法：「杜子春如果戴耳塞、閉眼睛就不會失敗了。那個老人又沒有規定。」小羽馬上回應：「以前又沒耳塞。」大寶繼續吃著早餐說道：「我怎麼不知道杜子春有妻子啊！」小真聽見了：「唉喲！你都沒看清楚，課本裡面有寫啊！」看見他們那麼自動的針對〈杜子春〉的情節隨意討論，表示他們非常投入在裡面，很認真的在研究。而這種自發的精神並非教師強迫的，所以令人格外高興。尤其是大寶竟然對於這樣的文章充滿討論的興趣。

（觀摘 2009.05.05）

「你覺得〈杜子春〉給你怎樣的啟發？」「杜子春很可惜沒有通過最後試驗。」「請你比較〈杜子春〉舞臺劇演出前後的差別？」「還沒有演戲前，我只覺得我自己是不可能通過這試練的。在這次的演出中我演的是夜叉，當我在演時，我覺得神仙的考驗根本無血無淚嗎，那麼神仙根本就沒有心肝，用那麼可怕血腥的情形來考驗人，所以我覺得神仙根本不值得我們拜了嗎！」

（訪 G 摘 2009.05.08）

經過訪談資料分析，發現三個個案在生活中都曾遇到恐懼的經驗，對於外物的誘惑也曾迷惑、無法抗拒。經由舞臺劇的演出，獲得的感受就非常深刻。透過戲劇演出的理解超過了文字的閱讀。而經由這樣的方式，他們更能深刻體會氣化觀型文化的傳統，感受到杜子春求仙失敗的悲壯美感。

第四節　唐傳奇相聲劇化教學活動設計舉隅及其驗證

　　從中國傳統來看，氣化觀型文化中的社會是由家族團體組成的，著重縮結人情、諧和自然，因此個人在團體生活中是不允許有個別凸出的表現。反映在寫作上，就是著重情節的描寫，不凸顯人物。（周慶華，2001：192）

　　從文體角度來研究小說的審美特徵，中國古代小說常強調其表現功能，以「緣情」或「言志」反應對主體表現的重視和追求，認為作品是作者情感的抒發與表現；和西方著重在對客體的模仿與再現，強調小說再現生活的功能（俞汝捷，1991：2～11）有所不同。所以對於史外逸聞這類的歷史小說，祝秀俠說這是傳奇作者想藉傳奇故事以作諷刺，或摭錄舊聞以為箴規，使貴族豪門知所警惕。史外逸聞寫作的對象，大都以帝王、宰相、宦官及名士為主體。其內容，考據史實仍有許多不盡符合。（祝秀俠，1982：96～97）在唐傳奇中有關史外逸聞歷史類的故事，就是在「中國人在信守氣化觀的傳統下，寫作之人『無不教化心切』，但以『達意』為最終考量」（周慶華，2001：192）的情況下完成。如陳鴻的〈東城老父傳〉，借鬥雞的故事來諷刺朝廷，箴規世人；並藉賈昌論開元的理亂，希望使當時的政治社會從荒怠頹廢中重新振作起來。針對〈東城老父傳〉，楊昌年從藝術的角度進行分析，說它採用倒敘手法；又引用今人陸又新《唐人傳奇名篇之藝術分析》，指出本文採用倒敘手法，一反慣用順敘手法，在千餘年前就能如此別出心裁，實屬難得。（楊昌年，2003：270）從歷史與文學融合的角度來看，文學的取材，除了虛構部分，更會受到歷史和社會現實環境的影響。古往今來，

人的歷史活動的事蹟都成了文學創作的題材。從〈東城老父傳〉中可看出唐代社會生活的部分狀況，倘若我們對唐人的歷史多了解，就可以此為素材進而創造出更多的文學作品。再加上陳鴻〈東城老父傳〉的敘述方式如此特別，因此本研究歷史類戲劇化將選此篇為代表文本，讓學生有所對比。

當計畫以戲劇方式來詮釋〈東城老父傳〉時，就要先設想以何種表演的型式來和它作結合，經過一番研究發現用相聲劇的方式來詮釋〈東城老父傳〉是最有效果的。至於它們結合的最佳原因，詳見第五章第三節的說明。

下表是〈東城老父傳〉的教學活動設計：

教學單元	唐傳奇〈東城老父傳〉	教學者 設計者	廖五梅
教學方式	相聲劇	教學班級	六年甲班
教學日期	98.05.03～98.05.09	教學人數	15 人
		教學時間	共四節（160 分鐘）
設計理念	1. 設計活潑生動的教學方式，讓學生藉著演出的方式強化閱讀理解。 2. 利用小組討論，增加學生間的互動，激發學生的創意及表達與溝通的能力，增加閱讀成效。 3. 透過實際的演出了解相聲劇的表演方式，並在演出與欣賞中享受閱讀的樂趣。		
教學目標	1. 能回答教師提出的問題，並清楚說出自己的想法。 2. 能了解我國傳統氣化觀型文化中倫理規範——靠自己。 3. 能利用聲音、肢體動作進行角色扮演。 4. 能學習相聲劇喜劇的表演形式。 5. 能了解擁有一技之長可以改善生活。 6. 能透過演出學習到說話的語氣和臉部、肢體的動作表情。 7. 能學習和其他同學互助合作的精神。 8. 能培養上臺表演的能力。		

	9.能專心聆聽臺上表演者的表演。
準備教材	〈東城老父傳〉白話文章、電腦、投影機、閱讀小博士學習單、前測問卷、後測問卷、學習單、蒐集〈東城老父傳〉的文學資料。

表 7-4-1　〈東城老父傳〉相聲劇教學活動設計

教學活動內容	時間	分段能力指標	十大基本能力	評量方式
一、準備活動 （一）教師 　1.上課前一堂課發下〈東城老父傳〉白話文章、前測問卷，請學生先預習。 　2.分組，全班分為三組，以利討論和表演，並負擔不同任務。 （二）學生 　1.填寫前測問卷。 　2.課前預習：預習文章，並從文章中找出不熟悉的語詞，並請學生試著摘取大意。				
二、發展活動 （一）引起動機 　　播放鬥雞比賽影片。	5		四、表達溝通與分享。	能回答教師的問題。
活動一：教師提問 　1.你們知道或看過鬥雞比賽？ 　S：有，看過。 　S：沒有。 　2.除了鬥雞比賽外，你還看過哪些動物或昆蟲相鬥的比賽嗎？ 　S：有。 　S：沒有。 　S：不知道。	10	c-2-2-2-2 能針對問題，提出自己的意見或看法。		

267

3.請看過的人心得分享？ 　S：略。 　T：臺灣光復後，鬥雞比賽成 　　　為養雞人家的農閒娛樂。 　　　現在已較少見。然而鬥雞 　　　比賽是中國很早就有的民 　　　間活動。舊時鬥雞是一種 　　　賭博；現在鬥雞活動已成 　　　為有益於社會的體育競技 　　　和民間娛樂活動。你知道 　　　有人因養鬥雞而致富的故 　　　事嗎？唐傳奇〈東城老父 　　　傳〉就是描述一個會訓練 　　　雞而被皇帝看重，享受榮 　　　華富貴的故事。至於雞要 　　　如何訓練，從文本研讀中 　　　可進一步了解它的原因。 （二）概覽文本 　　　請學生默讀〈東城老父傳〉文 章，並掌握文章大意。			
【講述大意】 活動二：講述法 　　教師講解〈東城老父傳〉故事 的大概情節和背景。	10	C-2-2-4-5 能說出段話 或一篇短文 的要點。	十、獨立思考與 解決問題。	能安靜讀的完 文章。
【教師提問】 　　以問答的方式引導學生說出 〈東城老父傳〉文章大意。 　1.〈東城老父傳〉是講賈昌還是 　　賈忠因為會訓練鬥雞而獲得 　　榮華富貴的一生？ 　　S：賈昌。	15	E-2-10-10-1 能思考並體會 文章中解決問 題的過程。		能正確的回答 問題。

2. 賈昌生活的時代，民間清明節盛行什麼遊戲？ S：鬥雞遊戲。 3. 賈昌為什麼會得到玄宗的寵幸？ S：玄宗喜歡鬥雞遊戲。 S：賈昌小小年紀對於訓練鬥雞很有一套。 4. 賈昌在七歲時從哪些地方看出，他有特殊能力讓他在訓練鬥雞上有不凡的表現。 S：身手靈巧，雙手抱著柱子上去騎坐在樑上。 S：善於應對。 S：懂鳥類的語言。 5. 請描述一下賈昌訓練鬥雞的情形。 S：略。 6. 賈昌到了晚年，為何會隱姓埋名剃髮出家？ S：安史之亂爆發，玄宗逃往成都，他為了去保護玄宗，但因馬跌落路旁的坑洞，所以他的腳受傷。 S：逃避安祿山的追補，於是改名換姓，棲身佛寺。 7. 在〈東城老父傳〉裡陳鴻祖和賈昌是什麼樣的關係？ S：陳鴻祖和他的朋友剛好路過賈昌所在的佛寺。 S：賈昌向他們訴說他在開元年間的事蹟。 T：總結學生的答案：			能正確的回答問題。

各位同學都說得很好，這是敘述唐玄宗所寵幸的鬥雞小兒賈昌榮辱變幻的一生。	10		
─────第一節結束─────			
【指導學生試說大意】 活動一：腦力激盪法 　　將學生分為三組，每組討論三分鐘後，由各組推派一位同學上臺說明小組討論出來的大意，以兩分鐘為限，各組報告完畢後再由教師綜合學生的意見補充學生未提到的部分，並給予回饋。	10	B-2-2-7-8 能簡要歸納聆聽的內容。 C-2-2-4-5 能說出一段話或一篇短文的要點。	十、規畫、組織 　　與實踐。 四、表達、溝通 　　與分享。	能說出文章的大意。 能說出概覽課文時所選的新詞。
活動二：講述法 【教師歸納文本大意】 　　〈東城老父傳〉在描寫在唐玄宗時，非常喜愛鬥雞遊戲，因為皇帝喜好鬥雞，所以百姓也跟著仿效，有人甚至傾家蕩產也要去買善鬥的雞，使得社會的風氣不佳。	10			
【語詞教學】 　1.師生共選新詞： 　　　各組討論並將概覽文章時所圈出的新詞作一整理，請每一位同學提出一個。倘若有重要的新詞未選出時，則由教師提出與學生分享、認識。 　2.解釋詞意： 　　　根據師生提出的新詞，請	20	D-2-2-3-1 會查字詞典，並利用字詞典，分辨字義。	一、了解自我與 　　發展潛能。	能說出欲查的新詞解釋。

各人根據所提的新詞，利用字詞典查出它的詞意，並用口語的方式把它說出來。倘若有未盡之處，則由教師加以補充。			
──── 第二節結束 ────			
（三）文章深究 【內容深究】 活動一：腦力激盪法 1. 先由學生針對〈東城老父傳〉裡提出問題討論。針對學生的問題，倘若有不完整的回答再由教師加以補充說明。 2. 由教師提出預設的問題，由學生討論，請學生回答。倘若沒有回答出完整的答案，則由教師再加以補充。	15 10		
Ⅰ〈東城老父傳〉這個故事主要是誰的故事？ 　S：賈昌回憶他當年訓練鬥雞的情形。 Ⅱ賈昌在敘說故事時的身體狀況？ 　S：賈昌當時已九十八歲，但眼不花、耳不聾。 　S：言談安詳徐緩，心力未耗竭，頭腦清楚。 Ⅲ從這篇故事裡給我們怎樣的知識啟發？ 　S：要培養一技之長。 　S：擁有一技之長可以改善			明白相聲劇的演故事方式。

生活謀取財富。 IV你覺得一技之長很重要嗎？你會如何培養？ S：略。 活動二：講述法／討論法 　1.播放《相聲瓦舍——笑神來了》DVD，讓學生了解相聲劇的表演形式。 　2.由教師告訴學生相聲劇的具體作法。 　3.指導學生根據〈東城老父傳〉裡的人物進行角色分配。 　4.讓學生略作改變〈東城老父傳〉為劇本形式。 【角色扮演】 　1.教師指定〈東城老父傳〉裡演出的段落，由小組成員討論及扮演的角色。 　2.個人針對所扮演的角色進行人物揣摩。 　3.小組人員進行排練。 ———— 第三節結束 ———— 三、綜合活動 【說話和聆聽訓練】 　　請三組同學輪流上臺以舞臺劇的方式演出〈東城老父傳〉，演出的同學在擔任演出的角色時，要揣摩所扮演角色的說話態度表情。未演出的同學要專心聆聽、欣賞臺上演	15 10 20	 B-2-2-4-5 能在聆聽的過程中感受說話者的情緒。	 四、欣賞、表現與創新。	 會使用相聲劇的演故事方式。 會專心欣賞同學的演出。

出同學的聲音表情。 【歸納整理】 　1.根據同學的演出，演出者對於 　　自己的演出提出看法，觀賞者 　　也提出對表演者的回饋與建 　　議。 　2.針對〈東城老父傳〉裡的主要 　　人物賈昌、唐玄宗表達個人的 　　看法。 　3.針對〈東城老父傳〉的演出進 　　行總結。 【收拾、整理場地】 ────第四節結束────	20	c-2-2-2-2 能針對問題， 提出自己的意 見或看法。	四、表達溝通 　　與分享。	會用清楚的語 言友善的態度 給予同學適當 的回饋。

為了使教學有所成效，就必須設計有效的教學活動，在本次的教學活動計畫以四節課來完成。在進行教學前，先設計前測問卷對全班同學進行普測，採無計名問卷的方式，讓學生在作答時沒有壓力，了解他們在本單元教學前的基本能力，作為教學參考的依據。本班為六年級學生，有八位女生，七位男生，共十五位學生參與本次的教學活動，由我擔任本次活動的教學者也是觀察者。根據前結果：

　　學生們對聽相聲和相聲劇說故事方式並不清楚，更不知道這二者有何共同之處和差異的地方。關於觀看動物或昆蟲相鬥的經驗，有一半的同學看過這樣的比賽。除了鬥雞之外，他們還知道有鬥蟋蟀、鬥甲蟲的比賽。這種民間遊戲，

對他們來說是很生活化的。所以〈東城老父傳〉的故事題材應該是很能引起他們共鳴的。對於動物或昆蟲相鬥的比賽，大部分的學生都認為這種遊戲會造成動物受傷甚至死亡，很血腥。不過，仍有三位女學生表示觀看動物或昆蟲相鬥比賽時，看見牠們鬥來鬥去的樣子很好玩。

根據教學前所寫的閱讀單，他們都表示不太懂文章的意思。不過，仍可掌握故事的大意，知道賈昌是個有特殊才能的人，能把雞訓練的服服貼貼。皇帝也喜歡鬥雞，所以賈昌因此而賺了許多錢。

（觀摘 2009.05.11）

進到正式教學先播放鬥雞比賽影片，引起學生共鳴。接著由教師提問，並請學生分享觀看鬥雞比賽的經驗。然後由教師對於鬥雞比賽的活動作個總結：臺灣光復後，鬥雞比賽成為養雞人家的農閒娛樂；現在已較少見。然而鬥雞比賽是中國很早就有的民間活動。舊時鬥雞是一種賭博；現在鬥雞活動已成為有益於社會的體育競技和民間娛樂活動。你知道有人因養鬥雞而致富的故事嗎？唐傳奇〈東城老父傳〉就是描述一個會訓練雞而被皇帝看重，享受榮華富貴的故事。至於雞要如何訓練，從文本研讀中可進一步了解它的原因。

首先請學生默讀〈東城老父傳〉文章，並掌握文章大意。接著由教師講解〈東城老父傳〉故事的大概情節和背景。以問答的方式引導學生說出〈東城老父傳〉文章大意。提問〈東城老父傳〉是講賈昌還是賈忠因為會訓練鬥雞而致富？讓學生先明白故事中人物的關係。接著問：賈昌為什麼會得到玄宗的寵幸而獲得榮華富貴？讓學生去思考賈昌致富並非是憑空而來的，而是他擁有特殊的一技

之長。賈昌到了晚年為何會隱姓埋名剃髮出家？讓學生從故事中尋
找答案。最後總結學生的答案：這是敘述唐玄宗所寵幸的鬥雞小兒
賈昌榮辱變幻的一生。完成了第一節課的教學。

因為〈東城老父傳〉這類的小說具有趣味性，故事的情節有
變化。它所描述的內容是學生生活中可見到的景象，因此激
起學生討論的興趣。學生阿呈就他所看到過的鬥雞比賽的經
驗加以描述分享。阿呈說：「鬥雞前主人要先替雞隻洗澡，
洗澡的目的是讓雞的羽毛潮濕不容易被對方拔起；接著用管
子給雞灌水，因為在打鬥時雞會口渴又不能中途停下來喝
水；在飼料中加藥，給雞吃藥是為了讓雞有抵抗力或者戰鬥
力，有的還會在雞的屁股塞入止痛劑。」當阿呈把鬥雞比賽
的觀看經驗講得津津有味時，學生大寶馬上舉手發表他看到
的經驗，大寶說：「我在電視上看到有的主人會給鬥雞吃肉
並在食物中放入興奮劑。」

兩雞相鬥爭風吃醋的情形，在鄉下農村生活中是很常見
的，因此講到觀看鬥雞的經驗是很容易引起他們共鳴的。至
於觀看正式鬥雞比賽的情形，阿呈就自告奮勇的說：「我看
到雞的打鬥情形有三種：（一）咬雞毛：用尖嘴去拔對方的
雞毛。（二）泰山壓頂：就是整個身體壓在另一隻雞的身上。
（三）咬雞冠：用跑、跳的方式。」大寶接著補充說：「外
國的鬥雞還會有啄雞眼的情形。」

「要如何判斷輸贏？」阿呈說：「當雞哭的時候就代表
輸了。」

「你聽得出來嗎？」「聽得出來。」

「還有在旁觀看的人，不可亂叫，那會讓雞害怕，主人

會不高興的。」阿呈補充著說。

　　當學生對有關鬥雞的事情充滿興趣、談得興趣盎然時，對於〈東城老父傳〉的故事就有一番親切感，談論起來就有很高的興致。由於本文採倒敘的手法，所以有學生一看到「老人七歲時，身手輕便超過一般的人」的語句敘述覺得很奇怪，產生「老人怎麼會七歲」的誤解，經由講解告訴學生，這個老人就是指賈昌，賈昌敘說他在小時候的情景。學生經由這樣的解說就能了解文章的寫法。

　　〈東城老父傳〉的故事對學生來說是個生動、有趣的話題，因此他們對於本文的參與討論也顯得很熱烈。

（觀摘 2009.05.11）

　　經由第一節的講解後，學生對於〈東城老父傳〉裡的故事已有初步概念。接著採腦力激盪法事先將班上學生數分為三組，每組討論三分鐘後，由各組推派一位學生上臺說明小組討論出來的大意，以兩分鐘為限，各組報告完畢後再由教師綜合學生的意見補充學生未提到的部分，並給予回饋。造成閱讀障礙的最大困難就是對語詞的不了解，因為對詞語的不了解就會阻礙學生的閱讀理解能力。進行詞語教學時，由師生共選新詞。由教學者先將〈東城老父傳〉分為三個部分，每一組就分配到的部分進行討論，並將概覽文章時所圈出的新詞作一整理，請每一位同學提出一個自己不懂的新詞，以不重複為原則，讓他們有參與感。倘若有重要的新詞未選出時，則由教師提出與學生分享、認識。新詞選出後要進一步解釋詞意，請各人根據所提的新詞，利用字詞典查出它的詞意，並用口語的方式把它說出來。倘若有未盡之處，則由教師加以補充。

　　有了前一節課的解說後，大部分的學生，都已了解〈東城老父傳〉的故事。在這一節中，因為先配好各組圈選新詞的範圍，就不會造成重複的現象。

　　就學生圈選的新詞來看，他們認為是新詞的部分多為專有名詞，像：地名「潼關」、官名「刺史」對學生來說是比較陌生的。還有本篇故事有許多佛教相關的語詞，像：封禪儀式、圓寂和舍利塔等，這都是學生感到疑問的地方。

（觀摘 2009.05.12）

　　當語詞解說完後，就進一步深究文章。這一節採腦力激盪法由教師就〈東城老父傳〉提出預設的問題，由學生討論，請學生回答。經由這樣的討論，讓學生了解，作者是藉鬥雞的故事來諷刺朝廷，箴規世人；並藉賈昌論開元的理亂，希望使當時的政治社會從荒怠頹廢中重新振作起來。

　　為了讓學生更深刻了解〈東城老父傳〉，以相聲劇的方式讓學生演出。首先播放《相聲瓦舍——笑神來了》的 DVD，讓學生了解相聲劇的表演方式。接下來就由教師告訴學生相聲劇的作法。所謂相聲劇，就是從相聲戲劇化衍生出帶表演性質的相聲劇，「這是臺灣劇場的新品種」。（馮翊剛等，1998：3）關於相聲的四門工夫——「說」、「學」、「逗」、「唱」，所謂「『說』是指說笑話、故事、燈謎、酒令、繞口令、貫口，練習語言節奏，矯正發音和部分的發音方法。『學』是指學人語、鳥語、市聲，舉凡天上飛的，地上跑的，水中游的，都要模擬得微妙微肖的。『逗』是指插科打諢，抓哏逗趣，透過你來我往，舌劍唇槍，似是而非的錯誤邏輯，抖落揭發天下的瘡疤。『唱』是指唱太平歌詞，戲曲小調，練習演唱技巧。這四種，不能單獨存在，必須混合表現。」（何三本，1997：

277

213～214）所以相聲劇也須掌握住這四種基本工夫。更重要的一點是，相聲劇的形式也是以喜劇的形象來表達訊息。接著請小組同學將指定演出的地方略作改變成劇本的形式，由小組成員自行討論分配扮演的角色，然後再針對個人所扮演的角色進行人物揣摩，小組人員進行排練。

　　從這篇故事可以讓學生獲得知識經驗：擁有一技之長，就可以改善生活，甚至可以獲取更大的利益。不管是令人讚賞的或者平庸的一技之長，我們都可因著這樣的一技之長謀取基本的生活。那麼要如何培養一技之長？就要靠個人的天分和努力了。過去學生們對此「一技之長」的問題從未思考過。經由這次的教學，他們已開始去思考這個問題。

　　《相聲瓦舍──笑神來了》的 DVD，由宋少卿、馮翊綱，兩人在片中以喜劇演出的型式，讓學生明白了相聲劇是「說」、「學」、「逗」、「唱」四門工夫加上肢體動作的表演。因為他們生動的演出，讓學生在歡笑中輕鬆學到相聲劇的表現方式，這遠比我用口語解說來得有效果。至於要如何寫下好笑的段子，我介紹了一些方式，並影印一篇段子形式供學生參考。有關好笑的事引起學生很大的迴響，在我尚未請他們分享時，學生們早已迫不及待舉手要和大家分享了。更難得的是平常上課很少會主動發表的小雅都搶著發表。從學生踴躍發表的情形來看，他們生活中是很開心的。期待看到他們的演出。

　　　　　　　　　　　　　　　　　　　　（觀摘 2009.05.13）

　　進到這個令人期待的綜合活動──戲劇表演。表演前請同學先整理清空場地，由三組同學輪流上臺以相聲劇的方式演出〈東城老父傳〉，演出的同學在擔任演出的角色時，要揣摩所扮演角色的說

話態度表情。未演出的同學要專心聆聽、欣賞臺上演出同學的聲音表情。根據同學的演出，演出者對於自己的演出提出看法，觀賞者也提出對表演者的回饋與建議。針對〈東城老父傳〉裡的主要人物賈昌、唐玄宗表達個人的看法。由教師針對〈東城老父傳〉的演出進行總結不作評比，給予正面的評價，讓他們有信心，並感覺這樣的活動是溫馨而愉快的。最後請學生收拾、整理場地，回復原狀。發給學生後測問卷，讓他們利用課餘時間填寫，作為教學是否有成效的依據。

　　發覺學生們愈來愈能進入閱讀教學的狀況，尤其是在閱讀完後能在短時內以戲劇的方式來表現，連他們自己也感到很驚喜。所以小羽才會說：「我們怎麼這屬害，每一齣戲準備的時間都很短，然後就能上臺表演。」阿羽說的沒錯，這就是我為什麼會從戲劇化的形式中加以選擇，選擇的依據就是要方便實施而且有效果的戲劇形式。

　　從他們在相聲劇演出所準備的段子來看，我發現他們會去圖書室找相關的笑話、趣事，編入段子中。從布景上他們會在黑板上畫上他們所要呈現的——鬥雞背景；從道具上他們充分利用現有的資源來表現，效果和笑果都非常好。每一組都掌握到喜劇的精神，逗得大家哈哈大笑。在表演上有做到「說」、「學」、「逗」、「唱」四個部分。唯一小小不足的地方就是有兩組漏掉「唱」的部分，仔細一問，他們都有準備但忘了唱。看到學生們的表演真的很佩服他們，平常看他嘻嘻哈哈、打打鬧鬧的，一說到要上臺演戲他們都能主動去準備，小組分工合作讓他們的感情更好。又因為上臺演戲需要有準備，讓他們有事可做，教室少了爭吵打鬧情形，這成了意外的收穫。

（觀摘 2009.05.15）

　　根據後則結果：他們很喜歡相聲劇這種喜劇的表演型式。透過相聲劇演出的形式，讓他們更容易了解〈東城老父傳〉的意涵，從中獲得了知識的經驗——重視技能的獲得，擁有一技之長就可以改善生活。經由閱讀〈東城老父傳〉的經驗，讓學生知道文章除了以從頭到尾的順序寫法，還有一種從後面往前回憶的倒敘的寫法。對於唐玄宗這個角色，學生們大都認為他是個喜歡看鬥雞比賽的皇帝，除此之外，也有幾位學生認為玄宗是個能看重人才的好皇帝。對於賈昌這個人物除了擁有特殊才能之外，學生們還能體會到賈昌是個知恩圖報懂得感恩的人。

（觀摘 2009.05.15）

　　有關個案的選擇，在這次〈東城老父傳〉相聲劇化的個案訪談，我就從學生在戲劇演出積極投入的狀況找對象。因為他們的可以滿足本研究的條件來支持理論建構。有關受訪者代號編碼如下：

表 7-4-2　結構式訪談大綱

D：阿宇　　H：阿懿　　G：大寶

一、基本資料
1.年齡、姓別、家庭成員、家庭生活狀況。
2.表現最好的學科、最喜歡上的科目。
二、閱讀習慣
1.平均每天大約花多少時間閱讀課外書籍？
2.喜歡閱讀那類的書籍？
3.書籍的來源？
4.你覺得教師要求的閱讀寫作心得單（閱讀小博士林對你的學習是否有幫助？你喜歡這種模式嗎？倘若以戲劇演出的方式取代寫作的模式你覺得

> 如何？
>
> 三、閱讀策略
>
> 　1.當你遇見看不懂的書籍、文章時，你都如何處理？
>
> 　2.你覺得閱讀可以帶給你什麼？
>
> 四、學習專長的經驗
>
> 　1.你的專長是什麼？你如何學習？
>
> 　2.你將來想做什麼？
>
> 五、閱讀〈東城老父傳〉的經驗
>
> 　1.你覺得〈東城老父傳〉裡給你怎樣的啓發？
>
> 　2.請你比較〈東城老父傳〉相聲劇演出前後的差別？

訪談資料結果分析

個案一：阿宇〈東城老父傳〉學習的經驗

　　阿宇（化名），為研究者任教的六年級男生，十二歲。阿宇出生於屏東，家中只有他和弟弟兩個孩子。父親是職業軍人，母親是保險業務員。和外公、外婆住在一起。阿宇個性憨厚，做事認真，樂於助人，在課業上的學習是主動積極的，所以六年來各領域平均成績名列前茅。

（一）閱讀經驗

　　阿宇在國、數成績都是班上數一數二的，談到他平日閱讀課外讀物的時間和內容，他說：「我平時很少看書，假日就看的比較多一點。」「你都看什麼書？」「我比較喜歡看歷史類的，像《三國演

義》，不是漫畫版的喔！是裡面都是文字的那種。」「你都到哪兒借書？」「學校借太麻煩，丟了還要賠。我都是看家裡的，有時我爸爸也會帶回來！」

對於教師所發的文章，倘若有看不懂的地方又要寫下心得感想時要如何處理？阿宇說：「我先把知道的寫下，不知道的等演戲。」對於戲劇演出的模式，阿宇說：「還很喜歡，因為有些看不懂的地方，經過演戲就會比較容易懂了。」倘若以「戲劇演出的方式取代寫作的模式你覺得如何？」阿宇笑著說：「好！」表示贊成。

（訪 D 摘 2009.05.12）

（二）學習專長的經驗

「你的專長是什麼？你如何學習？」「我喜歡吃所以對於煮東西很有興趣，都是媽媽教學我的。有時，我也會看外婆怎麼弄的。」

「你將來想做什麼？」「我想先開一家小吃店，類似麵店。等有錢了再開一家中西式的餐廳。」

（訪 D 摘 2009.05.13）

（三）閱讀〈東城老父傳〉的經驗

「你覺得〈東城老父傳〉裡給你怎樣的啟發？」「我覺得賈昌很厲害會鳥語。他是個懂得知恩圖報的人，皇帝有危險時，他會想去保護他。」

「請你比較〈東城老父傳〉相聲劇演出前後的差別？」

「還沒有演戲前，看這篇文章我的感想是：這樣玩弄雞很不好，平常都拿牠來當食物，又玩弄牠，要是我，我一定只吃牠生的蛋。」

「經過演戲之後就比較容易懂，我覺得這篇看似簡單，但裡面有深奧的道理。我喜歡這種好笑的戲劇，要把很平凡的東西編成很好笑。」

（訪 D 摘 2009.05.15）

個案二：阿懿〈東城老父傳〉學習的經驗

阿懿（化名），為研究者任教的六年級男生，十二歲。阿宇出生於臺東，家中只有他和哥哥兩個孩子。父親從事水電行業，母親是家庭主婦，和爺爺住在一起。阿懿個性溫和和，同學相處融洽。父母親非常關心他的課業，因此在課業上的表現不錯，所以六年來各領域平均成績名列前茅。

（一）閱讀經驗

阿懿談到他平日閱讀課外讀物的情形，他說：「我平時看書的時間都不一定。我常看小說，尤其喜歡看《三國演義》。」「你都到哪兒借書？」「都是圖書室的，有時候我也會到外面去借，到外面借的書則多是漫畫。」

對於教師所發的文章，倘若有看不懂的地方又要寫下心得感想時要如何處理？阿懿說：「我會問媽媽或哥哥。」對於戲劇演出的模式，阿懿說：「還很喜歡，因為有些看不懂的地方，經過演戲就會比較容易懂了。戲劇可以幫助我去理解。尤其是它比較真實化，搭配動作來表演比較有真實感。」倘若以「戲劇演出的方式取代寫作的模式你覺得如何？」阿懿微笑說：「好！」。

（訪 H 摘 2009.05.12）

（二）學習專長的經驗

「你的專長是什麼？你如何學習？」「因為爸爸的關係，我對於水電的工作很有興趣，我想這是我的專長。有時候，爸爸出去工作時，媽媽會叫我跟著爸爸一起去工作，也順便學習，這就我的一技之長。我還有第二專長，我會種植作物，像阿伯和我們家都有種釋迦和種菜，我都會去幫忙，就知道怎麼種植作物了。」

（訪 H 摘 2009.05.13）

（三）閱讀〈東城老父傳〉的經驗

「你覺得〈東城老父傳〉裡給你怎樣的啟發？」「我覺得賈昌很厲害竟然會鳥語。」「請你比較〈東城老父傳〉相聲劇演出前後的差別？」「我覺得很搞笑，尤其是以相聲劇的方式來演出很有趣。因為人去演，感覺比較真實；再加上動作來表演，很有真實感，這樣比較容易理解。」

（訪 H 摘 2009.05.15）

個案三：大寶〈東城老父傳〉學習的經驗

大寶（化名），為研究者任教的六年級男生，十二歲。阿宇出生於臺東，家中有他和兩個哥哥共三個孩子。父親從事公職，母親為原住民從事美髮業。由於過胖有些高血壓，上課常打瞌睡。由於受到父母的疼愛，再加上對課業上的學習不積極，文字書寫的表達能力不佳，因此課業的表現不盡理想。所以六年來各領域平均屬於班上的後半段。不過，他在美勞藝術的創作上有非常凸出的表現。

（一）閱讀經驗

　　大寶談到他平日閱讀課外讀物的情形，他說：「我平時都不看書的。如果要看頂多是機械類的。」「你都到哪兒借書？」「都是家裡的。」

　　對於教師所發的文章，倘若有看不懂的地方又要寫下心得感想時要如何處理？大寶說：「我就會放棄，然後到學校抄同學的。」對於戲劇演出的模式，大寶說：「我很喜歡，因為演戲不用看太多字。要演什麼同學會告訴我，然後我就知道怎麼演了。」倘若以「戲劇演出的方式取代寫作的模式你覺得如何？」大寶拍手笑說：「太好了！那我就可以做我喜歡的美勞了。」

（訪 G 摘 2009.05.05）

（二）學習專長的經驗

　　「你的專長是什麼？你如何學習？」「我沒有專長，如果有的話做美勞應該可以算吧！我都是自己想的，沒有特別學習。」

（訪 G 摘 2009.05.13）

（三）閱讀〈東城老父傳〉的經驗

　　「你覺得〈東城老父傳〉裡給你怎樣的啟發？」「我沒想到鬥雞也可以獲得榮華富貴。」「請你比較〈東城老父傳〉相聲劇演出前後的差別？」「還沒有演戲前，我只覺得賈昌這個人命很大；演完之後，我覺得有一技之長很重要。」

（訪 G 摘 2009.05.15）

　　大寶對於文字閱讀不感興趣，未養成閱讀的習慣，所以閱讀理解能力不佳。不過，在透過討論、教學後，他卻能很傳神的把

人物造形塑造出來，像在〈虯髯客傳〉裡製作了紅拂、刀；在〈東城老父傳〉裡幫小組同學做雞的造形時，掌握到相聲劇的喜劇的精神，利用現有資源去做造形，而使得他們的演出時效果非常好，逗得大家哈哈大笑，笑果十足。在這樣一系列的教學活動中，他發現因為有可發揮的地方——可以做造型、做道具。所以上起課來不再打瞌睡，而是積極的參與課程的討論。在經由這樣的演出，讓他有機會表現自己，對自己有信心，所以他認為在〈東城老父傳〉裡自己所扮演皇帝的角色，因為自己講得很搞笑而讓人印象深刻。

（觀摘 2009.05.15）

　　經過的訪談資料分析，發現三個個案都在這次的相聲劇的演出都非常投入。因為三個個案平時都比較溫和，卻對這種好笑的表演形式非常喜歡，主動且積極的參與，透過戲劇演出的理解超過了文字的閱讀，而經由這樣的方式他們更能深刻體會氣化觀型文化的傳統。

第八章 結論

第一節 重點的回顧

受西方強勢經濟的影響，使得我們的社會呈現文化混雜的現象，這樣的結果會喪失傳統文化感。因此，我希望從閱讀傳統文學作品中讓孩子真正了解屬於我們傳統文化及歷史，成為一個有深度人文素養及審美能力的人並樂在其中。中國是一個歷史悠久的文明古國，而在長期歷史發展中創造出許多燦爛輝煌的文學作品。小說除了能反映人生百態，藉此我們可增廣閱歷，進而能透達人情，洞明世事，更具有提供精神愉悅的功效。（王國瓔，2006：734）兒童是不可能一直待在天真完美理想的世界裡，他勢必走入真實的世界，而真實的人生卻是充滿矛盾景象的；在他走入真實人生的情境中，他需要指引和方向，而小說正可說是讓他走向真實人生情境的最佳啟蒙教師。

研究目的、問題、方法、範圍建立後，接著在第二章的文獻探討針對關於唐傳奇的現象在學術上有許多從不同角度去研究、探討的論述，我根據這些論述從幾個方面作探討，希望從中抉發新義，或對過去所忽略的問題以統觀的識見加以勾勒，揭出隱微或相關層面，進而達到古為今用的目的。

在「創造的轉換」的思維下，以唐傳奇作為閱讀教學的念頭乃應運而生。唐傳奇產生的年代距今一千五百年，唐傳奇的內容反映出廣泛社會生活層面，所描寫的題材和主題的呈現多樣性，是後世

小說、戲曲取材的來源。由於唐傳奇在中國文學史上獨特的地位及藝術價值，近人對於它相關的研究及考證論述顯得十分豐富。從內容來看，大至可分為愛情類、志怪類、豪俠類及歷史類等。雖然唐傳奇所描述的年代距今甚遠，但透過閱讀可以跨越歷史的鴻溝了解人性，再利用戲劇化的方式強化理解，並由戲劇化轉多媒體創作成為另外的寫作題材，結合閱讀教學擴大效應。我們要如何從不同的角度看待唐傳奇，使它富有新的意義並在已有的論述基礎上開擴新的視野，這就是第三章所處理的。

接著在第四章是從唐傳奇的立意、取材、內容及篇幅上來探討。我們用小說研究、創造出人類生活的意義，而這可以唐傳奇中作意好奇的魅力吸引學生注意的目光、從中察覺受外來文化的影響進而體驗儒道佛融匯的思潮、透過閱讀開拓學生的知識視野，再加上唐傳奇和其他時代的小說相較下：篇幅短、文中所涉及的人物角色不複雜，符合國小學生的程度。所以這是唐傳奇異於其他時代的小說的優點；而有關這些優點讓唐傳奇在閱讀教學上可以充分發揮。

由於唐傳奇所描述的內容多樣化深具閱讀的魅力，並提供充滿了儒、道、佛等多元文化體驗的管道，透過閱讀唐傳奇可以重新召喚我們對傳統文化的認知，形同知識視野的再開拓，再加上篇幅短在有限的閱讀教學時數裡讓師生都能方便改編與應用。這樣絕佳的條件構成唐傳奇成為我在閱讀教學輔助教材的首選。但唐傳奇是用文言來書寫的，這種文字用詞造句的習慣和自五四運動以來的現代白話文有著極大的差異。所以要讓學生能有興趣去理解唐傳奇的內容及所要表達的意思，適當的語譯是必要的。文言經由語言的轉換詮釋後成為我們現在所熟知所習慣的用詞語法，就比較容易使現代人閱讀和了解。但在文言轉換成白話的過程中會使文言原本豐富的意境、意義減少，甚至有歧義的情形產生，為補足這方面的欠缺，可用

戲劇化的方式充實原先短少的部分，再者由於戲劇化的表演必須透過
肢體、動作和語言等的表達方式，利用這種方式延伸出去可使原本語
意不明顯的地方再行擴充；學生在閱讀唐傳奇語譯本後再藉由這樣戲
劇化活潑生動演故事的方式，便可再擴充唐傳奇的經驗。戲劇化的優
為選擇有讀者劇場化、故事劇場化、舞臺劇化、相聲劇化等四種。戲
劇化優為選擇後的闡釋體驗，使唐傳奇與閱讀教學充分結合，以增加
閱讀成效。而與閱讀教學結合的細部內容，第五章已有說明。

　　在第六章，就是從唐傳奇讀者劇場化、故事劇場化、舞臺劇化、
相聲劇化的具體作法中讓學生主動建構知識、豐富想像空間；並訓
練他們的語言表達能力和膽識，進而提升文學閱讀能力。有關唐傳
奇戲劇化更好跟閱讀教學結合有哪些作法，第六章有深入的處理。
底下是本研究從第三章到第六章所採取的唐傳奇文本圖：

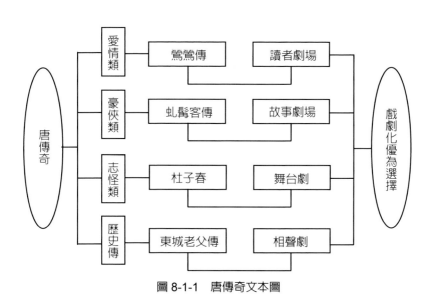

圖 8-1-1　唐傳奇文本圖

　　當唐傳奇戲劇化的具體作法在理論建構完後，再配合閱讀教學上的實踐檢證，也就是透過實際教學中的觀察、隨機訪談及教學完施測後的結果加以驗證，由此對唐傳奇戲劇化可以增加閱讀成效提出更有力的證明。在第七章相關教學活動設計舉隅及驗證中，已經實現。

第二節　未來研究的展望

　　有關「唐傳奇戲劇化在閱讀教學上的應用」，就是在國小閱讀教學課程中以唐傳奇作為非制式的閱讀教材，並以戲劇化的方式進行教學，可達成如下的效果，這也在我們的實際教學中獲得檢證：（一）引起對傳統文化的認知：透過唐傳奇的閱讀讓孩子欣賞並認同自己本身的文化，而為他們找到身分認同的依歸。（二）對文學有感情：審美的機趣是滿足人的情緒安撫、抒解、激勵。構設高明的文學作品，特別容易顯現這種審美效果。從閱讀唐傳奇作品中可以讓閱讀者得到這種審美心理的認同，進而對文學產生感情。（三）檢討閱讀教材：唐傳奇作為非制式教材可彌補制式教材「學究型單向灌輸」（何三本，1997：411）的缺點而強化語文教學效果。（四）可以當作典範：以唐傳奇作品作為補充教材並透過戲劇化的方式獲得學生的認同後，可以回饋給教材編審機制，重新檢討制式的語文閱讀教材的內容和方向；再者這個方法獲得成功認可後，更可作為輔助教材的典範。

　　然而，在時間的限制下，以本研究在命題建立的範圍內是把唐傳奇作品中分成四類，並從這四類中選擇具有代表性的作品，再加

上讀者劇場化、故事劇場化、舞臺劇化、相聲劇化等戲劇化的具體作法來完構。而所選作品有：愛情類，以元積的〈鶯鶯傳〉為代表；志怪類，以李復言的〈杜子春〉為代表；豪俠類，以杜光庭的〈虯髯客傳〉為代表；歷史類，以陳鴻的〈東城老父傳〉為代表。最後從命題演繹可以有的範圍來看，由於「命題的演繹可以有無限多的展演，必須有所節制；以至自我圈定範圍也就『勢必』不可避免的了」。（周慶華，2004a：48）所以「唐傳奇戲劇化在閱讀教學上的應用」的命題演繹範圍，就得在取材上的層面與所要解決問題關涉的層面來限定。將唐傳奇作品分為愛情類、志怪類、豪俠類、歷史類等四類，並從中各擇一篇作為檢證的教材，有興趣者尚可就這四類的作品另取四篇進行教學。

在取材的層面：唐傳奇是我國的文言小說，可以處理的課題很多，本研究只取唐傳奇的故事內容、形式作為戲劇化非制式的教材，並以汪辟疆《唐人小說》的校文為底本，取束忱等注譯的《新譯唐傳奇選》為研究文本，並將分為四類予以探討，再從四類中各取一篇進行實驗檢證。其他有關唐傳奇作者的研究考訂及唐傳奇嬗變過程等，則不在本研究的範圍。

本研究不是要討論「創作性戲劇活動」的表達方式及其運用，而是要直接運用「創作性戲劇活動」中類如相聲的方式加以戲劇化〔就是相聲劇，「這是臺灣劇場的新品種」（馮翊剛等，1998：3）〕來實踐檢證，其他諸如歌劇、話劇、數來寶、雙簧等限於時間，則不在所要藉為實踐檢證的範圍。

其次「閱讀教學」的概念釐清，閱讀教學包含：聆聽教學、說話教學、注音符號教學、識字及寫字教學，本研究以其中的說話教學結合唐傳奇戲劇化作檢證。在「閱讀教學流程中說話教學是以『額外』強化方式介入，透過演講、辯論、舞臺劇、廣擴劇、相聲、雙

簀、說故事等活動安排來成就」。(周慶華,2007a:65)其中以舞
臺劇和說故事因為可以即興創作和增加全體成員共同參與的機
會,為本研究所主要採取的方式(兼採相聲如上述)。其中說故事
又可分劇場性的讀者劇場、故事劇場和室內劇場等,本研究僅以讀
者劇場、故事劇場等方便在小學教室實施的方式來進行。由於閱讀
教學包括聆聽教學、說話教學、注音符號教學、識字及寫字教學等。
所以有興趣者也可從唐傳奇這樣的教材去以其他的方式作檢證。

　　研究的「限制」,乃是伴隨著研究「範圍」而產生。在本研究
的架構之外,處理不了的問題,就是研究的限制所在。「唐傳奇戲
劇化在閱讀教學上的應用」的研究限制,在取材上的範圍版本眾
多,基於能力、時間與篇幅的限制,在選擇研究的文本上就不便廣
涵:在「唐傳奇」部分,作品僅選自通行本,也就是前面所說的束
忱等注譯三民出版的《新譯唐傳奇選》,它以汪辟疆《唐人小說》
精校過的校文為底本,姑且「信以為據」;其他版本的唐傳奇作品,
就不在本研究的範圍內。還有所要解決問題關涉的層面,既然本研
究所關注的是唐傳奇戲劇化後在教學上的應用,那麼「戲劇化」的
作法有很多,本研究無法一一予以運用進行檢證,也只好擇優的採
用讀者劇場化、故事劇場化、舞臺劇化、相聲劇化四種具體作法來
驗證;至於為何採行此四種方式,乃基於權力意志和可藉帶出教學
成效等因素所發動,而難以再「慮及其他」,這也得再此先予以表
述。此外,閱讀教學對學習者產生的效用,還涉及到學習者的個別
差異、閱讀能力、社會文化環境等等因素,但這也是本研究所無法
「旁衍兼顧」的,只能別為寄望,以後有機會再行開啟。也由於無
法完全避免我的主觀價值,所以僅能在脈絡內完成。

　　有關戲劇化演出的段落,都是由教師指定範圍,倘若時間允許
更可開放給學生自由選擇想演出的範圍,並請他們加以說明理由;

也可指定所要演出題材部分，讓學生選擇以不同的戲劇化方式來詮釋，例如〈鶯鶯傳〉除了讀者劇場來詮釋，試著用其他戲劇化的方式來看演出的效果如何。這些現在無暇顧及的，不妨一併俟諸他日別為開展。

參考文獻

干　寶（1980），《搜神記》，臺北：里仁。

王先謙（1983），《荀子集解》，新編諸子集成本，臺北：世界。

王忠林等主編（1983），《增訂中國文學史初稿》，臺北：福記。

王國維（1993），《王國維戲曲論文集——宋元戲曲考及其他》，臺北：里仁。

王國瓔（2006），《中國文學史新講》，臺北：聯經。

王義良（1975），《唐人小說中之佛道思想》國立高雄師範大學中國文學研究所碩士論文，未出版，高雄。

王夢鷗（1976），《文學概論》，臺北：藝文。

王夢鷗（1984），《文藝論談》，臺北：學英。

方祖燊（1995），《小說結構》，臺北：東大。

孔穎達（1982），《毛詩正義》，十三經注疏本，臺北：藝文。

中國文學史編輯小組（1992），《新編中國文學史（二）》，高雄：復文。

中國古典文學研究會（1981），《古典文學》第三集，臺北：學生。

中國古典文學研究會主編（1994），《文學與佛學關係》，臺北：學生。

玄奘譯（1971），《大唐西域記》，臺北：商務。

田毓英（1986），《西班牙騎士與中國俠》臺北：商務。

白碧華（2007），《「偶」來說故事：多元、多樣、多層面的說故事方法》，臺北：菁品。

古德曼（1998），《談閱讀》（洪月女譯），臺北：心理。

早川（1998），《語言與人生》（鄧海珠譯），臺北：遠流。

朱光潛（1983），《談美》，臺北：前衛。

朱光潛（2001），《文學藝心理學》，臺南：大夏。

朱業顯（1998），《文言語譯》，臺北：書林。

束忱等（1998），《新譯唐傳奇選》，臺北：三民。

邢　昺（1982），《論語注疏》，十三經注疏本，臺北：藝文。

何三本（1993），《語文教育論集》，臺北：臺東師院語文教育學系。

何三本（1997），《說話教學研究》，臺北：五南。

李乃龍（2000），《雅人深致與宗教情緣》，臺北：文津。

李玉貴（2008），〈從臺灣 PIRLS2006 評估結果談小學語文閱讀教學的現況與現象〉

李先雯（2007），《林良散文運用於國小高年級閱讀教學之研究》，國立新竹教育大學人資處語文教學碩士班論文，未出版，新竹。

李翠玲（2002），《戲劇性活動融入語文領域教學之研究——以低年級為例》，國立新竹師範學院臺灣語言與語文教育研究所碩士論文，未出版，新竹。

吳志達（1981），《唐人傳奇》，上海：古籍。

吳庚舜等主編（1995），《唐代文學史》，北京：人民文學。

吳美如（2003），《戲劇活動融入國小四年級語文領域教學之行動研究》，國立屏東教育大學國民教育研究所碩士論文，未出版，屏東。

吳禮權（1996），〈英雄俠義小說與中國人的阿 Q 精神〉，《國文天地》，11（8），84-87。

呂亞力（1991），《政治學方法論》，臺北：三民。

呂智惠（2004），《說故事劇場研究：以臺灣北部地區兒童圖書館說故事活動為例》，

國立臺灣大學戲劇學研究所碩士論文，未出版，臺北。

沈清松（1986），《解除世界魔咒——科技對文化的衝擊與展望》，臺北：時報。

沈清松編（1993），《中國人的價值觀——人文學觀點》，臺北，桂冠。

佛斯特（2002），《小說面面觀》（李文彬譯），臺北：志文。

佛洛依德（1991），《夢的解析》（賴其萬等譯），臺北：志文。

汪辟疆（1988），《唐人傳奇小說》，臺北：文史哲。

阿英編（1989），《晚清文學叢鈔·小說戲曲研究卷》，臺北：新文豐。

周一貫（2001），《閱讀課堂教學設計論》，浙江：寧波。

周先慎（2006），《中國文學的十五堂課》，臺北：五南。

周浩正（2006），《編輯道》，臺北：文經。

周漢光（1996），〈角色扮演法在中文教學上的應用〉，《Education Journal（教育學報）》，24（2），121～149

周慶華（1996），《文學繪圖》，臺北：東大。

周慶華（1999），《語言文化學》，臺北：生智。

周慶華（2001），《作文指導》，臺北：五南。

周慶華（2003a），《故事學》，臺北：五南。

周慶華（2003b），《閱讀社會學》，臺北：揚智。

周慶華（2004a），《文學理論》，臺北：五南。

周慶華（2004b），《語文研究法》，臺北：洪葉。

周慶華（2005），《身體權力學》，臺北：弘智。

周慶華（2006），《語用符號學》，臺北：唐山。

周慶華（2007a），《語文教學方法》，臺北：里仁。

周慶華（2007b），《紅樓搖夢》，臺北：里仁。

周慶華（2008），《轉傳統為開新──另眼看待漢文化》，臺北：秀威。

周慶華（2009），《文學詮釋學》，臺北：里仁。

孟　瑤（1966），《中國小說史第一冊》，臺北：文星。

尚永亮（2000），《科舉之路與宦海浮沈》，臺北：文津。

林小蓉（2006）《《百喻經》在國中國文教學應用之研究》，國立高雄師範
　　大學國文教學碩士班論文，未出版，高雄。

林文韵（2005），〈化讀本為劇本〉，《英文工廠》，21，57-58。

林文寶（1994），《兒童文學故事體寫作論》，臺北：毛毛蟲兒童哲學基
　　金會。

林文寶等（1996），《兒童文學》，臺北：五南。

林文寶（2000），《臺灣地區兒童閱讀興趣調查研究》臺北：行政院文建會。

林守為（1988），《兒童文學》，臺北：五南。

林秀兒（2002），《動態閱讀 Go！Go！Go！》，臺北：臺灣外文書訊房。

林玫君（2002）〈戲劇教學之課程統整意涵與應用〉，檢索日期：2008.12.03，
　　網址：http://www.arte.gov.tw/art-edu-study/91drama-edu-seminar/05/05-
　　txt-2/910802-11.htm

林虹眉（2007），《教室即舞臺──讀者劇場融入國小低年級國語文教學之
　　行動研究》國立臺南大學幼兒教育學系碩士班論文，未出版，臺南。

林豔紅（2006），〈《柳毅傳》（節選）教學啟示──教師如何引導學生對文
　　本的解讀〉，檢索日期：2009.04.08，網址：http://eblog.cersp.com/
　　userlog15/25091/archives/2006/57229.shtml。

亞里斯多德（1967），《詩學》（傅東華譯），臺北：商務。

姚一葦（1997），《戲劇原理》，臺北：書林。

俞汝捷（1991），《幻想和寄託的國度──志怪傳奇新論》，臺北：淑馨。

洪　邁（1979），《容齋隨筆》，臺北：商務。

洪材章主編（1992），《閱讀學》，廣州：廣東教育。

洪雯琦（2006），《讀者劇場對國小學童外語學習焦慮的影響之研究》，國立臺北教育大學英語教育學系碩士班論文，未出版，臺北。

胡幼慧主編（1996），《質性研究──理論、方法及本土女性研究實例》，臺北：巨流。

胡應麟（1963），《少室山房筆叢》，臺北：世界。

祝秀俠（1982），《唐代傳奇研究》，臺北：中國文化大學。

韋政通（1986），《儒家與現代化》，臺北：水牛。

柯華葳（2007），《教出閱讀力》，臺北：天下。

恩　傑（1998），《孩子說的故事──了解童年的敘事》（黃夢嬌譯），臺北：財團法人成長文教基金會。

孫　奭（1982），《孟子注疏》，十三經注疏本，臺北：藝文。

徐守濤（1999），〈兒童戲劇與兒童文藝教育的探討〉，《一九九九臺灣現代劇場研討會論文集──兒童劇場》，臺北：行政院文化建設委員會。

高敬文（1999），《質性研究方法論》，臺北：師大書苑。

高詩佳（2002），〈鶯鶯傳人物解析〉，檢索日期：2008.12.02，網址：http://www.literature.idv.tw/news/n-146.htm，傳統中國文學電子報第147期。

郝廣才（2006），《腦力發電》，臺北：皇冠。

郝廣才（2009），《愛情不用這麼瞎》，臺北：皇冠。

張尹宣（2007），《讀者劇場與口語流暢度的影響之行動研究──以花蓮市為例》，國立臺北教育大學　兒童英語教育學系碩士班論文，未出版，臺北。

張文龍（2005），〈聽說讀寫的戲劇活動──讀者劇場〉，《英文工廠》，19，28～31。

張春興（1990），《教育心理學》，臺北：東華。

張曼娟（2006），《火裡來，水裡去》，臺北：天下。

張惠如（2007），《國小高年級閱讀教學研究》，國立高雄師範大學回流中文碩士班論文，未出版，高雄。

張曉華（2003），《創造性戲劇原理與實作》，臺北：成長文教基金會。

張曉華（2007），《創造性戲劇教學原理與實作》，臺北：成長文教基金會。

陳文新（1995），《中國傳奇小說史話》，臺北：正中。

陳四益（2006），《中外名劇的「變臉」》，檢索日期：2008.12.07，網址：
　　http://www.gmw.cn/02blqs/2006-03/07/content-430074.htm。

陳平原（1990），《中國小說敘事模式的轉變》，臺北：久大。

陳杭生主編（1986），《教材戲劇化教學研究腳本編寫示例一百篇》，臺北：
　　臺灣省國民學校教師研習會視聽教育館。

陳鼓應（2004），《莊子今註今譯》，臺北：商務。

陳嘉麗（1999），《唐代佛道思想小說研究》，私立中國文化大學中國文學
　　研究所碩士論文，未出版，臺北。

陳麗慧（2001），〈用戲劇營造語文能力〉，《師友》，409，85—88。

陶玉芳（2003），《琦君散文在國小教育上的價值與應用》，國立屏東師範
　　學院國民教育研究所碩士論文，未出版，屏東。

陶國璋（1993），《開發精確的考》，臺北：書林。

曹明海（2007），《語文教學解釋學》，濟南：山東人民。

郭紹林（1993），《唐代士大夫與佛教》，臺北：文史哲。

郭聰貴（2001），《兒童閱讀教育》，臺南：國立臺南師範學院實習輔導處。

荷曼斯（1987），《社會科學的本質》（楊念祖譯），臺北：桂冠。

馮翊剛等（2000），《這一本，瓦舍說相聲》，臺北：揚智。

馮惠宜（2008.12.21），〈相同神經傳導　閱讀提升創造力〉，《中國時報》，
　　第 B4 版，臺北。

梁榮源（1992），《閱讀教學：理論與實踐》，新加坡：仙人掌。

梁滿修（2003），《現代文學閱讀教學之研究》，國立高雄師範大學國文教
　　學碩士班論文，已出版，高雄。

許碧勳（2001），〈國小中高年級兒童閱讀習慣的探討〉，《教育資料與研
　　究》，42。

麥黎緒（2000），《亞理斯多德》（何畫瑰譯），臺北，麥田。

康韻梅（2005），《唐代小說承衍的敘事研究》，臺北：里仁。

莎里斯貝利（1994），《創作性兒童戲劇入門》（林玫君編譯），臺北：心理。

國立清華大學中國語文學系（1989），《小說戲曲研究　第二集》，臺北：
　　聯經。

渥　克（2005），《創意教學系列 10 RT 如何教讀者劇場》（李晏戎譯），臺
　　北：東西　。

黃世杏（2006），《讀者劇場對國小學生口語流暢度及學習動機之研究》，
　　國立臺北教育大學兒童英語教育學系碩士班論文，未出版，臺北。

黃沛榮（2006），《漢字教學的理論與實踐》，臺北：樂樂。

黃建中（1990），《比較倫理學》，臺北：正中。

黃春木（2009.03.15），〈如何有效閱讀歷史〉，《小魯讀友雜誌》，58，第4版。

黃美序（2007），《戲劇的味／道》，臺北：五南。

黃致遠（2002），〈唐傳奇《枕中記》的民間童話特質〉，《中華技術學院期刊》，28，39～46。

黃郇媄（2005a），〈來玩戲之一淺談兒童戲劇內涵〉，《英文工廠》，19，13～15。

黃郇媄（2005b），〈來玩戲之二兒童戲劇在學習活動上的運用〉，《英文工廠》，20，54～58。

黃國倫（2005），《讀者劇場融入國民小學六年級國語文課程教學之研究》，國立臺南大學戲劇研究所碩士論文，未出版，臺南。

曾仰如（1985），《形上學》，臺北：商務。

雲美雪（2007），《讀者劇場運用於偏遠小學低年級英語課程之行動研究》，國立嘉義大學幼兒教育學系研究所碩士論文，未出版，嘉義。

程國賦（1997），《唐人小說嬗變研究》，廣州：廣東人民。

華正書局編輯部（1989），《校訂本中國文學發展史》，臺北：華正。

鄒文莉（2005），〈讀出戲胞——讀者劇場〉，《英文工廠》，19，24～27。

楊玉蓉（2008），《一個小學三年級班級閱讀教學研究——以賴馬圖畫書為例》，國立臺東大學 兒童文學研究所碩士論文，未出版，臺東。

楊昌年（2003），《唐傳奇名篇析評》，臺北：里仁。

楊家駱主編（1982），《唐人傳奇小說》，臺北：世界。

楊振良（1994），〈傳統文化與國小語文教學——以民俗、笑話、寓言、清言為例〉，《國教園地》，50，81～85。

楊裕貿（1991a），〈由夏山學校的角色扮演看兒童戲劇的教育價值〉《中師語文》創刊號，70～73

楊裕貿（1991b），〈戲劇大川的支流——兒童戲劇〉，《中師語文》創刊號，64～69

葉怡均（2007），《我把相聲變小了》，臺北：幼獅。

葉楚傖（1959），《傳奇小說選》，臺北：正中書局。

葉慶炳（1986），《中國文學史》上冊，臺北：學生。

葉慶炳編選（1993），《唐宋傳奇小說》，臺北：國家。

漢　格（2001）《即興表演家喻戶曉的故事：戲劇與語文教學的融合》（陳仁富譯），臺北：心理。

齊若蘭（2003），〈快樂閱讀開啟未來希望〉，檢索日期：200810.22，網址：http://event.educities.edu.tw/infoexchange/2002/11/25。

趙彥衛（1984），《雲麓漫抄》，臺北：新文豐。

趙雅博（1990），《知識論》，臺北：幼獅。

管家琪（2007），《唐宋傳奇──充滿傳奇色彩的故事》，臺北：幼獅。

廖真瑜，〈談戲劇在輔導活動教學之應用〉，檢索日期：2008.12.05，網址：http://guidance.heart.net.tw/nmain-theory05.htm#top

熊　嶺（1979），《中國古典文學研究叢刊・說之部（二）》，臺北：巨流。

熊勤玉（2006），《讀者戲場應用在國小中年級國語文課程之行動研究》，國立臺南大學戲劇研究所碩士論文，未出版，臺南。

魯　迅（1992），《魯迅小說史論文集》，臺北：里仁。

魯　迅（1996），《中國小說史略》，北京：東方。

魯　雋（2005），〈從戲劇中學習情緒〉，《英文工廠》，20，59～62。

蔣　勳（2009），《生活十講》，臺北：聯合文學。

潘乃德（1976），《文化模式》，臺北：巨流。

潘淑滿（2004），《質性研究：理論與應用》，臺北：心理。

劉少朋（2009），〈改變教材呈現方式　提高閱讀教學品質〉，檢索日期：2009.03.22，網址：http://www.fyeedu.net/info/88697-1.htm，

劉能賢（2002），《國小五年級創造思考閱讀教學之行動研究──以「冒險」主題為例》，國立臺北師範學院課程與教學研究所碩士論文，未出版，臺北。

蔡守湘（2002），《唐人小說選注》，臺北：里仁。

蔡宗陽等主編（2000），《中國文學與美學》，臺北：五南。

蔡淑媖（2001），《從聽故事到閱讀》，臺北：富春。

鄭君璧（2004），〈在課堂中運用「創作性劇」活動教學〉，檢索日期：2007.12.08，網址：http://www.hkedcity.net/article/specialed_pd_others/060308-006/index.phtm

鄭志明（2000），《道教的歷史與文學》，嘉義：南華大學宗教文化研究中心。

鄭貞銘主編（1989），《人類傳播》，臺北：正中。

鄭振鐸（1982），《插圖本中國文學史》第二冊，北京：新華書店。

鄭素春（2002），《道教信仰、神仙與儀式》，臺北：商務。

樋口裕一（2006），《笨蛋！問題在閱讀！》（鹿谷譯），臺北：世茂。

賴永海（1995），《佛學與儒學》，臺北：揚智。

錢伯斯（2001），《打造兒童閱讀環境》（許慧貞譯），臺北：天衛。

諾德曼（2000），《閱讀兒童文學的樂趣》（劉鳳芯譯），臺北：小魯。

霍布斯邦（2004），《盜匪：從羅賓漢到水滸英雄》（鄭明萱譯），臺北：麥田。

歐蘇利文等（1997），《傳播及文化研究主要概念》（楊祖珺譯），臺北：遠流。

薛秀芳（2005），〈重拾文學作品　培養閱讀習慣〉，檢索日期：2008.10.06，網址：http://www.ntl.gov.tw/Publish__List.asp?CatID=642。

謝華馨（2003），《應用創作性戲劇說故事教學活動之研究──以安和國小一年級為例》國立臺東大學兒童文學研究所碩士論文，未出版，臺東。

謝鴻文（2009），〈從民俗儀式的視野中讓幻想啟程　評黃秋芳《床母娘的寶貝》〉，《全國新書資訊月刊》，2月號，28-30。

鍾屏蘭（2002），〈閱讀的功效──從九年一貫課程學生十大基本能力的培養談起〉，《國教天地》，147，31～37。

韓雪屏（2000），《中國當代閱讀理論與閱讀教學》，成都：四川教育。

簡瑞貞（2003），《低年級閱讀教學探究──以教科書課文內容進行閱讀教學的行動研究》國立新竹師範學院臺灣語言與語文教育研究所碩士論文，未出版，新竹。

羅　盤（1980），《小說創作論》，臺北：東大。

羅秋昭（1999），《國小語文科教材教法（三版）》，臺北：五南。

羅敬之（2002），《傳奇‧聊齋散論》，臺北：文津。

羅聯添（1988），《唐代文學論集上冊》，臺北：學生。

龔鵬程（1995），《思想與文化》，臺北：業強。

龔鵬程（2003a），《文學散步》，臺北：學生

龔鵬程（2003b），《中國小說史論》，臺北：學生

龔鵬程（2004），《俠的精神文化史論》，臺北：風雲時代。

附錄

一、資料編碼（一）

小怡					
代碼	資料類型	時間	地點	紀錄方式	編碼
A	訪談	2009.04.15	六甲教室	紙筆摘記	訪 A 摘 2009.04.15
		2009.04.16	六甲教室	錄音摘記	訪 A 摘 2009.04.16
		2009.04.17	六甲教室	錄音摘記	訪 A 摘 2009.04.17
		2009.04.22	六甲教室	摘記	訪 A 摘 2009.04.22
		2009.04.24	電腦教室	錄音摘記	訪 A 摘 2009.04.24
		2009.05.05	六甲教室	紙筆摘記	訪 A 摘 2009.05.05
		2009.05.06	六甲教室	錄音摘記	訪 A 摘 2009.05.06
		2009.05.08	六甲教室	錄音摘記	訪 A 摘 2009.05.08
阿呈					
代碼	資料類型	時間	地點	紀錄方式	編碼
B	訪談	2009.04.15	六甲教室	紙筆摘記	訪 B 摘 2009.04.15

		2009.04.23	六甲教室	錄音摘記	訪 B 摘 2009.04.23
		2009.04.29	六甲教室	錄音摘記	訪 B 摘 2009.04.29
小雅					
代碼	資料類型	時間	地點	紀錄方式	編碼
C	訪談	2009.04.15	六甲教室	紙筆摘記	訪 C 摘 2009.04.15
		2009.04.22	六甲教室	紙筆摘記	訪 C 摘 2009.04.22
		2009.04.24	電腦教室	錄音摘記	訪 A 摘 2009.04.24
阿宇					
代碼	資料類型	時間	地點	紀錄方式	編碼
D	訪談	2009.04.22	六甲教室	摘記	訪 D 摘 2009.04.22
		2009.05.05	六甲教室	錄音摘記	訪 D 摘 2009.05.05
		2009.05.06	六甲教室	錄音摘記	訪 D 摘 2009.05.06
		2009.05.08	六甲教室	錄音摘記	訪 D 摘 2009.05.08
		2009.05.12	六甲教室	錄音摘記	訪 D 摘 2009.05.12
		2009.05.13	電腦教室	錄音摘記	訪 D 摘 2009.05.13
		2009.05.15	六甲教室	錄音摘記	訪 D 摘 2009.05.15
阿原					
代碼	資料類型	時間	地點	紀錄方式	編碼
E	訪談	2009.04.28	六甲教室	錄音摘記	訪 E 摘 2009.04.28

		2009.04.29	六甲教室	錄音摘記	訪 E 摘 2009.04.29
		2009.05.01	六甲教室	紙筆摘記	訪 E 摘 2009.05.01

小羽					
代碼	資料類型	時間	地點	紀錄方式	編碼
F	訪談	2009.04.28	六甲教室	錄音摘記	訪 F 摘 2009.04.28
		2009.04.29	六甲教室	錄音摘記	訪 F 摘 2009.04.29
		2009.05.01	六甲教室	紙筆摘記	訪 F 摘 2009.05.01

大寶					
代碼	資料類型	時間	地點	紀錄方式	編碼
G	訪談	2009.05.05	六甲教室	錄音摘記	訪 G 摘 2009.05.05
		2009.05.06	六甲教室	錄音摘記	訪 G 摘 2009.05.06
		2009.05.08	六甲教室	錄音摘記	訪 G 摘 2009.05.08
		2009.05.13	電腦教室	錄音摘記	訪 G 摘 2009.05.13
		2009.05.15	六甲教室	錄音摘記	訪 G 摘 2009.05.15

阿懿					
代碼	資料類型	時間	地點	紀錄方式	編碼
H	訪談	2009.05.12	六甲教室	錄音摘記	訪 H 摘 2009.05.12
		2009.05.13	電腦教室	錄音摘記	訪 H 摘 2009.05.13
		2009.05.15	六甲教室	錄音摘記	訪 H 摘 2009.05.15

二、資料編碼（二）

代碼	資料類型	時間	地點	紀錄方式	編碼
	觀察	2009.04.17	六甲教室	筆札	觀摘 2009.04.17
		2009.04.20	六甲教室	筆札	觀摘 2009.04.20
		2009.04.21	六甲教室	筆札	觀摘 2009.04.21
		2009.04.22	六甲教室	筆札	觀摘 2009.04.22
		2009.04.23	六甲教室	筆札	觀摘 2009.04.23
		2009.04.24	六甲教室	筆札	觀摘 2009.04.24
		2009.04.25	六甲教室	筆札	觀摘 2009.04.25
		2009.04.27	六甲教室	筆札	觀摘 2009.04.27
		2009.04.28	六甲教室	筆札	觀摘 2009.04.28
		2009.04.29	六甲教室	筆札	觀摘 2009.04.29
		2009.05.01	六甲教室	筆札	觀摘 2009.05.01
		2009.05.02	六甲教室	筆札	觀摘 2009.05.02
		2009.05.04	六甲教室	筆札	觀摘 2009.05.04

		2009.05.05	六甲教室	筆札	觀摘 2009.05.05
		2009.05.06	六甲教室	筆札	觀摘 2009.05.06
		2009.05.08	六甲教室	筆札	觀摘 2009.05.08
		2009.05.11	六甲教室	筆札	觀摘 2009.05.11
		2009.05.12	六甲教室	筆札	觀摘 2009.05.12
		2009.05.13	六甲教室	筆札	觀摘 2009.05.13
		2009.05.15	六甲教室	筆札	觀摘 2009.05.15

三、〈鶯鶯傳〉閱讀教學活動資料

（一）〈鶯鶯傳〉閱讀教學活動問卷（前測）

〈鶯鶯傳〉閱讀教學活動問卷前測

　　親愛的同學，為提升同學在閱讀理解的能力，教師設計了一系列閱讀教學活動，但需要先了解同學閱讀相關的能力，請同學仔細回答下列問題，作為我們共同努力的依據。作答時，請在□裡打「ˇ」即可，本問卷採不計名的方式，請同學放心填寫。

1. 我是：
　□男生　□女生
2. 從小到現在你是否參加有過戲劇演出的經驗？
　□有　□沒有　□其他＿＿＿＿＿＿。
3. 你覺得演戲是一件怎樣的事情？
　□很有趣、好玩　□無聊　□沒感覺　□其他＿＿＿＿＿＿。
4. 你知道讀者劇場這種說故事的方式嗎？
　□知道　□不知道　□其他＿＿＿＿＿＿。
5. 在戲劇演出時，你覺得表演最好的同學是因為什麼？（可複選）
　□他（她）長得帥（美）　□表演的動作很棒　□音調有變化　□對話完整。
　□其他＿＿＿＿＿＿。
6. 根據你的經驗你覺得戲劇演出需要那條件？（可複選）
　□準備服裝、道具　□背臺詞　□花很多時間排練　□其他＿＿＿＿＿＿。
7. 從小到大你是否曾有喜歡的人？
　□有　□沒有　□不知道。
8. 當你遇見喜歡的人，你會怎麼做？
　□直接告訴他（她）　□請好朋友代為轉達　□放在心理
　□其他＿＿＿＿＿＿。

9. 如果有一天你遇見你喜歡的人，你會如何表達你的情意？
　　□寫信或卡片　□送禮物　□其他＿＿＿＿＿＿。

10. 你覺得中國人對於情感表達的方式是：
　　□愛在心理　□難開　□大膽示愛　□不知道　□其他＿＿＿＿＿＿。

11. 你覺得中國傳統婚姻的產生的原因？（可複選）
　　□自由戀愛　□媒妁之言　□不一定　□其他＿＿＿＿＿＿。

12. 你覺得女生主動向男生表達好感時，你覺得如何？（請寫下理由）
　　□不好，因為：＿＿＿＿＿＿＿＿＿＿＿＿＿＿＿＿＿＿。
　　□很好，因為：＿＿＿＿＿＿＿＿＿＿＿＿＿＿＿＿＿＿。
　　□其他，因為：＿＿＿＿＿＿＿＿＿＿＿＿＿＿＿＿＿＿。

（二）我是最佳編劇

我是最佳編劇

班級： 年 班 姓名：

請小朋友將〈鶯鶯傳〉裡從張生拯救鶯鶯一家人，到努力追求鶯鶯並在紅娘穿針引線的協助下促成兩人戀情發展的這一段故事，改寫成一篇讀者劇場演出的劇本。

範例：

人物： 旁白、鄭氏

旁白： 張生解救鶯鶯一家人後，鄭氏非常感謝他，請張生吃飯。

鄭氏： 姨母是個寡婦，又帶著兩個小孩。不幸遇到軍隊大亂，實在無法保護自己。幼小的兒女如同是您給他們第二次生命。這恩德可不比尋常阿！現在我要讓他們以長兄的禮節來報答您的恩德。（感謝地）

（三）讀者劇場／〈鶯鶯傳〉學習單

讀者劇場／〈鶯鶯傳〉學習單

班級：__年__班____姓名：_____

欣賞完各組同學演出之後，你覺得自己的表現如何？哪組表現最好？哪位同學的表演最令人印象深刻？他們的表演有哪些優點值得學習的地方？請記錄下來！

♡ 在〈鶯鶯傳〉的演出中，我所演出的角色是：_____，
我覺得自己演出最好的優點是：_____，
還可以更好的地方：_____。

♡ 在〈鶯鶯傳〉的演出中，我覺得第____組表現最好，
因為：_____。

♡ 我覺得在〈鶯鶯傳〉的演出中，最令人印象深刻的表演
是_____同學。他在戲中所扮演的角色是：_____。
我覺得他演得很精采的原因是（可複選）：
□表情生動　□聲音語氣很像所扮演的角色
□動作表演的很棒　□其他優點_____。

♡ 在〈鶯鶯傳〉裡我覺得哪個角色最難演：_____，
為什麼？_____。

♡ 請寫下演出〈鶯鶯傳〉後的心得及感想：

（四）〈鶯鶯傳〉閱讀教學活動問卷（後測）

〈鶯鶯傳〉閱讀教學活動問卷後測

親愛的同學，在實施〈鶯鶯傳〉讀者劇場的閱讀教學活動後，為了解同學是否已獲得相關的閱讀能力，請同學仔細回答下列問題，作為我們共同努力的依據。作答時，請在□裡打「ˇ」即可，本問卷採不計名的方式，請同學放心填寫。

1. 在讀者劇場這種說故事的方式中，我
   □能　□不能專心聽同學說故事。
2. 讀者劇場的表現方式主要是靠：
   □聲音、表情　□肢體動作　□其他＿＿＿＿＿＿＿。
3. 你覺得用讀者劇場的型式來演戲，是否可以幫助你更容易理解〈鶯鶯傳〉的內容？
   □是，可以幫助　□否，沒有幫助　□不知道。
4. 請你勾選讀者劇場這種演故事方式和其他演戲方式的不同點？（可以複選）
   □不用背臺詞　□不用準備道具、佈景　□不用肢體動作來傳達
   □其他＿＿＿＿＿＿＿。
5. 你覺得讀者劇場這種演戲形式如何？
   □很簡單　□很複雜　□沒有感覺。
6. 你是否喜歡以這種方式來演戲？
   □喜歡　□不喜歡　□沒意見　□其他＿＿＿＿＿＿＿。
7. 你覺得現代婚姻嫁娶的傳統習俗和〈鶯鶯傳〉裡的「六禮」是否有關係？
   □是，很有關係　□否，一點關係都沒有　□不了解。
8. 在〈鶯鶯傳〉裡你覺得唐代女性的生活空間、環境如何？
   □封閉、單純　□開放、自由　□不知道　□其他＿＿＿＿＿＿＿。
9. 你覺得鶯鶯在被張生拋棄後，對張生仍無怨言逆來順受，甚至認為是自己沒有守住貞節造成的。鶯鶯這種想法是受到什麼觀念的影響？
   □傳統禮教束縛　□自卑的心理　□不知道。
10. 你覺得是誰促成張生和鶯鶯的交往？
    □鄭氏　□紅娘　□楊巨源。

11. 你知道〈鶯鶯傳〉裡的紅娘成為後來的哪一種行業的代稱？
　　□郵差　□媒人　□紅娘華（昆蟲）。

12. 在〈鶯鶯傳〉裡文辭描述如何？
　　□非常優美　□單調無味　□不知道。

13. 你覺得在作者在〈鶯鶯傳〉裡運用詩詞的目的是什麼？（可以複選）
　　□利用詩句來傳達人物的感情　□顯示張生和鶯鶯都是有才華的人
　　□表示作者本身也是有才華的人。

14. 在〈鶯鶯傳〉裡你覺得你和唐代人「愛在心裡口難開」對情感的表達的方式是否一樣？
　　□是，一樣　□否，不一樣　□不知道　□其他_____。

15. 從〈鶯鶯傳〉裡你發現中國人對情感的呈現是如何？
　　□含蓄內斂　□大膽坦白　□沒有感覺　□其他_____。

四、〈虬髯客傳〉閱讀教學活動資料

（一）〈虬髯客傳〉閱讀教學活動問卷（前測）

〈虬髯客傳〉閱讀教學活動問卷前測

　　親愛的同學，為提升同學在閱讀理解的能力，教師設計了一系列閱讀教學活動，但需要先了解同學閱讀相關的能力，請同學仔細回答下列問題，作為我們共同努力的依據。作答時，請在□裡打「ˇ」即可，本問卷採不計名的方式，請同學放心填寫。

1. 你知道故事劇場這種說故事的方式嗎？
　　□知道　□不知道　□其他＿＿＿＿＿＿。
2. 你是否曾看過或聽過〈虬髯客傳〉或者《風塵三俠》戲劇演出的經驗？
　　□有　□沒有　□其他＿＿＿＿＿＿。
3. 當你有高興或者難過的心情時，你最想找誰和你一起分享？
　　□父母　□兄弟姐妹　□好朋友。
4. 你是否有知心好友？
　　□有　□沒有　□不知道。
5. 你覺得朋友對你是否重要？
　　□重要　□不重要　□不知道。
6. 你認為怎樣才是你的好朋友，他（她）有哪些特質？
＿＿＿＿＿＿＿＿＿＿＿＿＿＿＿＿＿＿＿＿＿＿＿＿＿＿＿＿＿＿
7. 我是：□男生　□女生，回顧這一年來，我常和哪些人在一起活動？
　　□男生　□女生　□男女都有。
8. 你覺得現在班上男女同學相處情形大致如何？
　　□男女很融洽　□男女壁壘分明　□不知道。
9. 當你和同學間起了爭執，你通常會如何做？
　　□直接跟他起衝突　□請同學協調　□告訴教師。

10.你覺得你自己是否常和同學有爭吵、打鬧的行為產生？
　　□經常　　□偶爾　　□沒有。
11.你會崇拜英雄嗎？
　　□會　□不會　□不一定。
12.你認為怎樣才算是英雄俠義的行為？（可複選）
　　□對朋友守信諾　　□見義勇為　　□做別人不敢做的事。
13.請你寫下兩個你認為是英雄的人？並寫他們的哪些行為讓你覺得他們是
　　英雄？
　　(1)＿＿＿＿＿＿＿，＿＿＿＿＿＿＿＿＿＿＿＿＿＿＿＿＿＿＿＿＿＿＿
　　(2)＿＿＿＿＿＿＿，＿＿＿＿＿＿＿＿＿＿＿＿＿＿＿＿＿＿＿＿＿＿＿

（二）我是最佳編劇

我是最佳編劇

班級： 年 班 姓名：

　　請小朋友將〈虬髯客傳〉裡從李靖晉見楊素後，紅拂女在半夜主動投奔李靖，之後兩人在住宿的旅店巧遇虬髯客，他們結為知己好友並相約在太原見面的故事，改寫成一篇故事劇場演出的劇本。

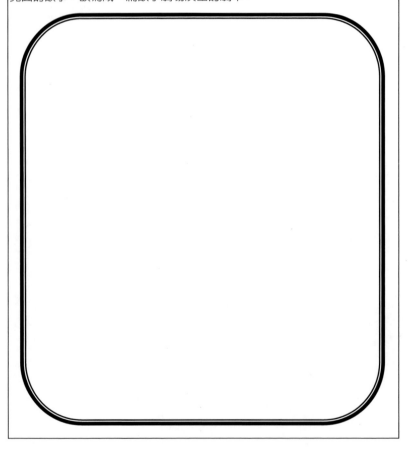

（三）故事劇場／〈虯髯客傳〉學習單

故事劇場／〈虯髯客傳〉學習單

班級：＿＿年＿＿班　　姓名：＿＿＿＿＿＿＿

　　欣賞完各組同學演出之後，你覺得自己的表現如何？哪組表現最好？哪位同學的表演最令人印象深刻？他們的表演有哪些優點值得學習的地方？請記錄下來！

♡ 在〈虯髯客傳〉的演出中，我所演出的角色是：＿＿＿＿＿＿，我覺得自己演出最好的優點是：＿＿＿＿＿＿＿＿＿＿＿＿＿＿＿＿＿＿＿，
還可以更好的地方：＿＿＿＿＿＿＿＿＿＿＿＿＿＿＿＿＿＿＿＿。

♡ 在〈虯髯客傳〉的演出中，我覺得第＿＿＿組表現最好，
因為：＿＿＿＿＿＿＿＿＿＿＿＿＿＿＿＿＿＿＿＿＿＿＿＿＿。

♡ 我覺得在〈虯髯客傳〉的演出中，最令人印象深刻的表演
是＿＿＿＿＿＿同學。他在戲中所扮演的角色是：＿＿＿＿＿＿。
我覺得他演得很精采的原因是（可複選）：
☐表情生動　☐聲音語氣很像所扮演的角色
☐動作表演的很棒　☐其他優點＿＿＿＿＿＿。

♡ 在裡〈虯髯客傳〉我覺得哪個角色最難演：＿＿＿＿＿＿，
為什麼？＿＿＿＿＿＿＿＿＿＿＿＿＿＿＿＿＿＿＿＿＿＿＿。

♡ 請寫下演出〈虯髯客傳〉後的心得及感想：

（四）〈虬髯客傳〉閱讀教學活動問卷（後測）

〈虬髯客傳〉閱讀教學活動問卷後測

親愛的同學，在實施〈虬髯客傳〉故事劇場的閱讀教學活動後，為了解同學是否已獲得相關的閱讀能力，請同學仔細回答下列問題，作為我們共同努力的依據。作答時，請在□裡打「ˇ」即可，本問卷採不計名的方式，請同學放心填寫。

1. 在故事劇場這種說故事的方式中，我
   □能　□不能專心聆聽同學說故事。
2. 故事劇場的表現方式主要是靠：
   □聲音、表情　□肢體動作　□其他_____。
3. 你覺得用故事劇場的型式來演戲，是否可以幫助你更容易理解〈虬髯客傳〉的內容？
   □是，可以幫助　□否，沒有幫助　□不知道。
4. 請你勾選故事劇場這種演故事方式和讀者劇場演戲方式的不同點？（可以複選）
   □要背臺詞　□臺詞比較　□語化　□旁白由擔任演出的角色所分擔
   □多了啞劇動作　□其他_____。
5. 你覺得故事劇場這種演戲形式如何？
   □很簡單　□很複雜　□沒有感覺。
6. 你是否喜歡以這種方式來演戲？
   □喜歡　□不喜歡　□沒意見　□其他_____。
7. 你在〈虬髯客傳〉裡看到哪些令人欣賞的行為？（可以複選）
   □英雄惜英雄　□慧眼識英雄　□識時務者為俊傑　□其他_____。
8. 在〈虬髯客傳〉你看到紅拂女哪些令人欣賞的特點？（可複選）
   □超人的識人能力　□過人的膽識　□機智　□三從四德。
9. 在〈虬髯客傳〉從哪些地方，可看出李靖不凡的地方？
   _____

10. 你覺得虬髯客為何會主動退讓，把天下讓給李氏父子？是受到中國人什麼傳統觀念的影響
　　□謀事在人，成事在天　□三從四德　□四維八德。

11. 如果你是虬髯客，你會如何做？
　　_____

12. 你是否欣賞虬髯客，最後把他的所有家產都送給李靖和紅拂女去扶助文皇建立唐朝，自己再到海外建立一番事業？並寫下原因。
　　_____，_____

13. 你認為虬髯客哪些行為是可以稱得上豪俠？
　　_____

14. 在〈虬髯客傳〉裡你最欣賞那個人物為什麼？
　　_____，_____

五、〈杜子春〉閱讀教學活動資料

（一）〈杜子春〉閱讀教學活動問卷（前測）

〈杜子春〉閱讀教學活動問卷前測

　　親愛的同學，為提升同學在閱讀理解的能力，教師設計了一系列閱讀教學活動，但需要先了解同學閱讀相關的能力，請同學仔細回答下列問題，作為我們共同努力的依據。作答時，請在□裡打「ㄨ」即可，本問卷採不計名的方式，請同學放心填寫。

1. 我是：□男生　□女生
2. 你知道舞臺劇這種說故事的方式嗎？
　　□知道　□不知道　□其他_____。
3. 你是否曾看過或聽過〈杜子春〉戲劇演出的經驗？
　　□有　□沒有　□其他_____。
4. 你是否看過或聽過神奇鬼怪的故事或片影？
　　□有，看過　□沒有，沒看過　□其他_____。
5. 你比較喜歡看那一類情節的故事？
　　□溫馨感人　□推理思考　□緊張刺激　□其他_____。
6. 你喜歡看神奇鬼怪的故事或片影嗎？
　　□喜歡，原因：_____
　　□不喜歡，原因：_____
　　□其他，原因：_____
7. 你曾看過哪些關於中國神奇鬼怪的故事或影片？請寫下一個，並把它神奇鬼怪的地方大致寫下來。
　　_____，_____
　　_____

8. 你曾看過哪些關於外國神奇鬼怪的故事或影片？請寫下一個，並把它神奇鬼怪的地方大致寫下來。

_____ , _____

_____

9. 你比較喜歡看東方或者西方的神奇鬼怪故事？為什麼？

_____ , _____

10. 你是否曾經歷過神奇鬼怪的事？

_____ , _____

11. 你最無法抗拒的誘惑是什麼？

_____

（二）我是最佳編劇

我是最佳編劇

班級： 年 班 姓名

在〈杜子春〉的故事中，會發現杜子春從流浪街頭到接受老人三次鉅額的金錢相助變為有錢人時，作者都未提到家人對杜子春突然擁有大量錢財時的反應。有關這部分請你加以編寫。至於杜子春在協助老人煉丹過程中所遇到的情境，也請你加以改編。

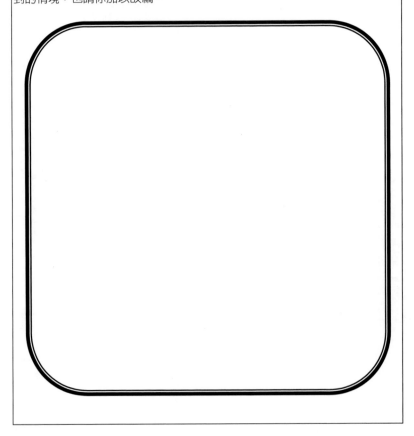

（三）舞臺劇／〈杜子春〉學習單

舞臺劇／〈杜子春〉學習單

班級：__年__班　　姓名：_____

欣賞完各組同學演出之後，你覺得自己的表現如何？哪組表現最好？哪位同學的表演最令人印象深刻？他們的表演有哪些優點值得學習的地方？請記錄下來！

♡ 在〈杜子春〉的演出中，我所演出的角色是：_____，
　我覺得自己演出最好的優點是：_____，
　還可以更好的地方：_____。

♡ 在〈杜子春〉的演出中，我覺得第____組表現最好，
　因為：_____。

♡ 我覺得在〈杜子春〉的演出中，最令人印象深刻的表演
　是_____同學。他在戲中所扮演的角色是：_____。
　我覺得他演得很精采的原因是（可複選）：
　□表情生動　　□聲音語氣很像所扮演的角色
　□動作表演的很棒　　□劇本改編的很有創意。

♡ 在〈杜子春〉裡我覺得哪個角色最難演：_____，
　為什麼？_____。

♡ 請寫下演出〈杜子春〉後的心得及感想：

（四）〈杜子春〉閱讀教學活動問卷（後測）

〈杜子春〉閱讀教學活動問卷後測

　　親愛的同學，在實施〈杜子春〉舞臺劇的閱讀教學活動後，為了解同學是否已獲得相關的閱讀能力，請同學仔細回答下列問題，作為我們共同努力的依據。作答時，請在□裡打「ˇ」即可，本問卷採不計名的方式，請同學放心填寫。

1. 在舞臺劇這種說故事的方式中，我
　　□能　□不能專心聽同學說故事。
2. 舞臺劇的表現方式是靠哪些來傳達：
　　□聲音、表情　□肢體動作　□其他＿＿＿＿＿＿＿。
3. 你覺得用舞臺劇的型式來演戲，是否可以幫助你更容易理解〈杜子春〉的內容？
　　□是，可以幫助　□否，沒有幫助　□不知道。
4. 請你勾選舞臺劇這種演故事方式需要準備哪些？（可以複選）
　　□要背臺詞　□要準備道具、佈景　□要用肢體動作來傳達　□聲音。
5. 你是否喜歡以舞臺劇這種方式來演戲？
　　□喜歡　□不喜歡　□沒意見
6. 從哪裡可以看出杜子春具有氣化觀型文化的傳統？（可以複選）
　　□幫族中子侄輩辦理婚事。（重家族）
　　□已故尊長的墳墓重新修過。（重祭祀）　□深愛子女。（重親情）
　　□其他＿＿＿＿＿＿＿。
7. 老人為何會選杜子春協助他煉丹？（可以複選）
　　□老人會看相，認為杜子春有成仙的條件。　□杜子春運氣好。
　　□杜子春通過老人的考驗。　□其他＿＿＿＿＿＿＿。
8. 杜子春協助煉丹失敗的原因，是因為沒有通過那一關？
　　□喜　□怒　□哀　□懼　□愛　□惡　□慾。
9. 你覺得杜子春為何會失敗？
　　＿＿＿＿＿＿＿＿＿＿＿＿＿＿＿＿＿＿＿＿＿＿＿＿＿＿＿＿＿。

10.如果你是杜子春在那樣的情況下，你覺得自己是否能通過考驗？請寫下原因。

_____，_____。

11.以舞臺劇的方式演完〈杜子春〉後，你覺得杜子春是個怎樣的人？

_____。

12.你覺得舞臺劇這種即興創作的方式如何：

_____。

六、〈東城老父傳〉閱讀教學活動資料

（一）〈東城老父傳〉閱讀教學活動問卷（前測）

〈東城老父傳〉閱讀教學活動問卷前測

　　親愛的同學，為提升同學在閱讀理解的能力，教師設計了一系列閱讀教學活動，但需要先了解同學閱讀相關的能力，請同學仔細回答下列問題，作為我們共同努力的依據。作答時，請在□裡打「ˇ」即可，本問卷採不計名的方式，請同學放心填寫。

1. 我是：□男生　□女生
2. 你是否看過或聽過相聲的表演？
　　□有　□沒有　□其他＿＿＿＿＿＿。
3. 你是否看過或聽過相聲劇的演出？
　　□有　□沒有　□其他＿＿＿＿＿＿。
4. 你知道相聲和相聲劇演出的差別嗎？
　　□知道　□不知道　□其他＿＿＿＿＿＿。
5. 就你的經驗你覺得聽相聲時：
　　□讓人很感動的　□會讓人哈哈大笑的　□其他＿＿＿＿＿＿。
6. 就你的經驗你覺得看相聲劇在表演時：
　　□讓人很感動的　□會讓人哈哈大笑的　□其他＿＿＿＿＿＿。
7. 你是否看過鬥牛比賽的？
　　□有　□沒有　□其他＿＿＿＿＿＿。
8. 你覺得鬥牛比賽是那一國的？
　　□中國　□美國　□西班牙　□其他＿＿＿＿＿＿。
9. 你看過鬥雞比賽嗎？除了鬥雞比賽你還知道我們有哪些動物或昆蟲相鬥的遊戲嗎？請舉一個例子：
　　＿＿＿＿＿＿　□有　□沒有　□其他＿＿＿＿＿＿。

10. 你覺得這種動物或昆蟲相鬥的遊戲，好或不好？請寫下理由

　　□不好，因為：_____。

　　□很好，因為：_____。

　　□其他，因為：_____。

（二）我是最佳編劇

我是最佳編劇

班級：　年　班　　姓名

請小朋友將〈東城老父傳〉裡從描述賈昌自小就聰明伶俐，擁有技藝超群的特殊稟賦。因為善於養雞、鬥雞深受玄宗寵幸的那個部分，改為相聲劇演出的劇本。

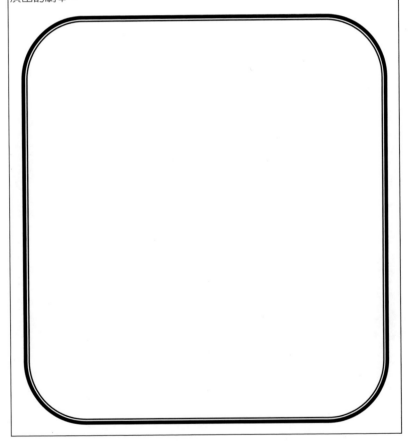

（三）相聲劇／〈東城老父傳〉學習單

相聲劇／〈東城老父傳〉學習單

班級：＿年＿班　　姓名：＿＿＿＿＿＿

欣賞完各組同學演出之後，你覺得自己的表現如何？哪組表現最好？哪位同學的表演最令人印象深刻？他們的表演有哪些優點值得學習的地方？請記錄下來！

♡ 在〈東城老父傳〉的演出中，我所演出的角色是：＿＿＿＿＿＿，我覺得
自己演出最好的優點是：＿＿＿＿＿＿＿＿＿＿＿＿＿＿＿，
還可以更好的地方：＿＿＿＿＿＿＿＿＿＿＿＿＿＿＿。

♡ 在〈東城老父傳〉的演出中，我覺得第＿＿組表現最好，
因為：＿＿＿＿＿＿＿＿＿＿＿＿＿＿＿＿＿＿。

♡ 我覺得在〈東城老父傳〉的演出中，最令人印象深刻的表演
是＿＿＿＿＿＿同學。他在戲中所扮演的角色是：＿＿＿＿＿＿。
我覺得他演得很精采的原因是（可複選）：
□表情生動　□聲音語氣很像所扮演的角色
□動作表演模仿的很像　□唱得很好聽　□講得很好笑。

♡ 在〈東城老父傳〉裡我覺得哪個角色最難演：＿＿＿＿＿＿，
為什麼？＿＿＿＿＿＿＿＿＿＿＿＿＿＿＿＿＿＿。

♡ 請寫下演出〈東城老父傳〉後的心得及感想：

（四）〈東城老父傳〉閱讀教學活動問卷（後測）

〈東城老父傳〉閱讀教學活動問卷後測

　　親愛的同學，在實施〈東城老父傳〉相聲劇的閱讀教學活動後，為了解同學是否已獲得相關的閱讀能力，請同學仔細回答下列問題，作為我們共同努力的依據。作答時，請在□裡打「ˇ」即可，本問卷採不計名的方式，請同學放心填寫。

1. 在相聲劇這種演故事的方式中，我
　　□能　□不能專心欣賞同學演故事。
2. 相聲劇的表現方式主要是靠（可以複選）：
　　□說（指說笑話、講故事）聲音語調　□學（指學人言、鳥語）□逗（插科打諢）　□唱（唱太平歌詞）　□肢體動作　□其他＿＿＿＿＿。
3. 你覺得用相聲劇的型式來演戲，是否可以幫助你更容易理解〈東城老父傳〉的內容？
　　□是，可以幫助　□否，沒有幫助　□不知道。
4. 請你勾選相聲劇這種演故事方式和相聲這種說故事方式的最大不同點？
　　□說學逗唱的基本工夫　□有劇情表演　□喜劇形式。
5. 你覺得相聲劇場這種演戲如何？
　　□很好笑　□很感人　□沒有感覺。
6. 你是否喜歡以這種相聲劇方式來演戲？
　　□喜歡　□不喜歡　□沒意見　□其他＿＿＿＿＿。
7. 你在〈東城老父傳〉裡看到什麼？（可以複選）
　　□人有一技之長，就可改善生活　□學習如何培養技能　□凡事要靠自己
　　□其他＿＿＿＿＿。
8. 在〈東城老父傳〉你看到賈昌哪些的特殊能力，讓他被稱為「神雞童」？（可複選）
　　□身手靈巧，雙手抱著柱子上去騎坐在樑上。　□善於應對
　　□懂鳥類的語言　□其他＿＿＿＿＿。

9. 從〈東城老父傳〉賈昌回憶敘說故事，這種寫故事的手法是
　　□順序寫法（從頭到尾）　□倒序寫法（透過回憶，從後往寫）
　　□插序寫法。　□其他＿＿＿＿＿＿＿。

10. 當安史之亂發生時賈昌為什麼會不顧一切奔赴前去護衛皇帝？
　　＿＿＿＿＿＿＿＿＿＿＿＿＿＿＿＿＿＿＿＿＿＿＿＿＿＿＿

11. 你覺得唐玄宗是個怎樣的皇帝？
　　＿＿＿＿＿＿＿＿＿＿＿＿＿＿＿＿＿＿＿＿＿＿＿＿＿＿＿

國家圖書館出版品預行編目

唐傳奇戲劇化在閱讀教學上的應用 / 廖五梅著.
-- 一版. -- 臺北市：秀威資訊科技, 2010.04
　　面；　　公分. -- (社會科學類；AF0119)
(東大學術；15)
BOD 版
參考書目：面
ISBN 978-986-221-410-7 (平裝)

1.唐代傳奇　2.閱讀指導

820.9404　　　　　　　　　　　　99002328

社會科學類　AF0119

東大學術 ⑮

唐傳奇戲劇化在閱讀教學上的應用

作　　者 / 廖五梅
發 行 人 / 宋政坤
執行編輯 / 胡珮蘭
圖文排版 / 鄭鉅旻
封面設計 / 蕭玉蘋
數位轉譯 / 徐真玉　沈裕閔
圖書銷售 / 林怡君
法律顧問 / 毛國樑　律師
出版印製 / 秀威資訊科技股份有限公司
　　　　　　台北市內湖區瑞光路 583 巷 25 號 1 樓
　　　　　　電話：02-2657-9211　　　傳真：02-2657-9106
　　　　　　E-mail：service@showwe.com.tw
經 銷 商 / 紅螞蟻圖書有限公司
　　　　　　台北市內湖區舊宗路二段 121 巷 28、32 號 4 樓
　　　　　　電話：02-2795-3656　　　傳真：02-2795-4100
　　　　　　http://www.e-redant.com

2010 年 4 月 BOD 一版
定價：420 元

讀　者　回　函　卡

感謝您購買本書，為提升服務品質，煩請填寫以下問卷，收到您的寶貴意見後，我們會仔細收藏記錄並回贈紀念品，謝謝！

1. 您購買的書名：_____

2. 您從何得知本書的消息？

　　□網路書店　□部落格　□資料庫搜尋　□書訊　□電子報　□書店

　　□平面媒體　□ 朋友推薦　□網站推薦　□其他_____

3. 您對本書的評價：(請填代號　1.非常滿意 2.滿意 3.尚可 4.再改進)

　　封面設計____　版面編排____　內容____　文/譯筆____　價格____

4. 讀完書後您覺得：

　　□很有收獲　□有收獲　□收獲不多　□沒收獲

5. 您會推薦本書給朋友嗎？

　　□會　□不會，為什麼？_____

6. 其他寶貴的意見：_____

_____

_____

_____

讀者基本資料

姓名：_____　年齡：_____　性別：□女 □男

聯絡電話：_____　E-mail：_____

地址：_____

學歷：□高中(含)以下　　□高中　　□專科學校　　□大學

　　　□研究所(含)以上　□其他_____

職業：□製造業 □金融業 □資訊業 □軍警 □傳播業 □自由業

　　　□服務業 □公務員 □教職　□學生 □其他_____

To：114

台北市內湖區瑞光路 583 巷 25 號 1 樓

秀威資訊科技股份有限公司　　　收

寄件人姓名：

寄件人地址：□□□

(請沿線對摺寄回,謝謝!)

秀威與 BOD

BOD（Books On Demand）是數位出版的大趨勢，秀威資訊率先運用 POD 數位印刷設備來生產書籍，並提供作者全程數位出版服務，致使書籍產銷零庫存，知識傳承不絕版，目前已開闢以下書系：

一、BOD 學術著作—專業論述的閱讀延伸
二、BOD 個人著作—分享生命的心路歷程
三、BOD 旅遊著作—個人深度旅遊文學創作
四、BOD 大陸學者—大陸專業學者學術出版
五、POD 獨家經銷—數位產製的代發行書籍

BOD 秀威網路書店：www.showwe.com.tw
政府出版品網路書店：www.govbooks.com.tw

永不絕版的故事·自己寫·永不休止的音符·自己唱